Richard Montanari est né à Cleveland, dans l'Ohio. Journaliste, il a écrit des essais, des critiques littéraires et des articles, notamment dans le *Chicago Tribune*, le *Detroit Free Press* et le *Seattle Times*. Romancier, il s'est rendu célèbre par ses thrillers. Il introduit avec *Déviances*, paru en France en 2006, le duo de détectives Byrne et Balzano qui réapparaîtront dans *Psycho* (2007), *Funérailles* (2008) et *7* (2009), tous parus au Cherche Midi. Pour son dernier roman paru en France, *Cérémonie* (Cherche Midi, 2011), il abandonne le fameux duo pour une variation sur le thème du *serial killer*.

**Retrouvez l'actualité de l'auteur sur
www.richardmontanari.com**

CÉRÉMONIE

RICHARD MONTANARI

CÉRÉMONIE

Traduit de l'anglais (États-Unis)
par Natalie Zimmermann

LE CHERCHE MIDI

Titre original :

KISS OF EVIL

© Richard Montanari, 2001.
© le cherche midi, 2011, pour la traduction française.

ISBN : 978-2-266-21629-6

Pour ma mère,
qui a été la première à me donner une cuiller.

« Kes lusigaga alustab, see kulbiga lobetab,
Kes kulbiga alustab, see lusigaga lobetab. »

« Qui commence avec une cuiller finit avec une louche,
Qui commence avec une louche finit avec une cuiller. »
PROVERBE ESTONIEN

« S'il est des diables, il est probablement des diablesses. »

VOLTAIRE

Deux ans plus tôt…

Michael Ryan est installé sur le fauteuil pivotant en Skaï gris d'une chambre d'hôtel mal éclairée. Il tape du pied en rythme sur une chanson des années 1970 en sourdine en se disant : *C'est tellement mieux que le sexe, et personne n'en parle. Ce truc-là,* ce truc de dingue, *c'est précisément pour ça que j'ai choisi de devenir flic.*

Son pouls s'emballe.

Le Beretta 9000 glissé dans son étui, sous le bras gauche, lui semble aussi gros qu'un canon et deux fois plus lourd.

La jeune femme assise au bord du lit, devant Mike Ryan, est une grande et belle fille qui s'exprime, se tient et s'habille avec une certaine classe, le genre qui lui a toujours fait perdre la tête, même quand il n'était qu'un gosse d'ouvriers trop sûr de lui, né du mauvais côté de la Cuyahoga. Ce soir, la fille porte une robe bleu sarcelle, des talons sexy et des boucles d'oreilles en diamant. Il a eu beau essayer, elle n'est pas sortie de sa tête plus d'un quart d'heure ces deux dernières semaines ; il a vu son visage dans tous les films, tous les journaux, tous les catalogues.

11

Elle n'a rien d'une beauté classique mais, aux yeux de Michael Ryan, elle est parfaite : de longues jambes galbées, un teint de porcelaine, des yeux sombres, presque asiatiques. Il a fallu quatre rendez-vous pour mettre cette fille et tout ce fric dans la même chambre, et, à chacune de ces rencontres, elle lui a paru plus belle – jogging, puis jean, puis pantalon plus habillé, et maintenant cette putain de *robe*.

Dans un coin de sa tête, Michael pense à sa femme depuis quinze ans, la Sicilienne Dolores Alessio Ryan, en train de le menacer de castration. Cette fille l'obsède carrément.

Il veut en finir.

— Je suis content, dit Michael. Et vous ?

— Oui, répond-elle à voix basse.

Il vient de lui donner l'enveloppe. Elle *lui* a remis en échange les quatre liasses de billets. Dix mille dollars, en petites coupures usagées. Invisibles. À l'exception du billet de vingt dollars sur le dessus d'une des liasses, sur lequel figure une drôle de marque rouge, un curieux petit dessin représentant un arc et une flèche.

Après lui avoir remis les billets, elle a attrapé la mince flasque en argent posée sur la table de nuit, a souri et l'a ouverte avant de la porter à ses lèvres. Elle a ensuite tendu la flasque à Michael, et celui-ci savait – savait aussi clairement et parfaitement que toutes les leçons qu'il avait pu apprendre durant ses quarante-six années d'existence – qu'il ne devrait pas. Mais il le fit quand même. Deux bonnes gorgées pour empêcher ses mains de trembler. C'était du rhum cubain. Du bon. La chaleur l'a envahi.

Maintenant, c'était le moment.

Mais juste avant que Michael puisse bouger, la fille se lève et plonge la main dans son grand sac en cuir. Michael est sûr qu'elle va en sortir un revolver. C'est une certitude. Il se fige, son souffle bloqué dans la gorge, ses muscles tendus.

Ce n'est pas une arme.

C'est, quoi… un Montecristo ? Oui. Michael se détend un instant et respire, soulagé. À un mètre cinquante de distance, il sent le parfum douceâtre du tabac.

— Qu'est-ce que c'est ? demande-t-il, son visage hasardant un demi-sourire.

La fille ne répond pas et commence sans un mot le rituel du fumeur de cigares – elle le hume, le roule, en coupe l'extrémité puis le fait tourner doucement tout en l'allumant avec une allumette de cuisine. Après quelques bouffées, elle s'agenouille devant lui et pose ses mains sur les genoux de Michael. Il se sent électrisé. Avec ses deux paquets de cigarettes par jour, la fumée du cigare ne le fait pas tousser et ne le dérange pas le moins du monde.

C'est juste… *bizarre*, non ?

Une fille comme ça, qui fume un barreau de chaise ?

Et puis, pour la première fois depuis qu'ils se sont rencontrés, dans le halo de fumée argentée bleuie par la télé muette de l'hôtel et les effluves capiteux de son parfum, Michael remarque la noirceur parfaite des yeux de cette fille, la cruauté qui les habite, et il prend peur.

Il y a un truc qui ne va pas. Il tente de se lever, mais l'hallucinogène versé dans le rhum prend possession de son monde et le fait ralentir, zigzaguer et trébucher. Il cherche son arme. Disparue, mystérieusement. Son cœur semble près d'éclater, ses jambes pèsent trois tonnes et refusent d'obéir. Il retombe sur son siège.

— Maintenant, c'est le noir, inspecteur, annonce la fille en retirant la sécurité du Beretta pour l'armer. C'est la nuit.

Juste avant l'obscurité, l'inspecteur de première classe de la police de Cleveland Michael Patrick Ryan voit défiler un panorama ahurissant d'un millier d'images étourdissantes qui se bousculent dans son crâne. Certaines sont d'une somptuosité, d'une luminosité si violente que les larmes lui montent aux yeux. La plupart sont terriblement tristes : Carrie, sa fille, en train de l'attendre à tout jamais sur le perron, dans sa chaise roulante qui brille sous le soleil de fin d'après-midi. Dolores, absolument furieuse. Le père de Dolores est mort en service, vous comprenez. Chaque matin, depuis quinze ans, Michael lui promet de ne pas mourir en service.

— *Mais là, ce n'est pas vraiment le service, hein, Mike ?*

Michael Ryan lève les yeux sur le canon de son arme, sur le doigt blanc et gracieux pressé sur la détente, sur l'ongle rouge sang. Il ferme les paupières une dernière fois en se disant :

Tout ça, c'était pour mes petites femmes.

Tout.

Et personne ne le saura jamais.

PREMIÈRE PARTIE

L'AUTEL

1

Je pénètre dans la pièce blanche à 23 heures précises. Murs blancs, épaisse moquette blanche, plafond blanc moucheté. Les lumières sont allumées et c'est très lumineux, très agréable. Mis à part l'écran bleu de l'ordinateur sur le bureau dans le coin, la seule tache de couleur de la pièce est la bergère à oreilles en velours prune, au beau milieu, face à la petite caméra vidéo, face à la lumière.

Je porte un pantalon anthracite au pli marqué et une chemise bleu pastel à manchettes. Je porte aussi des Ray-Ban Wayfarer noires. Je suis pieds nus et le col de ma chemise est ouvert.

J'ai reçu l'e-mail de Dante à 20 h 30, ce qui m'a donné juste assez de temps pour passer à la blanchisserie, juste assez de temps pour flirter avec la serveuse en dînant vite fait chez Guarino. Je sens encore l'ail de la piccata de veau et j'ai l'impression que je pourrais tromper cette femme, même si, métaphoriquement parlant, elle va se trouver à des années-lumière d'ici. Mais je comprends ce qui pousse la personne de l'autre côté de l'écran à se connecter, à prendre ses dispositions, à payer. Je respecte ça.

Alors je prends mon spray buccal et je me rafraîchis l'haleine.

Je m'assois.

À 23 h 10, les haut-parleurs de l'ordinateur se mettent à grésiller, et la petite fenêtre, dans le coin supérieur droit de l'écran, clignote une fois, deux fois, mais sans donner d'image. Ça ne m'étonne pas. Même si la connexion prévoit une transmission d'image vidéo dans les deux sens, je n'ai encore jamais vu personne apparaître dans cette fenêtre. Les mateurs *matent*.

Bientôt, des haut-parleurs jaillit une voix synthétisée, une voix de robot, indubitablement féminine cependant.

— Bonsoir, fait la voix.

— Bonsoir, lui réponds-je, sachant qu'elle peut me voir à présent.

— Vous êtes le flic ?

Le jeu. L'éternel jeu. D'abord le jeu, puis la culpabilité. Mais toujours, entre les deux, l'orgasme.

— Oui.

— Vous rentrez tout juste d'une dure journée de travail ?

— Je viens d'arriver. Je retire tout juste mes chaussures.

— Vous avez tué quelqu'un aujourd'hui ?

— Pas aujourd'hui, non.

— Vous avez arrêté quelqu'un ?

— Oui.

— Qui ça ?

— Une fille. Une très vilaine fille.

Elle rit, s'interrompt quelques instants puis commande :

— Servez-vous à boire.

Je me lève et sors du champ. Il n'y a pas de bar dans cette pièce, mais il y a un bureau avec un certain nombre d'objets qui peuvent m'être utiles. Elle ne peut pas les voir, ces accessoires qui vont m'aider à fabriquer la chimère qu'elle attend. Et bien sûr, elle ne peut pas voir non plus le chaudron ni les crochets rouillés.

Ceux-ci se trouvent dans la chambre noire.

Je prends le verre contenant quelques doigts de rhum et j'entends le rythme de la respiration électronique de la femme s'accélérer. Les mateurs aiment aussi anticiper. Les mateurs aiment bien même quand ils ne peuvent pas mater.

Je la fais mariner un moment, puis je reviens dans le champ et m'assois.

— Bois, dit-elle, un peu essoufflée.

Je bois. Le liquide ambré enflamme mon tube digestif.

— Lève-toi.

La voix est forte, autoritaire. J'obéis.

— Maintenant, reprend la voix. Je veux que tu enlèves ta chemise. Lentement.

Je lève mon poignet droit et contemple à nouveau mes boutons de manchettes en argent, le symbole très ancien gravé sur la surface mate et lisse. Je retire les boutons de manchettes avec des gestes étudiés puis déboutonne lentement la chemise, un bouton de nacre après l'autre, et la laisse glisser de mes épaules par terre.

— C'est bien, dit la voix. Très bien. Tu es un très beau jeune homme.

— Merci.

— Ton pantalon, maintenant. D'abord la ceinture, puis le bouton et ensuite la fermeture Éclair.

Je suis ses instructions. Je me retrouve bientôt nu. Je me rassois sur le siège. Les veines de mon membre épais ressortent contre le velours violet.

— Tu sais qui je suis ? demande la voix.

Je n'en sais rien et le lui dis.

— Tu veux savoir qui je suis ?

Je me tais.

— De toute façon, je ne peux pas te le dire, fait la voix. Mais je sais ce que je veux que tu fasses.

— Qu'est-ce que je dois faire ?

— Je veux que tu penses à la femme que tu as vue aujourd'hui. Au bordel.

— D'accord.

— Tu te souviens d'elle ?

— Oui. Je n'ai pas pu l'oublier.

La voix poursuit, un peu plus vite :

— La femme que tu as vue au premier étage. Elle t'a plu ?

— Oui, dis-je, mon érection commençant à venir (c'était la partie la plus facile). Beaucoup.

— Ça t'a excité, de la regarder ?

— Oui.

Ma verge se redresse d'un cran. Puis encore un peu.

— C'était moi, tu sais. La pute, c'était moi.

— Je vois.

— Ça te plaît de me voir faire ça avec d'autres mecs.

— Oui. J'aime ça.

— Écarte les jambes, dit-elle, la transmission se détériorant fugitivement.

— Comme ça ?

Quelques parasites, puis :

— Viens me retrouver.

— Non.

— Retrouve-moi cette nuit.

C'est une prière à présent. Le pouvoir a changé de camp, comme toujours.

— Non, réponds-je.

— Viens me *baiser*.

J'attends quelques secondes. Mon cœur s'accélère. *Sera-t-elle la bonne ?*

— Si je dis oui, qu'est-ce que tu feras pour moi ?

— Je… je te donnerai du fric, dit-elle. J'ai du liquide.

— Je ne veux pas de ton argent.

— Qu'est-ce que tu veux alors ?

J'attends encore, pour ménager mes effets.

— L'obéissance.

— L'obéissance ?

— Si nous nous retrouvons, tu feras tout ce que je te dirai ?

— Oui.

— Tu feras *exactement* ce que je te dirai ?

— Je… *Oui… je t'en prie.*

— Est-ce que tu es seule maintenant ?

— Oui.

— Alors, écoute-moi bien, parce que je ne le répéterai pas.

Elle se tait. Je change de position et reprends :

— Il y a une bâtisse abandonnée au coin sud-est de la Quarantième Rue Est et de Central. Il y a une entrée sur la Quarantième Est. Je veux que tu sois là-bas, debout, face contre la porte. C'est compris ?

— Oui.

— Auras-tu vraiment le courage d'aller là-bas ? De *faire* ça ?

Un soupçon d'hésitation puis :

— Oui.

— Tu comprends que je vais te baiser devant cette porte ? Tu comprends que je vais arriver par-derrière et te baiser dans cette entrée dégueulasse ?

— Je… *putain*. Oui.

— Tu porteras une minijupe blanche.

— Oui.

— Tu n'auras rien en dessous.

— Rien du tout.

— Tu ne mettras pas de haut non plus. Juste un blouson court. Du cuir. Tu en as un ?

— Oui.

— Et tes plus hauts talons.

— Je les ai sur moi.

— Tu ne te retourneras pas. Tu ne me regarderas pas. C'est compris ?

— Oui.

— *Répète.*

— Je ne te regarderai pas.

— Tu ne parleras pas.

— Je ne parlerai pas.

— Tu te soumettras entièrement à moi.

— *Oui.*

— Tu peux être là-bas dans une heure ?

— Oui.

— Si tu as une minute de retard, je m'en vais.

— Je ne serai pas en retard.

Je me lève, mon érection dressée tel un beaupré devant moi.

— Alors *vas-y.*

Voilà, le sortilège est lancé. Mon tout premier. J'ai fait une promesse, *un beso de sangre*, et maintenant je dois réussir.

Je traverse la pièce et éteins la caméra de l'ordinateur. Mais avant que je puisse fermer les haut-parleurs, j'entends la femme pousser un soupir, long et profond. C'est un cri animal de plaisir primaire, un cri humain de souffrance intense.

Juste après, tandis que je prends mes clés et verrouille la porte de la chambre blanche, je m'aperçois que, pour moi, c'est la seconde option, et non la première, qui me pousse à agir.

2

Tina le tient. Il le sait et elle le sait.

Elle prend une Gitane dans un étui d'argent avec un maniérisme digne de Garbo, puis s'immobilise et attend. Il saisit une pochette d'allumettes sur le bar et allume la cigarette. Elle lui tient doucement la main pour souffler l'allumette et plonge ses yeux dans les siens, voyant presque le frisson qui parcourt son corps jusqu'à son entrejambe : véritable décharge électrique qui semble éclairer son regard un instant.

— Merci, dit-elle.

Il est ferré.

Le Cobalt Club est bondé ; cent parfums différents se mêlent avec langueur sous la fumée, le bruit et la transpiration, tel un égout rempli de fleurs fanées, telle l'émanation d'une centaine de chats en rut. L'homme se glisse sur le tabouret voisin de celui de Tina et lève la main à l'attention du barman. Rolex Oyster, chemise sur mesure. Son costume – veste à revers avec cran, sans fente – ressemble bien à du Armani. Ses épaules indiquent qu'il a dû pratiquer un sport de contact dans sa jeunesse.

Tina porte sa robe Michael Kors, des talons Ferragamo et un rang de perles.

— Qu'est-ce qu'une belle fille comme vous… ? et cetera, et cetera, commence l'homme en souriant.

Tina estime qu'il frôle la soixantaine : un candidat de premier ordre. Elle se dit qu'il s'habille bien, peut-être un peu jeune pour son âge. Non, mais il porte une boucle d'oreille ! Elle regarde ses mains. Manucurées. C'est bon signe.

— On m'a posé un lapin, annonce-t-elle. Vous imaginez ça ?

L'homme feint de reculer d'horreur, et Tina essaie de voir s'il a un postiche. La lumière, à cette extrémité du bar, est très tamisée – provenant principalement des décorations de Noël, bleues, rouges et jaunes, depuis la piste de danse – et il est difficile de se prononcer. Elle se dit qu'il a les cheveux un peu foncés pour quelqu'un qui approche de la soixantaine, et elle croit discerner un renflement pas très naturel au-dessus des oreilles. Mais si c'est effectivement un postiche, il est au moins de bonne qualité. Elle a toujours pensé que ce n'était pas le genre de chose sur laquelle on pouvait mégoter, et elle a une grande expérience des hommes affublés de moumoutes.

Elle-même porte une perruque, qu'elle a choisie parmi la douzaine de sa collection. Ce soir, un carré roux. Elle a aussi des verres de contact verts, des faux cils, des faux ongles et une incroyable couche de maquillage. Sa propre mère ne la reconnaîtrait pas.

Et c'était bien le but.

— On *vous* a posé un lapin ? fait l'homme avec une stupéfaction exagérée. Qu'est-ce qu'il est, aveugle ? Stupide ? Les deux à la fois ?

Tina rit, flattée par le compliment. L'homme lève à nouveau la main, son flegme de vieux beau menacé par

24

le manque d'attention du barman. Tina repère la bague, la monture discrète, le gros diamant.

— Au fait, je m'appelle Elton, comme le chanteur.

Il pose délibérément son trousseau de clés sur le comptoir, trois clés retenues par un anneau d'or et un porte-clés affichant le logo bien reconnaissable de Ferrari. Enfin, bien reconnaissable pour des femmes comme Tina.

— Et vous ?

— Tina, dit-elle en souriant et en arquant légèrement le dos. Tina Falcone. Comme l'oiseau de proie en italien.

Tina pose l'appareil Polaroid sur le bar et règle le minuteur sur soixante secondes. Ils se trouvent dans la salle de jeu lambrissée d'Elton Merryweather, au rez-de-chaussée de son immense maison à étage de Westlake de toute évidence décorée par une épouse trophée curieusement absente de ses activités ludiques, lesquelles incluent à présent le « baiser à la tequila », une spécialité de Tina. Le baiser à la tequila est aussi fortement arrosé de Rohypnol.

Elton, comme les autres, est cadre dans l'industrie de la musique, plus précisément avocat dans le domaine du spectacle. Il voulait aller dans un motel, même si sa femme – dont il a aisément reconnu l'existence, et dont il a tout aussi aisément assuré qu'elle ne le comprenait pas – n'était pas là. Mais Tina a insisté pour aller chez lui. Le temps qu'ils se retrouvent dans l'ascenseur pour gagner le parking de la boîte de nuit, et que Tina réussisse à ouvrir sa braguette et à glisser sa main dedans pour un rapide *pas de deux*, Elton était convaincu.

Mais maintenant, dans sa salle de jeu toute masculine, tout juste après minuit, Elton Merryweather est nu comme un ver, à l'exception de ses grandes chaussettes noires de cadre, et il ronfle comme une scierie de Louisiane.

Tina s'avance vers le canapé et enlève vivement sa robe. Elle dégrafe son soutien-gorge, s'assoit sur le canapé à côté d'Elton et croise les jambes. Elle passe le bras rose et charnu d'Elton autour de sa taille et détourne le regard de l'objectif. Dix secondes s'écoulent. Vingt. Trente. Elton remue et Tina se raidit. Elle est certaine qu'il a avalé assez de drogue pour assommer un éléphant. Il lève le bras un instant, comme pour préciser quelque chose, puis le laisse retomber, son poignet effleurant le sein droit de Tina. Celle-ci sent son téton se raidir malgré elle. Elle regarde le sommet du crâne de l'homme et, dans cette lumière, repère la démarcation. C'est bien un postiche. Puis elle se tourne vers l'objectif.

Allez, *allez*.

Elle s'apprête à se lever quand le flash se déclenche ; le ronronnement de l'appareil résonne dans toute la pièce. Le bruit secoue Elton, mais, avant qu'il puisse bouger, Tina se dégage de son bras et va remettre le minuteur – cette fois sur vingt secondes – puis retourne s'asseoir.

Le flash éclate à nouveau. Tina a terminé. Un instant plus tard, elle a renfilé sa robe et tient les deux photos Polaroid à la main. Parfait. Sur les deux instantanés, on voit clairement le corps nu d'Elton et son visage. Tina, elle, détourne évidemment la tête de l'objectif, mais on voit bien sa poitrine et ses jambes, et la pipe à crack en verre qu'elle a placée dans la main d'Elton. Elle éprouve la tentation d'allumer la lumière au-dessus du bar pour examiner son propre corps sur la photo, mais elle résiste.

Bon Dieu, qu'elle est vaniteuse !

Ça la perdra.

Elle vérifie le contenu de son sac afin de s'assurer

qu'elle n'a rien oublié. La Rolex et la bague, deux bracelets rivières de diamants qu'elle a trouvés dans la chambre à coucher, à l'étage. Des bricoles hors de prix qu'Elton aura certainement un mal de chien à remplacer avant le retour de Tiffany, Ashley, Courtney ou Machinechose.

Tina récupère sa coupe à champagne et la glisse dans son sac avec la pipe à crack.

Numéro 13.

Terminé… *Oui ?*

En la tenant par les bords, elle pose l'une des photos sur les genoux d'Elton Merryweather, puis parcourt la pièce d'un rapide coup d'œil.

Numéro 13. Oui.

Terminé.

3

Il est minuit à peine passé et je me tapis dans l'ombre d'un terrain vague, du côté ouest de la Quarantième Rue Est, le cœur cognant dans ma poitrine. Il n'y a pas de lampadaire avant trois croisements dans chaque direction. Il n'y a pas de circulation ni de commerce. Le Reginald Building se dresse juste en face de moi : c'est un taudis en bardeaux tout penché qui a autrefois abrité le Weeza's Corner Café, un boui-boui qui vendait des sandwichs. Et avant ça, la Shante House of Style.

Il est à présent déserté depuis longtemps, à l'exception de la femme qui se tient dans l'obscurité violet foncé de l'entrée telle une petite fille punie, les pieds légèrement écartés, les épaules recroquevillées à cause du froid. Dans le rayon de lune qui fend les arbres noueux de la Quarantième Rue Est, je distingue la blancheur d'ivoire de ses mollets, de ses cuisses.

Je porte un long manteau en daim noir, un jean noir, pas de chemise, des bottes.

Je traverse la rue silencieusement et m'avance derrière la fille.

Elle est vêtue d'un blouson de motard en cuir clouté et zippé, d'une minijupe plissée blanche de pom-pom girl et de hauts talons blancs. Elle a une trentaine d'années, blonde, menue, bien fichue. Il ne me faut pas longtemps pour bander à nouveau.

Je baisse ma fermeture à glissière et me libère tout en relevant le dos de sa jupette pour la coincer dans sa ceinture. L'excitation la fait trembler violemment, et, en même temps, l'humiliation qu'elle éprouve la fait pleurer sans bruit. Mais, malgré sa contrition, malgré l'air glacial, je repère la traînée luisante de son fluide qui coule sur sa jambe. Sans un mot, je fais courir mon doigt sur l'intérieur de sa cuisse et goûte sa substance. Je saisis alors une poignée de ses cheveux dans ma main droite et passe ma main gauche autour de sa taille, la glissant sous le devant de sa jupe pour atteindre l'oasis chaude de son ventre. Je me rapproche et la pénètre lentement.

Elle se mord la main et ses larmes coulent librement à présent. Mon visage n'est qu'à quelques centimètres du sien. Je la vois de profil : un nez enfantin, un menton creusé d'un petit sillon, de longs cils.

Elle se presse contre moi avec force, accélère le rythme et me laisse m'enfoncer plus loin encore en elle, poussant sa déchéance à l'extrême. Je lui arrache brutalement son blouson et m'appuie de tout mon poids contre elle, comprimant ses seins blancs et lisses contre la crasse du bâtiment.

Dans ma main maintenant : un rasoir droit. Sans prévenir, je pratique une incision peu profonde et longue d'un pouce entre ses omoplates – d'un geste rapide, pour lui éviter une souffrance inutile. Son corps se raidit un instant, lorsque la pointe de la lame entre dans la chair. Mais je sens les vapeurs de l'alcool dans son haleine et sais qu'elle s'est blindée contre toute sorte de peur. On dirait bien qu'elle est prête à accepter ce niveau-là de douleur.

Alors je continue, ma main experte se chargeant pour la première fois de marquer un être humain.

Je lâche la lame et attire la fille contre moi, séchant son sang avec mon torse. Je m'enfouis profondément en elle et ne tarde pas à sentir monter l'électricité : elle va jouir.

Une neige douce tombe dans un murmure au moment où la fille s'abandonne à son orgasme, se soumettant aux réalités les plus crues de ses sombres fantasmes assouvis. Elle appuie fermement les mains contre la porte et s'enfonce sur moi de toutes ses forces.

À l'instant même où la femme jouit en un long flux soutenu et brûlant qui dévale ses jambes pour répandre ses dernières larmes sur le sol gelé, je tire d'un geste le grand sabre du fourreau fixé derrière mon épaule gauche.

La lame voltige au-dessus de nous telle une aile aiguisée dans le clair de lune.

Puis, pareille à un faucon d'argent lustré, elle fond sur sa proie.

4

Il ne reste plus que quatre jours avant Noël, et Public Square brille de mille feux et grouille dès le matin d'activité commerçante. Cette année, le centre-ville est décoré de guirlandes argentées et de lumières blanches et or. Le thème de cette saison : un Noël de Dickens à Cleveland.

Cependant, Jack Salvatore Paris, membre de la police criminelle de la ville, sait que toutes les guirlandes lumineuses du monde ne pourraient éclairer les sombres recoins de son cœur ni les chambres obscures de sa mémoire. C'est le troisième Noël qu'il passe depuis son divorce, la troisième fois qu'il fait les courses seul, qu'il se retrouve seul pour le réveillon, qu'il emballe seul le cadeau de sa fille – absolument certain qu'il a acheté le truc le plus bizarre, le plus niais, le plus débile qu'une gamine de 11 ans puisse imaginer. Évidemment, le thérapeute lui assure que l'apaisement vient habituellement au bout de deux ans, mais tout le monde sait que les thérapeutes ne savent absolument pas de quoi ils parlent. Cela fait trois années pleines, et il se sent toujours aussi accablé dès qu'il entend un chant de Noël, la clochette

31

cela a-t-il pu disparaître ? N'avait-il pas
...ude que tous ses Noël, ses anniversaires
...pas de Thanksgiving seraient joyeux jusqu'à la
...e ses jours ?

Le feu passe au vert sur Euclid Avenue, au croisement de la Quatrième Rue Est, et Jack Paris démarre
sa vieille Oldsmobile en se disant avec désespoir que
tout cela est bien fini. Puis, comme toujours, d'autres
pensées tout aussi réjouissantes viennent se télescoper :
il est du mauvais côté de la quarantaine, il vit avec un
terrier Jack Russell répondant au nom de Manfred dans
un immeuble décrépit sans ascenseur de Carnegie et
n'arrive pas à se rappeler la dernière fois qu'il a marché
dans la rue sans son 9 mm, sans jeter toutes les dix
secondes un coup d'œil par-dessus son épaule.

Mais Jack Paris sait exactement ce qui le retient, ce
qui l'a empêché jusqu'à présent de quitter la police pour
aller bosser dans le privé et de s'installer à Lakewood,
Lyndhurst ou Linndale.

Il se plaît dans les bas quartiers.

Non, que Dieu lui pardonne ; il *aime* ce coin de
Cleveland.

Ça fait dix-huit ans qu'il monte les escaliers les plus
sombres de la ville, qu'il descend dans les caves les
plus humides, s'aventure dans les ruelles les plus mena-
çantes, évoluant parmi les habitants de la nuit les plus
miséreux. De Fairfax à Old Brooklyn en passant par
Collinwood et Hough. Ça lui a coûté son mariage et
quelques millions de neurones imbibés d'alcool, mais
l'adrénaline est toujours là, et son cœur bondit toujours
dans sa poitrine quand il se retrouve devant une affaire.
Le corps n'est peut-être plus ce qu'il était, il a un peu
plus de mal qu'auparavant à courser un suspect, mais il

met toujours une ferveur de jeune homme à jouer à ce jeu de crime et châtiment.

Donc, ne serait-ce que pour empêcher ce corps vieillissant de s'écrouler d'un infarctus du myocarde à force de monter quotidiennement tous ces escaliers, il est temps de changer. Au moins de mode de vie. Il a des rendez-vous un peu partout dans l'East Side la première semaine de janvier. Il trouvera un nouvel appartement. Ça fera peut-être disparaître le malaise qui s'est emparé de lui depuis quelque temps.

La dernière fois qu'il avait vraiment cassé la baraque dans son boulot, c'était quand il avait dirigé le détachement spécial au moment des meurtres de Pharaon. Cette série de crimes avait eu lieu à Cleveland, cadeau d'un couple de psychopathes qui s'appelaient respectivement Saila et Pharaon et s'étaient prêtés à une sanglante partie de voyeurisme, séduction et assassinats.

Depuis cette époque, il y a eu des tas de crimes à Cleveland. Les chiffres ont heureusement baissé depuis une bonne année, mais l'effusion de sang continue quand même. Fusillades dans des bars, piraterie routière, braquages de petits commerces et le carnage toujours en hausse des disputes domestiques.

Paris a de quoi faire. Pourtant, rien ne pourrait égaler cette nuit où il dut parcourir toute la ville dans une course infernale contre le temps, cette fois où son cœur avait failli se briser à tout jamais dans une ruelle donnant sur St. Clair Avenue.

Cette fois où sa fille s'était retrouvée entre les mains d'une psychopathe.

— Elle aura 12 ans en février, dit Paris. Le jour de la Saint-Valentin.

La vendeuse du rayon parfumerie de Dillard's porte une longue blouse blanche et un badge au nom d'Oksana.

Paris se demande en regardant la blouse de laborantine si Oksana est la chimiste qui a mis au point les parfums qu'elle vend et si elle ne risque pas d'être rappelée d'urgence dans son laboratoire. Il envisage une plaisanterie, mais Oksana ressemble bien à un prénom russe, et une mauvaise blague en anglais devient encore plus mauvaise quand elle doit être expliquée.

Paris a écumé les rayons mode féminine, étourdi par le nombre de sous-catégories : Petites Miss, Ado, Junior, Slim, Rondes. Il a fini par tomber sur ce qui ressemblait au rayon hip-hop mais, après avoir jeté un œil sur les mannequins en jean baggy et chemise large, il s'est dit qu'il refusait que sa fille ait l'air d'un sac par sa faute. S'il achetait du parfum à Melissa, la petite n'aurait qu'à en mettre quand il serait dans le coin, et ça ne prendrait pas une place précieuse dans son placard.

— Celui-ci marche très bien avec les plus jeunes, assure Oksana.

Elle semble avoir une quarantaine d'années et est plus maquillée que Marilyn Manson. Paris se demande ce qu'elle entend par « les plus jeunes ».

Oksana vaporise un peu de parfum sur une languette en carton blanc à l'emblème de Lancôme. Elle agite ensuite le carton avant de le tendre à Paris.

Celui-ci hume la languette mais le parfum se mêle tellement à toutes les senteurs alentour qu'il ne sait pas trop quoi en penser. Pour lui, tout sent bon dans la mesure où Jack Paris n'a jamais pu résister à un parfum de femme. Même aux parfums bas de gamme. Ce que celui-ci n'est pas s'il lit bien l'étiquette qui figure sur la boîte.

— Je le prends, dit-il.

La brigade criminelle de la police de Cleveland occupe une partie du cinquième étage du centre judiciaire, au cœur de Cleveland. Le jury d'accusation se trouve au onzième étage; le huitième abrite le centre des communications et le bureau du chef de la police. Le bâtiment n'est peut-être plus aussi impressionnant qu'il l'a été au moment de sa construction, dans les années 1970, à l'époque où sa façade de verre et d'acier semblait tenir les criminels de la ville à l'œil, mais il est toujours fonctionnel, et la méthode de justice indépendante qu'on pourrait résumer par « on les chope, on les inculpe et on les boucle » continuait d'opérer dans une symbiose assez efficace.

Dix heures viennent de sonner quand Paris traverse le parking souterrain, presse le bouton et monte dans l'ascenseur. Mais les portes se rouvrent avant de se fermer complètement.

Une ombre surgit. Puis une voix profonde :

— Tiens, tiens, inspecteur Jack S. Paris.

La voix a une intonation texane, une modulation méridionale arrogante que Paris en est venu à détester au cours de ces cinq dernières semaines. L'homme qui pénètre dans l'ascenseur a une trentaine d'années et porte un complet à fines rayures bien coupé. Brun, soigné, impeccable, il affiche à la fois la serviette en cuir Vuitton de rigueur et l'attitude hautaine d'un jeune avocat de la défense.

— Maître, réplique brièvement Paris.

Bien que Paris connaisse assez bien la plupart des avocats à la cour de Cleveland, il n'avait jamais entendu parler de Jeremiah Cross avant le procès de Sarah Lynn Weiss, un an et demi plus tôt, et personne ne le connaissait non plus au bureau du procureur. Sarah Weiss était un ancien mannequin accusée d'avoir tué un flic qui s'appelait Michael Ryan.

Paris se trouvait au Hard Rock Cafe, tout près du Renaissance Hotel, quand on avait signalé des coups de feu au onzième étage. L'hôtel avait été bouclé en quelques minutes et, quelques autres minutes plus tard, on avait trouvé Sarah Weiss, seule dans les toilettes pour dames de l'entresol, un sac ensanglanté plein de billets – près de dix mille dollars en petites coupures – posé dans la cabine voisine, soit à quelques centimètres de ses pieds.

D'autres éléments avaient été trouvés. De la cervelle de Michael Ryan par exemple, sur les rideaux de brocart de la chambre 1206. Les enquêteurs découvrirent aussi un petit tas de cendres dans le lavabo, des cendres dont on pensa, même si cela ne put jamais être prouvé, qu'elles étaient celles d'un document officiel de la mairie. Il y avait aussi les fibres d'un billet de vingt dollars carbonisé. L'arme du crime, le Beretta de Michael Ryan, avait été retrouvée, soigneusement essuyée, sous le lit de la chambre.

C'était Paris qui était chargé de l'affaire, et il avait fait tout ce qui était en son pouvoir pour obtenir une condamnation pour meurtre au premier degré, voire la peine capitale ; mais il savait que ça ne passerait jamais, il savait que tout ça trouvait davantage son origine dans l'émotion et la colère que dans quoi que ce soit de véritablement raisonné. L'idée ne parvint même pas à dépasser le bureau du procureur. Personne ne put prouver que Sarah Weiss se trouvait bien dans la chambre au moment du meurtre, ni même au onzième étage.

Sarah s'était frotté les mains et les avant-bras au savon et à l'eau chaude dans les toilettes pour dames, aussi fut-il impossible de détecter sur elle la moindre trace de poudre, ni la moindre projection de sang ou de tissus due à l'impact de la balle tirée à bout portant.

Pas de quoi tenir tête à un expert un peu futé produit par la défense, en tout cas.

L'avocat dépeignit Michael Ryan comme un ripou, un homme qui ne manquait pas de fréquentations violentes qui auraient pu vouloir sa mort. Michael n'était pas officiellement en service au moment où il avait été tué. De plus, il faisait l'objet d'une enquête des affaires internes pour suspicion d'extorsion de fonds – ce qui n'avait jamais été prouvé.

Le jury délibéra trois jours durant.

Sans même avoir à témoigner, sans avoir prononcé un seul mot, Sarah Lynn Weiss fut acquittée.

Paris appuie sur le bouton du cinquième ; Jeremiah Cross sur celui du hall. Les portes prennent un temps infini à se refermer. Paris attrape le *USA Today* coincé sous son bras et l'ouvre avec ostentation avant de le replier pour le lire plus commodément, espérant qu'il n'aura rien à ajouter au « Maître » déjà prononcé.

Même pas en rêve.

— Je suppose que vous avez entendu les nouvelles, inspecteur ? s'enquiert Cross.

Paris lève les yeux.

— J'essaie de *lire* les nouvelles.

— Oh ! vous ne les trouverez pas là-dedans. Pas celles dont je vous parle en tout cas. Ce dont je parle ne fait pas les gros titres. En réalité, c'est même déjà de l'histoire ancienne.

Paris soutient le regard de Cross et se rappelle la dernière fois qu'il a vu cet homme. C'était juste après le procès. C'était aussi juste après une bonne dose de Jim Beam au Wilbert's Bar. Il avait fallu les séparer. Paris réplique :

— C'est le moment où je suis censé prendre un air intéressé ?

— Sarah Weiss est morte.

Bien que cette information ne soit pas vraiment choquante en soi – l'axiome selon lequel qui se sert de l'épée périt par l'épée s'appliquant parfaitement ici –, Paris fut pris de court.

— On en est certain ?

— Tout à fait.

Paris reste un instant silencieux, puis ajoute :

— C'est une drôle de chose, cette histoire de karma.

— Elle s'est apparemment mise un soir sur son trente et un et s'est rendue en voiture jusqu'à un coin paumé de Russell Township. Il semble qu'elle ait ensuite arrosé l'intérieur de la voiture d'essence, sifflé une bonne dose de whisky et craqué une allumette.

L'image secoue quand même Paris. En plus d'être une tueuse calculatrice, Sarah Lynn Weiss avait été une jeune femme au physique plutôt exotique. L'ascenseur se décide enfin à monter, et Paris baisse à nouveau les yeux sur son journal sans vraiment voir les mots imprimés. Puis il reporte son attention sur Jeremiah Cross. Celui-ci le regarde, ses sourcils sombres haussés, comme s'il attendait nécessairement une réaction à ce qu'il vient de dire.

Paris ne le fait pas attendre :

— Que voulez-vous que je dise ?

— Ça ne vous inspire rien ?

— Elle a assassiné un ami. Ce n'est pas moi qui vais lui porter une couronne.

— Elle était innocente, inspecteur.

— C'est vous qui le dites, fait Paris, riant presque.

— Et maintenant, elle est *morte*.

— Mike Ryan est mort, lui aussi, rétorque Paris, le ton montant d'un cran. Et pour ce qui est de se faire bouffer par les vers, Michael a carrément une tête d'avance.

— Si ça peut vous faire du bien, Sarah Weiss a vécu

un enfer pendant ces deux années. Et tout ça grâce à votre service.

— Permettez-moi de vous dire quelque chose, mon pote, reprend Paris, le ton montant encore de quelques décibels – heureusement qu'ils se trouvent dans l'ascenseur. Vous vous souvenez de Carrie Ryan ? La fille de Michael ? Oui ? La fille en fauteuil roulant ? Vous vous souvenez de son joli petit visage au fond de la salle d'audience, le jour où votre cliente est ressortie libre ? Elle a *11* ans, aujourd'hui. Et vous savez quel âge elle aura dans cinq ans ? *Seize* ans. Et Michael ne verra rien de tout ça.

— Votre ami était corrompu.

— Mon ami faisait la différence. C'est quoi, en fait, votre boulot ?

L'ascenseur s'immobilise et le carillon, tel le gong d'un match de boxe, annonce le hall. Les portes frémissent, puis s'ouvrent.

— Je veux juste savoir si vous êtes satisfait, inspecteur.

— Si je suis satisfait de quoi ? questionne Paris en se tournant imperceptiblement vers Jeremiah Cross, qui fait deux ou trois centimètres de plus que lui.

La défense, pas l'attaque. Du moins pour le moment.

— Si vous êtes satisfait d'avoir fini par obtenir la peine de mort pour Sarah Weiss ?

— Bonne journée, maître.

Les portes commencent à se refermer. Paris s'empresse de les rouvrir pour laisser sortir l'avocat.

Puis il le regarde traverser avec élégance le hall immense du centre judiciaire. Il se rappelle les cinq semaines chaotiques du procès de Sarah Weiss. À l'époque, une copine un peu fouineuse qui bossait au bureau du procureur avait informé Paris que Jeremiah Cross était une sorte d'énigme. Elle avait commencé par le furetage d'usage, puis avait intensifié les recherches quand elle avait vu (1) la belle gueule de Jeremiah Cross, (2) son écran d'ordinateur vide lorsqu'elle avait voulu dégotter quelque chose sur lui.

Au bout du compte, tout ce qu'elle avait pu obtenir, c'est qu'il était abonné à un service de répondeur téléphonique, et que l'en-tête de ses lettres indiquait une boîte postale, et le code postal 44118 signifiant qu'il prenait son courrier à Cleveland Heights.

Sur les vingt inspecteurs que compte la brigade criminelle, dix-huit sont des hommes, et tous sont sergents. Le grade de lieutenant est envisagé pour trois d'entre eux : Jack Paris, Greg Ebersole et Robert Dietricht. Paris n'est pas intéressé, Ebersole manque de compétences administratives, et Dietricht est officiellement le type le plus odieux du service, ce qui en fait un candidat naturel. C'est aussi un enquêteur de première.

Pour l'instant, Bobby Dietricht est assis sur le bord du bureau de Paris et retire une peluche imaginaire de sa jambe de pantalon impeccablement repassée tout en interrogeant une de ses sources avec le téléphone posé devant lui. Bobby a 39 ans et quelques centimètres de moins que le un mètre quatre-vingts de Paris, mais il est en bien meilleure forme. Bobby, qui ne touche ni à l'alcool ni à la viande rouge en semaine, va en salle de gym un jour sur deux. Alors que Paris a d'épais cheveux châtains qui lui tombent souvent sur le col, Bobby a des cheveux blonds, presque blancs, rasés tel un Marine derrière et sur les côtés, dégarnis sur le devant. Depuis la mort de Tommy Raposo, c'est Bobby Dietricht qui détient le prix d'élégance de la brigade. Et il ne roule jamais ses manches, même durant les journées les plus chaudes de l'année.

— Bon, poursuit Bobby, voilà ce qu'on va faire,

Ahmed. Je vais te poser une question, et tu vas me donner une réponse. D'accord ? Non, pas six réponses comme d'habitude. Une seule. C'est compris ?

Paris n'écoute que d'une oreille, mais il sait de quelle affaire il s'agit. Dietricht enquête sur la musulmane retrouvée violée et assassinée à Lakeview Terrace.

— Voilà, Ahmed. Une question simple avec une réponse simple en un seul mot. Prêt ? As-tu ou n'as-tu pas vu Terrance Muhammad dans le hall du 8160 cette nuit-là ?

Bobby appuie alors sur la touche haut-parleur pour faire profiter Paris de la conversation, et de la réponse dont il ne doute pas un instant qu'elle ne sera qu'un fatras de conneries.

Il a raison.

— Ce n'est pas si simple, dit Ahmed. Vous savez bien que l'office des HLM est très en retard en ce qui concerne les réparations. Nous les avons poursuivis en justice de nombreuses, de très nombreuses fois pour ce motif. Infiltrations d'eau, plâtre qui s'écaille, rambarde de balcon défectueuse. Sans parler des rats et de la vermine. Ajoutez à ça la faible puissance de l'unique ampoule qui éclaire le hall du 8160, et le moins qu'on puisse dire, c'est que toute identification devient pour le moins sujette à caution. Je voudrais pouvoir dire que j'ai vu M. Muhammad avec certitude, mais je ne le peux pas. Quand on pense que quelques watts en plus, un investissement de quelques pennies supplémentaires par an, auraient pu faire toute la différence dans une enquête criminelle…

— Ahmed, j'ai mis le haut-parleur. Je suis ici avec l'agent spécial Johnny Rivers, du Bureau fédéral d'investigation. Dis-lui bonjour.

Paris enfouit sa tête dans ses mains. Johnny Rivers. Bobby Dietricht est connu pour ses références à la culture rock and roll. Johnny Rivers a enregistré un « Secret Agent Man », ce n'est pas un agent spécial du FBI, mais Ahmed n'y voit que du feu, et c'est tout ce qui compte.

— Le FBI est là ? demande Ahmed, qui n'en mène pas large. Je ne comprends… pourquoi ça, s'il vous plaît ?

— Parce que le département de la Justice s'intéresse à la Nation de l'Islam et aux contrats qu'elle a signés avec Housing and Urban Development, répond Bobby. Il semble y avoir eu délit de corruption, d'extorsion, des choses dans ce genre.

Silence. Bobby le tient.

— Est-ce que vous pouvez couper le haut-parleur, s'il vous plaît ? demande Ahmed.

Bobby et Paris se tapent silencieusement dans la main. Bobby reprend le combiné.

— Paye-moi donc un café, Ahmed. Quand ? Non… pourquoi pas maintenant ? Maintenant, ça me va. Dans vingt minutes. Chez Hatton.

Bobby raccroche, se lève, tire sur ses manchettes et s'apprête à partir quand il se fige soudain et renifle l'air autour de lui.

— Jack ?

— Oui ?

— J'ai une question à te poser.

— Oui, répète Paris, ennuyé – cela fait cinq fois qu'il relit la même phrase.

— Pourquoi sens-tu comme une Spice Girl ?

Le téléphone. De toutes les possibilités qui se présentent quand le téléphone d'un flic de la police criminelle sonne à son travail – de la longue liste de ses informateurs paumés au bureau du coroner porteur de mauvaises nouvelles, en passant par le commissaire qui vous annonce joyeusement qu'on vient de trouver un nouveau corps et qu'il faut que vous alliez le tâter pour voir un peu de quoi il retourne –, le coup de fil qui transforme immanquablement sa journée est celui qui commence par :

— Salut, papa !

Dans la voix de sa fille, c'est toujours le printemps.

— *Salut*, Missy.

— Joyeux Noël !

— Joyeux Noël, ma puce, rétorque Paris. Comment ça marche à l'école ?

— Bien. On est en vacances depuis vendredi dernier.

Évidemment. Pourquoi ne réfléchit-il pas deux secondes avant de poser ce genre de questions ?

— Alors, qu'est-ce qui se passe ?

— Eh bien, commence-t-elle en déglutissant un bon coup. Tu sais que ça fait une semaine et demie qu'on ne s'est pas vus, hein ?

— *Oui*, répond Paris, le cœur serré par tout l'amour qu'il éprouve pour sa petite fille chérie.

Elle ressemble tellement à sa mère. La Mise en situation. La Flatterie. La Mise à mort. Il la laisse faire.

— Et tu me manques, ajoute Melissa.

— Tu me manques aussi.

Deuxième déglutition.

— Maman t'a dit qu'elle allait à la soirée de Noël donnée par son bureau, ce soir ?

— Elle l'a peut-être mentionné au passage.

— Et tu te rappelles qu'elle t'a aussi dit que je devais avoir des copines qui viendraient dormir à la maison ?

— Non, ma puce, mais ça a l'air cool.

— En fait… il se trouve que Darla a attrapé froid.

— C'est vrai ?

— Hum. Du coup, elle ne peut pas venir nous garder.

— Je vois, dit Paris, qui admire la tactique employée par sa femme en demandant à Melissa d'appeler.

— Alors, tu crois que tu pourrais le faire ? questionne Melissa, qui surpasse encore sa mère pour ce qui est du charme.

Bon Dieu, ça va être une femme dangereuse ! se dit Paris. Il avait prévu de louer *Mélodie pour un meurtre*, de cuire de la dinde toute prête au micro-ondes et peut-être d'en profiter pour faire une ou deux machines de lessive. Mais pourquoi donc renoncer à une soirée aussi passionnante pour passer quelques heures avec sa fille ?

— Bien sûr.

— Merci, papa. Maman a dit 8 heures.

— Huit heures, d'accord.

— *Oh !* J'ai failli oublier !

— Quoi, mon cœur ?

— Maman t'a dit ce qu'elle m'avait acheté pour Noël ?

— Non, répond Paris, qui s'attend à être battu sur le terrain de ce qui est classe ou à la mode.

— C'est trop super, dit Melissa. C'est le top du top.

— Qu'est-ce que tu as eu ?

— Du *parfum* Lancôme.

En retournant au magasin pour rapporter le parfum – alors qu'il a déjà jeté la languette d'échantillon après la boutade de Bobby Dietricht –, Paris s'aperçoit qu'il ne cesse de penser à Sarah Weiss, ce nom qu'il a tout fait pour oublier au cours de ces dix-huit derniers mois. Même s'il n'a jamais fait équipe avec Mike Ryan, Paris le considérait comme un ami et le voyait comme un flic droit et solide, un père de famille qui avait une femme formidable et une petite fille en fauteuil roulant qu'il aimait par-dessus tout.

C'était Mike Ryan qui avait trouvé le surnom de Paris dans le service, « Fingers », autrement dit « Doigts agiles », en référence au goût de Paris pour les tours de cartes et le baratin qui va avec, habitude qu'il tirait de son grand intérêt pour la prestidigitation. Paris ne comptait plus les vendredis soir passés dans un des bars bondés du centre-ville où Mike Ryan, hilare et passablement éméché, lui criait, un paquet de cartes à la main : *« Hey, Fingers ! Montre-leur celui où tous les rois les perdent dans un accident de chasse. »* Ou encore : *« Hey, Fingers, fais celui avec les quatre valets, la reine et les mateurs. »*

Ou, qu'est-ce que tu dirais de ça ? pense Paris en tournant au coin d'Ontario Street.

Hey, Fingers ! Je ne vais pas tarder à me faire descendre dans une chambre d'hôtel. Tu veux bien faire quelque chose pour moi ? De flic à flic. Sois sympa et rends la pareille à la salope qui m'a fait sauter la cervelle.

Sarah Lynn Weiss.

Morte.

Paris se remémore la silhouette svelte de Sarah Weiss, ses yeux limpides d'obsidienne. La version de Sarah était qu'elle avait trouvé la sacoche en cuir dans les toilettes et qu'elle s'apprêtait à regarder ce qu'elle contenait quand la police avait fouillé les lavabos. La seule preuve matérielle la reliant au meurtre avait été des traces du sang de Michael Ryan sur le grand sac de cuir gisant à ses pieds.

Mais Paris l'avait lu dans son regard. Il avait plongé ses yeux dans les siens moins de vingt minutes après qu'elle eut tué un homme, et la folie meurtrière y était toujours bien visible.

Il pense à Sarah Weiss ivre dans sa voiture en flammes, ses poumons remplis de fumée, la chaleur faisant cloquer toute sa peau. Il pense au corps sans vie de Mike Ryan effondré sur ce fauteuil d'hôtel.

L'inspecteur Jack Salvatore Paris trouve la symétrie qu'il recherche dans ce diptyque triste et violent, l'équilibre dont il a *besoin*, et il se dit :

Voilà, Mikey, c'est enfin terminé.

On referme le livre aujourd'hui.

Paris s'engage dans Euclid Avenue, les vapeurs de gazole mêlées au parfum de noix de cajou grillées réanimant ses souvenirs olfactifs pour le replonger dans une longue promenade vers Higbee's, Halle's et Sterling Lindner's – les magnifiques grands magasins de son enfance – et toutes leurs promesses de Noël.

Lorsqu'il entre dans Tower City, se sentant enfin apaisé, il n'a aucun moyen de savoir que, moins d'une heure plus tard, son téléphone se remettra à sonner.

Il répondra.

Et sur la cité où il a vu le jour, des ténèbres immémoriales s'abattront.

5

Cain Manor est un immeuble cubique d'une vingtaine d'appartements en pierre blonde situé sur Lee Road, près de Cain Park. Ces habitations au loyer modéré ne désemplissent pas et le renouvellement rapide des locataires permet d'y croiser sans cesse de nouveaux visages. À droite de l'immeuble se dresse son jumeau en tout point identique, un autre bâtiment en pierre blonde composé de vingt appartements, qui porte le nom de Cain Towers.

Depuis deux ans qu'elle habite dans ce deux pièces au troisième étage de Cain Manor, elle se demande encore ce qui fait que l'un des immeubles soit pompeusement qualifié de manoir, et l'autre de tour.

Ce matin, elle est assise à la table de son coin repas donnant sur Lee Road. On peut entendre la rumeur mouillée de la circulation hivernale derrière le journal du matin qu'elle écoute sur un gros poste de radio posé par terre. Elle est pieds nus, serrée dans un peignoir de soie bleu lavande, et fume une cigarette française en prenant son café. Moïse, son vieux siamois, reste sur le rebord de la fenêtre.

À 11 heures moins cinq, elle se recoiffe, lisse ses joues et rajuste son peignoir. Ces gestes sont, bien entendu, aussi automatiques que superflus étant donné qu'elle n'a jamais ne serait-ce qu'approché Jesse Ray Carpenter et doute qu'elle le rencontrera jamais. Pourtant, l'idée que cet homme quelque peu énigmatique puisse se garer sur le parking d'en face quelques minutes plus tard ne manque jamais de flatter sa vanité naturelle.

Jesse Ray est toujours ponctuel.

Elle se lève, traverse la cuisine et prend la cafetière sur la paillasse. Puis elle revient se servir une tasse de café et observe le ciel au-dessus de la ville, les nuages tristes, alourdis par la neige. Dans une vie parfaite, à 8 heures ce matin, elle se serait tenue à l'angle de Lee Road et de East Overlook pour attendre le minibus de la maternelle Mayfair avec sa fille, Isabella. Bella, avec ses joues couleur framboise en hiver et ses yeux bleu Tiffany à illuminer le ciel de décembre, aurait été emmitouflée dans son anorak rose et ses grosses moufles assorties. Dans une vie parfaite, la mère d'Isabella aurait bossé normalement – club de remise en forme deux fois par semaine, apéro le vendredi soir, location de films le samedi soir. Un pour Bella, un pour elle.

Au lieu de ça, à 11 heures du matin, en pleine semaine, elle attend un couple de criminels.

Elle jette un coup d'œil de l'autre côté de la rue et aperçoit le haut de la luxueuse berline noire qui pénètre dans le parking de Dairy Barn et se gare près de la cabine téléphonique. Elle voit la vitre s'abaisser et la manche sombre du pardessus émerger, la manchette d'un blanc éclatant, la montre en or. C'est pratiquement tout ce qu'elle a jamais vu de lui, même si, une fois, elle a cru apercevoir sa voiture sortant de derrière le Borders, à La Place, et l'a suivi pendant une dizaine de minutes avant de le perdre entre Green Road et Shaker Boulevard.

Elle ne va pas tarder à voir Celeste, grande fille débordante d'énergie, descendre du côté passager.

Elle avait rencontré Celeste un soir par hasard, alors qu'elle était bêtement intervenue entre la jeune femme et un type passablement ivre qui la menaçait dans le hall du Beachwood Marriott. Le type était grand, cheveux longs, tee-shirt Harley, énorme tatouage d'un serpent à sonnette orange enroulé autour du bras droit. Elle-même, un peu éméchée, s'était interposée en sortant son cran d'arrêt sous le nez du type. Il avait battu en retraite d'un air moqueur et Celeste l'avait remerciée en lui payant un verre. Une margarita en entraînant une autre, les confidences étaient venues et Celeste lui avait confié quelques détails de sa vie illicite. Un peu d'escroquerie, une fraude à l'assurance par-ci, un menu larcin par-là. Quinze jours plus tard, elles s'étaient revues pour prendre un verre, et elle avait demandé à Celeste si elle connaissait quelqu'un à qui elle pourrait vendre des bijoux. Celeste avait répondu que oui.

Ce soir-là remonte à deux ans et près de quarante-cinq mille dollars en arrière. Le soir où elle passa un accord diabolique avec elle-même.

Cinquante mille dollars, pas un sou de moins.

Celeste frappe, comme d'habitude, un peu trop fort à la porte.

— Salut, ma belle, lance-t-elle en faisant irruption dans l'appartement avec un enthousiasme d'adolescente avant de l'embrasser brièvement.

Elles s'embrassent depuis quelque temps. Celeste est svelte avec un côté majestueux, le teint uni, pas loin de la beauté des top-modèles de défilés. Cette fois, elle porte un pantalon de ski rouge, un blouson en fausse fourrure noire, une écharpe rouge. Elle a les cheveux lâchés, décoiffés par le vent, et arbore de longs pendants d'oreilles en forme de stalactites.

— Il fait froid ?

— On gèle, répond Celeste. Tu as du café ?

— Sers-toi, dit-elle en remettant le verrou et la chaîne de sûreté.

— Merci.

Celeste déroule sa grosse écharpe et prend une tasse dans un placard. Elle se sert un café tandis que le saxo de Bird joue « Bloomdido » à la radio, puis elle s'assoit devant la table.

— Comment va Jesse Ray ? s'enquiert-elle systématiquement, bien que Celeste ne se soit jamais montrée très loquace sur le sujet.

Un jour, alors qu'ils en étaient déjà à plus de dix mille dollars de bénéfices, Celeste lui a simplement dit que le type s'appelait Jesse Ray Carpenter. Elles regardent en même temps par la fenêtre. Un ruban de fumée argentée sort par la vitre de Jesse Ray et s'élève vers le ciel. Jesse Ray, qui tient à tout contrôler. À chaque fois qu'elle veut voir Celeste, c'est Jesse Ray qu'elle appelle.

— Il va bien. En fait... il est furieux contre moi, dit Celeste.

— Pourquoi ? Qu'est-ce qui s'est passé ?

Elle ne sait pas vraiment quelle est la nature exacte des relations entre Celeste et Jesse Ray, sauf qu'elle a déjà vu Celeste prendre un air rêveur en parlant de lui. D'après Celeste, Jesse Ray est le prince des escrocs. Un vrai magicien.

— Oh ! rien. Tu sais comment il est.

— En fait, je ne sais *pas* comment il est. Je ne l'ai jamais rencontré.

— Eh bien, disons juste que je me suis plantée dans une situation très importante.

Puis Celeste se tait et rougit légèrement, comme si elle se prenait un nouveau savon, et boit son café en tenant sa tasse d'une main mal assurée.

Elle examine Celeste un instant, puis se tourne vers le tiroir de la cuisine derrière elle, y prend un sachet en papier et le lance à la jeune femme, changeant ainsi officiellement de sujet, comme toujours quand leur bavardage dérive vers le boulot.

Celeste regarde à l'intérieur du sachet, et son visage s'éclaire.

— Alors… qui était-ce, cette fois ?

— Tina.

— Le *Faucon*, commente Celeste sur un ton mena-çant en mimant des serres avec ses mains.

Tina Falcone compte parmi la douzaine d'identités dont elle se sert, chacune correspondant à un physique différent, un style différent. Elle imite bien les accents aussi. Quand elle joue à la latina, elle est complètement hispanique. Sa bourgeoise anglaise n'est pas mal non plus. Mais sa personnalité préférée est Rachel Ann O'Malley, l'enfant star du cinéma des années 1920.

Cependant, parmi toutes ces identités, son vrai prénom est le plus simple de tous. Mary. Une bonne vieille Mary.

— Et le faucon a fondu sur sa proie ? demande Celeste.

— Tu parles, répond Mary en riant. Ça a stoppé net le vieil Elton.

— Elton ?

— Ouaip. C'était une première.

Celeste secoue la tête et sourit en passant en revue tout le contenu du sac.

— Elton, répète-t-elle avec révérence, comme si le tableau n'avait jamais été aussi fructueux.

Elle se lève, finit son café et enroule son écharpe autour de son cou.

— Bon, ma belle, il faut que j'y aille. Jesse Ray doit se rendre quelque part. Je t'appelle demain.

— D'accord, réplique-t-elle, mais il y a de la distance et de la tristesse dans sa voix.

— Ça va, ma grande ? s'enquiert Celeste.

— Je vais la ramener à la maison bientôt, tu sais ?

— Je sais, rétorque Celeste, sa réponse déjà prête. Tu vas y arriver. Ça ne sera plus très long.

— Il ne me manque plus que six mille dollars, c'est tout. Six mille balles et point barre. Même un peu moins.

Celeste agite le sachet de bijoux dans les airs et en fait sonner le contenu.

— *No problemo.*

Celeste est la seule personne à qui elle peut parler d'Isabella et de ce que cet argent signifie pour elles deux.

Mary n'a jamais été mariée au père d'Isabella, Donny, un batteur de rock minable de Zanesville, dans l'Ohio. Mais elle a effectivement mené une existence rock and roll pendant deux ans avec Donny Kilgore et son groupe, Android Beach, un ramassis de drogués invétérés qui jouaient un mélange inaudible de techno et de stadium rock des seventies. Pendant près de deux ans, elle avait suivi Donny et les garçons en tournée, à laver leurs fringues, faire cuire des tonnes de nouilles sur une plaque chauffante, les tirer de la cellule de dégrisement plus de fois qu'elle n'aurait su le dire et à dégueuler dans d'innombrables chambres de motels.

À la naissance d'Isabella, Donny lui avait promis

solennellement et dans les larmes qu'il arrêtait l'alcool et l'herbe. Il lui avait certifié que tout allait changer, qu'il avait été approché par des gens nouveaux, une *vraie* maison de disques qui allait faire décoller le groupe.

Ce que Donny avait oublié de mentionner, c'est que ces gens avaient des besoins un peu particuliers. Ainsi, un beau matin, vers 5 heures, on avait défoncé la porte et un berger allemand répondant au nom de Quincy avait déniché un kilogramme de cocaïne dans la cave.

Elle s'était mise à soupçonner Donny de dealer et avait retourné leur petite baraque de Bedford Heights de fond en comble pour trouver sa came, mais en vain. En revanche, ce qu'elle avait dégotté, c'était une liste d'une quarantaine de gros bonnets de l'industrie du disque avec adresses, numéros de fixes, numéros de portables, adresses e-mail et noms des épouses. Il y avait même leurs cocktails préférés. Bref, la liste des clients de Donny. La plupart étaient des avocats et des comptables, véritables piliers de leur communauté. Quelques-uns étaient propriétaires d'un label. Mais la plupart étaient des personnages en costume très conventionnel, flanqués d'une seconde épouse. Elle était absolument certaine que c'étaient ces gens-là que Donny avait fournis en came pour tenter de lancer Android Beach.

Depuis le jour où elle avait découvert ce document dans le van de Donny, elle en avait pris grand soin.

Après avoir coopéré avec les stups, Donny s'en était tiré avec une peine de cinq ans, et elle avait écopé de deux années de probation et de deux cents heures de travaux d'intérêt général. Elle ne savait rien sur la coke, mais elle connaissait Donny Kilgore, ce qui aurait dû lui mettre la puce à l'oreille.

Mais le pire était encore à venir. À trois semaines de l'audience, son père avait tiré toutes les ficelles à sa disposition – et il en avait beaucoup, certaines remontaient même jusqu'aux plus hauts niveaux de la machine politique du comté de Cuyahoga – et il avait pris Isabella.

C'était il y a deux ans et demi. Elle a donc déjà manqué plus de la moitié de la vie d'Isabella à ce jour. Ses deux tentatives légales pour récupérer sa fille ont échoué lamentablement et lui ont coûté des milliers de dollars, suscitant une telle hargne au sein de sa famille que son père ne lui parlait plus depuis plus de dix mois.

Deux ans et demi. Deux années et demie de perruques, de maquillage, de mains baladeuses et de langues aigres imbibées d'alcool. Deux années et demie à écumer méthodiquement la liste de ces ennuyeux personnages de l'industrie du disque, avec leurs histoires de femmes trop froides et de pression dans le travail.

Deux ans et demi sans Bella.

Elle se tient dans la cabine téléphonique au coin de Taylor Road et de Fairmount Boulevard, ses énormes lunettes de soleil sur le nez, pour faire face au soleil hivernal qui perce soudain à travers les nuages. Elle a fourré ses cheveux sous un béret de laine, et sa grosse doudoune de ski dissimule tout le reste. Malgré l'injonction d'éloignement dont elle fait l'objet, Mary se cache dans cette cabine téléphonique deux fois par semaine, et se concentre pour tenter d'apercevoir Bella de loin – dans le film nimbé de brouillard d'un jardin d'enfants tumultueux, dans lequel des femmes de son âge serrent des enfants dans leurs bras, sèchent leurs larmes et veillent sur eux.

Elle consulte sa montre. Même si elle est en retard pour rejoindre l'un de ses deux emplois à mi-temps, elle n'arrive pas à partir. Même si elle a besoin d'aller chercher des blocs à spirale, d'acheter des collants, de faire le plein d'essence et de s'arrêter à la blanchisserie, elle n'arrive pas à s'éloigner.

Elle n'y arrive jamais.

La cloche retentit brusquement pour faire sortir les petits de la maternelle Mayfair.

Et le film, brouillé par les larmes maternelles, se déroule à nouveau.

6

— Brigade criminelle, inspecteur Paris.

La ligne téléphonique semble d'abord coupée, comme si l'interlocuteur avait raccroché pendant qu'il le faisait patienter. Ce qui, si Paris ne se trompe pas, n'avait pas dû prendre plus de soixante secondes. Puis une respiration agitée à l'autre bout du fil lui indique qu'il y a quelqu'un. Cela lui indique aussi qu'on va lui livrer une information, qu'elle soit vraie, fausse ou, plus vraisemblablement, un mélange des deux. Il a déjà entendu ce genre de respiration profonde des milliers de fois.

— Inspecteur, lâche une voix masculine, je m'appelle M. Church.

Paris ferme les yeux ainsi qu'il le fait souvent quand il s'entretient pour la première fois au téléphone avec quelqu'un qu'il ne connaît pas. Il s'efforce d'associer une représentation physique à la voix. Son petit jeu de flic à lui.

— Que puis-je faire pour vous, monsieur Church ?

— Je crois que j'ai des renseignements qui pourraient vous intéresser.

— À propos de quoi ?

— D'une femme.

Quelle surprise, se dit Paris.

— Il faudrait que j'en sache davantage, monsieur.

— Elle a peut-être disparu.

Super. Erreur d'aiguillage.

— Ah! D'accord, commence Paris pensant qu'il lui faudra de nouveau avoir une explication avec le standardiste, pour la dix millième fois. Ce n'est pas du tout le bon service. Ne raccrochez pas, je vais vous passer les…

— J'ai peur pour elle. Elle ne fait peut-être plus partie du monde des vivants.

— Je suis sûr qu'elle va très bien, monsieur, assure Paris en se demandant qui, à part peut-être Christopher Lee, peut utiliser une expression comme « le monde des vivants ». Mais je crains que les personnes disparues ne soient pas du ressort de la brigade criminelle.

— Même si c'est nécessaire, j'imagine, poursuit l'homme. Comme de couper une fleur fanée. Orchidées, lis, roses.

Confusément, Paris sent que cette conversation va prendre un tour surréaliste. Après vingt ans de métier, on apprend à entendre quand la fusée décolle.

— Comme de couper une fleur fanée?

— Oui. Vous voyez de quoi je parle, n'est-ce pas, inspecteur?

— Je ne vois pas du tout, monsieur. Écoutez, s'il y a quoi que ce soit que la brigade puisse faire pour vous, je serais plus qu'heureux de…

— Vous prendrez sa place dans l'*ofún*.

Je prendrai sa place dans l'eau quoi?

— Je vous demande pardon?

— De la craie blanche, inspecteur, précise l'homme en un murmure à peine audible.

Bon.

— Très bien, monsieur Church. Merci d'avoir appelé. Je vais faire attention à…

Mais la communication est interrompue. Quelques secondes plus tard, la tonalité se fait entendre.

Comme de couper une fleur fanée…

Sans savoir pourquoi, Paris garde le combiné collé contre son oreille.

— Jack ?

Orchidées, lis, roses…

— Jack ?

Paris prend soudain conscience que le chef de la brigade, le capitaine Randall Elliott, et une femme qu'il ne reconnaît pas se tiennent à l'entrée de son bureau.

Devinant qu'il va y avoir des présentations, Paris se lève. Il pressent aussi une mission merdique dans la foulée. Il a raison sur les deux points.

— Jack, vous avez une minute ? demande Elliott.

— Pour vous, chef ?

— Je vous présente Mlle Cruz. Elle est du *Mondo latino*, poursuit Elliott, les lèvres étirées en un sourire factice puant l'hypocrisie.

Elliott a une bonne cinquantaine d'années, les cheveux blancs, le corps engoncé dans son costume bleu et les joues rougies par un demi-siècle d'hivers vécus à Cleveland.

— Elle va passer une semaine ici pour voir comment fonctionne notre unité. J'ai pensé que vous seriez le mieux placé pour la piloter. Elle a dit qu'elle voulait travailler avec le meilleur.

Le regard que Paris adresse à Elliott pourrait trancher le béton. Acéré.

Paris déteste ces reportages genre « ma-semaine-chez-les-flics » dont les journalistes locaux se servent pour démontrer à quel point la vie des policiers est incroyablement dure – ce qui leur permet ensuite de leur cracher dessus les cinquante et une autres semaines de l'année. *Mondo latino* est un petit journal du West Side qui s'adresse aux communautés portoricaine, mexicaine et cubaine de la ville. Même si ce journal semble relativement objectif dans ses comptes-rendus, la dernière chose dont Paris a envie, c'est de se traîner une journaliste avec lui pendant toute une semaine.

Mlle Cruz a entre vingt et trente ans et tout du physique ordinaire : des grosses lunettes bon marché, des boots de marche synthétiques et un ensemble en lainage orange foncé. Ses cheveux, couleur de tabac mouillé, pendent mollement sur ses épaules. Elle donne l'impression d'être une jeune femme plutôt séduisante qui fait tout ce qui est en son pouvoir pour le dissimuler.

— Mercedes F. Cruz, annonce la femme qui arrache presque la main de Paris de sa poche pour la serrer avec un enthousiasme magistral. Très heureuse.

— Tout le plaisir est pour moi, rétorque Paris en remarquant que Mercedes F. Cruz porte ce qui ressemble à un appareil dentaire métallique dans la bouche et une barrette en plastique ornée d'un chaton endormi dans les cheveux. C'est toujours Victor Sandoval qui dirige le journal ?

— *Oh oui !* répond-elle.

— Et il cache toujours sa Sambuca dans une bouteille de Fresca ?

— C'est donc ça ? s'étonne-t-elle en souriant.

— C'est juste un bruit qui court, dit Paris avec un clin d'œil en direction d'Elliott, se soumettant à la tâche qui lui est confiée. Bienvenue à la brigade criminelle.

— Merci, dit-elle avant de consulter ses notes. Vous avez été impliqué dans cet incident à proximité du Good Egg Restaurant, n'est-ce pas ?

— En effet, confirme Paris, déjà impressionné par la précision de Mlle Cruz, et flatté de susciter l'attention d'une toute jeune femme. Même si elle est affublée d'une barrette jaune vif décorée d'un chaton.

— J'ai suivi l'affaire Pharaon d'assez près, explique Mercedes. Ces jeunes femmes seules, et tout ça…

— Bien sûr.

Elliott profite d'un blanc dans la conversation pour battre en retraite.

— Bien, dit-il. Je vous laisse régler les détails. Une fois encore, je suis ravi de vous avoir rencontrée, mademoiselle Cruz. C'est toujours un plaisir de travailler avec nos amis de la communauté hispanique.

Elliott s'en va et laisse Paris et Mlle Cruz face à face, un peu gênés.

— Alors, dit Paris en faisant entrer Mercedes dans son bureau. Quand voulez-vous commencer ?

— Que diriez-vous de tout de suite ?

— C'est-à-dire que j'ai pas mal de lecture à faire pour le moment. Rien de très excitant.

— Pas de problème, réplique-t-elle. Je m'intéresse à tous les aspects du travail de la brigade.

Elle va me regarder lire ? s'interroge Paris.

C'est bien ce qu'il semble.

Mercedes Cruz laisse tomber son sac par terre, pousse une chaise dans un coin du bureau de Paris envahi par les papiers et s'assoit, un bloc-notes à spirale sur les genoux, le stylo en attente. Paris remarque que la couverture du bloc est festonnée d'une guirlande élaborée de petits cœurs concentriques bleus et rouges tracés au stylo à bille. Un griffonnage d'écolière.

Et ce n'est que le premier jour, se dit Paris.

— Faites votre travail, inspecteur, dit Mercedes en rajustant le chaton sur sa tête. Vous ne saurez même pas que je suis là.

Le niveau sonore est *ahurissant*.

En tant qu'ancien agent de police, il a bien entendu été confronté à tous les scénarios de nuisances acoustiques. Des détonations à répétition d'armes automatiques sur le champ de tir au vacarme produit par une douzaine de mecs défoncés au crack gueulant tous en même temps dans un deux pièces, en passant par l'incroyable tumulte d'une course-poursuite de cinq unités de police lancées toutes sirènes hurlantes dans une petite rue. Il a même une fois pourchassé un suspect à travers la foule lors d'un concert de ZZ Top en plein Public Hall : une fois sur la scène, il a cru se trouver sur une piste de décollage de l'aéroport Hopkins, juste sous l'aile d'un 747.

Mais alors qu'il pénètre dans l'appartement de son ex-femme sur Shaker Square, Paris doit admettre qu'il n'y a rien au monde d'aussi bruyant que le vacarme assourdissant produit par la soirée pyjama d'une demi-douzaine d'adolescentes.

— Qu'est-ce que c'est que ça ? demande Paris.

Ils se trouvent dans l'une des deux chambres d'amis de Beth et discutent en toute simplicité, ayant déjà épuisé l'inévitable sujet de leur travail respectif. Fugitivement, dans des moments comme celui-ci, c'est comme si leur mariage durait encore. Sauf que Beth porte une robe du soir en velours vert. Et qu'elle s'apprête à sortir sans lui.

— C'est terrible, non ? réplique Beth, qui finit de mettre sa boucle d'oreille.

Elle a les cheveux caramel qui lui arrivent aux épaules, et ses lèvres sont ce soir d'un bordeaux soutenu. Alors qu'elle a bien dépassé la trentaine, Paris serait prêt à jurer que sa silhouette est toujours la même que celle de la jeune femme dont il est tombé amoureux plus d'une douzaine d'années plus tôt. Pour Jack Paris, Elizabeth Shefler était, et est toujours, la beauté incarnée.

L'examinant un moment, il sent une tristesse monter en lui, sachant au fond de lui qu'il ne tombera plus jamais amoureux. Pas comme il l'a été de Beth.

— Bienvenue au poste de contrôle, ajoute Beth avec un sourire, évoquant clairement ses années de femme de flic, ce qui interrompt par bonheur le fil de ses pensées.

Sur le bureau, dans un coin de la chambre, un grand écran d'ordinateur est encadré de Post-it jaunes. Paris remarque l'unité centrale sous le bureau, dont les deux voyants verts brillent comme les yeux d'un gros chat électronique montant la garde.

— C'est la boîte qui m'a payé ça, ajoute Beth. Je peux faire la moitié de mon travail ici, maintenant.

— Tu es aussi bonne que ça en informatique ?

— Ils m'ont aussi payé une formation de trois jours. Je me débrouille.

Sur le moniteur est accroché un petit appareil qui évoque une balle de tennis avec en son centre un point noir et brillant. Paris s'en approche et le touche du doigt. Il s'aperçoit que l'appareil est fixé par une petite ventouse en plastique.

— Astucieux, non ? dit Beth. C'est un caméscope. On s'en sert pour les conférences.

— Les conférences ?

— Les vidéoconférences.

— Pardon, réplique Paris. Tu sais comme je suis nul pour tous ces trucs-là.

Beth le rejoint devant le bureau. Elle frappe quelques touches et lance un programme. Soudain, ils apparaissent tous les deux sur l'écran.

Paris a l'impression bizarre de se retrouver au rayon informatique d'un grand magasin, quand les caméras vidéo en démonstration diffusent votre sale tête sur un

mur d'écrans. Sauf que, là, il se trouve devant l'ordinateur de Beth installé dans la chambre d'amis. Un million
de scénarios coquins traversent la tête de Jack Paris. Il les
repousse aussitôt.

— Whaou ! est tout ce qu'il parvient à articuler.

Très brièvement et curieusement, alors que l'écran
montre leurs deux bustes mal éclairés, Paris voit son
ex-femme comme une parfaite étrangère, une femme
très séduisante à quelques centimètres de lui. Il est fasciné par la façon dont la lumière joue sur ses seins, ses
épaules, ses cheveux. Mais il ne voit pas son visage.

Et, tout aussi curieusement, cela l'excite encore plus.

— À propos, dit Beth en appuyant sur quelques
touches pour faire disparaître l'image de l'écran, tu as
pensé au coffre ?

Merde, pense Paris. Il espérait garder ça pour plus
tard. Si elle ne lui en avait pas parlé cette fois, cela lui
aurait donné l'occasion de la revoir, hors ses droits de
visite hebdomadaires.

— Cette semaine, promis.

— Je ne voudrais pas qu'il se passe quoi que ce soit,
ajoute Beth, faisant référence à l'alliance de sa mère,
bijou d'une valeur principalement sentimentale qui
faisait partie du reliquat de plus en plus ténu de leur
mariage.

Elle se trouvait depuis le divorce dans une boîte de la
Republic Bank.

— Cette semaine, répète Paris.

— Merci, lui dit Beth avec un sourire qui ramollit
les genoux de Paris, le sourire même qui l'a fait fondre
autrefois. Je serai rentrée entre minuit et une heure,
assure-t-elle avant de l'embrasser sur la joue.

Un peu tard pour une soirée de bureau, non ? songe
Paris, mais il n'en dit rien.

— Elles dormiront toutes à cette heure-là, j'espère ?
Beth éclate de rire.
— Mais oui, Jack.

— Elles ont quel âge, tes copines, Missy ?
Ils sont dans la cuisine et préparent ce qui doit être leur cinquième pichet de thé glacé. Le vacarme s'est un peu calmé dans le séjour, à l'exception d'une explosion de rires de temps en temps. Mais pour Paris, père d'une presque adolescente, le silence est presque pire.
— Mon âge, répond Melissa. Jennifer a 12 ans. Jessica, 11. Mindy, 12.
Douze ans, pense Paris en récupérant un bac à glaçons pas tout à fait gelés dans le congélateur. L'une des gamines avait l'air d'en avoir au moins seize. Était-ce ainsi que les garçons voyaient sa fille ?
— Vous êtes toutes dans la même classe ?
— Ouais, réplique Melissa.
— Certaines ont l'air tellement… je ne sais pas…
— Mûres pour leur âge ?
— Oui, j'imagine que c'est ça. Mûres.
— Je sais, dit Melissa. Jessica a les nichons qui poussent.
Le mot flotte un instant et fige Jack Paris, annihilant toute sa capacité de mouvement, de réflexion. Nichons. Sa fille a dit *nichons*. Bon Dieu, à quoi fallait-il s'attendre maintenant ! Il essaie de parler :
— Je n'ai pas voulu… enfin… ce n'est pas… tu sais…
— On peut commander une pizza ? demande Melissa, mettant fin à ses souffrances. Maman dit que le nouveau livreur de Domino est vraiment mignon. On veut toutes le voir.
Putain, se dit Paris. *Mignon. Nichons. Le livreur !* En une seule conversation. Il a l'impression que le sol vient de s'ouvrir sous ses pieds. Il contemple sa fille, ses

longs cheveux acajou, ses yeux brillants, sa silhouette de gamine, et il se demande comment il va pouvoir survivre aux dix années qui vont suivre.

Heureusement, à cet instant, le chanteur préféré d'une des filles passe à la radio et Jessica/Jennifer/Mindy monte le son à fond. C'est l'une des raisons pour lesquelles Paris n'entend pas la sonnerie du téléphone.

L'autre raison, c'est que l'appel arrive sur la deuxième ligne de Beth, celle de la chambre d'amis, branchée sur le modem de l'ordinateur.

Pendant que Paris apporte le pichet de thé glacé au salon et cherche le numéro de la pizzéria Domino, dans la chambre, l'ordinateur produit ce petit bruit qui signale que deux ordinateurs se connectent, puis retombe dans un silence troublé seulement par le *skrit-skrit-skrit* du disque dur en train de charger un fichier : silencieux, efficace, discret.

Cliquez ici.

Paris regarde les deux mots inscrits en lettres rouge vif ombrées de gris affichés sur l'écran d'ordinateur. Ils occupent le centre d'une page noire et semblent flotter dans l'espace.

Il se tient dans la chambre d'amis, devant le bureau. Il sait qu'il se montre indiscret, bien sûr, et il s'en veut. Mais pas assez pour que ça l'arrête. Bien que Beth puisse arriver d'un instant à l'autre, il ne peut résister à la tentation. Est-ce l'enquêteur qui est en lui ? Ou juste le sale con ?

Paris vote pour le sale con.

Cliquez ici.

Collé à l'inscription, sur la droite, il y a le curseur de la souris – une petite flèche blanche orientée vers la gauche. Les rares fois où Paris a dû travailler sur un ordinateur, il ne s'est servi que du clavier, mais il lui est tout de même arrivé de manier une souris à une ou deux reprises.

Il s'assoit sur la chaise de bureau, se cale confortablement et prend la souris. Après avoir fait patiner la flèche plusieurs fois autour de l'inscription, il parvient à la positionner sur le *q* de « Cliquez ».

Il appuie sur la touche gauche de la souris.

Et même s'il ne sait pas trop ce qu'il s'attendait à voir en cliquant sur le mot (un organigramme quelconque, ou une liste des clients de l'agence immobilière où Beth travaille), ce qu'il découvre le plonge dans la plus grande perplexité.

C'est un fauteuil.

Une bergère à oreilles en velours.

L'image est un peu floue et se tord légèrement, comme avec une mauvaise réception télé. L'image est en noir et blanc. Sans pouvoir expliquer pourquoi, Paris sait qu'il ne s'agit pas d'une photographie mais d'une image en direct. L'image en direct d'un *siège*.

Internet, songe Paris. *Une belle connerie*. Il est presque fier de sa résistance aux ordinateurs. Il plisse les yeux pour essayer de voir s'il y a une empreinte sur le siège, si quelqu'un vient de s'asseoir sur le fauteuil, mais l'angle n'est pas assez plongeant.

L'image revient sur l'injonction *Cliquez ici*.

Paris se sent rassuré : il n'a violé aucun secret, même si, bien sûr, il n'a désormais plus le droit de cliquer sur quoi que ce soit. Ce qu'elle a sur son ordinateur ne regarde qu'elle. Qu'est-ce qu'il s'attendait à trouver ? Des lettres d'amour ? De toute façon, Beth n'est pas le genre de femme à taper une lettre d'amour. Beth est le genre de femme qui trouverait le papier à lettres adéquat, l'encre adéquate, les sentiments adéquats. En fait, Beth est…

Debout à l'entrée de la chambre.

En train de *l'observer*.

Elle est entrée dans l'appartement, a sûrement vérifié que Melissa et ses copines dormaient et a remonté tout le couloir sans faire le moindre bruit.

Paris se dit qu'il fait un sacré flic. Toujours sur le qui-vive.

— Je, heu… bredouille-t-il en se levant. Je voulais juste…

Elle l'a vu devant l'ordinateur, évidemment. Paris regarde par terre et attend le savon qu'elle ne va pas manquer de lui passer, terminant son discours par les insultes les plus fleuries en jurant qu'on ne la reprendra plus jamais à le laisser s'approcher de chez elle.

Mais rien de tout cela n'arrive. Beth le *serre* au contraire *dans ses bras* avec un grand sourire imbibé.

— Joyeux Noël, Jack, dit-elle.

Paris sent son souffle alcoolisé. Il lui rend son étreinte et se sent aussitôt excité par son contact doux et parfumé.

— Joyeux Noël. C'était bien ?

— Comme d'habitude, répond Beth en se laissant tomber sur le lit. En plus arrosé. Un peu plus infect que d'habitude.

Comprenant qu'elle ne va pas lui crier dessus, Paris joue délibérément avec le feu. Comme toujours.

— Qu'est-ce que c'est ? demande-t-il avant de se rasseoir devant l'ordinateur pour amener le curseur sur le gros *Cliquez* rouge.

Il clique. Le disque dur se met à tourner, et une image apparaît.

— Qu'est-ce que c'est quoi ? questionne Beth en se redressant.

— Ça, dit Paris, qui se retourne pour montrer le fauteuil de velours à l'écran.

Sauf que la bergère n'est plus là. Elle a été remplacée

par l'image d'une navette spatiale en train d'effectuer un atterrissage impeccable sur la base aérienne d'Andrews.

— Euh… fait Paris, qui scrute le haut de l'écran.

CNN.com

— C'est ce qu'on appelle les infos, Jack, explique Beth, qui descend la fermeture à glissière de sa robe comme s'ils étaient encore mariés et étaient sur le point de se coucher. Les infos nationales. Des trucs qui se passent ailleurs qu'à Cleveland. Tu en as peut-être entendu parler.

— C'est qu'il y avait… je ne sais pas, une espèce de manifestation artistique qui a duré environ une minute. Juste un fauteuil vide. Tu penses que c'était un nouveau programme sur les sièges ?

— Bon, fait Beth, qui se lève en vacillant un peu avant d'ôter ses chaussures. La chambre à coucher ! annonce-t-elle avec un rire.

Puis elle se penche devant Paris, saisit la souris et clique sur une icône. Celle qui commande la caméra.

— On ne mate pas.

C'est une de leurs petites blagues sexy. Un petit jeu qui a commencé lors de leur nuit de noces et s'est poursuivi durant les premières années de leur mariage. Paris attendant dehors, un peu pompette, derrière la vitre. Beth disparaissant dans un grand flou de serviette-éponge à l'intérieur de leur chambre d'hôtel.

Au bout de quelques secondes, la chambre derrière Paris apparaît à l'image grâce à la petite caméra ventousée sur le haut du moniteur. La femme sur l'écran fait glisser sa robe de velours à terre et se dirige, en une suite de plans fixes, vers la penderie.

Jack Paris a, en regardant ces images, le sentiment qu'il s'agit de la femme de quelqu'un d'autre, de la copine de quelqu'un d'autre, de la maîtresse de quelqu'un d'autre. D'une complète étrangère affriolante et inaccessible.

En fait… peut-être qu'il devrait essayer. Beth n'essaie-t-elle pas de le *séduire* ? Le moment qu'il attend et espère depuis des années n'est-il pas enfin arrivé ?

Il est tout aussi incapable de répondre à ces questions que de détacher son regard de l'écran. La fille de l'image passe son soutien-gorge par-dessus ses épaules, tournant pudiquement le dos à la caméra.

Et, malgré l'ordre explicite qu'elle lui a donné, Jack Paris mate.

7

Ce soir, elle est Ginger : blonde et sage.

Grace Kelly avec une pochette léopard.

Sa cible est noire, la bonne cinquantaine.

Elle n'a jamais effectué deux sorties la même semaine. C'est beaucoup trop dangereux. Trop usant pour les nerfs. Elle essaie généralement de laisser un intervalle d'au moins un mois entre les coups, de préférence même deux. Mais il s'est passé quelque chose de terrible la dernière fois qu'elle a observé Isabella depuis la cabine téléphonique. Pendant plusieurs minutes, elle a pris une autre enfant pour sa fille, une fillette de la taille que faisait Isabella six mois plus tôt. Quand elle a compris son erreur, elle a parcouru frénétiquement le jardin du regard, pour finalement apercevoir Isabella et éclater en sanglots. La petite était assise sur un banc, les nœuds de ses souliers comme toujours défaits, en train d'attendre qu'on vienne l'aider. Isabella était la petite fille au manteau bleu marine et béret à pompon assorti. La première petite fille à être sortie de l'école quand la cloche avait sonné.

Elle avait vu sa fille et ne l'avait pas reconnue.

Il n'y a plus un instant à perdre. Chaque jour qui passe sans serrer sa fille dans ses bras est un jour qui s'enfuit à jamais. Il n'est pas question qu'elle donne raison à son père.

Elle ferme les yeux et se concentre ; elle est *Ginger*, prend une profonde inspiration et expire longuement.

Lorsqu'elle rouvre les yeux, elle jette un coup d'œil vers la table qui se trouve dans le coin et attire Willis Walker au bar avec un sourire qui déclenche les frémissements de sa première érection de la soirée.

— Je ne vous ai jamais vue par ici, commence Willis.
— Oh ! mais moi, je vous ai déjà vu, rétorque Ginger.
— C'est vrai ?
— Tout à fait.

Willis Walker s'appuie contre le bar, sorte de colosse noir en costume trois pièces mauve avec cravate et chaussettes assorties. P-DG de Black Alley Records, un petit label de hip-hop installé dans un entrepôt de Kinsman Road, Willis sent ce soir l'eau de Cologne Lagerfeld, la sueur de la piste de danse et l'oignon Vidalia, dernier cadeau de la sauce barbecue « spécialité du Vernelle ». La clientèle du Vernelle's Party Center, St. Clair Avenue, est presque toujours noire, presque toujours friquée et presque toujours agitée d'une certaine effervescence. Une belle jeune femme blanche assise seule au bar ne peut signifier que deux choses, et dans tous les cas des ennuis assurés. Tout le monde le sait.

Mais, ce soir, la fille est à tomber, et Willis Walker est tellement parti qu'il n'en a rien à cirer.

Ginger allume une cigarette et se met à bouger au rythme de la musique – une version braillarde de

71

« Climbing up the Ladder » par les Isley Brothers. Elle se plante devant Willis Walker et l'excite en douceur.

— Alors… qu'est-ce que vous diriez d'un baiser à la tequila avec moi ?

— Un baiser à la tequila ? demande Willis. Qu'est-ce que c'est ?

— Je préférerais vous montrer, dit Ginger. Mais je peux déjà vous dire qu'il faut une bonne dose de Cuervo.

— Ah oui ? fait Willis, jouant pleinement le jeu de la fille blanche. Et quoi d'autre ?

Ginger se cambre légèrement. Le regard de Willis s'égare sur ses seins puis remonte vers sa bouche. Elle attend.

— Du citron, bien sûr.

— Ça doit se trouver, un citron, fait-il avec un grand sourire de requin aux dents éclatantes. Autre chose ? ajoute-t-il en se rapprochant encore un peu.

Ginger entrouvre les yeux et parcourt la carcasse gigantesque de Walker. Elle murmure :

— Ma *bouche*.

Le regard de Willis s'allume.

— Votre bouche ?

— *Si.*

Willis appelle le barman.

— Pas ici, souffle Ginger.

Willis semble un instant désarçonné. Puis il décide de se faire la blonde.

— C'est bon, dit-il. Où ?

Ginger s'empare d'une liasse d'environ huit cents dollars en liquide dans la veste de Willis, sa montre, ses bagues, son épingle à cravate en saphir. Inutile de prendre une photo cette fois. Willis Walker n'est pas exactement le genre de type qu'on fait chanter.

Willis est étalé sur l'un des deux lits de la chambre 116 du Dream-A-Dream Motel, *fait un rêve*, dans la Soixante-dix-neuvième Rue Est. Il a la chemise et la braguette ouvertes. Pour l'instant, il ronfle bruyamment et laisse couler un filet de salive sur l'oreiller taché.

En arrière-plan, l'animateur Conan O'Brien discute à la télé avec une blonde émaciée en robe trop courte.

Ginger fourre le fric dans son sac démesuré. Elle se dit que c'est une sacrée prise pour vingt-cinq minutes de travail. Par pure routine, elle se coiffe maintenant de son bonnet en tricot foncé et enfile le grand imperméable qui lui descend à mi-mollet et se range dans une pochette pas plus grosse qu'un paquet de Marlboro. La nuit, à dix mètres, on la prendra pour une clocharde. Elle va remonter à pied les cinq pâtés de maisons jusqu'à sa voiture garée au Vernelle's Party Center, une bombe lacrymogène à portée de main.

Elle jette un coup d'œil derrière les rideaux tout en enfilant son imperméable. Un parking plongé dans l'obscurité. Moins de cinq voitures. La voie est libre. Elle ouvre la porte.

Puis elle sait qu'il est derrière elle.

Avant même que les doigts du colosse ne s'enfoncent dans son cou.

— Espèce de *salope*, hurle Willis Walker en la ramenant brutalement dans la chambre. Espèce de putain de *salope* !

Il claque la porte alors que Ginger s'écrase par terre, roule sur le côté, tente de se relever et se casse un talon. Elle s'appuie en vacillant contre le mur, le cœur affolé. Comment a-t-il pu résister à tout ce Rohypnol ? Elle a augmenté la dose à cause de sa taille, mais, là, il est complètement réveillé. Comment peut-il…

Elle ne termine pas sa pensée. Willis Walker l'interrompt d'un crochet du droit qui l'atteint à la mâchoire et l'assomme à moitié, lui faisant voir une pluie d'étoiles. La bile lui monte à la gorge tandis qu'elle s'écroule à nouveau – les genoux d'abord, puis les hanches, les épaules, la tête. La pièce tourne comme un énorme séchoir à linge rouge.

— Putain, je vais te tuer, salope, éructe Willis, qui trébuche vers la table de nuit entre les deux lits, défonce la lampe de chevet et fait exploser l'ampoule contre le mur.

Ginger parvient à se relever, sa tête n'étant plus qu'un tourbillon de bruit et de douleur. Elle se retient au mur, jette d'une secousse ses chaussures et retrouve son équilibre. Pendant un instant, elle se dit qu'elle a une hallucination. Mais il est bien là, brillant sous le rayon de lune, et se braque sur elle.

Un calibre .25 nickelé.

Ginger plonge dans la salle de bains et claque la porte. Elle a à peine le temps de la verrouiller que Willis se met à cogner dessus, faisant trembler les charnières et fissurant le montant.

— *Saloooope !*

Prise d'un vertige, elle fouille la salle de bains du regard. Pas de fenêtre. Rien qui ressemble de près ou de loin à une arme. Elle saisit la poignée de la porte pour s'aider à se relever, mais la serrure lui explose dans la main. Des fragments de métal brûlant et de bois incandescent volent dans les airs au moment même où la balle rebondit contre la cuvette des toilettes et tombe par terre, à quelques centimètres de ses pieds. L'odeur de poudre et de sciure brûlée lui remplit les narines.

Ça y est, se dit-elle. *C'est la fin. Il va me tuer. Je vais mourir dans une chambre de motel à vingt dollars la nuit.*

C'est Isabella qui lui donne la force de se lever, qui la guide jusqu'à la cuvette des W-C dont elle arrache le lourd abattant. C'est la petite main de sa fille qui tire le rideau de douche derrière elle quand elle monte dans la baignoire et attend, son pouls lui battant les oreilles.

Avec un fracas de tonnerre, Willis Walker enfonce la porte d'un coup de pied pointure 48 puis pénètre en titubant dans la salle de bains.

— Où t'es, salope ? hurle-t-il. T'en veux ? Tu vas en avoir ! Willis Walker a tout ce qu'il faut pour toi.

Il lève son arme et tire de travers dans le miroir – le fracassant en une douzaine de morceaux – puis recule d'un pas incertain, les tympans momentanément assourdis par la détonation, son système nerveux central assailli par la drogue.

Pour Ginger, le moment est venu d'agir.

Avant que Willis ne puisse récupérer ses esprits, elle ouvre brusquement le rideau de douche et abat de toutes ses forces le couvercle des toilettes sur l'arrière de son crâne, par deux fois ; le bruit mat associé à l'odeur de poudre lui soulève le cœur. Willis Walker s'effondre sur le carreau et roule sur le dos.

Soudain, aussi brusquement que ça a commencé, tout est terminé.

Un silence blanc remplit la pièce. Elle baisse les yeux. Willis Walker gît sur le carrelage de la salle de bains, immobile, une petite flaque de sang sous sa tête. Elle saisit une serviette piquée de rouille sur le porte-serviettes, replace le couvercle sur les toilettes et en essuie le sang et ses empreintes.

Puis, pendant les minutes qui suivent, et malgré la nausée qui l'étreint, elle continue d'essuyer toute la chambre du motel – chaque chose, qu'elle se souvienne de l'avoir touchée ou non.

Peu après, tandis qu'elle vomit dans le caniveau qui longe le bas-côté de la I-90 Est, elle sait – aussi certainement qu'elle sait qu'elle verra le masque mortuaire de Willis Walker toutes les nuits, jusqu'à la fin de ses jours – qu'elle a oublié quelque chose.

8

Le Dream-A-Dream Motel au croisement de la Soixante-dix-neuvième Rue Est et St. Clair Avenue est un bâtiment de plain-pied en forme de U, un bordel du centre-ville recouvert de plaques de faux stuc pour dissimuler les impacts de balle, les graffitis et les grandes traînées de vomi séché sous les appuis de fenêtre.

Je l'ai vue entrer dans la chambre 116 vers une heure du matin. En blonde cette fois. Ce n'est pas vraiment sa couleur. Je la préfère en brune. Depuis le début. Depuis le premier jour où j'ai commencé à la suivre pour voir où elle allait comme ça, si mystérieusement incognito, et comment elle vendait ses charmes. Déjà, j'étais sensible à son attraction, cette énergie brute qui disait : *Pour être avec moi, il faut pénétrer dans mon monde*.

Peu de temps après son entrée dans la chambre du motel, j'ai entendu les coups de feu, le claquement produit par une arme de petit calibre dans un espace confiné. Au bout de quelques minutes, elle est sortie, affolée, revêtue d'un imperméable et d'un bonnet sombres.

J'ai utilisé toute une pellicule, mon doigt posé sur le déclencheur, lorsqu'elle est sortie en courant de la chambre et a traversé l'aire de stationnement vers St.

Clair Avenue. Je suis sûr d'avoir pris son visage. Reste à déterminer s'il sera reconnaissable, bien que mon objectif Starscope SP-7901 à vision nocturne ne m'ait jamais fait défaut.

J'entre dans la chambre 116, arme au poing. La chambre est en désordre, mais je repère immédiatement le corps par terre et respire l'odeur métallique du sang tout juste répandu mêlée à celle de la poudre.

Le corps est à moitié allongé dans la salle de bains.

Je range mon arme, pose ma sacoche sur le lit et tends l'oreille vers la nuit. Pas de sirènes. Je peux commencer. Je dispose les couteaux par terre, à mes pieds, ouvre le demi-litre de rhum Matusalem imprégné de champignons magiques et en avale une bonne rasade. Puis, lentement, soigneusement, j'allume le cigare.

La madrina mia.

Pourquoi a-t-elle ouvert la porte à sa propre folie justement cette nuit?

L'homme couché par terre commence à remuer.

Je me mets au travail en pensant à elle. Il y a tellement longtemps que je n'ai pas dit *Je t'aime* à une femme que je crains d'hésiter lorsque je le lui dirai. C'est un sujet d'angoisse. Mon autre sujet d'angoisse, c'est qu'elle pourrait me résister. Et même si l'amour compte pour moi autant que pour n'importe qui, je n'ai pas le temps de lui faire convenablement la cour. Pas en ce moment.

Le temps de l'amour viendra plus tard.

L'homme à terre se met à gémir.

Maintenant, je dois conclure.

Maintenant, je dois laisser entrer la discorde, la fureur stridente de la violence de mon père. Maintenant, je dois me montrer fort, rapide et bestial. Maintenant, je dois me mettre à l'ouvrage.

Le volume sonore enfle dans ma tête tandis que l'*Amanita muscaria* m'emporte dans son étreinte obscure.

Je choisis mon couteau le plus aiguisé.

Et je m'attaque au corps.

9

— Où t'en es, Jackie ? s'enquiert l'homme derrière le comptoir. *Comment ça va*[1] *?*

— Ça va, Ronnie, répond Paris. Aussi bien qu'on peut l'espérer par un jour comme celui-ci et compte tenu de mon âge.

Le grand type lui adresse un clin d'œil puis lui tend un thermos rouge plein et reprend le thermos vide.

— Tout est *all right*, c'est sûr ?

La question est purement rhétorique. C'est une vieille routine entre eux. Paris regarde son interlocuteur, s'émerveillant une fois de plus de la grâce de Ronnie Boudreaux qui pèse pourtant dans les cent cinquante kilos.

— Tu es sûrement le type le plus bosseur du show-biz, Ronnie. Quand est-ce que tu prends des vacances ?

Ronnie Boudreaux se met à rire.

— Je prendrai des vacances quand mes deux ex-femmes seront remariées ou quand elles mourront, *mec*, répond-il en mettant deux beignets dans un sachet pour Paris. Ou quand mon *chouchou* me préférera six pieds sous terre.

---

1. En français dans le texte.

Les habitués du bar ricanent depuis leur tabouret haut.

Des années plus tôt, par une nuit étouffante, Paris se trouvait dans une voiture de patrouille non loin de Hough Avenue, et il avait contribué à empêcher un vol à main armée au Ronnie's Famous Louisiana Cakes Fry. Un viol aussi, selon toute vraisemblance. Quand Paris et Vince Stella ont débarqué, ils ont trouvé Ronnie inconscient derrière son comptoir. Ils ont aussi trouvé le voleur et la fille de Ronnie complètement terrifiée et à moitié dévêtue dans l'arrière-salle. Lucia Boudreaux avait à l'époque 10 ans.

Jack Paris et Vince Stella ont abattu le suspect cette nuit-là. Sans état d'âme.

Depuis lors, il y a toujours un thermos de café chaud qui attend Paris à côté de la caisse du Ronnie's Famous, quel que soit le moment où il passe. Ils en sont actuellement à deux thermos par jour depuis que Paris a décidé, avec une rigueur toute scientifique, de venir chercher les beignets tout frais de Ronnie à 7 heures pile du matin et du soir, soit à l'heure exacte où les délicieux petits carrés dorés et sucrés sortent tout juste de la friture.

Cela fait des années qu'il en va ainsi.

— Faut que je file, dit Paris en saisissant le sachet et son thermos fraîchement rempli. À plus, Ronnie.

— Tu files un mauvais coton, Jackie, réplique Ronnie.

Paris glisse deux dollars dans la boîte à pourboires – il a cessé depuis longtemps d'essayer de payer le café et les beignets – et sort dans le matin glacé. Il ouvre le sachet blanc, en retire un beignet chaud et y plonge les dents, yeux fermés. Il mâche lentement, ravi par le saupoudrage de sucre glace, par les sublimes petites bulles d'air. Il savoure, perdu dans l'instant présent, jusqu'au moment où, comme toujours, un petit bruit vient tout gâcher. Le bruit de son bipeur.

Le bruit d'un nouveau corps qui tombe.

Il y a certaines choses auxquelles les enquêteurs de la criminelle, même les plus aguerris, ne s'habituent jamais. Par exemple, la mort d'un enfant. Par exemple aussi – mais peut-être cet effroi-là n'affecte-t-il que les policiers hommes –, la castration. Paris n'en a vu qu'une seule fois – une mesure de rétorsion de la Mafia – mais cette fois-là, comme aujourd'hui, il a été effaré par la quantité de sang répandu.

Dans la chambre 116 du Dream-A-Dream Motel de la Soixante-dix-neuvième Rue, à un jet de pierre du Rockefeller Park, le médecin légiste s'agite avec célérité ; ce n'est pas que la victime, un escroc à la petite semaine appelé Willis Walker, mérite qu'on traite son cas avec une efficacité particulière, mais aucun des hommes dans la pièce ne supporte de regarder trop longtemps le cadavre. Paris a vu plusieurs types du service des enquêtes spéciales se protéger machinalement l'entrejambe en passant près du corps, comme si le meurtrier pouvait encore se trouver tapi derrière les rideaux humides imprégnés de nicotine, lèvres retroussées, le rasoir levé.

Le sang provenant de l'aine de Willis Walker avait coulé sur le sol de la salle de bains pour former un immense cercle irrégulier épais et noirâtre. Le sang répandu sous la tête n'a rien à voir avec ça – c'est une sorte de pâte violacée parsemée de fragments de crâne et de racines de cheveux. À côté du cadavre, il y a un pistolet de calibre .25 dont le chargeur a été récemment vidé.

Paris passe une paire de gants et s'accroupit près du corps. Il explore soigneusement les poches avant du pantalon du mort. Vides, à l'exception d'une pochette d'allumettes ensanglantée à l'enseigne du Vernelle's Party Center, un repaire d'escrocs situé à quelques pâtés de maisons à l'ouest du motel, dans St. Clair Avenue.

Paris tâte le corps de Willis Walker, l'examine ici et là, repoussant l'inévitable. Il entend derrière lui un bref rire étouffé et se retourne pour découvrir Reuben Ocasio, l'un des adjoints du coroner du comté de Cuyahoga, le visage grave et sévère, de toute évidence coupable d'avoir ri.

— Tu veux le faire à ma place ?

— Sûrement pas. Je n'ai pas le moindre doute quant à ma sexualité. Et puis c'est toi qui mènes cette putain d'enquête.

Paris respire à fond et perçoit une curieuse odeur de cigare. Curieuse parce qu'il n'y a pas de cendre de cigare dans aucun des deux cendriers de la chambre, ni de mégot de cigare à l'intérieur ou à proximité de la chambre 116. L'autre odeur est plus facile à expliquer – c'est celle du rhum. On dirait qu'elle imprègne tout. Un parfum acide qui s'insinue dans les méandres de sa mémoire, jusqu'à un lieu pour l'instant plongé dans cette obscurité qui précède la résurgence du souvenir.

Merde, se dit Paris.

C'est le moment.

Il prend la sacoche noire de Reuben et en sort un long abaisse-langue étroit. Il se penche alors avec une extrême répugnance et entreprend d'écarter avec une rapidité glacée les deux pans de la braguette ouverte du pantalon imbibé de sang dans la seule intention de vérifier l'évidence – à savoir que Willis Walker a non seulement eu le crâne défoncé, mais qu'on l'a aussi violemment émasculé au cours des douze dernières heures.

Paris serre les dents et regarde sous le tissu.

Tout est parti.

C'est l'ablation totale.

Et on n'a pas jusqu'à présent retrouvé quoi que ce soit dans la chambre ni dans l'enceinte du Dream-A-Dream Motel.

— Bon, fait Paris en se relevant d'un bond avant de jeter le bâtonnet dans la corbeille comme s'il était radioactif. Là, il n'y a rien. Il est tout à toi.

— Encore un mythe qui tombe, pas vrai, Jack? réplique Reuben en secouant la tête.

Paris émet un petit rire, davantage dû au soulagement qu'à la blague de son collègue.

— Pousse-toi, escroc, dit Reuben. Laisse donc les vrais professionnels faire leur travail.

Paris sort un instant, soulagé de retrouver l'air glacé matinal. Il allume une cigarette et contemple le couloir extérieur qui dessert les portes rayées et mal en point du Dream-A-Dream Motel. Toutes pareilles. D'innombrables drames dissimulés derrière chacune d'elles. D'innombrables drames à venir.

Il jette sa cigarette sur l'asphalte et s'en veut de l'avoir allumée. Il se sent épuisé par le manque de sommeil de la nuit précédente. Il n'a pas eu le courage de rester pour vérifier si Beth avait vraiment des intentions romantiques et s'est carrément enfui de l'appartement, sachant qu'il n'aurait pas pu supporter d'être repoussé s'il avait mal interprété les signaux. Il n'a pas dormi plus de cinq minutes depuis qu'il a quitté Shaker Square.

— Viens par ici, Jack, lui lance Reuben, dont la voix a pris un accent tout professionnel.

Paris retourne dans la chambre 116 et se dirige vers la salle de bains. Reuben est penché au-dessus du corps, le teint grisâtre, sa belle humeur envolée.

Il a vu un fantôme.

— Qu'est-ce qu'on a? demande Paris.

Reuben regarde par terre, regarde le plafond, les

murs, tout sauf le cadavre. C'est un Américain d'origine cubaine, un grand gaillard de plus d'un mètre quatre-vingts qui paraît soudain petit et désorienté. Il désigne la bouche de Willis Walker, et plus particulièrement sa langue, qui pend sur le côté, grise et inerte. Il appuie sur le bout de la langue à l'aide d'un bâtonnet afin de l'aplatir.

— Regarde.

Paris se penche à son tour. D'abord, il ne voit rien, puis à mesure qu'il se rapproche, il distingue une marque sur la langue de Walker.

— Qu'est-ce que c'est ? Une cicatrice ?

— Pas une cicatrice, *amigo*. C'est tout frais.

Paris plisse les yeux, et l'image se précise.

— C'est un arc et une flèche ?

Aussi bizarre que cela puisse paraître, on dirait vraiment qu'un petit dessin stylisé représentant un arc et une flèche a été superficiellement gravé sur la langue de Willis Walker. Des hachures, des angles nets, des lignes courbes – le tout souligné de sang séché.

— Je ne suis pas un spécialiste, mais ça ressemble bien à une sorte de symbole vaudou. Ou quelque chose de ce genre, avance Reuben. Le palo mayombe peut-être.

— Pardon ?

— Le palo mayombe est une forme très obscure de la santería, explique Reuben en se signant rapidement d'une main pas très assurée. Je crois que c'est un de leurs symboles.

— Je nage, Reuben.

— Tu as entendu parler de la santería ?

— Oui. Mais je ne sais pas très bien ce que ça recouvre.

— La plupart des adeptes de la santería sont des gens bien, Jack. Des gens comme toi et moi qui pratiquent une religion qui comprend des rites un peu étranges. Mais le palo mayombe est une espèce de saloperie.

Reuben se signe de nouveau et porte les doigts à ses lèvres. Il plonge ses yeux humides et effrayés dans le regard de Paris.

— Ça tourne autour de la torture. De la mutilation. Des messes noires.

— Tu veux dire qu'il s'agit d'un sacrifice religieux ?

— Je ne sais pas, répond Reuben. Je dis juste que le pire est peut-être à venir, *padrone*. Quelque chose de *vraiment* terrible.

10

La tempête de neige a commencé à midi. Douze centimètres annoncés avant l'heure de pointe, d'après la radio. Et ce n'est pas fini. Chaque année, au moment où Cleveland est frappée pour la première fois de la saison, une sorte de psychose générale du conducteur s'abat sur la ville, et tout le monde semble avoir oublié comment conduire sur le verglas. En se rendant à ce restaurant du West Side, Paris a croisé trois voitures embouties par l'arrière et entendu une demi-douzaine de signalements d'accidents sur la fréquence de la police.

Il est attablé dans un box, au fond du Mom's Family Restaurant, au coin de Clark Avenue et de la Soixantième Rue Ouest, et il attend Mercedes Cruz, certain qu'elle sera en retard.

Sur la table, à côté de sa tasse de café, il a posé son étui porte-menottes en cuir. Il ne s'est jamais habitué à le garder dans le creux de ses reins quand il est assis. À côté de l'étui, grâce à un rapide arrêt à la bibliothèque, il y a aussi une pile pas très haute, mais néanmoins relativement intimidante, de documentation sur cette religion qu'on appelle la santería.

Il a déjà appris que la santería trouvait son origine

dans les Caraïbes et signifiait littéralement la « voie des saints ». C'est une religion qui combine les croyances des Yoroubas et des Bantous du Sud du Niger, du Sénégal et de la côte guinéenne, avec le Dieu, les saints et les croyances de l'Église catholique romaine.

Paris est un catholique qui ne pratique plus depuis longtemps, mais qui spirituellement navigue entre la messe en latin et celle en anglais, entre les préceptes austères de Vatican I et les points de vue assez peu fermes de Vatican II. C'était une époque où l'Église commençait à être bombardée de problèmes qu'elle n'avait jamais eu à traiter en deux mille ans d'existence : contrôle des naissances, avortement, homosexualité affichée, accès des femmes à la prêtrise.

Mais bien avant les réformes de Vatican II, à l'époque où l'on imposait encore le catholicisme aux esclaves africains, on avait mis un terme aux pratiques indigènes. Les esclaves avaient alors mis au point une manière bien particulière de perpétuer leurs croyances ancestrales en faisant correspondre des saints chrétiens aux dieux et déesses de leurs religions traditionnelles. Ainsi, les esclaves affectaient-ils de prier saint Lazare lorsqu'un de leurs enfants était malade alors que leurs offrandes étaient en réalité destinées à Balbalz Ayi, le protecteur bantou des malades.

Depuis cette époque, cette religion, et ses nombreux dérivés, avait continué de prospérer dans nombre de pays latins. La santería mexicaine privilégie ses origines catholiques ; la santería cubaine penche plutôt vers ses sources africaines. Il y aurait au Brésil un million d'adeptes du candomblé et de la macumba.

Comme beaucoup de catholiques, Paris a été terrorisé par des films comme *L'Exorciste*. Et par sa propre vision mystique de l'enfer. Mais la liturgie qui va avec le fait *d'être* catholique – en particulier les rites de la

confession et de la communion – appartient depuis longtemps au passé de Jack. Il a été témoin de trop d'actes
inhumains pour tabler sur un Dieu bienveillant.

Au moment où Paris s'apprête pour la millième fois
à tenter de concilier tout cela avec sa propre éducation
catholique, une ombre obscurcit sa table.

C'est Jeremiah Cross.

Encore.

Derrière Cross, il y a une femme – une brune au long
cou de cygne, portant des lunettes de soleil rondes démesurées et une veste noire, courte. Paris ne la voit que de
profil avant qu'elle ne se dirige vers la caisse pour régler
l'addition. Cross, vêtu d'un pardessus sombre et d'une
écharpe en soie à motifs cachemire, s'approche.

— Nous nous rencontrons encore, inspecteur.

— Quelle chance, réplique Paris.

Cross enfile ostensiblement ses gants de cuir, cherchant visiblement à gagner du temps en détournant
l'attention, ce qui n'annonçait rien de bon. Son rituel
terminé, il lâche :

— Je me demandais si vous saviez que le bureau
du procureur de Geauga examinait un nouvel élément
concernant le prétendu suicide de Sarah Weiss.

Paris boit son café.

— Eh bien, comme vous le savez, maître, Cleveland
dépend de la juridiction de Cuyahoga. Je ne vois vraiment pas en quoi cela pourrait me concerner.

— Il semblerait qu'il y ait eu une seconde voiture sur
la colline où Sarah Weiss a trouvé la mort cette nuit-là.

— Vraiment ?

— Tout à fait. Une petite voiture *jaune*. Vous ne
conduisez pas de petite voiture jaune, inspecteur ?

— Non, pas que je sache. Et vous ?

— Non, rétorque Cross. Je conduis une Lexus noire,
si vous voulez tout savoir.

— J'en reste sans voix.

Cross avance d'un pas.

— Mais ça fait réfléchir, non ?

— Parce que vous réfléchissez ? questionne Paris. Ça ne fait pas partie de votre boulot, si ?

Cross ignore la pique et pose les mains à plat sur la table de Paris. Un coup d'œil de celui-ci lui fait revoir sa stratégie, et il s'écarte.

— Considérez ce scénario, commence Cross en baissant la voix. Un flic expérimenté se prend une balle en trempant dans des affaires louches. L'innocente à qui les flics veulent faire porter le chapeau est acquittée. Un an et demi s'écoule, la presse et le public passent à autre chose. Mais pas les flics. Un vendredi soir, deux des types du service s'envoient des bières au Caprice, puis continuent au Wild Turkey. Vers minuit, ils décident de pousser jusqu'à Russell Township – du côté de Hemlock Point, rien de moins – et de rendre la monnaie de sa pièce à la femme qui a zigouillé leur pote. Qu'en dites-vous ?

— J'en dis que ça ferait le film de la semaine, répond Paris. Je verrais bien Judd Nelson dans votre rôle.

— C'est une histoire fascinante, non ?

— J'envisagerais quelques changements.

— Quel genre ?

— Moi, j'imagine un avocat de la défense imbu de lui-même, qui tombe raide dingue de sa cliente sexy qu'il fait innocenter en salissant la victime. Après le procès, la cliente sexy repousse les avances du rustaud parfumé et, la nuit du vendredi susmentionné, il se descend une bouteille d'absinthe, de Campari, d'aquavit ou de je ne sais quelle boisson à la mode chez les rustauds parfumés, fait un tour jusqu'à Russell Township, allume son briquet, et cetera, et cetera. Fascinant, non ?

Momentanément mouché, Jeremiah Cross dévisage Paris puis remarque que celui-ci tapote du bout de sa cuiller un objet posé sur la table. Un étui à menottes de la police. Cross sourit et tend ses mains, poignets joints tel un prisonnier, découvrant une montre en or Patek Philippe et des manchettes blanches.

— Moi-même, je n'associe jamais l'or et l'acier, inspecteur.

Il se retourne, prêt à partir, s'immobilise et ajoute :

— Il faudrait être un rustre pour faire une chose pareille.

Puis Cross s'attarde juste ce qu'il faut, histoire d'établir qui est le plus fort, et se dirige vers la porte. La femme et lui sortent alors sans un regard en arrière.

Il faut à Paris un certain temps pour parvenir à se calmer. Pourquoi ce type lui porte-t-il autant sur le système ? Mais il connaît la réponse. Il sait que c'est lié à ce principe de base qui l'anime depuis des années : la certitude – la conviction – qu'on n'est pas obligé de détruire la famille de quelqu'un pour obtenir justice.

Jeremiah Cross a tout fait pour détruire la famille de Michael Ryan.

Paris s'efforce de revenir à sa documentation sur la santería, mais son esprit ne cesse de dériver vers une colline de Russell Township et l'image d'une carcasse d'automobile en feu éclairant le ciel nocturne. Sa vision de flic intègre maintenant une petite voiture jaune à la scène – tous phares éteints, le moteur ronronnant doucement, deux yeux invisibles dissimulés derrière un pare-brise sombre observant le ballet frénétique des flammes et l'épaisse fumée noire qui s'élève au-dessus.

Avant que cette image sordide ne parvienne à le déprimer complètement, Paris voit Mercedes Cruz se diriger d'un pas allègre vers le fond de la salle, un grand sourire aux lèvres, habillée, semble-t-il, pour partir en exploration polaire.

— Bonjour, inspecteur Paris ! lance-t-elle avec entrain

en retirant une énorme parka, un gilet de ski, un cardigan de laine, une écharpe, des gants, un cache-nez, des cache-oreilles et un bonnet.

Paris remarque qu'aujourd'hui la barrette qui empêche ses cheveux de retomber sur son front moite est en forme de cerf rouge. Elle porte une robe informe en denim bleu. Ses lunettes sont couvertes de buée.

— Bonjour, dit Paris en faisant signe à la serveuse.

Mercedes essuie ses lunettes avec une serviette et jette un coup d'œil sur les documents posés sur la table.

— La santería ? demande-t-elle en roulant le *r* à la perfection.

Elle se glisse sur la banquette, commande un café, des œufs sur le plat et un toast à la cannelle. Puis elle prend son bloc à spirale et son stylo.

— Pourquoi vous intéressez-vous à la santería ?

— Ça reste entre nous ?

— Ça reste entre nous, répète Mercedes, la main sur le cœur.

Elle laisse tomber son stylo dans son sac.

Paris examine un instant son visage sérieux. Il ne peut pas lui donner trop de détails concernant l'enquête sur le meurtre de Willis Walker, mais il décide de lui faire confiance.

— Ça a peut-être un lien avec un meurtre sur lequel j'enquête.

— Je vois.

— Est-ce que vous êtes… euh…

— Est-ce que je suis une adepte ?

— Oui, c'est ça… En êtes-vous une ? demande Paris.

— Non, répond Mercedes en riant. Loin de là. Je suis catholique, inspecteur. Douze ans chez les sœurs à St. Augustine, et quatre de plus chez les Jésuites à Marquette. Les jupes à deux centimètres du sol, la confession tous les samedis, le catéchisme tous les mercredis.

Paris sourit en se rappelant sa propre jeunesse et le confessionnal tant redouté. Le père Fitzgerald et sa voix tonitruante de baryton qui répétait les péchés de Paris assez fort pour que toute l'église les entende.

— Les Jeunesses catholiques aussi ?

— *Oh* oui ! J'ai même été animatrice des bals des JC pendant trois ans. J'ai eu A Flock of Seagulls sur scène un jour.

— Impressionnant.

La commande de Mercedes arrive. La jeune femme entreprend de mettre un œuf au plat sur chaque demi-toast, recouvre l'un et l'autre d'une bonne cuillerée de ketchup, puis les superpose méticuleusement. *Sandwich œuf-au-plat-ketchup-cannelle*, se dit Paris. Du jamais vu. Elle mord dans sa préparation dégoulinante comme un camionneur au long cours après une course de trois jours non-stop.

— Bref, reprend Mercedes en s'essuyant les lèvres, vous voyez bien que je suis aussi éloignée que possible des *santeros*.

Un *santero*, comme Paris l'a appris quelques minutes plus tôt, est une sorte de prêtre de la santería.

— J'en ai bien l'impression.

— Mais je sais qu'il y a une *botanica* très fréquentée sur Fulton Road, ajoute Mercedes. Tout près de St. Rocco.

— Une *botanica* ?

— C'est un magasin où on vend des herbes, des potions. La plupart des produits sont destinés aux adeptes de la santería, mais je crois qu'il arrive parfois qu'on leur demande – comment dirais-je ? – des articles un peu plus spécifiques.

— Du genre ?

— Je ne sais pas exactement. Comme je vous l'ai dit, je suis une véritable catholique qui se promène avec sa médaille de saint Christophe. Mais j'ai des amis, dans les vieux quartiers, qui touchent un peu à la santería. Je n'en sais pas plus que ce que je vous ai déjà dit.

— Avez-vous entendu parler du palo mayombe ?

— Non, désolée.

Paris réfléchit un instant.

— Donc, quelqu'un qui pratiquerait le côté le plus obscur de la santería pourrait fréquenter cette *botanica* ?

— Ou une autre du même genre. Comme le catholicisme, la santería s'appuie sur des tas de cérémonies. Ces cérémonies impliquent des accessoires. Il y a toujours des annonces pour des *botanicas* dans le journal pour lequel je travaille.

Mercedes fouille dans son sac et en sort un exemplaire de *Mondo latino*. Elle l'ouvre au milieu et désigne du doigt une petite annonce encadrée dans le coin inférieur droit de la page.

Paris le lui prend puis, après quelques secondes, chausse ses lunettes. C'est une pub pour la Botanica Macumba, sur Fulton Road, et l'on y vante certains produits exotiques vendus dans la boutique : soufre, magnétite, sel noir, plumes, huile de palme, eau de rose. La *botanica* propose également des paniers-cadeaux qui comprennent des bâtonnets pour appeler les esprits, des oreillers à rêves, du sable magnétique, de l'encre de sang de colombe. Pour Paris les deux produits aux noms les plus étranges sont les sachets imprégnés de Fast Luck du Guatemala et le vinaigre des quatre voleurs.

— Alors, demande-t-il, vous avez une idée de l'utilisation de tous ces trucs ?

— Un peu. D'après ce que je sais, la santería est généralement complètement inoffensive. Les gens font des rituels pour trouver du travail, une voiture, une maison. Surtout pour trouver l'amour.

— Bien sûr.

— Franchement, vous n'avez jamais prié pour qu'une fille s'intéresse à vous quand vous étiez ado ?

Ado ? Et pourquoi pas la *semaine* dernière ? songe Paris.

— Ça a dû m'arriver, avoue-t-il. Bon, d'accord, tout le temps.

Mercedes rit et attaque la fin de son sandwich aux œufs au moment où le bipeur de Paris se déclenche. Il s'excuse et se lève. Deux minutes plus tard, il est de retour.

— Il y a eu un autre meurtre, annonce-t-il tout en prenant son manteau sur la banquette et en l'enfilant. Une femme.

Mercedes se couvre la bouche un instant puis consulte sa montre, fait une note sur son bloc et demande :

— Est-ce qu'on va là-bas ?

— Oui. Il y a déjà un enquêteur sur place, mais on dirait qu'il y a des éléments qui peuvent relier ce meurtre à une affaire sur laquelle je travaille déjà.

— Vous pensez que c'est la même personne qui a commis l'autre crime ? questionne la jeune fille en se levant. Celui qui est mêlé à la santería ?

— C'est beaucoup trop tôt pour le dire, répond Paris, mais il y a déjà une petite similitude.

— Quelle similitude ?

Paris décide de voir ce qu'elle a dans le ventre. C'est un peu sévère, peut-être, mais nécessaire.

— Eh bien, il lui manque le haut de la tête.

— Oh, mon Dieu ! s'écrie Mercedes en blêmissant.

Elle semble prendre conscience à l'instant du genre d'affaires dont s'occupe la brigade criminelle.

— Et, jusqu'à présent, précise Paris en laissant un pourboire sur la table, personne n'a pu retrouver le cerveau.

Le Reginald Building, au coin de la Quarantième Rue Est et de Central Avenue, est une vieille bâtisse de cinq étages. L'un des flancs de l'immeuble est recouvert d'une vieille pub délavée pour des produits de défrisage ; de l'autre côté, on trouve encore la carte du Weeza's Corner Café.

Quand Paris était simple flic, il avait passé pas mal de pauses déjeuner devant le menu côtelettes du Weeza's arrosé de RC Cola, le seul soda que Louisa Mae McDaniels voulait bien stocker. Il savait que le propriétaire de l'endroit – un certain Reginald G. Moncrief, connu aussi à l'époque sous le nom de Sugar Bear – avait entretenu pendant un temps de grands projets pour son immeuble et le terrain adjacent. Il avait même brièvement loué quelques chambres sur l'arrière du bâtiment, avant d'avoir l'inspection du logement sur le dos. Et puis, évidemment, tout avait basculé cette nuit où, dans les toilettes de la discothèque Mad Hatter, un type avait tiré avec un .44 Magnum dans la coupe afro de Reggie Moncrief.

L'adhésif jaune qui délimite le lieu du crime entoure tout le bâtiment et, malgré la neige et le froid, une foule commence à se rassembler devant le terrain vague, de l'autre côté de la Quarantième Rue Est.

La police scientifique s'agite à l'entrée du Reginald Building. On dirige Paris et Mercedes vers une porte latérale donnant sur Central Avenue. Paris laisse pour le moment Mercedes Cruz aux bons soins d'un agent en uniforme et pénètre dans le bâtiment. Il est aussitôt assailli par l'odeur de la mort, par le parfum humide du lieu à l'abandon. Rapide examen des lieux : ampoules de crack, capotes usagées, débris de verre, emballages de fast-food. Les projecteurs mobiles émettent plus de lumière que l'intérieur de cet immeuble n'en a connue depuis bien des années. Les toiles d'araignées pendent en cascades épaisses dans tous les coins ; le sol est jonché de cadavres d'insectes, d'excréments d'animaux, d'ossements minuscules. Paris remarque deux petites souris qui filent le long d'un mur, se demandant sûrement pourquoi leur territoire se retrouve envahi par tant de bruit et de clarté.

Paris finit par repérer Greg Ebersole auprès de l'équipe scientifique, en train de parler au téléphone.

Le sergent Gregory Ebersole a 41 ans, sec, les cheveux roux : une mangouste en complet Alfani. Paris l'a vu plusieurs fois en venir aux mains avec des suspects, et se souvient avoir été surpris et impressionné par la rapidité et l'agilité du policier. Paris a toujours pensé que, avec des types comme Greg Ebersole, ce qui fait peur n'est pas tant les cartes qu'ils montrent que celles qu'ils ne montrent pas. Derrière les yeux de jade tranquilles, derrière l'apparence affable pleine de taches de rousseur, se tapit un homme susceptible des comportements les plus explosifs.

Mais en s'approchant, Paris remarque le teint blême de son collègue, la lassitude de son regard. Max, le fils de 6 ans de Greg, vient de subir une intervention cardiaque, une opération de routine, lui a-t-on assuré, mais qui a vidé les comptes d'assurances des Ebersole. Greg a confié un jour qu'il devrait plusieurs dizaines de milliers de dollars avant que tout ne soit terminé. Paris lui connaît déjà deux emplois à temps partiel. Greg en cumule peut-être d'autres. Il y a aujourd'hui même une soirée de charité en faveur de Max Ebersole au Caprice Lounge. En regardant Greg, maintenant, Paris se demande s'il va tenir le coup.

Greg aperçoit Paris, le salue d'un signe de tête et désigne le corps.

Paris lui rend son salut et repère la victime dans la pièce du fond, près des fours rouillés où l'on faisait autrefois cuire du pudding et autres desserts pour les clients du Weeza's Corner Café. Le corps est recouvert d'une feuille de plastique et, juste à côté, se tient un agent noir, très nerveux, qui porte des lunettes. Paris s'approche en faisant attention de ne pas marcher sur les petites zones d'indices délimitées par des traits de craie.

— Vous tenez le coup ? s'enquiert Paris en s'avançant.

— Sans problème, monsieur, ment l'agent.

Il est trapu, rasé de près, et n'a pas plus de 22 ans. Paris cherche son nom sur son badge : M.C. Johnson.

— C'est quoi, votre prénom, agent Johnson ?

— Marcus, monsieur.

— Ça fait combien de temps que vous êtes là, Marcus ? demande Paris en enfilant une paire de gants de caoutchouc.

Il se souvient que, quand il était jeune flic, il appréciait qu'on lui fasse la conversation dans des moments pareils.

L'agent Marcus Calvin Johnson consulte sa montre.

— Dans les six heures, monsieur.

Six heures, se dit Paris. Il se remémore sa première journée en uniforme, rongé par l'angoisse. Il était absolument certain que lui et son mentor – un flic de terrain couvert de décorations, Vincent Stella, qui, à près de 50 ans, avait passé sa vie dans la police – allaient tomber sur un hold-up dans une banque et que lui, le jeune agent Jack Salvatore Paris, finirait par tirer sur son partenaire.

— Plutôt dure, comme première mission, hein ?

— *Oh !* oui, répond l'agent Johnson en prenant une grande inspiration, de celles qu'on a avant de tourner de l'œil et de se retrouver sur le carreau.

— Accrochez-vous, Marcus, lui dit Paris. Ce n'est pas toujours aussi terrible.

— Je vais essayer, monsieur.

Paris coince sa cravate dans la poche de sa chemise,

adresse un petit signe de tête à l'agent et s'accroupit près du corps. L'agent Johnson écarte la feuille de plastique. Immédiatement, Paris voudrait corriger ce qu'il vient de dire avec tant de sagesse.

Ce n'est *jamais* aussi terrible.

Parce qu'il y a quelque chose qui ne va vraiment pas dans ce que voit Paris. Il s'agit du corps à demi dévêtu d'une jeune femme blanche couchée sur le ventre, le visage tourné vers la gauche. Elle a de très jolies jambes et porte une minijupe blanche et de hauts talons blancs. Elle n'a ni chemisier ni soutien-gorge, et Paris distingue maintenant le même symbole qu'il a déjà vu sur la langue de Willis Walker gravé entre ses omoplates. Le dessin primitif d'un arc et d'une flèche. Mais l'horreur même de ce symbole n'est rien comparée à l'abomination qui se trouve à quelques dizaines de centimètres de là.

La victime – une jeune femme vibrante qui a été pleine de vie, une femme qui avait sûrement des amis, de la famille, des collègues de travail et des amants, une femme qui pouvait très bien avoir des enfants – s'interrompt tout simplement au niveau du front. Juste au-dessus, au-dessus des oreilles, il n'y a plus rien.

De l'air.

Paris se force à regarder le sommet de son crâne. Il gît à côté de l'épaule droite telle une coupe en os évidée et maculée de sang, encadrée de cheveux raides de sang séché qui semblent se tendre vers lui en évoquant les serpents de Méduse.

Comme de couper une fleur fanée…

— C'est bon, dit Paris à l'agent Johnson reconnaissant qui regarde le plafond, la respiration précipitée. Vous pouvez la recouvrir.

— Merci, monsieur.

Paris rejoint Greg Ebersole, qui se tient près de la

porte d'entrée ; il voit bien que Greg est remonté sur ce coup-là : bras croisés, narines dilatées, ses doigts martelant en rythme ses biceps, le policier ne cesse de passer mentalement en revue le lieu du crime. Le sol, le plafond, les murs, la porte, la fenêtre. Autant de témoins silencieux.

Et s'il est vrai que les enquêteurs de la criminelle n'ont pas le pouvoir d'empêcher les meurtres d'être commis, à chaque fois qu'il se produit un événement de ce genre – un meurtre vicieux et arrogant à la suite duquel le tueur n'a même pas la décence de se rendre ou de se supprimer –, c'est comme si le criminel se moquait de ces flics en leur disant qu'il est beaucoup plus futé qu'eux. Et, pour certains, c'est presque pire que le meurtre lui-même.

Jack Paris fait partie de ces flics-là.

Greg Ebersole aussi.

— Qui l'a trouvée ? demande Paris.

— Un gosse de 15 ans et sa copine, répond Greg en tournant une page de son calepin. Shawn Curry et Dionna Whitmore.

— Une raison de les garder ?

— Non. On a leur déposition. Ils venaient là.

Il désigne le matelas dans un coin.

— Par où ils sont entrés ?

— Par la porte de derrière, répond Greg.

Il tourne une autre page et lève son calepin pour montrer à Paris l'emblème maintenant familier figurant un arc et une flèche, copie qu'il a exécutée au crayon.

— C'est ton symbole ? questionne-t-il en regardant droit devant lui.

— Ça y ressemble bien, fait Paris qui baisse soudain la voix. Dis-moi, j'ai bien entendu ? On n'a pas retrouvé son cerveau ?

— Non, répond Greg. On a passé le bâtiment au peigne fin. Rien.

— Tu crois que ce salopard l'a emporté *avec lui* ?

Greg se retourne et fixe sur Paris un regard chargé d'adrénaline, un regard que Paris a déjà vu des centaines de fois, celui qui dit : *On a des tueurs à gages qui traînent depuis onze ans dans ce pays, Jack. Des gens qui baisent et qui étranglent leurs propres gosses. On a des types qui se déguisent en clowns et enterrent trente gamins sous leur baraque ; des gangs de la drogue qui arrachent des bébés dans le ventre de leur mère. On a vu ça tous les deux. Et on devrait être choqués parce que quelqu'un colle un cerveau humain dans un sac à emporter ?*

— Je suppose que j'ai ma réponse, commente Paris.

— Je suppose que oui, convient Greg qui salive presque à la perspective de cette nouvelle traque, de cette nouvelle opportunité de choper un tueur et de l'envoyer derrière les barreaux.

Ou, de préférence, six pieds sous terre.

— Je suppose que oui, répète-t-il.

11

Meurtrière.

Le mot rebondit contre les parois de son crâne, encore et encore, comme une boule de billard impossible à attraper. *Meur-tri-ère*. Trois syllabes. Trois bandes. Sans cesse. C'est un terme qu'elle a toujours associé à de *vrais* criminels, à des gangsters, ces gens qu'on voit dans les documentaires sur les prisons, les doigts serrés sur les barreaux, les yeux qui vous transpercent de haine et de violence. Mais voilà que ce mot s'applique maintenant à elle. Elle fera bientôt partie de ces gens.

« Meurtrière » figure désormais en haut de son CV.

Combien de temps s'est écoulé ? Un jour ? Deux ? Elle n'a pas dormi une minute, évidemment. La première bouteille de Jack Daniel's s'est évaporée comme de la transpiration, fine brume ambrée qui n'a pris le temps ni de la calmer ni de sauver son âme chrétienne. Son âme qui a enfreint l'un des commandements et sera damnée pour l'éternité.

Tu te souviens de Mary, la mère d'Isabella ?

Oh oui, la tueuse, c'est ça ?

C'est bien elle. Tu as appris ce qui s'est passé ?

Non, quoi ?

Elle est morte en prison, dans une révolte de détenues.

Non !

Si. Elle a tué ce Noir et ils l'ont expédiée à la maison d'arrêt pour femmes de l'Ohio ; elle est morte dans une petite flaque de vomi et d'urine.

Cette idée lui fait ouvrir une nouvelle bouteille. Il en reste encore une autre d'un demi-litre après celle-ci. Ensuite…

Elle est assise par terre dans sa cuisine, sans autre lumière que le rougeoiement continuel de ses cigarettes allumées à la chaîne. Elle attend les coups à la porte, le choc d'un éclair policier qui l'enverra directement en enfer.

Des options ?

Voyons voir. Si elle quitte la ville, elle ne reverra plus jamais Isabella. C'est joué d'avance. Si elle reste et parvient d'une façon ou d'une autre à être acquittée, on ne lui rendra *de toute façon* jamais Isabella.

Il ne reste plus qu'une solution. Prendre l'argent. Emmener sa fille.

Et fuir.

Willis Walker avait le droit d'être furieux. Cela ne se discute même pas. Vu. *Nolo contendere*, monsieur le juge. Il avait même le droit d'appeler la police et de la faire arrêter. Elle l'avait quand même drogué et dépouillé, pas vrai ?

Vrai.

Putain, il avait peut-être même le droit de lui balancer son poing sur la gueule. Ce souvenir lui fait momentanément penser à la douleur qui étreint le côté gauche de son visage.

Mais Willis Walker n'avait *pas* le droit de la tuer. Et c'était exactement ce qu'il allait faire. Il lui avait tiré dessus avec de vraies balles. Elle n'avait pas le choix.

Mettez mille femmes dans la même situation, neuf cent quatre-vingt-dix-huit d'entre elles agiront exactement de la même façon. Elles lui défonceront le crâne.

Elle prend une nouvelle rasade de whisky et celle-ci se propage enfin jusqu'à ses nerfs, commence à faire effet. Elle se sent un petit peu mieux. La situation devient plus claire.

La femme qu'on a vue au Vernelle's était blonde.

Elle n'est *pas* blonde.

Personne ne l'a vue au Dream-A-Dream Motel.

Personne ne l'a vue récupérer sa voiture au Vernelle's. Et puis elle portait un bonnet et un grand imperméable sombres.

Elle est certaine d'avoir tout essuyé dans la chambre du motel.

Tout va bien. Elle va avoir ses cinquante mille balles – plus que trois mille à trouver maintenant grâce à Willis Walker, se dit-elle avec le sentiment pervers du devoir accompli –, et pourra laisser cette vie horrible derrière elle.

Elle se lève et range la bouteille dans le haut du frigo. Assez d'alcool, décrète-t-elle. Inutile de s'inquiéter, de culpabiliser. Elle n'a pas à s'excuser.

Tout ce qu'elle a à faire, c'est s'entraîner.

La nuit est froide et claire, parfaite pour courir, mais les quatre ou cinq paquets de cigarettes qu'elle a fumés au cours des dernières vingt-quatre heures l'empêchent de s'oxygéner vraiment en faisant son petit tour du bloc au pas de course.

Elle ralentit et se met à marcher en tournant dans Lee Road, puis elle remarque un homme devant son immeuble. Le coin est bien éclairé, aussi ne redoute-t-elle pas vraiment de se faire agresser. Et puis elle garde son aérosol de défense dans la main droite.

Soudain elle se dit que ce n'est peut-être pas un agresseur.

C'est peut-être pire.

C'est peut-être un *flic*.

Elle s'arrête un instant, reprend sa respiration et décide qu'il n'y a pas vraiment de raison de s'inquiéter. L'homme qui se tient devant sa porte est probablement un locataire de l'immeuble, rien qu'un type qui se prépare à courir lui aussi – il s'échauffe et fait quelques flexions du genou bien appuyées. L'a-t-elle déjà vu auparavant dans le coin ? Elle ne sait pas trop. Mais elle sait avec *certitude* qu'elle le reverrait bien. Grand, les cheveux ondulés, large d'épaules. Il porte un jogging Nike vert olive et noir, de ceux qui ont des bandes blanches fluorescentes aux coudes. Il a aussi des gants de laine noirs et un sac banane noir à la ceinture.

Il est juste devant la porte, aussi n'y aura-t-il pas moyen de l'éviter, d'échapper à une conversation s'il décide de lui adresser la parole. Elle s'approche, confiante, mais le doigt toujours posé sur le bouchon propulseur de sa bombe.

— Salut, lance l'homme.

— Salut.

— Vous commencez ou vous terminez ? demande-t-il entre deux flexions.

— Je termine, assure-t-elle en regardant avec un mouvement de recul son reflet dans la vitre, derrière lui.

Elle ressemble à un chien mouillé. Bien sûr. Elle ajoute :

— Ça suffira pour ce soir.

— Dommage. Vous vous appelez comment ?

Elle cogite à toute vitesse. Elle trouve ça un peu cavalier, un peu précipité à son goût. Mais ce n'est pas ça qui la dérange. Ce qui la dérange, c'est qu'elle n'a pas anticipé d'être *quelqu'un* ce soir.

— Rachel, répond-elle, comme si ce nom était simplement le suivant sur une longue liste de duperies. Rachel Ann O'Malley.

— Vous êtes irlandaise.

— Oui, dit-elle, débitant son texte mécaniquement. Enfin, à moitié. Je suis irlandaise du côté de mon père, et italienne par ma mère.

— Voilà une combinaison plutôt instable, commente l'homme avec un sourire. Italienne et irlandaise.

— Un combat de tous les instants, plaisante-t-elle, surprise de tomber aussi juste après tout ce temps, choquée d'accepter de mieux en mieux les événements de ces dernières vingt-quatre heures.

Manger, boire, manger, boire, manger, boire... On dirait que l'alcool a fini par produire son effet malgré la molle séance de jogging autour du pâté d'immeubles. Rachel Ann O'Malley est quand même un peu partie.

Il pose le pied sur le banc de béton purement décoratif et entreprend d'étirer les muscles de ses jambes.

Une idée folle traverse l'esprit de Rachel : et si elle faisait monter le beau gosse pour lui faire un petit cadeau ? Merde, pourquoi pas ? Coucher avec un parfait étranger l'aiderait peut-être à chasser le spectre de Willis Walker.

Puis, tout aussi soudainement, elle reprend ses esprits. Elle décide de courir encore un peu, mais seule. La dernière chose dont elle a besoin, c'est d'avoir un gland dans les pattes, un joli cœur susceptible de foutre en l'air tout ce pour quoi elle bosse depuis deux ans.

Mais il semble que le beau gosse et son gland n'en ont pas tout à fait terminé avec elle.

— Bon, ça vous dirait, un petit dîner tardif ? propose-t-il. Je cours un peu, je prends une douche et je suis prêt dans quarante-cinq minutes.

— Je ne crois pas, non.

— Où vous voulez, poursuit-il. J'ai remboursé toutes les dettes de ma carte de crédit. Je suis en fonds.

— Non merci, dit-elle, l'expression « dîner tardif » la renvoyant étrangement aux tétées nocturnes dans l'obscurité du séjour, au plaisir et à la douleur de la petite bouche d'Isabella tirant sur son sein.

Le chagrin monte en elle.

— Une autre fois. Promis.

— D'accord, dit-il aimablement, ce qui ajoute encore à son charme – il n'est pas du genre insistant. Je vous laisse décider quand. Je cours par ici tout le temps. Faites-moi signe un de ces soirs. On pourra peut-être courir ensemble.

— Avec plaisir, réplique-t-elle.

Elle ouvre la porte de l'immeuble. Elle va traverser le hall, prendre l'entrée de service et sortir du côté parking du bâtiment. Peut-être va-t-elle réussir à courir vraiment dans Cain Park, en espérant qu'elle ne se couvrira pas de honte en tombant sur lui.

— Ravie d'avoir fait votre connaissance.

— Tout le plaisir a été pour moi, Rachel, dit-il avant de partir à longues foulées puissantes.

Elle le regarde disparaître dans la nuit et sent une étrange nervosité s'installer en elle. Pas forcément à cause de ce qui vient de se passer. Elle a déjà repoussé les avances de plus d'hommes qu'elle ne peut en compter. C'est plutôt à cause de ce qui a *failli* se passer.

Elle a été à deux doigts de faire entrer quelqu'un.

Et elle ne lui a même pas demandé son nom.

12

Je suis sculpté dans un rayon de lune.

Je file à moins de trente mètres la silhouette du joggeur, me coulant d'ombre en ombre en direction de Lee Road, attendant le long passage obscur où nous n'allons pas tarder à nous engager, la colonnade de ténèbres qui conduit à Cain park.

Le joggeur vire à gauche, dépasse les épaisses colonnes de pierre et s'enfonce dans le parc désolé. Je le suis par le chemin d'accès qui serpente à flanc de colline.

Pour un observateur non averti, nous n'avons aucun lien : deux joggeurs intrépides venus de Cleveland Heights, dans l'Ohio, pour faire un peu d'exercice par une nuit d'hiver glacée, l'un d'eux courant à un rythme assez lent, et l'autre – celui qui porte un curieux ustensile – s'en tenant à une marche sportive plus lente encore, quoique élastique.

Et pourtant, nous sommes liés d'une façon que la plupart des observateurs lambda – soit la majorité des gens de ce monde – ne pourraient jamais concevoir ni même comprendre.

Le bruit monte à l'instant où j'arrive à proximité du joggeur. Il s'agit cette fois de gros coups de tonnerre à l'intérieur de mon crâne, du martellement désespéré de mains ensanglantées dans un cercueil scellé.

Le joggeur s'arrête au kiosque fermé, près de l'Alma, le plus petit des deux théâtres du parc. Je m'approche par l'ouest. Je tiens dans ma main droite une arme de petit calibre, chargée de balles à pointe creuse. De la main gauche, je porte un seau de quatre litres dont le fond est lesté d'une couche de caoutchouc dur et de plusieurs centimètres d'épaisseur de grillage.

Je m'approche à moins de deux mètres du joggeur.

Celui-ci, un beau jeune homme vêtu d'un coûteux survêtement Nike vert olive et noir et de gants de laine noirs, ne me voit pas. Les bandes réfléchissantes apposées sur les coudes de son blouson rendent la filature d'une simplicité embarrassante. Je le hèle :

— Eh !

L'homme se fige sur place. Un vétéran de la rue, à ce qu'il semble. Il ne se retourne pas.

— Mon portefeuille est dans la banane, indique-t-il en faisant pivoter la ceinture de nylon autour de sa taille, lentement, jusqu'à ce que la pochette soit en face de moi.

Je me rapproche et prends le portefeuille en disant :

— J'ai un message pour vous.

L'homme déglutit mais reste parfaitement immobile.

— De quoi… mais de quoi vous parlez ?

Je place le canon de l'arme près de sa tempe gauche.

— Elle est à moi.

Je soulève le seau par la poignée – comme si je levais une tasse géante – et le place de l'autre côté de la tête du type.

— *Mio !*

Je presse la détente.

Il n'y a pratiquement pas de fumée dans l'obscurité, pratiquement pas de bruit non plus, à peine le « pop ! » que ferait un enfant en sortant son doigt d'une bouteille de soda. Ce qui est remarquable en revanche, c'est que le seau récupère non seulement la balle – exploit accompli sans même percer le fond – mais aussi une bonne portion de la cervelle du type. La police ne trouvera ni balle ni douille, rien de plus qu'une goutte ou deux de membrane vaporisée sur les buissons.

Je contemple la silhouette sur le sol, puis le contenu du seau, la chair rose, l'os blanchâtre, chauds et fumants dans la nuit de décembre.

Pour mon chaudron, me dis-je. *Mon* nganga.

Pour le sortilège.

13

Sa mère dort sur le canapé, près du radiateur Norelco conçu et fabriqué dans les années 1970 et qui semble tout droit sorti d'un épisode des *Jetson*. Le chauffage est comme toujours poussé à fond et penche dangereusement vers le plaid en crochet orange et marron – les couleurs des Cleveland Browns[1].

Le petit appartement situé au premier étage d'un immeuble de Baltic Road dispose d'un radio-réveil dans chaque pièce, y compris un vieux poste derrière les toilettes, juste en dessous de la ballerine en macramé destinée à cacher les rouleaux de papier hygiénique. Et aujourd'hui, en provenance de la cuisine, on entend un programme d'information en italien.

Il s'agenouille près de sa mère et écarte une mèche de cheveux blancs de son front. Elle était Gabriella Russo quand elle avait eu le coup de foudre pour son père, près de cinquante ans plus tôt, une sirène aux cheveux de jais qui chantait dans les bars et avait fait mariner Frank Paris pendant cinq ans avant de céder à ses demandes en mariage répétées.

1. Équipe de football américain. (N.d.T.)

Enfant unique, Paris avait 16 ans à la mort de son père. Sa mère avait pris deux emplois, parfois trois, pour lui permettre de faire des études. Elle n'avait pour sa part jamais dépassé le lycée et n'était pas très instruite, mais c'est, et sera toujours, la femme la plus intelligente qu'il ait jamais rencontrée.

Il se dit qu'elle est heureuse maintenant, à près de 74 ans, toujours chez elle, toujours capable de tenir sa place au gin-rami. Toujours capable de tenir le gimlet aussi. Elle s'en envoie deux tous les jours au déjeuner avec ses copines de bingo, Millie et Claire, avant de faire sa sieste.

Il écarte le chauffage du canapé et s'assoit devant le bureau à cylindre. Les factures sont comme toujours soigneusement rangées dans la bonne case, à droite. Il les règle toutes. C'est un de leurs rites mensuels, une mécanique bien huilée qui fonctionne depuis plusieurs années. Au début, sa mère se retirait dans sa chambre pendant qu'il payait les factures, honteuse de ne plus pouvoir ne fût-ce que travailler à mi-temps. Parfois, elle s'activait à la cuisine et arrivait en vingt minutes à produire un plat de macaronis au four ou des tagliatelles aux calamars.

Maintenant, elle se contente de dormir.

Quand il a terminé, il referme le bureau et traverse le séjour pour gagner la petite cuisine aménagée. Il prend le sandwich qui se trouve toujours en haut du réfrigérateur, enveloppé dans du film alimentaire, avec un cornichon.

Doit-il la réveiller ? Il décide que non. Mieux vaut la laisser dormir. Elle saura qu'il est passé.

Elle le sait toujours.

Il enfile son manteau et s'immobilise à la porte pour embrasser l'appartement du regard : les vieux meubles Art déco ; le fauteuil râpé qu'il a accidentellement taché en regardant *Ben Hur* à la télé quand il avait 6 ans ; le tapis tressé ovale qui est là depuis si longtemps qu'on ne peut plus le remplacer ; les photos de ses remises de diplômes de l'académie sur la cheminée.

Jack Paris franchit la porte, la referme derrière lui et vérifie la serrure.

Joyeux Noël, maman, pense-t-il en enroulant son écharpe, spécialité tricotée main de la *casa di Gabriella*, autour de son cou.

Joyeux Noël.

Dans cette petite partie de Denison Avenue, près de Brookside Park, les maisons ne sont qu'un amas de bungalows aux couleurs pastel écaillées, bleu pâle, vert amande, jaune canari, le tout grisé par la tombée de la nuit et le crachin hivernal. Paris est garé le long du trottoir, le chauffage en mode soufflerie, une station de radio passant de vieux tubes en sourdine.

Après avoir quitté l'appartement de sa mère, il a passé le reste de l'après-midi à interroger toutes les personnes se trouvant dans un périmètre de trois pâtés de maisons autour du Dream-A-Dream Motel. Il semblerait que, dans la demi-douzaine de bars du coin, personne n'a vu quelqu'un sortir en courant du motel au beau milieu de la nuit, un couteau de boucher sanguinolent à la main. Au bout du compte, Paris a interrogé une bonne trentaine de types au regard vague et n'a rien récolté qui sorte de l'ordinaire : haussements d'épaules, apathie urbaine, amnésie temporaire. Ils n'ont rien entendu ni rien vu de spécial.

Il est maintenant dans sa voiture, sur Denison Avenue, le siège passager jonché de rapports de police tirés du dossier sur le meurtre de Michael Ryan. Il les a emportés sans même savoir ce qu'il cherche. Un lien antérieur entre Mike Ryan et Sarah Weiss ?

Une petite voiture jaune ?

Paris a très mal pris l'acquittement de Sarah Weiss. Il s'était tellement investi dans cette enquête. Un flic n'aime jamais laisser filer un tueur. Mais quand il s'agit d'un tueur de flic, c'est un truc qu'aucun flic n'arrive à digérer.

Il y avait de l'alcool dans l'organisme de Michael ce soir-là, mais on était loin des taux limites. Il y avait aussi des traces d'un hallucinogène extrêmement puissant. Des traces de ce même hallucinogène avaient été décelées dans une flasque retrouvée à l'intérieur du sac de l'assassin. Le dossier montre que Michael n'était officiellement pas en service le soir du meurtre.

La défense a présenté Michael comme un flic alcoolique et drogué qui avait vendu des dossiers de police confidentiels pour dix mille dollars afin de pouvoir financer ses vices. La défense a présenté Mike Ryan comme un ripou qui n'a obtenu que ce qu'il méritait.

Aujourd'hui encore, Paris refuse d'y croire.

Avant de quitter le centre judiciaire, Paris a appelé Dolores Ryan et lui a demandé si elle avait toujours les papiers de Michael : relevés de comptes, calepins, ce genre de choses. Elle a dit que tout était au garde-meuble. Elle lui a aussi dit qu'il pouvait tout consulter, sans heureusement lui demander pourquoi. Heureusement, parce que Paris n'aurait pas pu lui répondre.

Paris coupe le contact, mais son portable sonne avant qu'il puisse descendre de voiture.

— Paris.

De la musique forte en fond sonore. Des glaçons dans les verres, des éclats de voix dignes d'un relais routier.

— Salut, c'est Mercedes. Vous m'entendez ?

— Très bien.

— Je ne vous dérange pas ?

— Pas du tout, assure Paris. Où êtes-vous, à Atlantic City ?

— Je suis au Deadlines.

Paris connaît l'endroit : une vieille auberge réputée de Cleveland, fréquentée par les journalistes.

— Alors, qu'est-ce qui se passe ?

— Eh bien, pour le moment, il y a un superbe mâle aux origines ethniques variées assis juste à côté de moi et qui essaie de me faire boire des cocktails aux fruits.

— Et il s'en sort ? demande Paris en souriant.

— Attendez, répond Mercedes avant de se taire un instant. J'ai toujours mes chaussures aux pieds, reprend-elle. Alors pas si bien que ça.

— Il est encore tôt.

— *Es verdad*.

— Alors, que puis-je faire pour vous ?

— Qu'est-ce que vous voulez dire ?

— Par exemple, pourquoi m'avez-vous appelé ?

— Oh ! oui, c'est vrai. Pardon. Écoutez. Je vais avoir besoin d'une ou deux photos de vous pour l'article, mais le journal est trop minable pour payer un deuxième photographe. En tout cas pour moi. J'ai laissé un message à mon frère Julian, qui est un *excellent* photographe, histoire de savoir s'il pouvait se bouger le cul pour me donner un coup de main, mais bon, c'est encore une autre paire de manches, vous voyez ? Bref, il y a peu de chances qu'il rapplique, auquel cas, il faudra vous contenter de moi et de mon petit Instamatic. Mais si jamais vous voyiez débarquer un type mignon avec un appareil, n'ayez pas peur, d'accord ?

— Merci de m'avoir prévenu.

— Pas de problème.

Paris demande à Mercedes si elle a besoin d'un chauffeur sobre. Elle décline. Paris range son portable, traverse Denison Avenue et envisage de prendre la longue rampe du fauteuil roulant, solide structure en forme de U constituée de petites plaques et de boulons rouillés.

Trop risqué pour mon grand âge, se dit-il.

Aussi prend-il fermement la rampe en fer forgé et gravit-il l'étroit escalier de pierre qui mène chez Dolores Ryan.

Elle lui paraît plus mince et ses cheveux ont blanchi, réplique fragile de la bombe brune à qui Michael l'a présentée un soir, au Caprice Lounge ; un soir enfoui dans la mémoire de Paris depuis près de vingt ans. Ce soir-là, Dusty Alessio tournait la tête de tous les hommes présents, y compris le terriblement jeune Jack Salvatore Paris.

À présent ses yeux noisette sont voilés, nervurés, fatigués. Ses cheveux parsemés d'argent. Elle porte un vieux jean, des espadrilles éculées, un sweat-shirt bordeaux délavé avec la mention Ohio State University.

Ils sont installés dans le petit séjour bien tenu, l'un en face de l'autre, devant un café. Un grand sapin artificiel à peine décoré trône dans un coin, à côté de la télé dont le son est baissé.

— Tu veux autre chose ? demande Dolores en désignant le café.

— Non. Non, merci.

— Tu veux que je mette quelque chose dedans ?

— Tout va bien, Dusty.

Le vieux surnom la fait sourire. Elle rougit et passe la main dans ses cheveux.

— Plus personne ne m'appelle comme ça.

— C'est comme ça que tu m'as été présentée, et je ne peux pas t'appeler autrement, dit Paris.

— Tu sais d'où me vient ce surnom ?

— Non.

— C'est Michael qui m'a appelée comme ça le jour où on s'est rencontrés. Il allait au lycée Padua, et moi j'étais à Nazareth. J'avais 16 ans. *Seize ans*, tu imagines ?

Paris voit les joues de Dolores s'animer, rosir au souvenir du jour où elle a trouvé l'amour de sa vie.

— J'imagine, assure-t-il.

— J'avais repéré Michael et ses amis au terrain de base-ball de State Road Park. Je le voyais là-bas tout le temps mais je n'avais jamais eu le cran de lui parler. Tu te souviens comme on est timide à cet âge-là ?

— *Oh ! oui*, convient Paris en se disant qu'il n'a pas beaucoup progressé en la matière.

— Alors, un jour, ma copine Barb et moi, on traînait dans sa vieille décapotable Ford Fairlane, capote baissée. On était passées par le Manners, le Dairy Queen, le McDo, le Red Barn, et on arrivait au terrain de baseball, dans State Road. Et voilà que je le vois.

« Je me mets à hurler : *"C'est Michael !"* Évidemment, Barbara panique et vire dans le parking en renversant son milk-shake du Dairy Queen sur ses pieds. La voiture quitte la chaussée et fonce vers le terrain de base-ball. Barbara klaxonne encore et encore en essayant de freiner, mais la pédale est trop glissante. On fait bien du 50 à l'heure maintenant, et on se prend les poubelles, les bancs, les fauteuils. Tout le monde s'enfuit et elle arrive enfin à écraser la pédale de frein. On dérape sur une bonne partie du terrain et on finit par s'arrêter en plein sur le monticule du lanceur. Et comme la capote est ouverte, tout est recouvert d'une fine couche de poussière – la voiture elle-même, les sièges, les livres, les hamburgers, moi. Et, pire que tout, il y a une dizaine de types de notre âge qui nous regardent bouche bée, conscients qu'ils viennent sûrement d'assister à l'événement de l'année.

« En fait, il se trouve que mon cahier d'histoire s'était envolé de la banquette arrière pour atterrir Dieu sait où. Alors, sortant tout droit du nuage de poussière, le cahier à la main, Michael Patrick Ryan apparaît – tee-shirt noir, yeux bleus, longs cils, muscles luisants. Et il me lance : "Hey, Dusty[1], c'est à toi ?" »

Dolores regarde Paris un demi-sourire aux lèvres, perdue entre la souffrance insoutenable et la joie du souvenir gravé dans son cœur.

— Tout le monde a ri, mais je ne les entendais pas, tu comprends ? Tout ce que j'ai vu, c'étaient ses yeux bleus. J'étais fichue.

Paris regarde Dolores tripoter la manche de son sweat tandis qu'elle se plonge dans sa rêverie, et il prend conscience que c'est celui de Michael. Elle porte encore ses vêtements.

Dolores revient au présent. Elle jette un coup d'œil sur la grande horloge, dans le couloir, et leur ressert du café. Après une minute de silence, elle reprend :

— Il avait peur, tu sais.

— Michael ?

— Oui.

— Peur de quoi ?

Dolores regarde par la baie vitrée la pluie se muer en neige, les cristaux de glace émailler le sommet de la haie, devant la maison.

— De tout.

Elle indique d'un revers de main le chambranle élargi de la porte qui mène à la salle de bains, ce geste suffisant à expliquer la vie avec un enfant en fauteuil roulant.

— Il avait tout le temps peur, après notre retour.

Une dizaine d'années auparavant, Michael Ryan avait pris ses cliques et ses claques et était parti vers l'ouest

1. Signifie « poussiéreuse ». (N.d.T.)

pour bosser dans la police de San Diego. Mais sa fille avait été renversée par un chauffard – jamais arrêté d'après ce que Paris avait compris –, et il avait ramené toute la famille à Cleveland pour être près de la mère de Dolores, elle-même veuve de flic.

— C'était un super flic, Dusty. Et un homme encore plus formidable.

Dolores examine Paris un moment puis se penche en avant, comme pour partager un secret. Avec un soupir soigneusement retenu, elle répond au véritable motif de la visite de Paris en disant :

— J'étais au courant.

Ce sont les mots que Paris n'a pas envie d'entendre. Michael Ryan est mort. Sa meurtrière aussi. Paris pourrait tout aussi bien se raccrocher à l'idée que Michael bossait, le soir où il a été tué, qu'il suivait une piste et s'était fait piéger. Mais, contre sa volonté, sa bouche s'ouvre et articule les mots :

— Qu'est-ce que tu veux dire ?

Dolores prend un mouchoir en papier et s'essuie les yeux.

— C'est pour ça que je ne regarde jamais dans le garde-meuble, dans les cartons. Je n'y arrive pas.

— Tu n'es pas obligée de me dire ça…

— Michael et moi, on avait… on avait un accord, tu vois. On l'avait passé le jour où Carrie a eu son accident. Michael m'a juré que tant qu'il vivrait, elle ne manquerait jamais, *jamais* de rien.

Paris envisage de se lever, de lui faire la bise et de partir pour fuir tout ça. Mais il demande :

— Et toi, c'était quoi ta part, dans ce marché ?

— Ma part ? dit-elle en levant vers lui des yeux empreints de souffrance. Ma part, c'était de ne jamais demander d'où provenait l'argent.

La petite serrure s'ouvre avec un déclic satisfaisant. Paris est fier de lui. Il n'a pas crocheté de serrure de bureau depuis des années, mais il n'a curieusement pas perdu la main. Il devrait peut-être recommencer à prendre son nécessaire de crochetage avec lui. Il se trouve dans le box 202 du My-Self Storage sur Triskett Road. Dolores lui a remis la clé, mais lui a demandé de la lui rendre le plus tôt possible. Carrie et elle déménagent très bientôt à Tampa, en Floride.

C'est un grand box d'environ trois mètres sur quatre mètres cinquante, occupé du sol au plafond par toutes les saletés qu'un homme accumule en plus de quarante ans d'existence. Une scie à ruban rouillée, des clubs de golf hétéroclites, une table de poker en piteux état. Contre le mur du fond, ce sont les affaires de Dolores : des cartons à chapeaux, des sacs à poignées blanches remplis de vêtements ainsi que de gros cartons à l'enseigne de Petrie, un tailleur pour dames dont Paris n'a pas entendu le nom depuis des années.

Le local sent le moisi et les souris : l'odeur humide des souvenirs relégués sur des étagères.

Il n'a pas fallu à Paris plus d'une dizaine de minutes pour parcourir sous la lumière de l'ampoule de quarante watts suspendue au plafond tous les papiers, dossiers et livres poussiéreux entassés sur le bureau. Rien qui se rapporte aux enquêtes sur lesquelles Michael travaillait. Rien qui lui saute à la figure. Il a essayé sans succès d'ouvrir le petit coffre sur lequel est posée la vieille Remington mécanique de Michael. Le coffre ne s'est pas ouvert, mais, après quelques mouvements rouillés pratiqués avec un trombone tordu, le tiroir inférieur droit du bureau a cédé.

Il n'y a au fond du tiroir qu'une enveloppe au format 21 × 27 cm.

Paris la prend et l'ouvre. Elle contient une photo en

noir et blanc d'un cadavre, le corps d'un homme nu et mutilé allongé sur le gravier d'un parking. Un mur de briques blanches se dresse sur la droite, et les roues d'un gros conteneur à ordures sont visibles derrière l'épaule gauche de l'homme. Celui-ci est horriblement défiguré, couvert de sang pratiquement de la tête aux pieds. Paris se rend compte qu'il manque des morceaux – de gros morceaux – de chair sur son torse, comme s'ils avaient été arrachés par des animaux.

Mais c'est l'aspect de la tête de l'homme qui glace le sang de Paris.

La tête est enveloppée dans du fil de fer barbelé.

La photo ressemble à un cliché de police standard pris sur le lieu du crime, mais ne porte aucune mention officielle. Les bords jaunis et les blancs légèrement brunis lui indiquent que la photo est ancienne. Quinze, vingt ans peut-être. Une adresse, écrite à la main à l'encre bleue passée, figure dans le coin supérieur droit. Une adresse dans la Vingt-troisième Rue Est.

Paris retourne la photo et croit un instant à une illusion d'optique avant d'identifier ce qu'il découvre au dos.

C'est une phrase. Six mots manuscrits qui n'auraient pas dû être écrits au dos de cette photo dans le bureau d'un mort, d'un homme qui ne respire plus depuis deux ans.

Du fond de sa tombe glacée, Michael Ryan a écrit en rouge :

Le mal engendre le mal, Fingers.

DEUXIÈME PARTIE

SORTILÈGE

14

Belmont Corners, Ohio,
Trente ans plus tôt…

La femme attend dans la salle des urgences de l'hôpital Our Lady of Mercy, sur Greenville Road. Son visage n'est plus qu'une masse boursouflée violacée, son ventre un énorme ballon sous sa robe. C'est le réveillon du jour de l'an, et l'ex-mari de la femme est passé à la caravane vers 17 h 30, non pour déposer un cadeau de Noël tardif à l'intention de sa fille, mais pour prendre ce qu'il veut *toujours*. De quoi s'acheter sa drogue. La scène est montée si vite que la femme n'a même pas eu le temps d'enfermer sa fille dans la chambre pour la protéger, même si l'homme n'a jamais levé la main sur la petite.

La mère de la gamine lui suffit amplement.

À 27 ans, Lydia del Blanco est une coiffeuse payée au noir moyennement douée, une chanteuse de folk au talent encore inexploré et une mince jeune femme aux yeux d'ambre clair. Mais ce soir, ses yeux sont couleur de rouille sale ; sa peau n'est qu'une topographie grossière de marques jaunâtres et distendues. Anthony del

Blanco lui a fait tâter de sa ceinture, l'une de ses armes d'intimidation favorites.

À la gauche de Lydia se tient sa fille Fina, petite boule d'angoisse de 4 ans, qui semble, pour le moment du moins, avoir renoncé à faire le tour de la salle d'attente en pleurant et en s'agitant dans ses bottes bleues trop grandes. Depuis que sa fille sait marcher, Lydia ne peut plus lui cacher qu'elle se fait battre, même si les raclées se font moins fréquentes maintenant qu'Anthony a quitté la caravane pour aller vivre avec sa cohorte infinie de putains.

Mais Fina sait qui est son père, et ce qu'il fait parfois à sa mère. Elle est pourtant bien trop jeune pour le détester. Tout ce qu'elle veut, c'est que les cris s'arrêtent et que sa maman soit heureuse.

Alors elle pleure…

Dans un coin de la salle d'attente des urgences, il y a une télévision portable en noir et blanc, dont l'image va et vient à cause de la tempête de neige qui balaie la vallée de l'Ohio. De temps à autre, Lydia jette un coup d'œil sur l'écran. Guy Lombardo et ses Royal Canadians. Bobby Vinton. *The King Family.*

Quand on appelle son nom, Lydia se lève lentement et s'approche de la vitre en verre dépoli. Parmi les détails habituels, les mensonges habituels, elle dit à la femme que son mari est mort, ce qu'il est effectivement dans son cœur et dans sa tête. Mais c'est pourtant le viol sauvage perpétré huit mois plus tôt par Anthony del Blanco qui a donné vie à l'enfant qui, jusque-là, s'agitait dans son ventre, cet enfant que Lydia del Blanco a alternativement haï et aimé, cet enfant dont elle ne sent plus les coups de pied depuis plus de trois heures.

Alors qu'on fait asseoir Lydia dans un fauteuil roulant, la petite fille brune se remet à pleurer, ses larmes formant à présent deux filets sinueux qui dévalent ses joues. Elle marche sagement à côté du fauteuil roulant de sa mère jusqu'à la salle d'examen numéro 1. Puis, trop épuisée pour faire de crise, elle attend sagement tandis qu'on hisse sa mère sur un lit roulant afin de l'emmener. Une jeune bénévole sympathique appelée Constance Aguilar prend Fina par la main et la conduit aux distributeurs automatiques, où elle lui achète une barre chocolatée O Henry ! et un Coca.

Mais avant que la petite ne puisse goûter à l'un ou l'autre, elle grimpe sur un siège rembourré et s'endort.

Sur le coup de minuit, à l'instant où pratiquement tous ceux qui vivent dans le fuseau horaire de l'Est des États-Unis font sauter les bouchons de champagne ; à l'instant où Anthony del Blanco connaît les plaisirs de la chair avec une prostituée répondant au nom de Vicky Pomeroy dans la chambre 511 du TraveLodge, sur Cannon Road ; à l'instant où la petite Fina de 4 ans, profondément endormie, rêve d'un endroit où son père ne lèverait ni la voix ni la main, Lydia pousse un hurlement de douleur, un long et unique cri d'avertissement à tous ceux qui voudraient à l'avenir la faire souffrir, elle ou sa famille.

Et Lydia del Blanco donne naissance à un garçon. Un bébé robuste de trois kilos trois cent cinquante grammes né avec le tout nouveau jour, la toute nouvelle année.

Un garçon, comme le découvrirait un jour Anthony del Blanco, né de la violence.

15

La morte s'appelait Fayette Martin.

Elle avait 30 ans au moment où elle a été assassinée, jamais mariée, pas d'enfants. Sortie de Mayfield High School, dans l'Est de Cleveland, elle était, à ses heures perdues, une passionnée d'informatique quand elle ne faisait pas pousser des orchidées de compétition. Paris avait appris tout cela dans un entretien téléphonique avec le frère de la victime, Edgar, qui habite Milwaukee et était la seule famille qui lui restait.

Elle a été identifiée grâce au service d'enregistrement des véhicules motorisés. Sa Chevrolet rouge était garée à quelques rues du Reginald Building, où son corps a été découvert. Les empreintes relevées sur le lieu du crime correspondaient à celles trouvées dans la voiture. Elle travaillait depuis douze ans chez un fleuriste de banlieue, à Chesterland.

Officiellement, la cause de son décès est due à « une hémorragie provoquée par un choc sévère à la tête », mais cela ne rend compte que d'une partie de l'histoire. En réalité, quelqu'un a pris un très grand couteau, très aiguisé – peut-être une machette ou un sabre en acier –, et lui a tranché le sommet du crâne. D'un seul coup bien net. Le médecin légiste n'a retrouvé aucune marque de dentelure sur le crâne de la victime, rien qui indique que la calotte ait pu être découpée à la scie. Et il est très probable que la femme ait eu des rapports sexuels soit avant, soit pendant le meurtre, en tout cas pas après. Reuben penche pour pendant, mais a décidé de ne pas rendre cette opinion officielle pour le moment.

Paris trouve presque réconfortant que le type qu'ils recherchent ne soit pas nécrophile en plus de tout le reste.

En général, quand il y a des preuves qui relient la méthodologie, sinon le mobile de deux crimes, il y a des similitudes entre les victimes : lycéennes, prostituées, représentants en assurances. Mais cette fois, les deux morts ne sauraient être plus dissemblables : un homme noir découvert dans la chambre d'un Dream-A-Dream Motel, dépouillé et castré. Une femme blanche découverte dans le Reginald Building de la Quarantième Rue Est avec le sommet du crâne découpé, son cerveau restant introuvable.

La seule chose qui les rapproche dans la mort, c'est le symbole figurant un arc et une flèche gravé quelque part sur leur corps. Un symbole qui n'a toujours pas été identifié.

La position officielle de la police de Cleveland est jusqu'à maintenant que ces meurtres n'ont aucun lien.

Trois photos sont scotchées au tableau de la salle de conférences, au cinquième étage du centre judiciaire. Trois policiers sont assis autour de la table de réunion jonchée de résidus divers et de dossiers : l'inspecteur Jack Paris, l'inspecteur Greg Ebersole et le sergent Carla Davis, de l'unité spéciale en charge des crimes sexuels.

Carla Davis est noire, 35 ans, un bon mètre quatre-vingt-cinq, large d'épaules, les yeux vert prairie parsemés d'or. Même si elle n'était pas mariée, la plupart des types du service seraient beaucoup trop intimidés par Carla pour tenter la moindre approche. Dans le genre pivot de basket sexy de la WNBA, elle ne se laissait pas emmerder quand elle travaillait aux mœurs – où elle était la reine incontestée des opérations d'infiltration dans la prostitution –, et se laisse encore moins faire maintenant qu'elle est commandant adjoint de l'unité spéciale en charge des crimes sexuels.

Les dernières vingt-quatre heures ont abouti à la formation de ce détachement spécial, ainsi qu'à un changement d'affectations.

Tous les policiers considèrent qu'il y a quelque chose de particulier à être le premier enquêteur à arriver physiquement sur le lieu d'un crime. Les odeurs, les sons, l'*atmosphère* de l'endroit, la position du corps, la possibilité que, dans de nombreux cas, la dernière personne à avoir quitté cet endroit soit le tueur.

Et même s'il est vrai que, lorsqu'un policier reprend l'enquête d'un collègue, 99 % des indices sont transmis par le biais des témoignages, dépositions sous serment, photographies et interrogatoires filmés, il en reste toujours 1 % que conservent précieusement les premiers enquêteurs, et il n'est jamais agréable de se faire retirer une affaire.

Mais cette fois, Paris s'en tire bien, pour peu qu'on puisse bien se tirer d'une affaire de ce genre. Il n'avait aucune envie de fouiller dans la vie de Willis Walker, pas plus qu'il n'avait eu envie de fouiller dans son pantalon.

Le deal n'échappe pas à Greg Ebersole. Et ça se voit sur sa figure. Sa grande expérience du milieu de la drogue a travaillé contre lui. Il est donc chargé pour l'instant de l'affaire Walker et Paris reprend l'enquête

Fayette Martin. Carla Davis fera le lien avec les crimes sexuels.

À 8 h 50, le capitaine Elliott arrive, et la réunion peut commencer.

Paris au tableau, calepin à la main.

— Nous avons un mort de couleur noire, un certain Willis James Walker, 48 ans, domicilié sur East Boulevard. Le corps de M. Walker a été retrouvé dans la chambre 116 du Dream-A-Dream Motel, au coin de la Soixante-dix-neuvième Rue Est et de St. Clair Avenue. D'après le bureau du légiste, M. Walker a été frappé à l'arrière du crâne avec un objet plat et lourd, mais ce n'est pas ce qui l'a tué. Pas plus que la dose massive de Rohypnol et d'alcool décelée dans son organisme. La cause du décès a été identifiée comme étant l'hémorragie provoquée par l'ablation du pénis et des testicules de M. Walker, qui n'ont pas été retrouvés sur les lieux du crime.

« On a en revanche retrouvé un semi-automatique de calibre .25 non déclaré avec lequel on a tiré à deux reprises. Les deux balles ont été récupérées. Il ne semble pas que quelqu'un ait été touché.

« Nous avons aussi le décès d'une femme blanche nommée Fayette Martin, 30 ans, résidente des Marsol Towers de Mayfield Heights. Le corps de Mlle Martin a été découvert dans un immeuble abandonné au coin de la Quarantième Est et de Central. Le légiste pense que Mlle Martin a été en partie décapitée au moyen d'un grand couteau ou d'une arme de type machette. Son cerveau n'a pas encore été retrouvé. Dans les deux cas, il manque une ou des parties du corps. Dans les deux cas, on a laissé un symbole, gravé dans la chair.

Paris désigne les deux premières photos. L'une d'elle montre le symbole gravé sur la langue de Willis Walker.

L'autre est celle du symbole gravé dans le dos de Fayette Martin.

— Reuben pense que cette marque peut avoir un lien avec la religion de la santería, ou un de ses dérivés obscurs. Je suis sur cette piste. Il estime que la marque sur la langue de M. Walker a été faite *post mortem*. Celle qui figure sur le dos de Fayette Martin a été pratiquée avant sa mort. Mais dans les *minutes* qui l'ont précédée.

— Qui a découvert Willis Walker ? demande Carla.

— La femme de ménage, répond Paris.

— Et les deux gosses qui ont trouvé la femme ?

— Un gamin du voisinage et sa copine. C'est la fille qui nous a appelés. Greg a leur déposition.

— Qu'est-ce qu'on a sur la famille de Martin, ses amis ? interroge Elliott.

— Les parents sont morts tous les deux, dit Paris. Elle a un frère à Milwaukee. Il prend l'avion pour venir réclamer le corps. Elle travaillait depuis le lycée chez un fleuriste de Chesterland, le Flower Shoppe. D'après le frère, elle n'avait pas de petit ami. Pour autant que je puisse le savoir, Fayette Martin et Willis Walker ne se connaissaient pas.

Paris interroge chacun du regard et ne décèle pas d'autre question. Il s'assoit.

— Greg ? lance Elliott.

Greg Ebersole reste assis. Paris trouve qu'il a l'air épuisé.

— Willis Walker était marié et avait – tenez-vous bien – *onze* enfants. Avec cinq femmes différentes. Deux d'entre elles ont connu le bref privilège d'être appelées Mme Willis Walker. Trois des rejetons de Willis sont assez mal barrés. Il y en a un en taule dans l'Ohio. Willis était copropriétaire de Kinsman Products, une petite imprimerie spécialisée dans les calendriers, le papier à en-tête, les cartes de visite. Il dirigeait aussi une petite maison de disques qui s'appelle Black Alley Records. Mais Willis Walker faisait surtout dans la petite délinquance. Douze arrestations, deux condamnations, les deux pour simples délits. N'a jamais passé plus de quarante-huit heures derrière les barreaux. Aucun lien avec le vaudou ni quoi que ce soit de ce genre. Willis était dans toutes sortes de combines, alors il est très possible qu'il devait ou qu'*on* lui devait un gros paquet de fric.

Greg referme son calepin d'un coup sec.

— Il va de soi que nous ne voulons surtout pas que le FBI mette son nez là-dedans, précise Elliott. Alors essayons d'éclaircir ça. Bon et puis jetons un coup d'œil sur les gangs, particulièrement les gangs latinos, et voyons si on peut raccorder ça à une sorte de rite initiatique. Vérifions la liste des tatouages d'appartenance à un gang et voyons si cela nous mène quelque part. Carla ?

Carla Davis se redresse et croise les jambes. Elle porte aujourd'hui une jupe au-dessus du genou en lainage rouge et un chemisier de soie blanc. Les trois hommes font de leur mieux pour la regarder dans les yeux.

— Les crimes sexuels vont chercher du côté des accros au tatouage et aussi du côté des mecs qui aiment faire ça dans des lieux publics. Si Fayette Martin a eu des rapports sexuels devant cette entrée juste avant d'être assassinée, peut-être que ce type a déjà fait ça avant et que, cette fois, ça a dérapé. On vérifie aussi tous les types qui ont montré un penchant pour le marquage.

— Ça arrive souvent ? s'enquiert Paris.

— Vous seriez étonné, assure Carla.

— Je n'en doute pas.

— On a eu un type, il y a quelques années, reprend Carla. Un voyeur pervers. Il rôdait dans Tremont, l'été, et regardait par les fenêtres les filles se déshabiller. Son truc, c'était de s'introduire chez elles quand elles s'étaient endormies, de les chloroformer et de leur graver une série de chiffres sur le front avec une épingle à chapeau.

Paris et Ebersole échangent un regard.

— Et ça le faisait jouir ? demande Greg.

— En fait, il se masturbait en même temps. Mais il n'en a jamais violé aucune. Il a fait ça cinq fois.

— Je vous en prie, dites-moi qu'il est à Mansfield, dit Paris.

— *Oh ! oui*, fait Carla en se levant pour rassembler ses documents. Et vous voulez savoir ce que les chiffres signifiaient ?

— Quoi ?

— C'était la combinaison de son casier, répond Carla. La combinaison de son putain de casier au lycée.

— Bon Dieu ! souffle Greg.

— Le pire de l'histoire, c'est qu'il sort dans dix-huit mois alors qu'il y a cinq femmes qui se baladent dans Cleveland avec la combinaison du casier de ce connard gravée sur leur front.

Compte tenu de la gravité des faits, personne ne juge approprié de rire. Ce sont tous des professionnels et ils prennent très au sérieux les agressions perpétrées contre les citoyens dont ils assurent la sécurité. Il ne serait pas professionnel de rire.

Alors ils s'empressent de ramasser leurs papiers, leurs cigarettes et leur café, et ils se précipitent vers la porte.

— Vous ne seriez pas l'inspecteur Paris, par hasard ?

Ils sont dans le hall du centre judiciaire. Il est midi et c'est la foule. Paris se retourne et découvre un jeune homme de sa taille, joli garçon. Il a un Nikon accroché à son cou.

— Il y a de fortes chances. Vous êtes ?

— Julian.

Paris hausse les sourcils. Il attend davantage.

— Pardon, fait l'inconnu. Mercedes Cruz est ma sœur.

— Ah ! oui, d'accord, fait Paris en tendant la main. Jack Paris.

— Julian Cruz, réplique l'autre en la lui serrant.

Julian est soigné – pantalon kaki, chaussures de randonnée en daim, blouson d'aviateur en cuir, lunettes de soleil à monture d'écaille et moustache bien taillée – et a peut-être quelques années de plus que sa sœur.

— Enchanté, dit Paris.

— Moi de même. Je suis passé là-haut mais on m'a dit que je venais de vous manquer.

— Oui, il faut bien qu'ils me laissent sortir de temps en temps. C'est le minimum syndical.

Paris boutonne son manteau et aplatit ses cheveux, prévoyant qu'on va le prendre en photo sans prévenir.

— Au fait, comment avez-vous su que c'était moi ?

— Ma sœur vous a décrit dans les moindres détails, croyez-moi. Elle est terriblement bonne, pour les détails.

Il ouvre l'étui en cuir qui protège le Nikon et lève l'appareil.

— Je vais essayer de rendre ça aussi rapide et indolore que possible.

— Où vous voulez que je me mette ?

Julian désigne les immenses baies vitrées qui donnent sur Ontario Street.

— La lumière a l'air pas mal, ici.

Ils traversent le hall. Julian place Paris, recule de quelques pas, fait le point avec son appareil et dit :

— Vous savez, je ne devrais probablement pas vous le dire, mais Mercedes est folle de vous.

— Vraiment ?

Julian prend une photo.

— Enfin, *folle* n'est peut-être pas le mot qui convient. C'est juste que c'est le plus gros papier sur lequel elle ait

135

jamais bossé. Et elle est vraiment excitée de travailler avec un professionnel comme vous.

— Tout le plaisir est pour moi.

Déclic.

— Je l'adore, et je voudrais vraiment qu'elle fasse des étincelles. C'est tout.

— Je suis sûr qu'elle y arrivera. J'espère que je lui serai utile, dit Paris.

— Ne lui dites pas que je vous ai parlé, d'accord ? Je ne sais pas si vous avez vu de quoi elle est capable. Elle me tuerait.

— Je comprends.

— Encore quelques-unes ?

— Si vous voulez.

Julian prend une troisième, une quatrième et une cinquième photo, puis il remet le cache-lentille.

— Merci, c'est fini. Je vous fais envoyer un tirage.

— J'ai hâte de les voir, ment Paris.

Ils sont près de la porte du garage. Paris montre le parking du doigt.

— Je peux vous déposer quelque part ? Je vais vers l'est.

Julian brandit une carte de transport de la RTA.

— Moi vers l'ouest. Mais merci. Ravi d'avoir fait votre connaissance.

— Le plaisir est pour moi.

Paris ouvre la porte et se demande, vingt secondes trop tard, si son épi se dresse sur le sommet de son crâne. C'est une bataille capillaire qu'il mène chaque jour depuis qu'il a 8 ans contre ses cheveux rebelles.

Le Flower Shoppe est un bâtiment de verre et de cèdre brut, commodément situé juste en face du funérarium LaPuma-Gennaro sur Caves Road, dans la partie semi-rurale de Chesterland.

Le ciel s'est dégagé, mais il fait encore froid et la neige crisse sous les pieds de Paris alors qu'il s'approche du magasin décoré de guirlandes et de rubans. Son souffle projette de petits nuages de buée devant lui. Il ouvre la porte et se retrouve aussitôt enveloppé par un parfum humide de sapin, de balsamier et d'épicéa.

L'intérieur du magasin est rempli de plantes de saison, le moindre espace est recouvert de couronnes parsemées de fausse neige ou d'énormes poinsettias rouges et jaunes. Un homme en tablier vert, chemise blanche amidonnée et nœud papillon rouge fraise se tient derrière le comptoir et finit d'emballer deux grosses couronnes. La cliente s'en va et il se tourne vers Paris.

— Que puis-je pour vous, monsieur ?

Paris lui présente son insigne. Puis il remarque un badge indiquant que l'homme s'appelle Gaston Burke.

— Je voudrais vous poser quelques questions, monsieur Burke.

— C'est au sujet de Faye, c'est ça ?

— Oui.

— Je ne dors plus depuis que j'ai appris ça, dit Gaston.

Il a la cinquantaine, la taille plus large que les épaules et une apparence soignée. Ses cheveux teints en roux cuivré sont lissés en arrière comme ceux d'un coiffeur des années 1930.

Paris sort son calepin.

— Depuis combien de temps travailliez-vous avec elle ?

— Une douzaine d'années, plus ou moins. Je crois bien qu'elle est entrée ici juste après le lycée. Le magasin était encore à mes parents. Je ne travaillais ici qu'à mi-temps, plus ou moins, jusqu'à ce que je reprenne la boutique, il y a cinq ans de ça.

— C'était une bonne employée ?

— La meilleure, assure Gaston, et sa voix se brise

un peu. Elle arrivait tôt, repartait tard, toujours volontaire pour venir travailler pendant ses jours de congé s'il y avait du monde ou une urgence quelconque. Trois semaines après la mort de mes parents, dans un accident de voiture, j'ai dû me faire opérer de l'appendicite. Faye a dormi dans l'arrière-boutique pendant cinq jours pour tenir le magasin. Faye n'était pas qu'une employée, inspecteur.

— Que pouvez-vous me dire d'autre sur elle, monsieur Burke ?

— Je peux vous dire que c'était une véritable artiste. Elle avait un vrai talent pour l'art floral. Et la culture des orchidées, chez elle, c'était inné. Ce sont celles de Faye, ajoute-t-il en désignant une haute vitrine étroite située derrière le comptoir.

Elle contient une douzaine de fleurs d'une délicatesse extraordinaire, aux longs pétales roses, lilas et jaunes, les plus belles que Paris ait jamais vues.

— Je n'arrive pas à croire que ses Tresses de Dame soient encore en vie et pas elle.

— Que pouvez-vous me dire sur sa vie personnelle ?

Gaston réfléchit un instant, puis sourit d'un air contrit.

— Je dirais juste qu'elle n'en avait pas. Faye faisait partie de ces femmes un peu tristes, ces jolies filles malmenées par la vie. Je suppose qu'elle a dû souffrir une fois, et qu'après cela c'était *On se calme* dès qu'il s'agissait de relation amoureuse.

— Qu'est-ce que vous voulez dire ?

— Eh bien, elle n'en parlait jamais vraiment, mais j'ai toujours eu le sentiment qu'elle avait eu une histoire sérieuse et qu'on l'avait laissée tomber brutalement. Je crois qu'elle ne s'en était jamais remise. À l'approche des vacances, elle qui était toujours de bonne humeur commençait à déprimer, et ça me faisait mal au cœur.

Chaque année, je l'invitais à venir passer Thanksgiving ou Noël avec ma famille. Et chaque année, elle déclinait l'invitation.

— Personne ne venait jamais la prendre après le travail, le vendredi ou le samedi soir ? questionne Paris.

— Non. Jamais.

— Elle n'est jamais arrivée le lundi matin en parlant d'un rendez-vous qu'elle aurait eu pendant le week-end ?

— Peut-être une fois, il y a des années de ça. Mais rien de récent. C'était une jeune femme solitaire, inspecteur. Elle va me manquer terriblement. Je l'aimais beaucoup.

— Vous l'aimiez.

— Oui.

— Vous n'êtes jamais, vous et elle…

— Sortis ensemble ?

— Oui.

— Je suis gay, inspecteur.

— Je vois, commente Paris, qui préfère ne pas mettre l'information dans son calepin. Vous ne vous attendiez tout de même pas à ce que je le sache, j'espère ?

— Non, réplique Gaston, sans doute pas. Mais je suppose que ça répond à votre question.

— Certainement. Mais à une seule d'entre elles.

— Très juste.

— Est-ce que Fayette travaillait, le 20 de ce mois ?

Gaston vérifie le calendrier en sous-main sur le comptoir.

— Non, elle ne travaillait pas.

— Puis-je vous demander où vous étiez, le 20 ?

— J'étais ici. J'ai fermé le magasin à 18 h 30, je me suis arrêté à la pharmacie et j'ai acheté tous les médicaments antirhume que j'ai pu trouver. Ensuite, je suis rentré, j'ai pris lesdits médicaments et je me suis roulé en boule avec *Le Patient anglais*.

Paris suppose qu'il s'agit du livre ou du film.

— Et vous n'êtes pas ressorti ?

— Vous avez déjà pris ce type de comprimé, inspecteur ? Non, je ne suis pas ressorti. J'étais dans un état comateux.

— Vous pensez à autre chose, monsieur Burke ? demande encore Paris en refermant son calepin.

— Seulement que Faye se débrouillait aussi très bien avec les ordinateurs. C'est elle qui a tout installé, ici. Le logiciel de comptabilité, la banque de données pour nos mailings.

Soudain, Gaston porte la main à sa bouche.

— Je viens juste de me rendre compte de quelque chose.

— De quoi ?

— Sans elle, je suis carrément *foutu*, répond Gaston Burke.

16

Les morts vivent ici.

Le chaudron, le *nganga*, trône au milieu de la pièce, une pièce à l'épaisse moquette noire, aux murs noirs et au plafond noir. Quatre mètres sur quatre. La lumière ténue de la demi-douzaine de bougies votives disposées en un cercle d'environ deux mètres de diamètre semble imprégner l'obscurité tel le sang de la lune soyeuse dans la neige virginale.

À l'extérieur, dans le couloir, des ampoules rouges et vertes festonnent la corniche ; une couronne de sapin odorante est suspendue entre les deux ascenseurs, juste au-dessus des boutons d'appel, et un gigantesque sapin argenté se dresse dans le hall, sillonné de lumières multicolores et chargé de décorations étincelantes.

À l'intérieur, il n'y a pas de lumière. À l'intérieur, il est toujours minuit. C'est un lieu qui a pour nom Matamoros, un lieu qui a pour nom El Mozote.

À l'intérieur, c'est My Lai. Srebrenica. Amritsar. Phnom Penh. À l'intérieur, dans cette obscurité perpétuelle, le silence n'est interrompu que par les morts glacés qui crient vengeance, leurs prières formant une mer rouge et violente au fond de mon chaudron.

Mais la pièce noire ne les entend pas. La pièce noire accueille leur souffrance et la nourrit.

J'ai confectionné le *nganga*, mon premier, à partir d'un vieux barbecue à gaz Charmglow, que j'ai trouvé contre un arbre, sur le trottoir de Neff Road. J'ai attendu le milieu de la nuit pour le monter par l'ascenseur de service. Si quelqu'un m'avait vu, il se serait très certainement demandé ce que je faisais avec un vieux barbecue à gaz tout esquinté dans un immeuble dépourvu de balcons.

Pas d'animaux, pas d'enfants, pas de barbecues, m'a spécifié le gérant de l'immeuble la première fois que je me suis renseigné sur les appartements de Cain Tower, dans Lee Road. Sur la vingtaine d'appartements en question, il paraissait difficile de croire qu'il n'y avait pas un chat, un gosse ou un hibachi tapi dans l'un d'eux. Mais c'était le règlement.

J'ai poncé et repeint la cuve profonde avant d'inscrire *ochosi* sur son flanc. Elle contient maintenant de la chair. De la chair de cette terre. De la chair pourrissante. Tôt ou tard, l'odeur finira par atteindre le couloir, l'ascenseur.

Je dois agir.

Je m'accroupis près du chaudron, bois le rhum Matusalem avec la toute dernière *Amanita muscaria*, le plus rare des champignons magiques. Il m'en faudra d'autres. J'allume le cigare et exhale la fumée pour former un cercle autour de moi. La fumée attire les dieux. La fumée masque les odeurs envahissantes de la chair humaine en décomposition.

J'inspire profondément, attirant les forces des esprits infortunés logés dans le *nganga*. Je remplis mes poumons, mon être, de la puissance de ces chairs torturées. Le cerveau d'une putain. Le cerveau et les mains d'un dragueur...

Je ferme les yeux.

Je suis *nkisi*.

Je me mets à rêver du Mexique tandis que l'amanite prend possession de moi. Je rêve que j'ai 14 ans et que je suis nu, que je nage dans ma propre sueur et dans celle des autres. Je suis dans la chambre au-dessus de la *bodega* de Cedrica Malo, et je guette le grincement de la première marche, la première d'une volée de dix-huit marches de bois sec qui m'amèneront un voyeur, un palpeur, un bourreau. Le ventilateur au plafond tourne lentement, remuant à peine l'air alourdi de parfums aigres. Le lit est garni de draps de soie noire souillés, avec en surplomb des miroirs striés d'or.

Soudain, la marche gémit à nouveau, son dos souffrant se demandant combien d'autres vont suivre.

Je sais pourtant que, dehors, le soleil brûlant de Tijuana grille encore les trottoirs, les rues, le cerveau même des dépravés qui viennent ici. Ce n'est que l'après-midi. Il reste encore des heures à tirer.

Alors ils viennent. Dix-huit marches, un virage à gauche, une ou deux marches de plus. Ils poussent la porte. Il n'y a pas de serrure sur la porte de la chambre au-dessus de chez Malo. C'est inutile. La porte s'ouvre et le bruit s'immisce rapidement dans la pièce, s'abat sur moi telle une bourrasque noire ; suivi, toujours, par l'horrible contact, par les fantasmes de crânes qu'on défonce, de rasoirs qui pénètrent dans la chair, de gorges qui gargouillent leur contrition.

Tous les hommes qui gravissent cet escalier ont de gros poings, comme mon père.

Toutes les femmes sont riches et violentes.

Parce que je suis le Graal. Quatorze ans, pas une ride, des épaules et des mains d'homme. Je suis le trophée que Cedrica Malo met en loterie, celui qu'on gagne pour cinq cents dollars de mise, celui qui nous rendra riches tous les deux.

Parfois, les vainqueurs de la loterie me demandent de faire dans la souffrance. Parfois dans le sacrifice. Mais toujours, je dois traiter avec le plaisir et encaisser toutes ces dettes.

La chambre noire s'évanouit.

El brujo esta aqui.

Le sorcier est là.

Je te regarderai dans les yeux et te dirai que je suis un fermier itinérant de Culiacán, et tu me croiras. Je te dirai que je pilote un ballon au-dessus de Napa Valley, et tu me croiras. Je te dirai que je suis boulanger à La Nouvelle-Orléans, et tu me croiras.

Je te baiserai sur ton lit nuptial, mon bleu de travail sur les chevilles, pendant que ton mari va chercher le courrier.

Le sang coulera, doux et abondant.

Je te dirai que je t'aime.

Le monde se taira.

Et tu me croiras.

17

Elle cherche des détails dans le journal, mais il n'est fait aucune mention du meurtre de Willis Walker dans le *Plain Dealer*. Il a figuré dans la rubrique des faits-divers pendant une journée, une petite notice signalant que le corps sans vie de Willis James Walker, 48 ans, avait été retrouvé dans une chambre du Dream-A-Dream Motel, et que la cause du décès restait encore à déterminer. Aucun suspect n'avait été arrêté.

Elle est installée à une table du Shooters près de la baie vitrée, sur la rive occidentale des Flats, et elle contemple la rivière glacée, ses lunettes noires sur le nez et une assiette intacte de spaghettis *al pomodoro* qui refroidissent devant elle.

Elle a réussi à dormir toute la nuit, ce qui l'effraie un peu. L'image de Willis Walker allongé sur le carrelage de cette salle de bains sordide n'a pas envahi ses rêves.

Elle croyait qu'elle serait hantée par cette vision pendant des années – sans doute, dans une cellule de la prison pour femmes de l'Ohio – mais, jusqu'à présent, cela n'a pas été le cas. Et c'est un peu perturbant.

C'est peut-être parce qu'elle sait qu'elle a un travail à faire. Il faut qu'elle place cet argent. Pour élever sa fille.

Willis Walker était un grand type violent qui se dressait entre elle et cet objectif. Qu'il aille se faire foutre, pense-t-elle. Il a tenté sa chance et il a perdu.

Il est tombé sur la fille qu'il ne fallait pas.

Elle règle l'addition, s'emmitoufle et sort dans la rue. Elle suit Main Avenue pendant un moment et se dirige vers Center Street où sa voiture est en stationnement illégal. Elle prend la rue presque déserte et se réjouit de ne pas voir de papillon orange vif sur son pare-brise – elle a déjà bien assez de chiffres, d'angoisses, de chagrins, d'espoirs et de craintes qui se bousculent dans la tête.

C'est alors qu'elle remarque le type qui fracture sa voiture.

— Eh ! ne peut-elle s'empêcher de hurler.

Elle regarde à droite et à gauche. Personne ne peut l'entendre. Ni l'aider.

L'homme lève les yeux, jette un regard autour de lui mais ne semble pas la voir. Blanc, la quarantaine, l'allure miteuse avec son sweat à capuche vert et son pantalon taché. Il tient ce qui ressemble à un pied-de-biche dans la main droite. Il paraît un peu vieux pour faire ce qu'il est en train de faire, mais voilà, il tente vraiment de forcer la portière côté passager de la Honda jaune citron qu'elle est encore loin d'avoir fini de payer.

Elle sent sa peur se muer en colère.

— Eh, t'es *sourd* ou quoi ? Touche pas à *ma* bagnole, connard !

L'homme recule de quelques pas vacillants et la découvre dans son champ de vision déformé. Il est visiblement ivre. L'insulte paraît toucher une corde sensible. De même que le volume de la voix qui l'interpelle.

— C'est quoi ton problème, salope ? réplique-t-il.

Salope ? Elle n'en revient pas.

— C'est *ma* voiture, *salope*, et c'est *toi*, mon problème.

146

Mais qu'est-ce qui lui arrive ? Qu'est-ce qu'elle fait ? Elle devrait pourtant essayer de faire le moins de vagues possible, et voilà qu'elle menace un voleur de voiture. En même temps, elle n'est pas suffisamment apeurée pour appeler la police. Elle fourre sa main droite dans la poche de son manteau et s'avance d'un pas hargneux.

— T'as intérêt à te casser tout de suite. Et on fera comme si je n'avais rien vu.

Le type la fusille du regard et étudie visiblement la possibilité qu'elle soit une sorte de féministe militante qui se trimbale avec un Mauser. 380 dans la poche et n'attende que la première occasion de se faire un connard.

Le subterfuge fonctionne. Sans un mot, et sans la quitter des yeux, le type baisse lentement les bras et remonte le trottoir à reculons. Lorsqu'il arrive au coin de la rue, il tente une pathétique bravade d'homme des cavernes en brandissant une dernière fois le pied-de-biche, puis il disparaît dans une petite rue.

C'est terminé, pense-t-elle. C'est absolument, définitivement terminé. Elle se fout de savoir comment. Même si elle doit se contenter de moins de cinquante mille dollars. Même si elle doit contrevenir à une ordonnance du tribunal et passer le reste de sa vie en cavale avec Isabella. Elle se *tire* d'ici.

De ce putain de bled.

Elle examine la portière. Pas de dégâts. Enfin, rien qui ne s'y trouvait déjà. Elle n'aspire plus qu'à se plonger dans un bain moussant bien chaud avec un bol de tisane posé à côté, André Previn sur la chaîne stéréo, quelque chose qui cuit doucement dans le four. Presque le paradis. Seule Isabella en train de jouer parmi les bulles, son rire se répercutant contre la baignoire vétuste, pourrait faire en sorte qu'il soit complet.

Elle enlève la neige sur la serrure de la voiture, insère la clé, la tourne et…

La première chose qu'elle sent, lorsque la main se referme sur sa bouche, c'est l'odeur du savon liquide DL Hand Cleaner. Quand elle était toute petite, son père était bricoleur et s'occupait lui-même des voitures de la famille ou bien réparait le moteur de la tondeuse à gazon, et quand il la prenait sur ses genoux, avant le dîner, elle respirait l'odeur forte du nettoyant à base de pétrole mêlée à celle de son cigare.

Mais cette fois, l'odeur ne la réconforte pas.

Cette fois, elle lui donne envie de vomir.

— À qui tu crois que tu parles, salope ?

C'est son voleur de voiture, revenu montrer qu'il est un homme.

Elle voudrait hurler, mais sa voix est étouffée par la mitaine crasseuse. Elle se débat et se retrouve pour sa peine projetée au sol d'un coup de bras puissant. La terre se précipite vers elle – dure, glacée, impitoyable. Elle atterrit sur l'épaule gauche et roule vers la droite ; étourdie, incrédule et complètement humiliée.

Puis elle entend quelqu'un crier.

— Eh ! fait la voix. EH !

Des pas se rapprochent. Elle aperçoit une paire de chaussures de randonnée marron et le bas d'un jean. Elle entend d'autres exclamations, mais les mots sont rendus inintelligibles par la pelleteuse qui s'est mise en action à l'intérieur de son crâne.

Ensuite, des pas qui s'éloignent en vacillant et font crisser la neige.

Ensuite, le silence. Bon sang, que sa tête lui fait mal ! *Suis-je seule ?* se demande-t-elle.

Non.

Des mains solides la saisissent par les bras ; des bras solides la remettent sur ses pieds.

Un instant de vertige, puis tout se met en place dans un grand tourbillon. Center Street devant elle. Sa voiture, à peu près là où elle l'a laissée. Un parfait inconnu à côté d'elle, qui la soutient.

— Ça va? s'enquiert le propriétaire des bras solides.

Les mots résonnent un instant dans sa tête avant de prendre leur sens. Elle respire profondément et lève les yeux. C'est un homme. Un beau jeune homme.

Un *très* beau jeune homme.

Et on dirait bien qu'il vient juste de lui sauver la vie.

18

Lakewood, Ohio,
Vingt-six ans plus tôt...

Lydia del Blanco est assise sur un canapé en rotin de troisième main, près de la fenêtre de son petit appartement qui donne sur Lake Avenue, un verre de limonade tiède à la main. C'est le 4 Juillet, midi vient de sonner et les acclamations lui parviennent par la fenêtre. L'air est chargé des doux effluves des corbeilles d'alysses, de l'herbe fraîchement tondue et du charbon de bois fumant.

Sur le sol du séjour, Fina apprend à son petit frère à plier des serviettes en papier pour le pique-nique qu'ils vont faire tout à l'heure. Une voiture remonte lentement Lake Avenue, et Lydia perçoit les accords d'une chanson des Young Rascals qui s'échappent de ses vitres ouvertes. Elle se met à pleurer, tout doucement, comme cela lui arrive souvent depuis quelque temps.

Elle pleure parce qu'elle a survécu à un mariage violent.

Elle pleure parce que ses deux enfants sont beaux, intelligents, curieux et en bonne santé.

Elle pleure parce qu'ils sont en sécurité ici. Cela fait trois ans qu'elle n'a pas vu son ex-mari. Deux ans qu'elle lui a raccroché au nez au milieu de la nuit, ce qui l'a obligée à monter la garde près de la porte d'entrée, somnolant avec une batte de base-ball en travers des genoux.

Elle pleure parce que, enfin, ses enfants et elle peuvent mener une vie normale. Bien sûr, les vêtements viennent de Value City et pas de Higbee's, elle emmène ses petits au McDo plus souvent qu'elle ne le voudrait, mais ils s'en sortent.

En plus, pour la première fois de sa vie, elle a mis quatre cents dollars de côté. *Quatre cents.* Un miracle. Ils sont cachés dans le séjour, à l'intérieur de son livre préféré : *Le Jardin secret* de Frances Hodgson Burnett.

La maison de ses rêves avec un petit jardin ? Bon, elle se dit que pour *ça* il faudra encore attendre quelques années.

Elle sent une présence, se retourne et voit que Fina se tient près d'elle. Une Fina *très* inquiète.

— Maman ?

— Oui, mon chou ?

— Est-ce que ça va, maman ?

Est-ce que ça va ? s'étonne Lydia. Pourquoi cette question ? Lydia regarde derrière sa fille. Son fils est là, son petit visage crispé par l'appréhension. Puis elle comprend. Les larmes. Ils croient qu'elle pleure parce qu'elle a *mal*.

— Venez là.

Les enfants s'approchent. Elle les prend dans ses bras et les serre contre elle. Sa fille, grande, mince, garçon manqué. Son fils, petit homme robuste.

— Eh ! fait-elle en desserrant son étreinte puis en

séchant ses larmes d'un revers de main. Qui veut une glace ?

Les deux enfants lèvent la main. Elle prend son sac dans le salon et leur donne deux dollars.

— Revenez tout de suite, recommande Lydia. On part dans une heure.

— D'accord, maman, dit sa fille.

La porte de derrière se referme et Lydia va à la fenêtre qui donne sur la rue. Elle regarde ses enfants descendre l'escalier, main dans la main, puis remonter le trottoir vers la supérette Dinardo's, à deux rues de là. Dans une heure, ils se rendront tous les trois à Edgewater Park pour avoir une place sur la plage d'où ils pourront regarder le grand feu d'artifice, ce soir.

Lydia s'active, prend le panier dans le placard du couloir, compte les serviettes, les fourchettes en plastique, les gobelets en carton. Ils prendront des hot dogs, de la salade de pommes de terre et de la *root beer*, tout ce que ses enfants préfèrent. Tout ce qu'elle préfère aussi, pour être honnête. L'art culinaire n'est vraiment pas son fort. Un jour, peut-être qu'elle s'y mettra.

Voyons, pense-t-elle, *je n'oublie rien ?* Si. Il leur faut de la lotion antimoustiques, bien sûr. Sur le rebord de la fenêtre, au-dessus de l'évier. Elle ferme le panier d'osier et se dirige vers la cuisine. En passant la porte, son cœur bondit dans sa poitrine.

Anthony del Blanco vient d'entrer par la porte de service. Il a vieilli, s'est étoffé ; il est rasé, bien habillé, mais le démon est toujours là, dans ses yeux. La cocaïne est toujours sa meilleure gagneuse, comme il se plaisait à le dire. Elle respire à trois mètres l'odeur du bourbon Early Times.

— Salut, bébé, dit Anthony en refermant la porte derrière lui.

— Je t'en prie, dit Lydia d'une voix faible et à peine audible, loin de la voix de la vengeance, terrible et puissante, qu'elle prend depuis trois ans dans ses rêves, quand elle frappe son ex-mari pour le réduire en bouillie.

— J'ai besoin de quelques biffetons, Lyddie. Tu peux me filer un peu de blé ? dit-il en s'avançant.

— Anthony… je t'en prie. Les gosses vont rentrer dans une minute.

— Les *gosses*. Il y en a combien ?

— Anthony.

— J'ai eu du mal à vous trouver, tu sais.

— C'est fini entre nous, proteste Lydia en reculant à mesure que son ex-mari avance. Fini.

— Je comprends ça, ma chérie. Et je suis prêt à y réfléchir avec toi. Je t'assure. Mais, aujourd'hui, j'ai besoin d'un peu de fric. D'accord ? Aujourd'hui, je viens juste parler finances. Alors tu ne pourrais pas, pour la première fois de ta vie de merde, agir intelligemment ?

— Mais je n'ai pas d'argent, Anthony. Regarde autour de toi. Ça se voit que je n'ai pas d'argent, non ? On mange des hot dogs, merde.

— Tu mets du fric de côté, Lydia. Tu l'as toujours fait. Je ne sais pas comment tu fais, mais tu as toujours réussi à mettre un peu de fric à gauche.

— Je t'en prie. Tu ne peux pas te conduire comme un homme pour une fois, et juste t'en aller ?

Le feu se répand dans les yeux de son ex-mari.

Elle sait qu'elle n'aurait pas dû dire ça.

Anthony la plaque contre le mur, la tenant par le cou de sa puissante main gauche, une main qui fait sans problème le tour de sa gorge.

— Putain de bordel, je suis le *seul* homme que tu aies jamais connu, Lydia. Le seul, dit-il tandis qu'il défait de sa main droite la boucle de sa ceinture. Tu veux que je te baise là, tout de suite, sur le carrelage de la cuisine ? Tu veux que je te montre si je suis un mec ?

Sans que Lydia puisse s'en empêcher, elle se sent submergée par le dégoût et lui crache à la figure.

Anthony recule, se stabilise et lui explose le nez d'un direct du droit.

Lydia s'affaisse, la vue obscurcie par un épais brouillard rouge. Anthony la redresse de la main gauche et la menace à nouveau de son poing droit, le souffle brûlant, la fureur faisant monter le timbre de sa voix.

— Tu vas me dire où c'est, pétasse ? Sinon, t'as pas fini de dérouiller. Tu le sais, hein ? Tu vas morfler. Parce que j'ai *toute* la journée devant moi.

Lydia, au bord de l'inconscience, ne peut pas parler. Mais elle arrive à lever les yeux. Et ses yeux en disent des tonnes à cet homme qui a vécu avec elle pendant quatre ans.

Anthony fait un pas de côté et lui écrase le rein avec son poing droit. Une fois, deux fois. Trois fois. Des coups puissants, efficaces, parfaitement maîtrisés. Anthony del Blanco a été en son temps un boxeur amateur plein de promesses chez les poids moyens.

— Pardon, Lyddie, qu'est-ce que tu as dit ? Parce que j'aurais juré voir ton air de conne et je crois pas t'avoir demandé quelque chose du genre : *T'es une conne ? Montre-moi que t'en es une.*

Il resserre son étreinte sur le haut ensanglanté de sa robe.

— *Alors, maintenant... tu vas me dire... où est ce putain... de fric ?*

Lydia s'efforce de soulever la tête mais n'y arrive pas. Elle succombe à la nausée. Un flot de bile rosâtre jaillit de sa bouche, sur les chaussures et le bas de pantalon de son ex-mari.

Anthony del Blanco laisse alors la bête reprendre ses droits, et le tabassage reprend sérieusement.

Primitif.

Méthodique.

Total.

À l'instant où Anthony commence à se demander s'il n'est pas allé trop loin, ça lui revient. Il entre dans le séjour, trouve *Le Jardin secret* sur l'étagère et le prend. Il rit, passe sa main sanglante et tuméfiée sur sa bouche.

— J'aurais dû y penser, dit-il en sortant la liasse de billets du livre. Rien ne change jamais par ici.

Il fourre les quatre cents dollars dans sa poche et anticipe déjà cette première ligne de coke qui va fuser dans sa narine droite. Une sensation qu'il complétera sûrement par une seconde ligne, cette fois dans la narine gauche. Le pied, pense-t-il avant de jeter le livre sur le sol de la cuisine.

— *Le Jardin secret*, prononce à voix haute Anthony del Blanco, qui sort dans la lumière aveuglante de ce mois de juillet à Lakewood, Ohio, en remettant ses lunettes de soleil miroir aviateur. Ouais. C'est vrai. C'était un putain de secret, Lyddie.

Lydia del Blanco est étendue, face contre le sol de la cuisine. Sa mâchoire est fracturée en trois endroits, sa pommette droite est éclatée. Le premier coup lui a démoli le nez ; le cartilage ne forme plus qu'une masse rouge putride accrochée à son visage. Elle a trois côtes cassées à droite, deux à gauche. Elle a le cubitus du bras droit brisé, et une déchirure qui va du milieu du front à la commissure gauche des lèvres – conséquence du vol plané qu'elle a fait à travers la porte vitrée du vaisselier –, entaille profonde qui exigera neuf heures de chirurgie pour réparer les muscles, et deux cents points de suture.

Elle est inconsciente et saigne abondamment.

Son fils et sa fille sont à la porte et se tiennent par la main, tremblant dans la chaleur estivale suffocante, leur mère quasi détruite devant eux, un paquet d'Eskimo Pie qui fond à leurs pieds.

Mais pas de larmes.

La fille lâche un instant son petit frère, s'avance et s'agenouille par terre. Elle fait le signe de croix puis trempe son index droit dans la flaque de sang chaud, près de l'oreille gauche de sa mère. Elle revient à la porte et étudie le visage de son frère, et la posture qu'il a prise, ses mains crispées sur ses oreilles, comme pour ne pas entendre le silence de toute cette horreur.

Sans un mot, elle pose doucement le doigt sur la bouche de son frère, laissant un trait de sang rouge vif sur ses lèvres.

C'est ainsi qu'elle pensera à lui pendant des années – des grands yeux sombres apeurés, ses cheveux brun-roux plaqués par la sueur ; ses lèvres rouges qui lui donnent l'aspect d'une petite fille triste. Elle baisse une dernière fois les yeux sur sa mère, puis embrasse son frère délicatement sur les lèvres, le sang de leur mère résumant tout ce qu'ils auront à tout jamais à dire de ce jour.

Neuf ans plus tard, quand Lydia del Blanco meurt, simple silhouette chargée d'amertume, à l'hospice de St. Vincent, ses deux enfants seront enfin délivrés de ce moment, délivrés de toutes les horreurs qui auront suivi, délivrés de l'existence d'une mère droguée qui aura vécu avec une demi-douzaine d'hommes, couché avec une centaine d'autres, pour passer enfin d'un fixe d'héroïne à un fixe de cocaïne puis à un fixe d'alcool, son visage réduit à un gâchis tordu et couturé, sans plus rien à voir avec la fleur jeune et fragile de l'unique photo que son fils conservera toujours.

Un moment dont le garçon et la fille s'accorderont à penser qu'il les a délivrés de la peur.

19

Mary dit :

— Je dois retrouver quelqu'un.

Elle pense : *Qu'est-ce qui se passe ? Deux canons de suite. D'abord le joggeur devant chez moi. Et maintenant ce type. Mon preux chevalier en armure étincelante. Il va bientôt falloir que je saute dans un wagon. Le train ne passera pas toujours par ici.*

Il a autour de la trentaine. Quand il l'a aidée à se relever, elle s'est appuyée sur sa cuisse droite et l'a trouvée dure comme un roc.

La douleur qu'elle ressent sur la gauche de son crâne, là où le type l'a frappée, n'est rien comparée à sa fierté blessée, à la honte qui la submerge. Se retrouver couchée dans la neige, en pleine rue, humiliée et brutalisée par un vulgaire casseur, lui fait bien plus mal.

Mais cela n'a pas l'air de gêner l'homme qui se tient devant elle.

— Laissez-moi au moins vous conduire à l'hôpital, propose-t-il. Je l'ai vu vous frapper. Vous pourriez avoir une commotion. On va s'arrêter au commissariat. Vous pourrez porter plainte.

— Non, merci, répond-elle. Je vais bien, je vous assure.

Il attend de trouver son regard avant de parler. Il a des yeux sombres, expressifs, couleur de chocolat noir.

— Vous croyez vraiment ?

— Absolument.

L'homme n'insiste pas, mais elle s'aperçoit qu'elle est encore un peu flageolante.

— Je m'appelle Jean-Luc Christiane, se présente-t-il.

— Tina Falcone, rétorque-t-elle avant de pouvoir étouffer les mots dans sa gorge.

— Enchanté, Tina.

— Vous êtes français ?

— Non, dit-il avec un sourire. Je suis né dans le Vieux Carré de La Nouvelle-Orléans. Ma famille travaille dans la boulangerie. Je suis aussi américain que les beignets.

— Bon, fait-elle en se frottant la joue et en se disant que, après avoir réussi à passer la majeure partie de sa vie sans se faire battre, elle se prend deux raclées en une semaine. Je ne peux que vous remercier. Je ne sais pas ce que ce type m'aurait fait.

— C'était à la fois un devoir et un plaisir, assure-t-il. Même si je ne recommanderais pas cette méthode de rencontre à mes amis célibataires.

Le mot « célibataire » semble résonner un moment entre eux. Il lui fait savoir qu'il est sans attaches. Si elle veut se lancer dans le jeu de la séduction, elle n'a plus qu'à l'informer de sa situation maritale en trouvant une réplique à la fois spirituelle et raffinée. Elle se contente de :

— Non, moi non plus.

— Alors… commence-t-il, comment voulez-vous me remercier ? Est-ce qu'on se contente du contrat standard « Je peux vous appeler au milieu d'une tempête de neige pour que vous me conduisiez à l'aéroport parce que je vous ai sauvé la vie » ? Ou bien avez-vous autre chose à proposer ? Parce que, de toute évidence, je ne peux pas vous laisser partir avant d'avoir réglé cette question.

Il soutient son regard jusqu'à ce qu'elle baisse les yeux. Elle est prête à parier que ce regard lui a déjà pas mal servi dans la vie.

— Eh bien, qu'est-ce que *vous* proposez ? rétorque-t-elle.

— Vu que je fais ça presque tous les jours – relever de jolies jeunes femmes tombées dans un tas de neige –, j'ai un tarif standard. Si j'avais dû courir après l'auteur du crime, exhumer une arme à feu ou même appeler les services municipaux pour vous sortir d'une congère, ma rémunération aurait augmenté en conséquence.

— C'est fou ce que j'ai de la chance.

— Mais oui, dit-il en balayant la neige qui reste accrochée à son épaule.

— Donc… votre tarif de base…

— C'est un dîner. Vingt heures. Cognac à 23 heures. De retour chez vous avant minuit. Promis.

Elle considère un long moment l'invitation. *Et pourquoi pas ?* se dit-elle. Peut-être se retrouvera-t-elle une ou deux fois entre ses bras. Elle a vraiment besoin qu'un homme la serre dans ses bras. Peut-être même, pourvu que ça n'arrive pas, a-t-elle besoin d'un long baiser de cinéma. Ça fait des *lustres*.

— OK. D'accord. Je marche. Oui, dit-elle. Pourquoi pas ?

Jean-Luc sourit.

— Est-ce que c'est pour les cinq prochains rendez-vous, ou juste pour celui-ci ? demande-t-il. Parce qu'il faudrait que je consulte mon agenda.

Mary éclate de rire.

Ça lui fait mal à la tête.

Mais, pour la première fois depuis longtemps, c'est une bonne douleur.

20

Paris est assis dans la cuisine de Fayette Martin. Il est seul. Greg Ebersole suit la piste des conquêtes de Willis Walker et interroge les habitués du Vernelle's Party Center, dont quelques-uns sont déjà fichés.

Le mal engendre le mal, Fingers.

Ces mots l'obsèdent. Comment ça, « engendre le mal » ? De quel mal s'agit-il ? Si c'est Mike Ryan qui a écrit ces mots, ça ne peut pas avoir de lien avec une affaire actuelle, alors à quoi bon ? Et comme il n'y a pas de numéro de fichier sur la photo, elle est impossible à exploiter. Il n'y a qu'une adresse à moitié effacée dans le coin supérieur droit.

Mais si ce cadavre avait quelque chose à voir avec le meurtre de Mike Ryan ?

A-t-il pu se tromper à propos de Sarah Weiss ?

Mike Ryan essaie-t-il de lui dire quelque chose du fond de sa tombe ?

C'est du passé.

Concentre-toi, inspecteur.

Sauf erreur de sa part, l'appartement de Fayette Martin – un deux pièces dans les Marsol Towers, meublé en solde chez Kronheim – est exactement tel que Fayette l'a laissé la nuit où elle a été tuée. Elle s'était vraisemblablement douchée et habillée avant de partir en toute hâte, mais en prenant quand même la peine de vérifier que les cigarettes étaient bien éteintes, que la cafetière était débranchée et la serrure de sécurité enclenchée, totalement inconsciente que ces choses n'auraient bientôt plus la moindre importance. Le court-circuit, le cendrier qui prend feu, le visiteur de la nuit, autant de spectres d'un autre monde à présent.

Ensuite, il y a les plantes. Chaque surface plane, chaque plateau de l'appartement de Fayette Martin est consacré à une plante exotique luxuriante. Le petit garde-manger recèle une trentaine de boîtes d'engrais et autres produits horticoles. Écorce de pin. Billes d'argile. Sulfate de magnésium. Sphaigne. Ortie.

On dirait que Fayette s'était fait un plat de dinde toute prête de chez Swanson, le soir où elle a été assassinée. Paris reconnaît instantanément l'emballage, avec son logo familier, qui dépasse du sac-poubelle posé près de la porte de la cuisine. Paris a lui aussi plusieurs de ces emballages vides dans sa poubelle. C'est bizarre, mais il se demande si Fayette aimait bien la farce. Il lui a toujours trouvé un goût de plâtre mouillé.

Mais il y avait sûrement des tas de soirs où, comme lui, elle ne s'en apercevait même pas.

L'ordinateur est posé sur la table en Formica de la cuisine, juste en face de lui ; l'écran est noir et froid, mais l'unité centrale était allumée quand le concierge l'a fait entrer. Il est évident que Fayette Martin prenait trop souvent ses repas ici et surfait peut-être sur Internet tout en mangeant. Sur la table de la cuisine, il y a aussi une souris, des manuels et des disquettes.

Paris n'a rien trouvé qui suggérerait l'existence d'une liaison dans la vie de Fayette : ni lettres, ni cartes, ni photos prises à Cedar Point ou Kings Island collées sur le frigo avec des aimants.

Je connais ça, Fayette, se dit Paris. *Moi non plus, je n'ai rien sur mon frigo.*

C'est à ce moment que la morte lui parle.

À voix haute.

— *Bonsoir.*

Paris fait un bond d'au moins trente centimètres. On dirait l'enregistrement d'une conversation téléphonique, mais il n'y a ni minicassette ni répondeur dans la cuisine. Pas de radio ni de télé non plus. Alors d'où…

C'est alors que Paris s'aperçoit qu'il a la main posée sur la souris. Il a dû déclencher un programme en la déplaçant. La voix provient des haut-parleurs de l'ordinateur.

Fayette Martin ? s'interroge Paris. Est-ce que c'est sa voix ? Est-ce la voix de la femme mutilée qu'il a vue dans cet immeuble abandonné de la Quarantième Rue Est ?

— *Bonsoir*, répond une voix d'homme.

— *Vous êtes le flic ?* reprend-elle.

Un flic ? Un frisson parcourt Paris. *Non, s'il vous plaît*, pense-t-il. *Pas un flic.*

— *Oui*, dit l'homme.

— *Vous rentrez tout juste d'une dure journée de travail ?*

— *Je viens d'arriver. Je retire tout juste mes chaussures.*

— *Vous avez tué quelqu'un aujourd'hui ?*

— *Pas aujourd'hui, non.*

— *Vous avez arrêté quelqu'un ?*

— *Oui.*

— *Qui ça ?*

— *Une fille. Une très vilaine fille.*

La femme rit.

Paris se dit que c'est un enregistrement porno. Un genre de messagerie rose. Des flics et des femmes de chambre. Est-ce que Fayette Martin travaillait pour une messagerie rose ?

La conversation se poursuit.

— *La femme que tu as vue au premier étage. Elle t'a plu ?*

— *Oui*, répond l'homme. *Beaucoup.*

— *Ça t'a excité, de la regarder ?*

— *Oui.*

L'échange continue, et Paris appuie sur la touche de mise en marche de l'écran dans l'espoir d'avoir une image vidéo sur le son. Il n'y connaît pas grand-chose en informatique, mais il sait qu'un voyant devrait s'allumer pour que le moniteur fonctionne. Il a l'air en panne. Pas de voyant, rien qui chauffe. Il vérifie le cordon à l'arrière. Il est abîmé et débranché. Paris n'ose pas prendre le risque.

— *C'était moi, tu sais. La pute, c'était moi.*

— *Je vois*, dit l'homme.

— *Ça te plaît de me voir faire ça avec d'autres mecs.*

— *Oui. J'aime ça.*

— *Écarte les jambes.*

Alors qu'il prête l'oreille à cet échange, Paris a du mal à concilier le portrait de la jeune femme timide qu'on lui a présenté au Flower Shoppe avec cette bête de sexe. On dirait que plus il en apprend, moins il en sait sur la nature humaine.

Ça promet, pour un flic.

— *Comme ça ?* suggère l'homme.

Le monde est peut-être plein de Fayette Martin, songe Paris. Peut-être que ce sont juste les flics naïfs de plus de quarante balais qui…

— *Viens me retrouver*, propose-t-elle.

Paris se redresse. *Oui. Parle-moi. Dis-moi que vous allez* vous voir.

— *Non.*

— *Retrouve-moi cette nuit.*

La voix de la femme se fait suppliante.

— *Non*, répète l'homme.

— *Viens me* baiser.

Quelques secondes de silence. Paris retient son souffle, espérant que la bonne piste va lui tomber toute cuite dans le bec. Il doute que la retransmission synthétisée de ces voix puisse constituer une preuve recevable devant un tribunal, mais on ne sait jamais.

Allez, dites-le.

— *Si je dis oui, qu'est-ce que tu feras pour moi ?* demande l'homme.

— *Je... je te donnerai du fric*, dit la femme. *J'ai du liquide.*

Fayette Martin ne travaillait pas pour le téléphone rose, réalise Paris. Fayette Martin était la *cliente.*

— *Je ne veux pas de ton argent*, réplique l'homme.

— *Qu'est-ce que tu veux alors ?*

Un silence.

— *L'obéissance.*

— *L'obéissance ?*

— *Si nous nous retrouvons, tu feras tout ce que je te dirai ?*

— *Oui.*

— *Tu feras* exactement *ce que je te dirai ?*

— *Je...* Oui... je t'en prie.

— *Est-ce que tu es seule maintenant ?*

— *Oui.*

— *Alors, écoute-moi bien, parce que je ne le répéterai pas. Il y a une bâtisse abandonnée au coin sud-est de la Quarantième Rue Est et de Central.*

Paris ressent des palpitations suivies d'un haut-le-cœur

qui mettent un moment à se calmer. Fayette Martin parle à son assassin. Fayette Martin parle à l'homme qui l'a coupée en deux.

— *Il y a une entrée sur la Quarantième Est*, poursuit l'homme. *Je veux que tu sois là-bas, debout, face contre la porte. C'est compris ?*

— *Oui.*

— *Auras-tu vraiment le courage d'aller là-bas ? De faire ça ?*

Un soupçon d'hésitation puis :

— *Oui.*

Paris comprend, malgré son dégoût, qu'il a fallu du courage à Fayette Martin pour aller là-bas cette nuit-là, qu'elle s'investissait tellement dans ses fantasmes qu'elle était prête à tout risquer. Et qu'elle avait effectivement tout perdu.

— *Tu comprends que je vais te baiser devant cette porte ? Tu comprends que je vais arriver par-derrière et te baiser dans cette entrée dégueulasse ?*

Paris ferme les yeux. La scène prend peu à peu forme dans sa tête. À l'aquarelle cette fois. Du bleu, du violet et du gris. Weeza's Corner Café. Un néon au loin. Une femme devant la porte. Menue. Jolie.

— *Je... putain. Oui.*

— *Tu porteras une minijupe blanche.*

Paris revoit la jupe plissée de la morte sur le sol de béton sordide et gelé ; la gouache brune de son sang.

— *Oui.*

— *Tu n'auras rien en dessous.*

— *Rien du tout.*

La courbe de ses fesses, maintenant. Rose, crispée par le froid.

— *Tu ne mettras pas de haut non plus. Juste un blouson court. Du cuir. Tu en as un ?*

Ils n'ont pas trouvé de blouson de cuir. Paris lui en invente un.

— *Oui.*

— *Et tes plus hauts talons.*

— *Je les ai sur moi.*

Il voit la semelle de ses chaussures. Des talons aiguilles éclaboussés de sang ; l'étiquette Payless à peine usée. Des chaussures de sortie.

— *Tu ne te retourneras pas. Tu ne me regarderas pas. C'est compris ?*

— *Oui.*

— Répète.

— *Je ne te regarderai pas.*

— *Tu ne parleras pas.*

— *Je ne parlerai pas.*

— *Tu te soumettras entièrement à moi.*

— Oui.

— *Tu peux être là-bas dans une heure ?*

— *Oui.*

— *Si tu as une minute de retard, je m'en vais.*

— *Je ne serai pas en retard.*

— *Alors* vas-y.

La conversation s'achève, les haut-parleurs se taisent, le disque dur de l'ordinateur ronronne deux fois, puis s'arrête. Paris s'aperçoit qu'il n'a pas quitté les haut-parleurs du regard, en quête d'une suite. Une adresse, un nom, un surnom, un bruit de fond.

Rien. Il remue à nouveau la souris. Toujours rien.

Rien que le silence ponctué par la pendule électrique de la cuisine d'une morte.

Paris se lève et va voir dans le séjour. Son regard tombe sur la photo de lycée de Fayette, posée sur une table basse. C'est une photo de studio avec flou artistique : la tête légèrement rejetée en arrière, les yeux levés vers le ciel, la jeune fille a les lèvres entrouvertes et porte

167

un pull bordeaux, en angora peut-être, d'une couleur qui accentue le rose de ses joues. Elle arbore une mince chaîne en or ornée d'un médaillon en forme de cœur.

Paris s'interroge : quel chemin a-t-elle emprunté pour passer de ce moment – 18 ans, assise dans un studio photo Olan Mills, sa vie comme un horizon dégagé devant elle – à cette entrée sordide de la Quarantième Rue Est ? Quelles portes a-t-elle dû franchir pour expliquer un tel voyage ?

Et Paris se dit que qui qu'elle ait pu être dans sa vie, quoi qu'elle ait pu faire, cette femme avait le droit d'être en vie, et qu'un tueur l'a massacrée pour ne laisser que sa dépouille sur le sol.

Dans *sa ville.*

Et c'est ainsi, alors qu'elle gît, froide, exsangue et désarticulée sur l'un des plateaux en acier inoxydable de la morgue, qu'il commence à entretenir cette relation étrange et si particulière avec Fayette Marie Martin, ce lien qu'il ressent à chaque fois, à des degrés divers, avec toutes les victimes de meurtre.

Paris ferme les yeux et invoque le corps affreusement mutilé de Fayette sur les photos que la police a prises de la scène du crime. Il interpelle le meurtrier : *Alors, salopard, tu la préférais comment ? Morte ou vivante ? Qu'est-ce que tu as le plus aimé ?*

Il jette un dernier regard sur le portrait, sur ses yeux.

— Tu ne me regarderas pas, prononce Paris d'une voix claire, qui sonne comme un coup de poignard dans le silence.

Dans le silence de Fayette Martin.

Il contemple ses lèvres.

Tu ne parleras pas.

21

Le téléphone de Paris se met à sonner alors qu'il passe l'intersection de Carnegie et de la Quatre-vingt-treizième Rue Est.

— Paris.

— Jack, c'est Reuben.

— Qu'est-ce qui se passe, *amigo* ?

— Je viens d'avoir le rapport complet sur Fayette Martin, répond Reuben. Je crois qu'il y a quelque chose que tu devrais voir.

Paris est soulagé qu'ils ne se retrouvent pas dans la salle d'autopsie. Les labos, même s'ils présentent aussi leur lot d'odeurs pénibles et de visions macabres, accueillent également de temps à autre un petit chlorophytum, un pot de beurre d'arachide à moitié vide, un signe des vivants.

Reuben a l'air claqué. Il s'appuie contre un plan de travail en marbre occupé par trois microscopes alignés et tire mollement sur une paille fourrée dans un gobelet de Pepsi éventé. Des boîtes de Petri sont posées à gauche des microscopes, sur le marbre.

— Salut, Reuben. T'as une sale mine.

— Je viens de me faire trente-six heures d'affilée, réplique Reuben. Et, avec tout le respect que je te dois, inspecteur, tu n'as pas l'air d'un *centavo nuevo* non plus.

Paris n'a pas la moindre idée de ce que Reuben vient de dire, mais il pense qu'il a dû le chercher.

— Qu'est-ce qu'on a ?

Reuben examine Paris d'un regard indéchiffrable et prend tout son temps pour terminer son soda. Puis il pose le gobelet, allume le spot au-dessus du plan de travail et lâche :

— On a trouvé quelque chose d'étrange dans l'une des chaussures de Fayette Martin.

— Ça se trouvait sous l'étiquette intérieure de son soulier gauche, explique Reuben. Il n'y avait aucune raison de regarder là, et personne ne l'a fait. On a failli passer à côté. Ça avait l'air d'une étiquette de marque ordinaire, comme on en trouve dans la moitié des chaussures de femme vendues en Amérique.

— Qui l'a découvert ?

— Le labo finissait de faire des prélèvements de sang sur le talon de la chaussure quand quelqu'un a remarqué que le coin de l'étiquette rebiquait légèrement. Ils ont tiré dessus et ils ont vu apparaître le bord de ce truc-là. Alors ils ont appelé l'unité spéciale.

Reuben sort d'une enveloppe deux photos constituant les pièces à conviction de la chaussure gauche de Fayette Martin.

— Est-ce que ça aurait pu tomber là par erreur ?

— Non, répond Reuben. L'étiquette a été décollée puis recollée très récemment à l'intérieur de cette chaussure.

Paris regarde la pochette sur le marbre, le fragment retrouvé dans le soulier de la victime : une bande de carton violet d'environ cinq centimètres sur un demi. On distingue sur le carton ce qui semble la partie inférieure de lettres rouges, comme si on avait découpé le bas d'un emballage quelconque. On dirait qu'il y a deux, peut-être trois mots. La première lettre est peut-être un T. Ou un I. Ou un P. Paris compte deux lettres qui ressemblent à des S. Sinon, le reste pourrait tout aussi bien être de l'hébreu.

— Des fluides corporels ? demande-t-il.

— Uniquement ceux de Fayette. Nous avons également retrouvé du sang de Fayette dans la colle qui fixait l'étiquette à l'intérieur du soulier, ce qui implique que la colle était à l'état visqueux au moment du meurtre. Ça a été inséré là sur le lieu du crime, Jack. Et nous étions *manifestement* censés le trouver.

Paris réfléchit un instant, puis demande :

— Tu crois que le morceau de carton est suffisamment grand pour avoir une idée de ce qu'il y avait écrit dessus ? Il n'y a pas un programme qui peut faire ça ?

— Pas sûr. Mais je sais qui on peut appeler.

— Les Fédéraux ?

— Qui d'autre ?

Merde, se dit Paris. Doit-il d'abord en parler à Elliott ? C'est au chef de l'unité de contacter une autre agence, surtout au niveau fédéral. Si ça donne quelque chose, Paris devra expliquer pourquoi il n'a pas respecté la procédure. D'un autre côté, si le contact de Reuben est prêt à oublier la paperasserie, la police de Cleveland pourra mettre la main sur ce psychopathe sans que le tout-puissant ministère de la Justice en retire tous les honneurs, comme cela se passe généralement. Un petit coup de pouce ne ferait pas de mal à la police de Cleveland.

— Ce type, tu le connais bien ? questionne Paris.

— Tu m'attends, fait Reuben avec un sourire.

Il traverse le laboratoire et entre dans son bureau. Il est de retour dix minutes plus tard.

— Je l'ai envoyé à l'administration fédérale par

courrier sécurisé. Il a appelé pour confirmer réception et dire que ce ne serait pas grand-chose à faire, mais il a aussi précisé qu'il dormait en moyenne deux heures par jour. Le reste du temps, il le passe devant son ordinateur. Il a dit que le bout de carton venait effectivement d'un emballage commercial. Il pense avoir déjà trouvé la police de caractère et la taille de police. Il a aussi le grammage du carton.

— Et pour récupérer l'original ?

— Il est déjà sur le chemin du retour.

— Tu fais confiance à ce type ?

— Complètement. Crois-moi, si quelqu'un peut nous dire de quoi il s'agit, c'est bien Clay Patterson. Il a promis d'appeler dès qu'il trouve quelque chose, s'il trouve quelque chose.

— Et la paperasse ? demande Paris.

— Il a dit que la facture serait au nom de Digi-Data, Inc., répond Reuben. Et qu'ils acceptent le liquide.

22

— Qu'est-ce que tu en penses, Bella ?

Elle prend sa robe Anna Sui dans le placard, la place contre elle et jette un coup d'œil dans le miroir en pied. Comme toujours, la photo d'Isabella posée en haut de l'armoire ne lui répond pas.

— Oui, moi aussi. La petite robe noire. On ne peut tout simplement pas lui résister.

Elle rit à sa propre plaisanterie puis se sent coupable, comme toujours quand elle rit sans sa fille.

En entrant sous la douche, elle retrace son itinéraire. Elle doit retrouver Celeste en allant en ville pour récupérer le fric de la vente des bijoux d'Elton. Même si elle a désespérément envie de raconter à Celeste ce qui s'est passé au Dream-A-Dream Motel – aussi dingue que ça puisse paraître, Celeste est la seule personne au monde en qui elle peut avoir confiance –, elle a décidé d'attendre.

Elle le lui dira le moment venu.

Et seulement si elle ne peut pas faire autrement.

Jean-Luc porte un costume en lainage Zegna bleu marine et une cravate gris colombe à motifs discrets. Ils dînent au restaurant Sans Souci du Renaissance Hotel, et il y a au menu des fusillis aux poivrons et aubergines grillés, de l'escalope de veau sautée au fenouil frais et bouillon safrané puis une somptueuse glace pour deux avec chantilly, nappage de mûres et de Grand Marnier.

La balade autour de Public Square – un peu de lèche-vitrine et un coup d'œil sur les skaters qui tourbillonnent parmi les lumières de Noël – est encore plus merveilleuse.

Jean-Luc lui parle de son travail de directeur artistique dans une grosse agence de pub de Cleveland.

Jean-Luc lui dit qu'il la trouve extrêmement séduisante et qu'elle lui fait penser à une très jeune Natalie Wood.

Jean-Luc lui confie qu'il ne rate pas un numéro de *Movieline*.

C'est incroyable, mais cette revue de cinéma est aussi sa préférée. C'est même le seul journal auquel elle est abonnée. Le dernier numéro l'attend justement dans le hall de son immeuble.

Ils s'arrêtent devant Dillard's et s'étudient l'un l'autre à la lumière chaleureuse des vitrines de Noël. Les haut-parleurs diffusent un « Silver Bells » assourdi au-dessus d'eux.

Jean-Luc lui demande si elle a envie d'un café, ou si elle aimerait qu'il la ramène chez elle.

C'est au moment des escalopes qu'elle a déjà trouvé sa réponse. Elle prend sa main entre les siennes, la presse doucement et répond :

— Les deux.

Ils sont assis sur le canapé, une seule lampe brûle derrière eux et la télévision est allumée. Ils regardent quelques scènes d'*Autopsie d'un meurtre* avec Lee Remick, sur AMC Channel. Ils parlent de se revoir, de voyages, de films, évitant soigneusement la politique pour ce – pour *leur* – premier rendez-vous. À une heure, le café est terminé. Le film s'achève à une heure et quart.

Puis un silence gêné s'installe. Le premier de la soirée.

C'est elle qui le rompt.

— Voilà, au cas où j'aurais oublié de vous le répéter pour la trente millième fois, merci pour cette soirée merveilleuse, dit-elle en allumant la lampe la plus proche du canapé.

Elle tente la légèreté.

— Je suis heureuse que nous, hum, soyons tombés l'un sur l'autre aujourd'hui.

— Oh la ! fait Jean-Luc. On dirait que c'est l'heure de partir.

— Je dois me lever tôt. Je travaille.

— Une dernière tasse ?

— Tout le café est parti…

— Moi aussi, alors, dit-il avec un sourire tandis qu'il se lève et enfile son manteau gris sombre. Mais votre dette est à peine entamée. Vous en avez conscience, n'est-ce pas ?

— Bien sûr, dit-elle en se levant.

Elle essaie d'étirer discrètement ses jambes ankylosées.

— Et j'ai bien l'intention de m'atteler à la tâche dans tous les restaurants étoilés situés aux alentours de Cleveland. Aussi pénible que cela pourra être.

Jean-Luc se met à rire.

— Quelle noblesse de cœur devant tant de calories à venir.

— Le restaurant était excellent ce soir. Merci encore…

— Eh bien… tout le plaisir a été pour moi, dit-il en

enfilant ses gants de cuir. Nettement meilleur que le Vernelle's Party Center, je parie.

Soudain, tout semble bouger autour d'elle. Elle ne comprend plus rien. Oui, c'est toujours son canapé, sa table basse, ses livres sur l'étagère. Mais la pièce lui paraît à présent immense et sans air. Les murs lui paraissent à des kilomètres.

— Pardon ? demande-t-elle. Où ça ?

— Le Vernelle's Party Center. St. Clair Avenue. On y sert des tripes, des côtes de porc et du chou, si je ne me trompe pas. C'est curieux, mais je ne vous vois pas comme une fan de cuisine afro-américaine.

Elle l'entend parler, mais les mots semblent fuser à ses oreilles, comme si elle était en mouvement.

— Je n'y suis jamais allée. Et vous avez raison, la *soul food*, ce n'est pas mon truc. Beaucoup trop gras.

— Oh ! mais je parie que vous étiez tout à fait au goût de Willis Walker, lâche-t-il. Je suis prêt à parier n'importe quoi là-dessus.

— Sortez.

— Je vous en prie. Écoutez-moi.

— Sortez.

— Vous comprendrez dès que je vous aurai raconté toute l'histoire.

— *Sortez !*

— Je crains que vous n'ayez d'autre choix que de m'écouter, dit-il en glissant lentement la main dans la poche intérieure de son manteau.

— J'ai tous les choix, rétorque-t-elle.

Elle se carre devant lui, les mains sur les hanches. Elle garde les yeux rivés sur la main qui plonge dans le manteau, estimant du coin de l'œil que le couteau posé sur le plan de travail de la cuisine est à moins de deux mètres cinquante.

— Putain de bordel de merde, j'ai tous les choix.

C'est un vieux réflexe de défense. Dès qu'elle a peur, elle devient vulgaire.

Il retire sa main de la poche intérieure de son manteau et laisse tomber quelque chose sur la table basse, devant elle. Il s'agit d'une photo en noir et blanc de douze centimètres sur dix-sept. Elle a d'abord l'impression de voir un montage abstrait, le genre de jeu optique qu'on trouve dans des revues spécialisées sous le titre *Qu'est-ce que vous voyez ?* Mais en y regardant de plus près, elle se rend compte qu'il ne s'agit pas d'un jeu.

C'est une photo d'elle qui fuit la chambre 116 du Dream-A-Dream Motel. La tête lui tourne. Les larmes bordent ses yeux malgré tous ses efforts pour les retenir.

Comment a-t-elle pu se montrer si stupide ?

Elle essaie de reprendre le fil de ses pensées, sa respiration aussi.

— Qu'est-ce… qu'est-ce que vous voulez ?

— J'ai simplement besoin de votre aide. Pas de violence, assure-t-il. Je voudrais juste m'acquitter d'une vieille dette. Et vous pouvez m'aider.

— Et c'est comme ça que vous me demandez mon aide ? En me faisant *chanter* ? Putain !

Elle se met à arpenter l'appartement. Puis une pensée s'impose.

— Eh, *attendez* une seconde… vous avez payé ce type pour qu'il m'agresse, hein ?

— Il n'était pas censé lever la main sur vous, se défend-il. D'un autre côté, il n'était pas non plus censé s'enfuir comme une fillette à la première menace. Son retour ? C'était complètement son idée. J'imagine que vous avez blessé sa fierté de sans-abri. Cependant, vous devez reconnaître que ça a rendu mon intervention beaucoup plus chevaleresque, vous ne trouvez pas ?

Tout ce qui rendait cet homme si séduisant pendant le

dîner se dissout en une flaque de dégoût au fond de son estomac houleux.

Elle doit pourtant bien avouer que ce n'est pas comme si elle n'avait pas mérité de se faire avoir par un escroc quelconque. Ce n'est pas comme si elle ne l'avait pas cherché. De quelque point de vue qu'on se place dans le temps et dans l'espace, elle est une voleuse. Et une criminelle. Même si c'était de la légitime défense.

C'est juste qu'elle se sent tellement *avilie*…

— Qu'attendez-vous de moi ? demande-t-elle en se rasseyant sur le canapé, ses larmes se muant en reniflements, ses pensées reprenant un tour professionnel.

— Je veux que vous fassiez ce que vous faites le mieux, répond-il alors que son visage s'éclaire et qu'il lui adresse le sourire qui l'a entraînée dans ce pétrin. Soyez vous-même. Soyez belle et charmante, comme vous savez si bien le faire.

Elle prend une cigarette dans le paquet sur la table, et sa main ne tremble plus.

Il lui allume sa cigarette, pose la main sur son genou et continue :

— Laissez-moi vous raconter une petite histoire, dit-il en lui proposant un mouchoir de coton blanc amidonné. Et puis je m'en irai. Promis.

Elle ne sait pas pourquoi, mais la voix douce et élégante commence à l'apaiser. Elle est prête à croire qu'il n'a pas l'intention de la blesser physiquement, du moins pour le moment. Elle prend le mouchoir et tamponne ses yeux striés de mascara.

— Une histoire ?

— Oui. Ça s'est passé il y a quelques années. J'étais à peine un adolescent. Si je me souviens bien, les Indians avaient battu les Minnesota Twins, ce jour-là…

23

Cleveland, Ohio,
Dix-sept ans plus tôt…

Le Tony B's Emporium propose un peu de tout –
sodas, chips, confiseries, cigarettes, préservatifs –,
mais surtout on y trouve des billets de loterie et une
quinzaine de marques d'alcool. 70 % de la recette quo-
tidienne du Tony B's proviennent de l'un ou l'autre de
ces deux produits. 20 % proviennent des cigarettes. Les
10 % restants sont dus aux imbéciles qui sont soit trop
bêtes, soit trop paresseux pour aller acheter leur lait et
leurs œufs au Kroger's, dans la Cent cinquième Rue Est,
à cinq pâtés de maisons de là.

C'est la fin septembre et l'été indien bat son plein.
La chaleur fait trembler les trottoirs et brûle les arbres
assoiffés devant le Tony B's. De l'appartement au-dessus
du magasin s'échappe le son de la retransmission du
match qui oppose les Indians de Cleveland aux Twins
du Minnesota.

Le Tony B's Emporium est désert, à l'exception de
son propriétaire, perché sur un tabouret haut derrière
son comptoir, qui lit le journal en s'efforçant de rester

parfaitement immobile face au vieux climatiseur asthmatique.

Soudain, il le *sent*.

C'est le même genre de prémonition qu'il avait au Viêtnam, quelques secondes avant que retentisse le premier tir de sniper dans les collines alentour, expédiant tout le monde à terre dans le camp de base. La boutique est petite, bien éclairée, et, à moins que quelqu'un ne décide de s'allonger par terre pour se glisser sous un présentoir, Tony B. a, grâce à ses trois miroirs convexes, vue sur le moindre recoin. Il sait quand quelqu'un pénètre dans le magasin. La clochette fixée à la porte le prévient dès qu'on entre. La clochette de la porte le prévient dès qu'on sort. Alors, pourquoi ressent-il ce…

Voilà. Une ombre sur sa gauche. À côté du présentoir à chips.

Il y a deux personnes, là. Un garçon et une fille.

Comment sont-ils entrés ? s'interroge Tony B., les battements de son cœur se précipitant un peu. Pourquoi ne les a-t-il pas entendus entrer ? Sont-ils venus par-*derrière* ?

Ils sont jeunes – la fille doit approcher les 20 ans et le garçon est encore plus jeune, 16 ans peut-être – et ils le dévisagent. Il n'y a pas à dire : la fille est une petite garce sacrément sexy. Mince, brune. Elle n'est pas débraillée comme la plupart des filles qui viennent l'aguicher à la boutique : les petites Noires avec leur jean baggy ouvert et leur débardeur noué sous leurs seins naissants. Celle-ci est blanche, fine, désirable ; elle porte une jupe courte en jean et un chemisier à fleurs. Le genre de filles qui craquent toujours pour les types comme Tony B. Bon, c'est vrai qu'il a dépassé la quarantaine maintenant, mais il se porte bien. Il lui reste encore presque tous ses cheveux, toutes ses dents de devant. Et il peut encore se montrer très charmeur quand il veut.

— On se connaît ? demande-t-il en abaissant le haut de son journal de courses pour croiser le regard de la fille. On a déjà été présentés ? continue-t-il en s'allumant une Pall Mall.

— Non, répond la fille. C'est juste que vous ressemblez à quelqu'un qu'on connaît.

Elle a une voix grave, une voix de femme. Tony B. parvient tout juste à deviner le contour de son sein droit sous l'étoffe fine du chemisier.

— Ah oui ? réplique-t-il en s'efforçant de produire un sourire. Harrison Ford peut-être ?

— Non, fait le garçon. Plutôt un oncle ou quelqu'un de la famille.

L'âge du garçon est moins évident quand il ouvre la bouche. Il est plutôt grand, cheveux foncés, yeux sombres. En fait, il semble avoir moins de 16 ans. Plutôt un grand gamin de 13 ans affublé de mains d'homme. Sa voix n'a pas encore complètement mué. Une petite frappe délurée, certainement.

— Eh bien, je ne suis pas votre oncle, déclare Tony B. en prenant conscience qu'il ne pourra rien faire avec la fille tant que le petit branleur sera dans les parages. Et maintenant que tout est bien clair, vous achetez quelque chose ?

— On jette un coup d'œil, dit la fille. On a le droit de regarder, non ?

La petite effrontée, se dit Tony B. Ça lui rappelle sa première ex. Celle à cause de qui il a fait de la taule. Elle lui ressemble un peu physiquement d'ailleurs. Accusé de tentative de meurtre à cause de la dérouillée qu'il avait mise à Lydia ce jour-là, il était parti pour faire huit à dix ans, mais ils avaient trouvé une erreur de procédure quelque part et avaient dû le relâcher au bout d'à peine un an.

— Dis donc, fillette, tu te crois en Amérique ? C'est pas l'Amérique ici, c'est chez Tony B. Pigé ? Alors maintenant, soit vous achetez quelque chose, soit vous allez voir ailleurs si j'y suis. C'est comme ça que ça se passe.

Elle se tourne sur le côté et Tony B. voit ses seins pointer sous sa blouse. Nom de Dieu, c'est fou ce qu'elle est sexy ! Tony ne sait pas s'il doit gueuler ou triquer. Elle attrape un paquet de lames de rasoir Gillette à simple tranchant sur le présentoir.

— On va prendre ça, dit-elle en se coulant jusqu'au comptoir.

Tony B. est hypnotisé par le mouvement de ses seins sous le chemisier. De près, il voit qu'elle a les yeux presque noirs.

Il tape le montant des lames sur la caisse enregistreuse. Il en a toujours en stock pour les adeptes du rail. Les cocaïnomanes préfèrent les lames à simple tranchant pour se faire leurs lignes. C'était ce qu'il prenait, lui, dans le temps.

— Ça vous fera trois soixante-deux, mademoiselle, dit Tony en soutenant son regard. Taxes comprises.

La fille fouille dans sa poche et en sort un billet de cinq dollars. Au moment où elle le lui remet, Tony jurerait qu'elle pose exprès sa main sur la sienne. Il ne se prive pas de faire pareil en lui rendant la monnaie.

— Vous voulez un sac ? demande-t-il.

— Non, répond-elle.

— Et faites attention avec ces lames, miss, prévient-il en refermant sa caisse.

Il n'a pas voulu paraître si paternel. Il ajoute :

— Je ne voudrais pas que cette jolie peau soit esquintée.

La fille se place complètement face à lui. Elle lui adresse un sourire qui envoie des ondes de choc à Tony B. Mais ce n'est rien comparé à ce qu'il éprouve quand elle déboutonne le haut de son chemisier pour lui montrer la majeure partie de son sein gauche. Là, juste au-dessus du téton rose, il y a une petite fleur tatouée.

— Je peux supporter la douleur, dit-elle. Et *vous* ?

— Je…

C'est tout ce que Tony B. arrive à émettre tandis qu'elle referme son chemisier, pivote sur ses sandales et se dirige avec légèreté vers la porte, où l'attend le garçon. Tony B. parvient alors à détacher son regard de la fille. Il regarde le garçon et le regrette aussitôt.

Le garçon lui sourit. Et il a tout à coup l'air d'un homme.

Tony B. est ivre. Il est deux heures du matin, il s'appuie contre le mur de sa boutique dans la ruelle, une cigarette accrochée à sa lèvre inférieure. Il fouille sa poche de pantalon pour la dixième fois en espérant enfin y trouver une boîte d'allumettes. Rien.

Merde, pense-t-il. *Je vais devoir attendre d'être rentré.*

Il remonte lentement la ruelle en direction du petit parking, derrière le magasin.

Il revient d'une incroyable partie de poker chez Big Ray Amato. Il est arrivé ce soir avec deux cents dollars en poche et repart avec six cents. Il a picolé et bouffé à l'œil toute la soirée. C'est vraiment bien que Ray n'habite qu'à deux rues, comme ça il peut rentrer à pied à la boutique. C'est là qu'il a l'intention de passer la nuit. Pas question de prendre la voiture pour rentrer sur la Quarantième Rue. Il pénètre dans le petit parking gravillonné creusé de nids-de-poule, derrière le magasin. Il y a deux voitures, dont la sienne, ainsi qu'un vieux fourgon. Le parking est sombre, désert, silencieux ; la chaleur humide de la journée semble jaillir du sol comme d'un gigantesque fer à vapeur enfoui à quelques centimètres sous ses pieds.

Tony B. se met à chercher ses clés.

Et, pour la deuxième fois de la journée, il découvre quelqu'un devant lui. Quelqu'un qui ne fait pas de bruit. Tony B. lève les yeux, recule d'un pas vacillant et voit qu'il s'agit d'une femme. Une belle jeune femme à la peau claire et aux cheveux brillants.

Où l'a-t-il déjà vue ?

Il pense en riant intérieurement que, *putain*, sa mémoire à court terme est vraiment bousillée. Les trente années de défonce et d'alcool y sont peut-être pour quelque chose… C'est la petite brune qui est passée au magasin, bien sûr. L'effrontée. La gamine au téton tatoué. Seulement, là, elle s'est arrangée comme une femme. Pantalon de cuir moulant, talons aiguilles, les cheveux en chignon haut sur la tête.

— Salut, bébé, lance Tony B.

— Salut, toi, rétorque la fille.

Tony B. se dit qu'elle a largué son avorton et qu'elle revient pour ce branleur de Tony B. Mais avant qu'il puisse faire un pas vers elle, il entend un reniflement tout proche et voit le garçon assis sur un cageot, à côté du conteneur à déchets, dans un coin sombre du parking. Il flotte dans l'air une odeur âcre qui indique à Tony que le gosse fume un joint. Sans même se cacher.

Juste derrière *son* magasin.

Ah, et puis finalement, qui est-ce que ça dérange ? pense Tony. Il est bourré, il y a une petite pute sexy à portée de main, et ça fait cinq ans qu'il n'a pas touché à un joint.

— Tu vas t'attirer des ennuis, toi, à fumer cette merde, lance Tony B. en souriant avant d'avancer d'un pas chancelant vers le conteneur. Tu filerais une taffe à tonton Tony ?

Le garçon interroge la fille du regard. Elle hoche la tête. Le garçon tend l'énorme joint à Tony B.

— Ben, mon cochon, fait Tony B. en louchant sur le mégaspliff. D'où tu viens, toi ? De la Jamaïque ?

Le garçon et la fille éclatent d'un rire complètement stone. Tony B. tire sur le joint à s'en défoncer les poumons et retient la fumée le plus longtemps possible, les joues gonflées comme celles de Dizzy Gillespie.

Nouveaux rires. Tony B. expire la fumée.

— Eh… Arrêtez de me faire rire, proteste-t-il tandis qu'il commence déjà à ressentir les effets de l'herbe. Bon Dieu ! ajoute-t-il, c'est de la bonne.

— La meilleure, réplique le garçon. Prends une autre taffe, vas-y, sers-toi.

Putain, pourquoi pas ?, se dit Tony B., qui s'exécute.

Cette fois, il retient la fumée quelques secondes de plus et l'herbe commence à lui retourner la tête. Les bruits de rue en provenance d'Euclid Avenue, à près d'un kilomètre de là, deviennent soudain parfaitement clairs. Il ne sait pas comment c'est possible, mais il arrive à sentir les ordures de derrière China Garden, dans la Cent cinquième Rue Est ! Il a l'esprit limpide mais, soudain, ses membres pèsent des *tonnes*.

— Je ne… bredouille Tony B. Comment ça se fait que…

Les gosses rient.

— T'as pris de la poudre, mec.

— Quoi ?

— T'as pris de la poudre. De la poudre d'ange.

Avant qu'il puisse réagir, Tony B. se souvient de la fille. Il voudrait bien la regarder maintenant qu'il plane comme un malade. Il fait volte-face et respire tout à coup son parfum – capiteux, fleuri, sexy. Il commence à bander avant même de la voir sortir de l'ombre en train de déboutonner son chemisier, révélant les seins les plus parfaits qu'il lui ait été donné de voir. De toute sa vie.

— Nom de Dieu ! s'écrie-t-il. Nom-de-*Dieu*.

La fille recouvre sa poitrine en riant.

— Combien ? demande Tony B.

— *Combien ?* rétorque la fille.

— Joue pas avec moi. Combien ? Dis un chiffre, et je te le donne.

— Combien t'as ?

Tony B. fouille dans ses poches. Elles sont pleines de fric.

— Six cents dollars, dit-il.

— Avec six cents, t'auras tout ce que tu veux, susurre-t-elle en se rapprochant.

Elle entreprend de lui déboutonner sa chemise.

— Et *lui* ? questionne Tony B. en indiquant d'un signe de tête le garçon qui est retourné dans l'ombre, près de la poubelle, les yeux pareils à des pierres polies noires.

La fille retire la chemise de Tony B. et la fait tomber par terre.

— Il s'en fiche, répond-elle, et elle lui ouvre sa braguette en le repoussant vers le tas de cartons rangés contre le bâtiment. Il aime bien mater.

Tony B. sait qu'il commet une erreur monumentale, tout comme il sait pertinemment qu'il ne fera rien pour que ça s'arrête. Une minute plus tard, il est nu comme un ver – mis à part ses chaussettes noires et ses Reebok sales – et se retrouve mi-assis, mi-appuyé contre la pile de cartons qui lui arrive à la taille, le corps écrasé par la touffeur nocturne, ses réflexes entièrement soumis à l'alcool et à la poussière d'ange.

La fille recule de quelques pas. Elle ôte son chemisier

blanc et se met à danser, torse nu, devant lui, faisant lentement rouler ses hanches d'un côté, puis de l'autre.

Putain de bordel à queue, se dit Tony B. *Je suis mort et voilà que je me retrouve au paradis.* Il jette un coup d'œil vers le conteneur à ordures.

Le garçon n'est plus là.

Alors, pour Tony B., les événements semblent se précipiter, le tout englué dans une lumière grise, le tout secoué par des pulsations d'une arythmie délirante.

Un mouvement sur sa gauche. Un crissement de gravier. Le rythme d'un homme jeune.

Un fantôme de Da Nang ? se demande Tony B.

Je suis revenu dans la jungle ?

En face de lui, la belle fille amplifie ses lents déhanchements fluides. Un bras blanc s'élève au clair de lune, la courbe d'un sein juvénile surgit devant lui.

Soudain – un souffle chaud sur son cou. Des bruits derrière lui. Des *glissements*.

Soudain – la jambe de la fille fond sur lui. Rapide. Un cobra surgi des ténèbres.

Le coup porté à ses testicules exposés est si vif, si *précis*, que Tony B. croit d'abord qu'il fait partie de la danse. Il sait qu'il devrait le sentir, mais, pour le moment, il ne le sent pas. Pour le moment, il ne sent *rien*.

Puis on lui jette un cercle en fil de fer par-dessus la tête.

— Barbelés, lui chuchote le garçon à l'oreille. Concertina.

Le garçon se tient derrière lui, agenouillé sur les cartons.

— Tu bouges d'un millimètre et tu te tranches la jugulaire. T'as pas intérêt à bouger.

Muni d'épais gants de cuir, le garçon continue d'enrouler le fil de fer barbelé coupant autour de la tête de Tony B., imprimant sur son visage, son cou et ses épaules de minuscules coupures.

Tony B. s'enfonce dans une confusion de doutes, d'indécision et de colère.

T'as pris de la poudre.

— Elle est morte, dit la fille.

Morte ? Qui est morte ? s'étonne Tony B. *Et pourquoi est-ce que je n'arrive pas à bouger les mains, les pieds ? Pourquoi tout pèse… une putain… de tonne ?*

— Elle a fini par mourir, insiste la fille. Tu as fini par la tuer.

En un instant, Tony comprend.

Putain de bordel.

Lydia.

Il se met à pleurnicher quand sa fille prend son sexe ramolli dans sa main droite.

Les sanglots se muent en une plainte sourde quand son fils brandit une lame de rasoir à simple tranchant pour l'examiner dans le rayon lumineux de la lune.

Tony B. essaie de crier, mais la douleur qu'engendre à présent son testicule droit écrabouillé et la peur suscitée par le barbelé contre sa gorge l'empêchent de produire des sons cohérents.

Anthony del Blanco ouvre la bouche, et tout ce qui en sort est une suite de petits gémissements mouillés, des couinements de peur, de défaite, d'échec et d'humiliation qui lui reviennent aux oreilles tel l'écho de talons féminins résonnant dans le long couloir sombre du souvenir.

Ils s'acharnent durant cinq longues minutes. Les battes de base-ball qu'ils ont hérissées de lames de rasoir démolissent d'abord la tête, enfonçant le fil de fer barbelé profondément dans la chair, l'incrustant dans son front, son occiput, ses pommettes, sa mâchoire, puis réduisent la partie supérieure de son torse à l'état de bouillie rougeâtre, lui pulvérisant les clavicules en dizaines de morceaux.

Malgré le désir de la fille, malgré toutes ses prières depuis dix ans répétées, son père meurt avant même qu'ils ne s'attaquent à ses côtes, son ventre, ses hanches, ses jambes.

Lorsqu'ils ont terminé, couverts de sueur après un effort si intense, le garçon va prendre dans le conteneur à ordures le bidon en plastique qu'il a placé là plus tôt dans la journée. Il parachève ensuite leur œuvre en en déversant le contenu – l'intégralité de deux boîtes d'un litre de bouillon de viande – sur toute la longueur du corps de son père.

Le garçon et la fille s'accordent à penser qu'ils ont rendu un fier service au reste du monde. Évidemment, les institutions judiciaires ne l'entendront pas de cette oreille. Ils doivent donc se séparer. Elle retournera dans sa famille d'accueil chez qui elle est, à cet instant même, profondément endormie dans sa chambre au deuxième étage. Il prendra un car pour San Diego. De là-bas, un cousin le conduira au Mexique, où il sera en sécurité.

Ils se prennent dans les bras, s'étreignant longtemps en silence comme ils l'ont fait dans cette embrasure de porte près de dix ans plus tôt. Puis, pour sa propre sécurité, la fille monte dans la voiture, une Toyota dernier cri appartenant à sa mère d'accueil et dont elle a fait faire un double des clés des mois plus tôt. Elle croise une dernière fois le regard de son frère tandis qu'il se prépare à ouvrir l'arrière du fourgon. Il a volé ce fourgon plus tôt dans l'après-midi et l'abandonnera à une dizaine de pâtés de maisons de la gare routière de la Treizième Rue Est et Chester Avenue.

Cela fait quinze jours qu'ils ramassent des chiens errants et les affament en les nourrissant frugalement de morceaux de bœuf avariés. Les chiens sont féroces et la faim les rend fous ; ils n'ont plus la moindre trace de domesticité. Ils sont quatre à l'arrière du fourgon. Deux rottweilers, deux dobermans.

Le garçon ouvre la porte puis, prudemment, leur retire un par un leur muselière. Il ne faut pas deux secondes aux quatre molosses pour bondir à l'extérieur, et piétiner le gravier de leurs énormes pattes pour se précipiter, aveuglés par leur faim primordiale, sur ce cousin déchu tout juste massacré.

Sous les yeux du garçon et de la fille, les chiens fondent sur le corps avec une brutalité qui dort en eux depuis des siècles. Le garçon et la fille les comprennent parfaitement puisque eux aussi portent en eux une violence aveugle depuis des années, un désir viscéral de voir arriver ce moment.

Alors, ces deux enfants regardent, immobiles, silencieux et captivés.

Et, en cet instant, leurs pensées ne font qu'une.

Repose en paix maintenant, Lydia.

Repose en paix.

La fille quitte le parking la première, laissant le garçon observer la fin du carnage au volant du fourgon qui tourne au ralenti, tous feux éteints.

Le Mexique, pense-t-il. Il ne le sait pas encore, mais le Mexique est un endroit où il apprendra la route, où il apprendra la nuit, où il apprendra que toute chose doit avoir une fin une fois que le sourire du diable s'est posé dessus. Où il apprendra la voie qui rend tous les autres chemins bien ternes.

Au Mexique, il apprendra la voie des saints.

24

Elle est horrifiée. Écœurée. Totalement effrayée et sidérée.

Voilà ce qu'elle sait. Ou *croit* savoir.

Jean-Luc et sa sœur ont battu leur père à mort, parce que lui-même était un animal qui avait violenté leur mère, et ils ont laissé les chiens le dévorer.

Mais qu'est-ce qui lui dit que cette histoire est vraie ? Qu'est-ce qui lui dit que Jean-Luc est réellement le garçon de cette histoire ? Et en quoi cela peut-il bien la regarder ? Lui a-t-il raconté tout ça dans le seul but de l'effrayer ?

Elle lève les yeux et le voit traverser la pièce pour prendre la photo d'Isabella.

Luttant contre la nausée, elle se précipite sur lui et lui arrache le cadre des mains avec toute la fermeté dont elle se sent capable.

— Qu'attendez-vous de moi ? Dites-moi juste ce que vous attendez de moi, putain de merde.

— Cette nuit ? Rien, dit-il en lui prenant le menton et en orientant son visage vers lui. Mais demain… Demain, c'est le réveillon de Noël.

— Oui ? Et alors ?

— C'est une nuit magique, et je veux que vous en profitiez au maximum.

Elle reste parfaitement immobile, silencieuse.

— Demain soir, vous irez à une fête, poursuit-il. Une fête pleine de rires et de bons sentiments où vous goûterez à tous les petits plaisirs d'une fin d'année.

Elle étudie son beau visage, l'imagine en garçon de 13 ans, une batte de base-ball ensanglantée à la main. Elle tente de se figurer la volonté qu'il a dû lui falloir pour laisser s'échapper une telle fureur. Elle la sent bouillonner en lui alors qu'il se rapproche. Elle recule, pas à pas, jusqu'à se retrouver dos au mur. Y a-t-il une *part* de vérité dans tout cela ? Elle n'en a aucune idée mais connaît l'état de la situation : tant que Jean-Luc possède ces photos d'elle au Dream-A-Dream Motel, peu importe que cette histoire soit vraie ou pas.

— Tout ce que j'attends de vous, lui dit Jean-Luc, c'est qu'entre maintenant et demain soir vous mémorisiez trois petits mots.

Il lui effleure la joue. Pendant un instant, elle se sent... quoi, *charmée* ? Malgré tout le *reste* ?

— Quels mots ? demande-t-elle.

Il les énonce en comptant chaque mot sur ses doigts.

— *Joyeux Noël, Jack.*

25

Jack Paris fait la queue à la caisse du drugstore Rite Aid, au coin de la Cent treizième Rue Est et d'Euclid Avenue, un faux sapin de Noël à la main. En fait, il s'agit d'une boîte pas plus grosse qu'un carton à bottes censée contenir « un sapin de Noël d'un mètre de haut, parfait pour les petits espaces ! ».

Il a décidé qu'il ne passerait pas ces fêtes sans un semblant de réjouissance dans cet appartement sans joie.

La file d'attente avance lentement, mais ce n'est pas là le pire. Le pire, c'est le tintement incessant et horripilant de la clochette de l'Armée du Salut, cadeau du bénévole déguisé en Père Noël qui monte la garde devant l'entrée. Paris, comme tous les autres clients du magasin, brûle de faire sortir le Père Noël d'un coup de pied bien placé et de piétiner la clochette pour la rendre aussi plate qu'une boîte de sardines sur l'autoroute.

Au lieu de ça, une fois payé son sapin artificiel, il salue le Père Noël en passant et fait machinalement une dizaine de pas avant de tourner les talons pour revenir tranquillement déposer un dollar dans la corbeille du type.

— Merci, dit le Père Noël. Passez de bonnes fêtes.

— Oui, c'est ça, répond Paris, que sa générosité mesquine met de mauvaise humeur.

Paris arrive à sa voiture et ouvre le coffre. Un bon tiers de sa vie tient là-dedans. Quelques agencements habiles lui permettent de glisser le sapin sur la gauche, à côté du sac de gymnastique contenant deux survêtements rangés là depuis deux années sans avoir jamais vu l'intérieur d'une salle de gym.

Alors, derrière lui, une voix solaire retentit :

— Quel cœur tendre !

Paris se retourne et découvre Mercedes Cruz. Ils ont prévu de se retrouver ici, et elle est pile à l'heure.

— Salut, réplique-t-il.

— Je vous ai vu céder à l'esprit de Noël, inspecteur.

— N'en dites rien à personne, d'accord ? fait Paris en refermant le coffre d'un coup sec et regrettant pour une raison obscure que Mercedes ait vu son ersatz de sapin pathétique. Les flics soutiennent quatre milliards de bonnes œuvres, et je n'aurais plus un instant de tranquillité. En fait, c'est le Noël de la Cleveland League, ce soir. Une poignée de flics taraudés par leur conscience et des mômes des quartiers. J'y vais tous les ans. C'est ma pénitence.

— Vous êtes *bien* un cœur tendre. J'admire ça chez un homme… marié ?

— Divorcé, corrige Paris.

— C'est encore plus admirable, dit-elle avant de se couvrir aussitôt la bouche d'une main gantée d'une moufle magenta. Oh, mon Dieu ! Est-ce que ma question relevait du harcèlement sexuel ?

— Ça dépend… Voyons voir : qui a l'avantage ici ?

— Je dirais qu'on est à égalité. J'ai un stylo. Vous avez un flingue.

— Alors admettons que c'était un compliment.

— Ouf ! soupire Mercedes.

— Mais mieux vaut ne pas en rajouter, dit Paris. Ça commence par des compliments, et, au final, les gens se mettent à penser que la presse et la police sont comme cul et chemise.

— Ça ne se reproduira plus. Promis.

— Au fait, j'ai rencontré votre frère. Il a pris quelques photos de ce visage difforme au nez cassé.

— Vous vous fichez de moi ? s'étonne Mercedes.

— Comment ça ?

— Mon frère aurait fait quelque chose que je lui ai *demandé* de faire ? C'est incroyable.

— Il a l'air sympa, commente Paris. Et il est beau gosse.

— Ouais, convient Mercedes en fouillant dans son sac. Un vrai bourreau des cœurs, vous pouvez me croire. Les filles frappent à notre porte depuis que Julian a 12 ans. Je suis juste épatée qu'il soit passé vous voir.

— Ça s'est fait sans douleur, précise Paris.

— Tant mieux. Si ces photos sont publiées, ça le poussera peut-être à se bouger un peu.

Elle fait un geste en direction de la ville.

— Alors, inspecteur, par quoi commençons-nous ?

— L'ouest, répond Paris. Je crois qu'il est temps d'aller faire un tour dans cette *botanica*.

— Vous voulez que je conduise ? propose Mercedes en désignant une Saturn bleu nuit rutilante.

Paris contemple sa vieille Oldsmobile penchée et toute rouillée, maculée de sel de voirie, et il commet sa première erreur de la journée quand il répond :

— Bien sûr.

Ils sont sur Detroit Avenue, font du 55 km à l'heure sur la chaussée verglacée et sont sur le point d'emboutir l'arrière d'une vieille Plymouth dont le conducteur a décidé de s'arrêter au feu vert pour vider son cendrier.

En plein milieu d'une tempête de neige.

Paris et Mercedes se sont arrêtés en chemin au Ronnie's Famous, où Paris a procédé à son échange de thermos quotidien. Il a aussi fait goûter à Mercedes Cruz les beignets tant vantés de Ronnie Boudreaux. Elle a tout de suite été convaincue : les meilleurs du monde, haut la main.

Mais maintenant, alors qu'ils se prennent une plaque de verglas sur Detroit Avenue, Paris sent le café et les beignets lui remonter dans l'estomac. La Saturn fait un tête-à-queue. Puis un deuxième. Puis la voiture finit par s'immobiliser, miraculeusement orientée dans la bonne direction, miraculeusement placée quelques centimètres à droite de la Plymouth. Pas de mal.

Pour l'instant.

Mercedes se ressaisit, attend une seconde puis baisse sa vitre, sourit et fait signe au chauffeur de la Plymouth. Il s'étire, l'air un peu surpris, et baisse la vitre côté passager.

— Bonjour, commence Mercedes, tout charme.

— Bonjour, réplique l'autre conducteur.

— *Chinga !* hurle alors Mercedes par la fenêtre de sa voiture. *Chinga tu* MADRE, *tu* PADRE, *tu* 'BUELA *!*

Bien que Paris soit monolingue, ayant déjà bien assez de mal avec l'anglais, il n'a pas besoin d'être Antonio Banderas pour comprendre ce que Mercedes vient de dire sur le père, la mère et autre sainte grand-mère du conducteur. Celui-ci, un adolescent latino plutôt costaud, adresse un rapide doigt d'honneur à la jeune femme puis écrase le champignon et fonce en faisant une embardée en direction de la Trente-huitième Rue Ouest, où il s'empresse de tourner pour disparaître dans la bourrasque des flocons de neige.

Le silence hivernal remplit l'habitacle. Mercedes se tourne vers Paris. C'est lui qui parle le premier, conscient d'avoir découvert le tempérament dont le frère de Mercedes, Julian, lui a parlé.

— Ça va ?

— Ça va. Désolée.

— Il n'y a pas de mal.

— J'ai dit une grossièreté.

— Tout un chapelet, précise Paris en riant. C'est du joli, pour une jeune fille catholique.

— Vous avez tout compris ? demande-t-elle en regardant attentivement dans son rétroviseur avant de réintégrer avec précaution la circulation.

— En fait, quand on bosse en ville, on apprend les gros mots dans pas mal de langues. J'ai même eu un Arabe qui m'a injurié en farsi une fois. J'en suis sûr.

— Je suis tellement confuse…

— Vous ne devriez pas. Je gratifie mes frères automobilistes de Cleveland des mêmes mots plus souvent qu'à mon tour. Mais c'est le plus souvent en italien.

— Vous êtes italien ?

— Mon grand-père du côté paternel s'appelait Parisi. Le *i* s'est retrouvé amputé lors de son arrivée à Ellis Island. Le père de ma mère était italien, lui aussi. Et vous ?

— Portoricaine du côté de mon père. La famille de ma mère est anglo-irlandaise.

— Et quel est l'héritage qui vous influence le plus ?

— Je crois que je me considère surtout comme une Hispanique. Mon frère et moi, on est assez proches de ma *'buela*, ma grand-mère. C'est une femme merveilleuse. Mon modèle. Je lui ressemble beaucoup. Je crois qu'on est de la même trempe.

— De la même trempe ?

— Vous savez : indépendantes, mystérieuses, *sombrement* exotiques.

— Je vois…

— Un peu le type de Penelope Cruz, ajoute Mercedes, qui regarde Paris en prenant une pose glamour. Qu'est-ce que vous en pensez ?

Paris est complètement coincé, mais, toujours diplomate, répond :

— Il faudrait que je réfléchisse, je ne peux pas répondre comme ça, vous comprenez ?

Mercedes éclate de rire, allume la radio, prend un troisième beignet dans le sachet blanc imprégné de graisse posé entre les deux sièges et répond :

— J'ai toute la journée devant moi, inspecteur.

26

La Botanica Macumba se trouve à l'angle de Fulton Road et de Newark Avenue, pratiquement dans le West Side de Cleveland, à côté d'un magasin de chaussures d'occasion tenu par des bénévoles de St. Rocco et qui a pour nom À la semelle méritante. Sous l'enseigne aux grandes lettres rouges de la *botanica*, une inscription indique : *Hierbas para baños/ Todas clases*.

Paris juge plutôt ironique – maintenant qu'il a planché un peu sur la santería et sait comment elle est née – que ce soit justement St. Rocco, l'église qui s'élève de l'autre côté de la rue, qui se reflète dans la vitrine de la Botanica Macumba. Cette vitrine se présente comme un patchwork de banderoles aux couleurs vives annonçant tous les articles exotiques en vente dans la boutique : cartes espagnoles ! Sucre candi ! Parfum Pompeïa ! Racines High John the Conqueror ! Benjoin noir !

Et là, au centre de la vitrine, se dessine une forme diaphane cruciforme, reflet de la croix qui orne la façade de St. Rocco. Tout à côté, une enseigne au néon assure que la Botanica Macumba est « une épicerie pour le corps et pour l'âme ».

À peine entré, Paris est aussitôt attiré par un parfum

suave. Il remarque le cône qui se consume sur un petit plateau de cuivre. Sur une carte pliée en deux et rédigé à la main, il lit : *nag champa*.

Il y a un client dans l'échoppe, un Hispanique qui a dans les 70 ans.

Paris et Mercedes font le tour de la boutique minuscule pendant que le propriétaire termine avec son client. L'un des murs est occupé par un gigantesque présentoir d'huiles, encens et savons divers censés concentrer tout un éventail de pouvoirs magiques : chasser les mauvais esprits, attirer l'argent ou susciter les retours d'affection. Paris remarque avec amusement une huile dont l'étiquette indique « Aime-moi », et il se dit qu'il en aurait bien besoin. Contre un autre mur, il y a des étagères recouvertes de livres et de périodiques ainsi qu'une dizaine de présentoirs en carton débordants de bougies, herbes, grigris, poupées, produits vaudous, CD, tee-shirts, artisanat et jeux de tarot.

Le client finit par partir. Paris et Mercedes s'approchent du comptoir.

— Je m'appelle Edward Moriceau, annonce l'homme qui se tient derrière.

La soixantaine, sec et nerveux, la peau sombre, d'origine indéterminée. Nord-africaine, peut-être. Il a une bague à chaque doigt, même au pouce.

— *Mojuba !*

— Pardon ? fait Paris.

— C'est un terme lucumi, qui signifie « je vous salue ».

— Oh ! dit Paris. Merci.

— Que puis-je faire pour vous ?

Paris lui montre sa plaque.

— Je suis l'inspecteur Paris. Je travaille à la brigade criminelle de la police de Cleveland. Et voici Mlle Cruz. Elle est journaliste au *Mondo latino*.

— Oui, dit Moriceau en saluant Mercedes d'un signe de tête. Je connais votre journal, bien sûr.

Et il désigne près de la porte une corbeille à journaux métallique contenant une petite pile de *Mondo latino*.

— J'aimerais vous poser quelques questions, déclare Paris.

— Certainement.

— Reconnaissez-vous ceci ? interroge Paris en lui présentant un dessin au crayon du symbole retrouvé à la fois sur Fayette Martin et sur Willis Walker.

— Oui, c'est le symbole d'Ochosi.

— Vous pouvez me l'épeler, s'il vous plaît ?

Moriceau s'exécute.

— Qu'est-ce que ça signifie ? demande Paris.

— Ochosi est un dieu de la chasse. L'arc et la flèche sont ses attributs.

— À quoi sert-il ?

— Comment ça ?

— Pourquoi prier ce dieu en particulier ?

— Pour beaucoup de choses, inspecteur, répond Moriceau en se tournant vers le présentoir derrière lui pour y prendre une petite réplique en métal du symbole de l'arc et de la flèche. Tout dépend de ce que vous avez dans le cœur. Si vous êtes un homme comme il faut, un citoyen respectueux de la loi, vous pouvez prier Ochosi pour avoir une gratification. Si vous êtes un voleur et que vous faites le sacrifice qui convient, Ochosi, le dieu de la chasse, peut repousser une arrestation, la police, la prison.

Paris et Mercedes échangent un regard.

— Un sacrifice ? demande Paris.

Moriceau les gratifie d'un petit sourire triste.

— Je crains qu'il n'y ait beaucoup plus d'idées fausses que de vérités concernant les religions afro-antillaises.

La notion de sacrifice humain compte parmi les plus insidieuses.

— Je n'ai pas parlé de sacrifice humain, réplique Paris.

— Vous travaillez pour la criminelle, inspecteur. Je me doute que vous n'êtes pas là pour un coq éventré.

Paris n'apprécie pas particulièrement l'attitude de son interlocuteur, mais il ne relève pas la remarque narquoise.

— Je n'ai pas fait mention de quoi que ce soit d'éventré. Je suis venu vous poser quelques questions de base sur la santería, si ça ne vous dérange pas ?

— Pas du tout.

— Y a-t-il beaucoup d'adeptes de la santería à Cleveland ?

— Oui. Mais la santería n'est pas une religion centralisée. Il est impossible de dénombrer combien il y a d'adeptes dans cette ville, ni dans n'importe quelle autre.

— Avez-vous des clients réguliers qui vous ont parlé de cet Ochosi récemment ?

— Pas que je me souvienne. Il y a de nombreuses variations, parfois subtiles, des religions afro-antillaises et beaucoup de noms différents pour chaque chose.

— Il n'y a donc aucun moyen de déterminer quelle secte pourrait invoquer ce dieu à des fins, disons, plus obscures ?

— Pas vraiment, non. C'est comme si quelqu'un vous disait qu'il était chrétien pratiquant. Cela veut-il dire méthodiste ? Baptiste ? Mormon ? Adventiste ? Catholique romain ? Si un *brujo* vient acheter des produits pour un autel, il existe beaucoup de combinaisons de symboles, de bougies, de cartes et d'incantations possibles. Macumba brésilienne, vaudou haïtien, santería mexicaine. La santería et des dérivés comme le palo mayombe sont des religions extrêmement complexes et très secrètes, qui diffèrent d'un pays à un autre.

Curieusement, Paris se sent sur la défensive dès qu'on lui parle de catholicisme, même s'il sait qu'il est assez mal placé pour ça.

— Et c'est quoi, exactement, un *brujo* ?

— Un *brujo*, c'est une sorte de magicien, un prophète. Pour certains, c'est un sorcier. Mais ces termes ont un sens totalement différent de ce qu'ils représentent pour les Occidentaux.

— Et il y a beaucoup de ces *brujos* à Cleveland ?

— Quelques-uns. Cependant, si je peux anticiper votre prochaine question, je ne tiens pas de liste. Nous ne demandons généralement pas à nos clients à quoi vont servir nos produits.

Paris prend quelques notes, l'attitude de Moriceau lui déplaisant de plus en plus.

— Quel genre d'articles un client mal intentionné vous achèterait-il ?

— Eh bien, les adeptes du palo mayombe demandent parfois du *palo azul…* du bâton bleu. C'est un article que les *botanicas* n'ont pas forcément en stock. Mais il y a de nombreux produits exotiques qui peuvent à la fois servir pour le bien et pour le mal. Il existe à New York une *botanica* qui reçoit régulièrement du cobra séché. D'autres vont avoir quelque chose qui s'appelle *uña de gato* – de la griffe de chat.

— Avez-vous eu des demandes inhabituelles, ces derniers temps ?

— Non, répondit Moriceau. Rien de ce genre.

Paris referme son calepin. Il jette un coup d'œil à Mercedes, qui secoue légèrement la tête pour lui indiquer qu'elle n'a pas de question, rien à ajouter.

— Et maintenant, intervient Moriceau, puis-je *vous* poser une question, inspecteur ?

— Posez-la toujours, réplique Paris en refermant son manteau.

— Il s'est de toute évidence passé quelque chose de tragique. Un meurtre, très certainement. J'espère que la police ne va pas lancer une espèce de chasse aux sorcières contre les Antillais et les Hispaniques de cette ville. La plupart des gens qui pratiquent la santería sont des citoyens tout à fait pacifiques qui payent leurs impôts normalement. Ils croient à la magie, et la magie agit sur eux. Tout ce qu'ils veulent, c'est gagner à la loterie, avoir un enfant en bonne santé, garder une épouse ou un mari quelques années de plus. Ce ne sont pas des actes criminels.

Paris se penche par-dessus le comptoir. Il tient son visage à quelques centimètres seulement de celui de Moriceau.

— Sauf erreur de ma part, une chasse aux sorcières commence quand les autorités arrêtent des gens sans la moindre preuve mais uniquement sur des soupçons. Je suis ici pour une *raison*, monsieur Moriceau.

Les deux hommes s'affrontent un instant du regard, et c'est Paris qui finit par l'emporter.

— Je ne voulais pas laisser entendre… commence Moriceau.

Paris s'écarte, tend sa main droite et montre qu'elle est vide, des deux côtés. Puis, avec un geste à la fois rapide et théâtral, il présente une carte de visite. C'est un tour de passe-passe élémentaire, petit souvenir de sa passion d'adolescent pour la prestidigitation.

— Bravo, inspecteur, commente Moriceau.

— Mais ce n'est pas de la magie, monsieur Moriceau. Ce n'est que de la prestidigitation, comme tous les phénomènes surnaturels que j'ai pu étudier.

Moriceau prend la carte et jette un regard vers Mercedes, sans y trouver le moindre soutien.

— Si quoi que ce soit vous revient, poursuit Paris, ou si vous avez un client qui vous demande du matériel spécifique lié au culte de cet Ochosi, vous aurez l'amabilité de m'appeler.

Moriceau étudie la carte sans un mot.

— Une dernière question, reprend Paris. Existe-t-il un terme dans la santería pour dire « craie blanche » ?

— *Ofún*, répond Moriceau. C'est de la craie faite avec des coquilles d'œuf.

M. Church, le dingo qui l'avait appelé au sujet de la disparition d'une femme, avait dit : « *Vous prendrez sa place dans l'*ofún. »

Le contour à la craie blanche.

Ce connard l'avait appelé, *lui*.

— Je vous remercie, dit Paris, qui se dirige vers la sortie, étourdi par le *nag champa*.

Paris ouvre la porte à Mercedes et frissonne dans le vent glacial qui les accueille. Ce n'est pas tant à cause du froid que de l'ironie des paroles de Moriceau.

Brujo, se dit Paris.

C'est peut-être bien dans une chasse au sorcier qu'il s'était lancé.

27

L'arrière-boutique de la Botanica Macumba est un fouillis de cageots remplis de bougies, de coquillages, d'encens indiens et de tee-shirts affichant des incantations africaines fabriqués à bon marché en Corée. Un homme au teint bistre et cheveux grisonnants, coiffé d'une calotte arc-en-ciel et dont chaque doigt est orné d'une bague en strass multicolore, est assis au milieu de ce désordre.

Il s'appelle Moriceau.

Il tremble devant moi.

Edward Moriceau est un homme qui a peut-être exercé un certain pouvoir en son temps, qui a pu séduire des jeunes femmes d'une simple tension des muscles ou d'un clin d'œil à l'heure de la fermeture mais qui n'est plus aujourd'hui qu'un employé tremblant au milieu d'un champ de bimbeloterie et de camelote aux couleurs vives.

— Ce n'est pas quelque chose qu'on obtient facilement, proteste Moriceau.

— Je le sais. Mais j'ai foi.

— Et vous voulez ça dans moins de trois jours ?

— Non. Je *l'aurai* dans moins de trois jours.

Je vois la rébellion enflammer un instant les yeux de Moriceau.

— Et qu'est-ce qui m'empêche de prévenir la police ? dit-il. Ils viennent de passer, vous savez.

— Je sais.

— Alors, pourquoi moi ? Pourquoi ici ? Allez voir Babalwe Oro.

— Le Mystic Realm ? Ils sont encore plus escrocs que toi. La vérité, c'est que je suis *ici* et que c'est à *toi* que je m'adresse. Je te demande de faire un travail pour moi, de m'obtenir quelque chose qui est de ton ressort, comme tous les autres produits que tu m'as obtenus depuis un an. Et je ne te demande pas de faire ça gratuitement. Je compte payer le prix avec même une majoration pour le délai. Chaque jour, dans ta boutique, tu vends des philtres d'amour à de pauvres *tías* qui croient qu'elles vont gagner le cœur d'un vieux plein de fric. Est-ce que cela te gêne de leur vendre de faux espoirs ? Non. Tu empoches leur argent comme un voleur de base.

— Oui, mais elles *veulent* croire que ça marche. Prétendez-vous qu'il n'y a pas de magie là-dedans ?

— Ce n'est pas ce que je dis.

J'en sais assez pour craindre ma propre pratique des sciences occultes. Aussi, j'ajoute :

— Mais ta magie de bazar n'a aucun vrai pouvoir. Il s'agit uniquement de ce que chacun y projette, ne te fiche pas de moi.

— Et si je n'arrive pas à me procurer ce que vous demandez ? Si c'est tout à fait intouchable ?

Je traverse la pièce et me dresse au-dessus de Moriceau.

— Alors je reviendrai te voir. Peut-être dans un mois. Peut-être dans un an. Un jour, tu me trouveras dans ton placard quand tu l'ouvriras. Un jour, tu me trouveras dans ta cuisine quand tu descendras boire un verre d'eau au milieu de la nuit. Un jour, tu me *trouveras* assis derrière toi au cinéma.

Je m'agenouille et plonge mon regard dans ses petits yeux noirs.

— Écoute-moi bien, Edward Moriceau, si tu ne m'apportes pas ce que je te demande, tous les problèmes que tu as connus dans ta vie ne seront rien à côté de ce que je serai pour toi.

Je tire mon petit poignard du fourreau fixé à ma cheville et presse sa pointe acérée contre mon index droit. Le sang perle. Je porte la goutte écarlate et nacrée à ma bouche, me penche en avant et pose un baiser sur les lèvres de Moriceau.

— Je serai l'ombre dans l'ombre que tu redoutes le plus.

28

L'immeuble de la Vingt-troisième Rue Est est une maison de retraite publique réservée aux anciens combattants. Les six niveaux de brique brune noircie sont coincés entre une usine condamnée qui produisait des roulements à billes et un revendeur de pneus à bas prix au bord de la faillite. En fond sonore, le bourdonnement incessant de l'échangeur I-90. L'adresse, presque effacée sur la photo que Paris a trouvée dans le bureau de Mike Ryan, n'annonçait pas grand-chose de bon, mais, alors que Paris traverse le grand hall défraîchi, il perd tout espoir de trouver quoi que ce soit.

Mercedes Cruz est partie interviewer d'autres inspecteurs de la brigade. Avant de se rendre dans la Vingt-troisième Rue Est, Paris a appelé Reuben. Toujours pas de nouvelles de son contact au service des documents du FBI à propos de la bande de carton violet.

À l'accueil, Paris brandit sa plaque sous le nez de l'employé. Celui-ci – tatoué, la bonne soixantaine – regarde un feuilleton sur une petite télé avec antenne intérieure. Il s'appelle Hank Szabo.

— Ce sont pratiquement tous des vétérans de la Seconde Guerre mondiale ou de la Corée, précise Hank après avoir expliqué à Paris l'essentiel, son dentier fourni par la sécu des anciens combattants butant sur chaque sifflante. Deux ou trois anciens du Nam, ajoute-t-il avec un regard sombre, un regard qui indique à Paris que le Viêtnam était justement la guerre de Szabo.

Paris jette un coup d'œil sur le tatouage qui orne son avant-bras gauche. *USS Helena*.

— Mais la plupart d'entre nous ne sont pas encore assez vieux pour la casse.

— C'est ici, la casse ? demande Paris.

— C'est ici.

— Combien de pensionnaires vivent ici ?

— Vingt-deux, en ce moment, répond Hank.

— Vous savez s'il y en a un parmi eux qui a été flic ?

— Ouais. Demetrius était flic.

— Demetrius ?

— Demetrius Salters. Je crois qu'il a été sergent pendant pas mal d'années dans le Quatrième District. Il est barré maintenant.

— Il ne *vit* plus ici ?

— Oh ! si, il vit ici. Chambre 410. Mais c'est juste qu'il est complètement barré. Il perd la boule, quoi, dit Hank en faisant tourner son index contre sa tempe. Les petits vieux, vous savez ?

— Je vois, répond Paris. À votre connaissance, a-t-il gardé des contacts avec qui que ce soit dans la police ?

— Pas que je sache, non.

— A-t-il des amis ou de la famille ?

— Je ne crois pas. Personne ne vient jamais le voir.

Paris griffonne quelques notes.

— Et depuis combien de temps travaillez-vous ici ?

Hank Szabo sourit et remet ses dents du haut en place.

— Comment vous dire, inspecteur Paris. J'ai commencé le jour où on a arrêté de me tirer dessus.

Paris remonte le couloir du quatrième étage, sombre corridor orné de vieilles décorations de Noël et au lino craquelé. Une Patsy Cline à la voix éraillée chante à l'étage au-dessous « le chemin de fer de la vie qui conduit au ciel ».

La porte de la 410 est ouverte. Paris frappe au chambranle, passe la tête dans la chambre et entre.

L'odeur le fait reculer instantanément d'un pas. Camphre, soupe de pois cassés et pieds. Un demi-siècle de fumée de cigarettes sans filtre. Paris se prépare, respire par la bouche et entre, découvrant un homme noir de plus de 70 ans, décharné et assis sur un fauteuil roulant, une couverture mitée sur les genoux. Un lit, une petite bibliothèque et une table de chevet constituent tout l'ameublement de la chambre. Demetrius Salters est installé tristement près de la fenêtre, tout aussi inanimé. Un meuble de plus.

Et il fait facilement cinquante degrés dans la chambre. Paris se met à transpirer pour tout un tas de raisons.

— Sergent ? appelle-t-il en se disant qu'il hausse la voix bien plus que nécessaire.

Rien.

Paris frappe à nouveau au chambranle.

— Monsieur ?

Demetrius Salters n'esquisse pas un mouvement, ne semble pas avoir remarqué sa présence.

— Sergent, je suis l'inspecteur Paris. Jack.

Il s'avance vers la fenêtre et présente sa plaque. Pendant un bref instant, la lumière du jour réfléchie par l'insigne touche le visage de Demetrius, et Paris a l'impression que le vieillard reconnaît quelque chose. Puis les traits s'affaissent imperceptiblement et disent le contraire. Paris prend la main du vieil homme et la serre

211

doucement avant de la reposer sur les genoux jonchés de miettes.

— C'est un plaisir de vous rencontrer, monsieur.

Paris regarde autour de lui, à la recherche d'un indice lui prouvant que le temps ne s'est pas arrêté. Sur les étagères, il y a une vieille photo encadrée d'un Demetrius Salters souriant qui se tient à la proue d'un destroyer. Une autre le montre revêtu de la tenue de cérémonie de la police de Cleveland. Demetrius pose à droite du Cleveland Municipal Stadium, un bras passé autour de la taille mince d'une jolie femme au teint caramel.

— C'était le bon temps, hein ? commente Paris avec nostalgie en désignant les sous-verres pour essayer de peupler la chambre de bruit, n'importe quel bruit. Oh ! oui. J'*adorais* aller voir les Browns dans ce stade. Surtout quand on se les gelait. Vous vous rappelez ? Jim Brown, Dick Schafrath, Jim Ninowski, Galen Fiss. Avec le vent qui soufflait du lac ? *Bon sang !* Mon père m'emmenait voir au moins un match par an là-bas, jusqu'à ce que... enfin, oui. C'était le bon temps. Il y avait un sacré zef.

Paris regarde Demetrius.

Rien ne bouge.

Il attend un instant, puis il essaie une autre tactique.

— Bon... pendant combien de temps avez-vous été en service, sergent ? demande-t-il en fourrant les mains dans ses poches sans arriver à tenir en place. Je parie que la ville n'avait rien à voir avec ce que c'est aujourd'hui, hein ?

Le même silence. Le visage implacable et profondément parcheminé du vieil homme ne trahit rien. Paris traverse la chambre et s'assoit au bord du lit. Il fouille le regard de Demetrius Salters et cherche le jeune homme qui doit certainement être enfoui quelque part, tout au fond, le flic de rue à la démarche assurée qui patrouillait

212

dans Hough, Glenville et Tremont en inspirant crainte et respect, le jeune marin séduisant qui montait la garde.

Mais le temps a passé.

Paris comprend que ses amabilités, aussi sincères qu'elles soient, sont peine perdue. Autant passer aux choses sérieuses tout de suite.

— Sergent, j'enquête sur une affaire pour laquelle je pense que vous pourriez m'aider.

Et alors, bien que Paris sache qu'il ne devrait pas, bien qu'il sente au fond de lui que c'est probablement cruel, il le fait quand même. Il se lève, jette un coup d'œil dans le couloir puis ouvre sa serviette. Il y prend la photo du cadavre mutilé couché sur le parking. Puis il la met devant le visage du vieillard.

On dirait au départ que Demetrius n'arrive pas à concentrer son regard sur la distance à laquelle Paris tient la photo. Mais la mémoire ne tarde pas à surgir, telle une aurore violente.

Et Demetrius Salters se met à hurler.

29

Lorsque Paris frappe à la porte, Carla Davis travaille sur le bureau d'une petite pièce située au huitième étage du centre judiciaire, avec deux ordinateurs devant elle.

Paris, qui s'est senti une âme de maquereau en montrant la photo du cadavre à ce malheureux vieillard, s'est empressé de s'excuser auprès de l'infirmière au visage sévère et est parti sans demander son reste. L'affaire Mike Ryan, sans être officiellement classée, est restée en sommeil. S'il y a un indice à trouver, s'il y a quelque chose de tapi quelque part qui puisse relancer l'enquête, il faut qu'il le déniche.

Les faits : il y a une saloperie de taré qui rôde dans la ville. Maintenant. Aujourd'hui. C'est son boulot de mettre la main dessus. Et filer à de pauvres vieux la peur de leur vie n'en fait pas partie.

Paris se tient derrière Carla et regarde par-dessus son épaule en faisant de son mieux pour se concentrer.

— J'ai passé le fichier où le type et la femme sont en train de parler, dit Carla.

Sur les deux ordinateurs posés devant elle, l'un appartient à l'administration, l'autre est celui de Fayette Martin.

— Mais il n'y a pas d'image vidéo, pas de copie MPEG, rien.

— Il faudrait m'expliquer le b.a.-ba d'abord, réplique Paris en plissant le front.

— D'accord, dit Carla en appuyant sur quelques touches. Le format correspond en gros à celui d'une vidéoconférence. J'ai appris à m'y retrouver un peu lors d'un séminaire que l'unité spéciale en charge des crimes sexuels a organisé sur les prédateurs du cybersex.

Elle appuie sur « Entrée » et lance un programme.

La vidéoconférence. Où Paris a-t-il entendu ça ? Lorsque le programme démarre et qu'il voit la fenêtre s'ouvrir, il se souvient.

Beth.

— Maintenant, enregistrer la partie audio est une chose. Il y a beaucoup de fax et de logiciels vocaux qui peuvent être utilisés comme des répondeurs. Les enregistrements audio prennent déjà beaucoup d'espace sur le disque dur, mais beaucoup moins que les enregistrements audio *et* vidéo d'une séance. L'enregistrement d'une vidéo complète est un procédé qui est encore très onéreux et qui consomme énormément de mémoire. Il faut d'abord avoir une carte de saisie vidéo, et l'ordinateur de Fayette Martin n'en était pas équipé.

— J'ai donc écouté ce qui devait être la partie audio d'une séance audio/vidéo ?

— Tout à fait. Je l'ai moi-même écoutée deux fois. La femme devait regarder la vidéo sans l'enregistrer. C'est ce que font la plupart des gens. Mais il n'y a pas de doute sur le fait que la femme pouvait voir l'homme à qui elle parlait. À moins que ces personnes n'aient été *extrêmement* imaginatives.

— Comment pensez-vous qu'ils se soient connectés ?

— Hormis son utilisation par les entreprises, l'usage

commercial de la vidéoconférence est majoritairement consacré au sexe, bien sûr. Beaucoup de sites payants. On peut regarder des femmes se déshabiller, des hommes se déshabiller, des hommes et des femmes avoir des rapports, des hommes et des hommes avoir des rapports, des femmes et des femmes avoir des rapports...

— J'ai saisi, l'interrompt Paris.

— Je n'en étais qu'au début, réplique Carla. Vous ne m'avez même pas laissée arriver à la basse-cour.

— Épargnez-moi l'amour chez les rats musqués, d'accord ?

Carla frappe une touche et, dans l'une des six fenêtres de l'écran, ils apparaissent tous les deux. Carla est superbe, même dans cette lumière pourrie. Paris a besoin d'un bon rasage, d'une coupe de cheveux et de deux mois de sommeil.

— La plupart des sites payants vous permettent de regarder sans avoir de caméra chez vous, reprend Carla. Mais la majorité des individus qui draguent sur le Net insiste pour que vous soyez équipés d'une caméra.

— Vous êtes donc en train de me dire que Fayette Martin était peut-être cliente d'un de ces sites pornos payants ?

— C'est possible.

— Et que notre comédien travaillait pour ce site porno ?

— C'est possible.

— Comment pouvons-nous déterminer sur quel site elle a pu se connecter ? Est-ce que ces séances sont organisées par téléphone, comme les messageries roses ?

— Vous en connaissez un rayon sur les messageries roses, non ?

— Pas le moins du monde, ment Jack, à qui il est arrivé de claquer quatre-vingt-seize dollars un vendredi

216

soir où il avait forcé sur le Windsor Canadian et avait dû calmer sa libido enflammée. Je lis beaucoup.

— En fait, les sites pornos d'Internet sont un peu différents des messageries roses. On accède à la plupart en ligne. On clique sur un site, on donne son numéro de carte bancaire et ça vous donne droit à tant de minutes, d'heures ou ce que vous voulez.

— Et il n'y aura pas de trace téléphonique ?

— Je crains bien que non. Le seul coup de fil est celui qui est donné au départ au fournisseur d'accès Internet. En revanche, à chaque fois que vous vous connectez, on vous attribue ce qui s'appelle une adresse IP, et qui correspond uniquement à votre ordinateur. Ce qui veut dire que le fournisseur de service Internet a peut-être une trace de ce qu'a visité Fayette Martin la nuit où elle s'est fait tuer. Je vérifierai. La plupart des sites qui proposent de voir des numéros solo de mec sont destinés aux gays. Mais s'il existe un site réservé aux adultes qui propose des numéros solo de mec destinés à des femmes hétéros, je le trouverai.

— Et vous pensez que ce sera dans combien de temps ? interroge Paris, qui le regrette aussitôt.

Carla lui adresse un regard qui pousse certainement son mari Charles – un mètre soixante-huit pour soixante-cinq kilos à tout casser – à se retourner, tondre la pelouse, réparer l'évier et sortir la poubelle. Tout ça avant le petit déjeuner.

— Le temps que ça prendra, inspecteur.

Heureusement pour Paris, Matt Sullivan choisit ce moment pour passer la tête dans la pièce. Grand, les cheveux clairs, Matt est, à 29 ans, le plus jeune inspecteur de la criminelle.

— Dites donc, vous avez entendu ce qui s'est passé à Cleveland Heights ?

— Qu'est-ce qui s'est passé ? demande Paris.

— On a trouvé un corps dans Cain Park. Un homme blanc. Une balle dans la tête. Les mains n'y sont plus. Des gamins qui faisaient de la luge ont vu un pied dépasser de sous la neige.

Paris et Carla échangent un regard, le coup d'œil entendu de deux vieux de la vieille qui savent que, sans les mains, le processus d'identification prendra du temps. Néanmoins, ce n'est pas à eux qu'il incombera officiellement de résoudre cette affaire-là. Le corps relève de la police de Cleveland Heights.

— Les dents sont intactes ? s'enquiert Carla.

— Aucune idée.

— Le corps est resté combien de temps là-bas ? demande Paris.

— Deux jours, je crois. La neige l'avait entièrement recouvert.

— Pas de papiers d'identité du tout ?

— Aucun, répond Matt. Jusqu'à présent, c'est Monsieur X. Le corps est à la morgue.

— Merde, commente Paris. Et moi qui pensais aller m'installer à Cleveland Heights.

— C'est la zone partout, Jack, réplique Matt. À plus.

Matt Sullivan s'éloigne dans le couloir pendant que Paris digère l'information puis reporte son attention sur l'ordinateur. Heureusement, sa figure de chien battu a disparu de l'écran.

— Ce serait possible d'aller sur un de ces sites pornos maintenant ?

— Je peux faire mieux que ça, dit Carla en riant.

Elle attrape sous le bureau un sac rectangulaire à bandoulière qu'elle pose sur ses genoux avant d'en ouvrir la fermeture à glissière. Il contient un ordinateur portable. Carla annonce :

— J'ai chargé tous les logiciels dont vous aurez besoin et l'ordinateur a une caméra intégrée. Signez le registre et emportez-le chez vous. Familiarisez-vous avec tout ça.

— Mais je ne sais absolument pas me servir de ces trucs-là.

Carla ouvre l'une des multiples pochettes du sac et en sort un court manuel intitulé *Internet pour les nuls*. Elle le lui remet avec un regard qui le défie de prétendre qu'il ne peut pas apprendre avec un livre expressément destiné aux *nuls*.

Ils contemplent le sapin de Noël.

— Ça ne *peut* pas faire un mètre, décrète Paris. Qu'est-ce que tu en penses, Manfred ?

Manfred, qui ne fait pas plus de trente centimètres, s'y connaît en pieds de troncs d'arbres. Il penche la tête de côté et jette un regard à Paris, comme pour signifier qu'un arbre aussi minable ne vaut même pas la peine qu'on lève la patte dessus.

Paris fouille dans le tiroir de la cuisine et trouve son mètre ruban. Quatre-vingt-six centimètres. Il le savait ! Puis il remarque le socle en plastique resté dans la boîte. Il le fixe au pied du sapin et mesure à nouveau. Un mètre pile.

— Les rats ! Pas question de donner un centimètre supplémentaire, hein ? Un peu de générosité. Manfred aboie une fois, en signe indéniable d'assentiment.

Ils entreprennent tous deux de décorer le sapin, Manfred sortant une par une les décorations du carton pour venir les déposer doucement aux pieds de son maître, et Paris cherchant où les accrocher. Petit arbre, grosses boules. Paris n'arrive à en placer qu'une dizaine sur le sapin et, même si le rapport de taille est un peu ridicule et que le vert des branches est d'une nuance impossible à trouver dans la nature, quand il allume la guirlande, ce coin de l'appartement prend soudain un éclat chaleureux.

Pas mal, se dit Paris. *Pas mal du tout.* Il place la petite étoile au sommet. Manfred agite son petit bout de queue. Le réveillon de Noël est officiellement commencé.

30

C'est Noël et je suis dans la chambre blanche. Il me reste une séance à faire, un rendez-vous prévu depuis des semaines. Une femme à laquelle, si mes activités du moment ne m'accaparaient pas tant, je m'accrocherais vigoureusement. Divorcée, la bonne trentaine. Ou, du moins, c'est le rôle qu'elle a choisi. Nous avons déjà eu deux séances ; les deux fois, c'est elle qui me regardait.

Mais ce soir, elle a promis de brancher la caméra, d'apparaître à l'écran.

Je suis arrivé tôt dans la chambre blanche, et je suis surexcité par l'attente. Quand la connexion commence, à 20 heures, je la vois pour la première fois. Elle est assise sur une chaise de bureau, vêtue d'une robe décolletée de couleur sombre. Derrière elle, c'est une chambre à coucher.

Elle s'incline vers la caméra et la relève légèrement afin que je puisse découvrir son joli visage. Mais en se penchant, elle me laisse entrevoir quelques centimètres d'un décolleté vertigineux. Elle porte un soutien-gorge pigeonnant en dentelle noire.

— Salut, dit-elle.

— Bonsoir.

Elle s'enfonce dans son siège et croise les jambes. Je distingue à présent le bas de sa robe, l'ombre d'un jupon.

— Joyeux Noël.

— À vous aussi.

Elle a les cheveux clairs, peut-être bien blond vénitien.

— Ce que vous voyez vous plaît ? demande-t-elle.

— Beaucoup.

— Vous pensez que ça valait la peine d'attendre ?

— Oui.

— Si je peux m'éclipser, je serai au Jayson's sur Chagrin Boulevard dans une heure. Vous connaissez ?

— Oui.

— Je garderai la place à côté de moi jusqu'à 10 heures, annonce-t-elle.

— Je comprends.

Elle se lève, ouvre sa robe et la laisse glisser à terre. Elle porte un soutien-gorge noir et un jupon assorti. Elle se tourne de côté, pose l'une de ses chaussures à talons aiguilles sur la chaise et rajuste ce qui m'apparaît maintenant comme un bas nylon autofixant.

Puis, aussi incroyable que cela puisse paraître, elle éteint la caméra et clôt la séance.

Cherche-t-elle à m'exciter ?

Je contemple mon image qui se reflète sur l'écran noir de mon ordinateur. Le reflet me dit la vérité.

C'est une erreur.

C'est ce que je me répète tandis que je prends ma douche, me rase, m'habille et me rends au Jayson's, Chagrin Boulevard.

Elle n'est visible nulle part. La clientèle du réveillon est plutôt clairsemée : une poignée de couples éparpillés dans la salle, tellement banals qu'ils en sont transparents ; deux hommes d'affaires asiatiques attablés tout au fond. Je m'assois au bar, près de la porte, et prends un Ron Rico en me posant des questions. Elle a peut-être eu des problèmes de voiture. Elle a pu avoir un accident. Son mari a peut-être débarqué.

Ce n'est sans doute vraiment pas le moment de se lancer là-dedans alors que je suis si près du but.

Je patiente encore dix minutes et finis mon verre. Puis je décide de régler ma consommation et de partir. C'était une erreur de venir. J'ai des rendez-vous.

Quelques minutes plus tard, tandis que j'attends ma monnaie – l'esprit vagabondant vers le parfum d'une entrée au coin de la Quarantième Rue Est et de Central Avenue, vers une peau décolorée, bleuie par la lune –, j'entends, juste derrière moi, une voix masculine :

— Vous pourriez vous lever, s'il vous plaît ?

Le bruit fuse. Cette fois, c'est le martellement violent et discordant du sang dans mes oreilles. Le tintamarre de la violence imminente.

Encore :

— Monsieur ?

Ma main descend lentement vers le couteau fixé à ma hanche gauche. Mon cœur passe à la vitesse supérieure. Repérage des sorties – porte d'entrée à droite, porte de service par la cuisine. Je me calme pour parler.

— Pardon ?

Je me retourne pour faire face à un homme d'affaires asiatique d'une soixantaine d'années qui me montre mon tabouret. Sa veste est accrochée au dossier.

Ce n'est rien.

Je me lève, passe devant lui en coup de vent et, hors de moi, sors du bar.

La cacophonie qui remplit mon crâne commence à s'apaiser pendant que je marche vers le parking tout en me méprisant d'être venu ici. Je fais démarrer ma voiture et me glisse dans la circulation en direction de l'ouest, vers l'auditorium, ma fureur concentrée, pour le moment, sur moi-même. Mon cœur bat dans mes oreilles tel un antique métronome scandant une coda d'une démence implacable.

31

Démence : deux cents enfants entre 1 et 12 ans, tous équipés d'une part de gâteau bas de gamme, de sucettes Tootsie Pops et de sodas. Le gigantesque Masonic Temple, entre Euclid Avenue et la Trente-sixième Rue Est, est inondé d'anoraks aux couleurs vives, de bottes de caoutchouc et de bonnets de laine fluo.

C'est encore Billy Coughlin, ancien du Deuxième District, qui fait le Père Noël cette année. Ses décennies de beuverie au bar du Caprice Lounge et dans la salle d'Elby's Big Boy Restaurant l'ont doté d'un nez fleuri et d'une bedaine généreuse qui lui permettent de se passer de maquillage et de rembourrage. Billy est assis sur son trône de fortune, se préparant une fois encore à l'assaut, donnant une fois de plus l'impression qu'il va foncer vers la porte d'un repaire de drogués.

Un peu plus tôt dans la journée, Mercedes a assuré qu'elle n'avait rien de prévu pour la soirée et serait enchantée de venir donner un coup de main. Paris, qui n'a jamais été du genre à imposer ses bonnes œuvres aux autres, a essayé de l'en dissuader, mais elle s'est montrée inflexible. Pour le moment, Mercedes F. Cruz – en tablier et affublée d'un nœud de satin rouge dans les cheveux – se tient derrière une énorme bouilloire électrique et distribue du café avec ce que Paris commence à considérer comme une perpétuelle bonne humeur. Sauf, bien sûr, pendant les quelques minutes où elle a voulu massacrer le gosse au volant de sa Plymouth.

Paris se tient au fond de l'auditorium, près d'un radiateur, et il essaie de se dégeler les mains. Il finit par lever les yeux et découvre un tout petit bonhomme en train de l'examiner.

« Bonnes fêtes ! Je m'appelle Kamal Dawkins ! » peut-on lire sur son badge. Il est noir, a les cheveux tressés et ne doit pas avoir plus de 4 ans.

— Bonjour, dit Kamal. Est-ce que tu es un policier ?

— Absolument.

— Tu as déjà tué quelqu'un ?

— Non, monsieur, dit Paris. Jamais.

Kamal réfléchit un instant, s'efforçant apparemment de faire coller ça avec les fusillades de la télé.

— Tu as déjà mis des gens en prison ?

— Oh ! oui. Ça, j'en ai mis beaucoup. Tout le temps. Tous les jours, quand je peux.

— Est-ce que c'étaient des méchants ?

— Des gens *très* méchants, assure Paris en prenant Kamal sur ses genoux. Des gens très, très méchants. Et maintenant, ils sont tous enfermés.

Kamal lèche consciencieusement sa sucette parfumée à la cerise.

— Mon papa est en prison.

Oh ! merde, songe Paris. *Qu'est-ce que je dis, maintenant ?*

— Eh bien, tu vois, il arrive que des gens vraiment bien fassent des vilaines choses. Rien qu'une fois. Et parfois, ils se font prendre et ils doivent passer un petit peu de temps en prison. Mais ça ne veut pas forcément dire qu'ils sont méchants. Ils ont seulement fait une bêtise.

Kamal réfléchit un instant au concept.

— Je fais des bêtises parfois.

— C'est vrai ? Quel genre de bêtises ?

Kamal baisse les yeux sur ses bottes et avoue :

— Je pousse ma sœur.

Paris entrevoit une solution :

— Est-ce que ta maman te punit quand tu pousses ta sœur ?

— Oui. Je dois aller au coin.

Parfait. Le truc du coin métaphore de la prison.

— Eh bien, tu vois, le coin, c'est une sorte de prison. Quelquefois, les adultes font des bêtises, et ils doivent aller au coin.

Ça a l'air de parler à Kamal. Si bien qu'il pose la question fatidique :

— Alors pourquoi mon papa ne peut pas aller au coin dans *ma* maison ?

Et avec cette question on ne peut plus futée, Kamal lève les mains en l'air pour appuyer son propos. La Tootsie Pop s'envole en faisant des moulinets, comme l'os qui tourne pour se muer en station spatiale dans *2001*.

Paris et Kamal la regardent s'élever dans les airs, flotter un instant puis entamer sa descente.

Paris s'élance pour rattraper la sucette volante avant qu'elle ne touche le sol, mais, au lieu de se refermer sur une boule chaude et collante, sa main se referme sur quelque chose de chaud et *doux*.

Une main. Il lève les yeux et découvre à qui appartient cette main. Il s'agit d'une très jolie jeune femme de superbes cheveux bruns ramenés en queue-decheval, des yeux caramel foncé, entre 20 et 30 ans. Elle tient dans ses bras une petite fille blonde d'environ 2 ans, en robe chasuble de velours rouge.

— Il faut être plus rapide que ça, dit-elle avec un sourire, sans faire cependant le moindre mouvement pour dégager sa main.

Paris s'écarte, un peu embarrassé.

La femme est mince, bien faite, mise en valeur par un pull à col roulé noir et un jean moulant. Paris en reste sans voix.

— Je... euh... je crois que nous...

— J'étais la première base dans mon équipe, l'interrompt-elle. On mettait toujours le plus mauvais sur le champ droit. Je ne laissais jamais passer une balle.

— Ouais, eh bien, moi, j'étais toujours celui de droite, réplique Paris.

Kamal regarde alternativement les deux adultes, se demandant visiblement quand ils vont se décider à lui rendre sa sucette.

— Je vais t'en chercher une autre, mon chou, promet l'inconnue.

Elle pose la petite fille, qui trotte aussitôt vers le Père Noël.

— Rebecca, se présente la jeune femme en tendant la main à Paris. Rebecca d'Angelo.

— Jack Paris.

Ils se serrent la main, et leurs paumes se retrouvent aussitôt collées l'une à l'autre. Rebecca se met à rire et plaque son autre main contre sa bouche en s'apercevant qu'elle lui a tendu la main qui tenait la sucette.

— Je suis vraiment *désolée*, dit-elle en se décollant, lentement, de Paris. Je vais chercher de l'eau et des serviettes.

— Ce n'est rien.

— J'insiste.

— Vraiment, dit Paris. Ce n'...

Mais la jeune femme se dirige déjà vers le stand de café. Paris la regarde traverser la salle et se rassoit près de Kamal. Déjà passé maître de l'interrogatoire.

— Tu vois cette dame, là ? dit Paris en désignant Rebecca.

Kamal fait oui de la tête.

— Elle te donnera une nouvelle Tootsie Roll.

— Une Tootsie *Pop*, corrige Kamal.

— Une Tootsie *Pop*, répète Paris.

Kamal s'empresse de faire un bisou au policier et court après la femme. Paris ne peut s'empêcher de rire. Il voit déjà la plaque : *Kamal Dawkins, avocat.*

Quelques instants plus tard, Mercedes se glisse près de lui.

— Jolie fille, commente-t-elle.

— Très jolie.

— Vous pensez à adopter ?

Paris note une pointe de jalousie dans sa voix. Il se fait des idées ?

— Petite maligne… dit-il. Je viens de faire sa connaissance. C'est sûrement la fille de quelqu'un.

— Je suis une journaliste d'investigation, inspecteur. Je noterais sans hésitation dans un article qu'elle est la fille de *quelqu'un*.

— Vous voyez bien ce que je veux dire. La fille d'un flic que je connais. D'un type de mon âge.

— Humm, un type de votre âge. Et quel âge ça fait ?

— Quelque chose entre la couche bébé et la couche senior, répond Paris. Juste au milieu.

— Je vois, dit-elle en levant son calepin et son stylo. Alors, puis-je…

— Mademoiselle Cruz ?

Paris et Mercedes lèvent les yeux sur deux jeunes filles de 11 ou 12 ans, l'âge de Melissa. Paris remarque à quel point elles ressemblent à sa fille en ce qu'elles s'efforcent de dissimuler leurs airs de petites filles, le corps prêt à devenir celui d'une femme, mais encore un peu maigrichon, tout en angles. L'une d'elle murmure quelque chose à l'oreille de Mercedes. On dirait bien que Mercedes Cruz est aussitôt devenue leur modèle.

— Je reviens tout de suite, dit Mercedes, qui se laisse conduire. Ne quittez pas la région.

32

Sa voiture pue l'oignon. Je ne m'étais pas attendu à une propreté impeccable de la part de cet homme mais, vu sa profession, je m'attendais tout de même à un certain ordre. Ce n'est vraiment pas le cas.

Cependant, c'est tout bon pour moi. Une voiture dans un tel état n'est jamais passée au peigne fin.

Je fixe l'émetteur sans fil bon marché – un appareil qui ne me permet pas de capter à plus de cent mètres, mais qui fonctionne bien avec la bande FM – sous le siège du passager, je prends une profonde inspiration puis bats en retraite dans la nuit glacée.

33

À 21 h 30, la fête touche à sa fin une fois les poupées, petites voitures et figurines diverses dûment attribuées, adoptées et furtivement emportées. Rebecca revient non pas avec une poignée de serviettes en papier et un gobelet d'eau glacée comme Paris s'y attendait, mais munie d'un gant de toilette tiède dont elle se sert pour lui nettoyer elle-même la main tout en bavardant. Pour Paris, tellement privé de bras féminins – n'importe quels bras féminins – depuis si longtemps, l'expérience a quelque chose de terriblement érotique et se termine beaucoup trop vite.

Mais la conscience d'être un vieux schnoque lui revient soudain brutalement et il se sent comme à chaque fois complètement idiot.

— Vous êtes sûr que ça ne vous dérange pas ? demande Rebecca. Je peux prendre un taxi.

— Il n'en est pas question.

— Ça ne vous fait pas faire un gros détour ?

— Pas du tout, assure Paris en se demandant comment il va pouvoir nettoyer l'intérieur de sa voiture en moins de dix minutes.

— C'est tellement gentil. Donnez-moi juste le temps de prendre mon manteau et de dire au revoir aux gosses.

— Pas de problème, dit Paris. Je vous retrouve à la porte de derrière.

Paris la regarde à nouveau s'éloigner et se demande, à nouveau, comment il en est arrivé à son âge à une telle versatilité de sentiments. Quand il était jeune et qu'il écumait les boîtes de nuit, il se moquait de ces types de 40 ans qui traînaient au bar et sirotaient un scotch en scrutant la faune présente tels des chacals laqués. Et maintenant, c'est *lui* le vieux schnoque. Quand cela a-t-il pu se passer ?

La salle est presque vide quand Mercedes revient, en manteau, mais avec ses bottes noires luisantes à la main.

— Où est passée l'enfant ?

— Je n'en sais rien, répond Paris. Il a disparu pour aller chercher une nouvelle sucette.

— Je parlais de la petite en jean moulant.

— Elle est partie dire au revoir aux gosses, je crois, dit Paris en riant.

— Ah !…

— Elle a juste besoin qu'on la raccompagne, c'est tout. Elle a dit que sa voiture était tombée en panne.

— Les tricycles ne sont plus ce qu'ils étaient.

— Allez, elle n'est pas si jeune que ça, si ?

— Non, convient Mercedes. C'est juste pour vous embêter.

Ils vont jusqu'à la porte.

— Alors, qu'est-ce que vous avez prévu pour le reste de la soirée ? s'enquiert Paris.

— Pas grand-chose. Rentrer chez moi. Un bon bain moussant. Un câlin avec Declan et regarder *La Vie est belle* pour la dix millième fois. Pleurer comme à chaque fois.

— Euh… Declan ?

— Oui. Dec est mon boy de 20 ans sorti tout droit de Dublin. Des jambes de footballeur et les yeux de Colin Farrell.

Paris ne va pas se laisser avoir comme ça.

— Je vois.

— Declan est mon chien. C'est un terrier Jack Russell. Les Jack Russell sont une version réduite du fox-terrier anglais qu'un certain révérend John Russell…

Mercedes ne cesse de parler tout en marchant, mais Paris s'est figé sur place.

Mercedes s'en aperçoit et se retourne.

— Quoi ?

— Vous avez un Jack Russell ?

Sa voiture sent le Taco Bell, ce fast-food mexicain. Il a fait un ménage rapide en balançant tout sur la banquette arrière avant de recouvrir l'ensemble avec la couverture matelassée qu'il garde toujours au cas où il trouverait un petit piano droit abandonné sur une pelouse. Et il se maudit d'avoir proposé de raccompagner une jolie femme avant de réfléchir. Il est à présent garé devant la porte de service de l'auditorium, les deux portières ouvertes et le chauffage à fond.

Paris jette un coup d'œil sur le parking presque vide. Il ne reste plus que quelques voitures. C'est alors qu'il remarque, de l'autre côté de l'aire de stationnement, à proximité du parcmètre, le frère de Mercedes, Julian, avec des adolescents. Un bidon de deux cents litres brûle auprès d'eux. Paris lui adresse un signe de la main, mais Julian ne le voit pas.

Ces catholiques, songe Paris avec un sourire. Mercedes a dû lui parler de la fête, et il s'est porté volontaire aussi. Il cherche Mercedes mais ne la voit pas. Quelques minutes plus tard, il repère Rebecca qui sort de l'auditorium en long manteau sombre et béret assorti, aggravant encore les craintes d'écolier de Paris. Il a toujours eu un faible pour les femmes en béret.

— Pardon de vous avoir fait attendre, dit-elle.

— Pas de problème, dit Paris. Vous êtes prête ?

— Ouaip.

Ils montent tous les deux dans la voiture et bouclent leur ceinture. Paris quitte le parking et prend vers l'est, la tête vide de toute conversation intelligente. C'est Rebecca qui brise le silence.

— Alors, ça fait combien de temps que vous participez au Noël de la Cleveland League ?

— Voyons voir, répond Paris. C'était mon quatrième.

— Ouah ! Vous êtes un vrai vétéran.

— Et j'ai même les tympans crevés pour le prouver. Et vous ?

— C'est mon premier. Il y avait un petit article dans le *Plain Dealer* de dimanche dernier. On demandait à certains gosses ce qu'ils souhaitaient pour Noël. Certains ont répondu qu'ils voulaient une famille. Certains disaient juste qu'ils voulaient un ami. Ça m'a fait mal au cœur, alors je suis venue.

— Ils vous en remercient, dit Paris. Vraiment. Et ils se souviendront de vous.

— J'espère que non… Mais vous. *Quatre* ans. Vous devez vraiment aimer les mômes.

Paris réfléchit un moment. C'est vrai.

— Oui. Mais ce qui fait le plus mal, c'est de se dire que certains de ces gosses ne tarderont pas à prendre le chemin de la délinquance. Très bientôt pour certains. C'est sûr. Et on ne peut absolument rien y faire.

— Je sais, dit-elle, c'est triste.

Rebecca s'appuie dos à la portière, croise les jambes et lisse son manteau. Paris sent qu'elle a les yeux posés sur lui mais n'a pas le courage de vérifier. Le silence dure le temps de quatre ou cinq feux rouges, et Paris le comble en allumant la radio. Il cherche une station qui passe des chants de Noël. Enfin, à University Circle, Rebecca demande sur un ton ironique :

— Je vous dois combien pour l'essence ?

— J'allais justement vous en parler, réplique Paris d'une voix très sérieuse. Je pense que ça devrait faire dans les vingt-six cents. Mais je vous fais cadeau du penny. Une pièce de vingt-cinq fera l'affaire.

Rebecca se met à rire.

— D'accord. Mais laissez-moi vous offrir un café.

Paris réplique presque malgré lui :

— Avec plaisir. Ce serait génial.

Le Starbucks de Cedar Center grouille de monde, principalement des jeunes venus fêter le réveillon. Paris prend une table d'angle. Rebecca ne tarde pas à le rejoindre avec deux espressos. Elle pose les tasses sur la table et retire son manteau, rappelant à Paris à quel point elle est bien fichue.

— Bon sang, ce que je me fais vieille ! glisse-t-elle en s'asseyant en face de lui. Il fut un temps où tous ceux qui servaient ici étaient plus vieux que moi, ou à la rigueur du même âge. Et maintenant, j'ai l'impression d'être leur mère.

Mais oui, se dit Paris. *Quelle vieille sorcière.*

— Je ne me ferais pas encore trop de soucis pour ça, la rassure Paris. C'est le conseil de quelqu'un qui *sait* de quoi il parle.

— Alors Mathusalem, ce serait vous, c'est ça ? rétorque Rebecca avec un sourire.

— Il y a des fois où j'ai l'impression d'avoir mille ans. Et encore, je prends du Ginkoba pour la mémoire !

— Eh bien, en tant que célibataire semi-jeune, tout ce que je peux dire, c'est que vous portez drôlement bien vos mille ans.

Elle sirote son espresso.

— Et puis, reprend-elle, comme le disait Groucho, un homme est aussi jeune que la femme qu'il aime, ou quelque chose d'approchant.

Ouah! pense Paris, *elle cite même les Marx Brothers. Je suis amoureux.*

Pendant la dizaine de minutes qui suit, ils parlent de leur vie, de leurs parcours amoureux respectifs. Paris est divorcé, une fille. Rebecca est divorcée, pas d'enfants. La conversation est fluide et agréable.

— Bon, puis-je vous poser une question terriblement personnelle, considérant le peu de temps depuis lequel nous nous connaissons? demande Paris.

Rebecca étudie chaque centimètre carré de son visage avant de répondre.

— D'accord.

— Qu'est-il arrivé? Dans votre mariage, j'entends. Enfin, si cela ne vous dérange pas d'en parler.

— Ça ne me gêne pas de vous le dire. Ce qui s'est passé, c'est que je me suis retrouvée mariée à un type qui a cru qu'il allait pouvoir me frapper et me baiser en même temps. Il m'a quand même fallu une année pour m'en rendre compte. J'étais jeune. C'est ma seule excuse. Et puis un jour, je me suis réveillée, j'ai regardé mes nouveaux bleus, j'ai pris quelques robes et je me suis tirée. Je n'ai jamais regardé en arrière.

— Vous avez bien fait, dit Paris. Qu'est devenu votre mari?

— Il est parti depuis longtemps. Au Texas, d'après ce que je sais. Mais je m'attends à le voir réapparaître un jour ou l'autre. Sûrement sur un avis de recherche.

Rebecca boit son espresso.

— Et vous?

Paris réfléchit un instant. Il y a longtemps qu'il n'a

pas eu à résumer son mariage et son divorce. Il s'aperçoit que c'est toujours aussi douloureux.

— Je crois que mon mariage a commencé à battre
de l'aile le jour où je suis entré à la criminelle. Les
horaires, les choses que je vois quotidiennement. Le
fait que je ne puisse plus laisser mon travail au bureau
comme avant. Ajoutez à ça trop d'alcool, une moyenne
de quatre heures de sommeil par nuit et un comporte-
ment de connard de flic machiste qui voudrait protéger
le monde et ne fait même pas attention à sa propre
famille, et vous aurez le topo. Rien de nouveau sous le
soleil. Un jour, je me suis réveillé sans comprendre. J'ai
demandé une deuxième chance, j'ai dessoûlé, et je me
suis rendu compte qu'elle m'en avait déjà laissé dix.

Rebecca lui adresse un sourire compatissant et lui
touche le dos de la main.

— Vous avez une photo de votre fille ?

— D'après vous ?

Paris prend son portefeuille et en sort une vieille
photo de Beth et de Missy. Beth a les cheveux longs ;
Missy est en maillot de bain deux pièces, avec des
lunettes de soleil orange et un bob jaune, bords
retournés.

— Elle date un peu.

— C'est une vraie poupée.

— Un vrai don du ciel, renchérit Paris. Elle est mon
rayon de soleil.

— Quel âge a-t-elle maintenant ? demande Rebecca
en lui rendant la photo.

— Elle aura 12 ans en février prochain.

— Oh, oh ! douze. Attention !

— Merci bien. Je suis impatient de voir les hormones
se déchaîner, dit Paris en rangeant la photo dans son
portefeuille avant de jouer distraitement avec sa tasse.

Ça vous dérange si je vous pose encore une question très personnelle ?

— Pourquoi s'arrêter en si bon chemin ?

— Que peuvent bien vouloir les femmes ?

— Rien de plus simple. Je n'arrive pas à croire que vous ne l'ayez pas encore deviné.

— J'ai une liste de réponses longue comme ça.

— Les femmes attendent trois choses d'un homme, Jack. D'abord, des mains puissantes.

— D'accord.

— Ensuite, un cœur tendre.

— Je vois, fait Paris. Et enfin ?

— Un cheval rapide.

C'est au tour de Paris de rire.

— Bon, j'en ai deux sur trois.

— Ah oui ? Lesquelles ?

— Les deux qui n'impliquent ni pesanteur ni force d'inertie.

Les vingt minutes suivantes s'écoulent pour Paris dans un halo doux et chaleureux. La conversation touche un peu à tout. Rebecca partage ses goûts ciné-matographiques, en particulier pour les films noirs, en particulier pour les films noirs avec Al Pacino. Ils tombent d'accord pour reconnaître qu'il n'y a pas plus torride que la scène de l'épicerie dans *Mélodie pour un meurtre*. Rebecca semble partager certaines de ses convictions politiques. Rebecca a des fossettes.

Ils quittent le Starbucks et il la reconduit en voiture malgré la courte distance qui la sépare de chez elle. Paris est incapable de se souvenir du trajet. Ils restent un moment dans la voiture garée, feux éteints, chauffage allumé.

— Merci de m'avoir raccompagnée, dit-elle.

— Ce fut un plaisir.

— Je suis heureuse que nous nous soyons rencontrés.
J'ai le sentiment de m'être fait un ami.

— Moi aussi.

— Ça a sauvé mon réveillon.

— Le mien aussi, dit Paris, qui pense qu'elle ne se
doute pas à quel point. Et merci pour l'espresso.

— De rien.

Ils se regardent un instant, perdus dans ce territoire où
se retrouvent parfois les hommes et les femmes après un
petit flirt sans conséquence, après une brève rencontre
saupoudrée de la dose habituelle de flatterie, de frôle-
ments fugitifs et de proximité sexuelle muselée.

Heureusement, Rebecca agit la première. Elle se
penche, l'embrasse sur la joue et lui glisse :

— Joyeux Noël, Jack.

34

Le matin de Noël se lève silencieusement sur le lac Érié ; les rayons de soleil émergent derrière d'épais nuages mauves pour baigner la côte dentelée entre Ashtabula et Toledo d'une détrempe jaune.

À 10 h 30, comme convenu, Paris est assis dans la cuisine de Beth et la regarde préparer le petit déjeuner. Melissa est dans sa chambre, en train d'essayer les vêtements qu'elle a reçus pour Noël sur une musique tonitruante épouvantable.

— Alors, commence-t-il en s'efforçant, sans y parvenir, de paraître léger. Vous faites quelque chose pour le nouvel an, les filles ?

Il espérait, en disant « les filles », que Beth et Melissa avaient prévu quelque chose ensemble, ce qui impliquerait que Beth ne voyait personne.

— Missy va chez Jessica Manno. Je crois que la mère de Jessica organise un gros truc pour les gosses. D'après ce que j'ai entendu, elle aurait même engagé un groupe de rock.

— Ouah ! fait Paris en attisant une petite braise d'espoir au fond de son cœur. Ça a l'air tentant.

— Tu peux vraiment dire une chose pareille après avoir gardé la troupe la dernière fois ?

Paris s'esclaffe et Beth pose devant lui une assiette garnie : œufs, frites maison et toast. Il mord dans le toast et reste un instant silencieux. Mais la question suivante est déjà dans son regard. Il n'est pas utile de la formuler. Beth pose le couteau à beurre.

— Je dois voir quelqu'un, Jack.

Les mots rebondissent contre les parois de son cœur et y laissent de vilaines marques.

— Oh ! d'accord. Quelqu'un que je connais ?

Il voudrait prendre un ton badin mais devient juste plombant.

— Pourquoi ?

— Pourquoi quoi ?

— Pourquoi te torturer comme ça ?

— Ce n'est pas de la torture. C'est... de la conversation. Rien de plus.

— *D'accord*, lâche Beth.

Paris creuse un peu plus, cœur en avant.

— Quelqu'un de ton travail ?

— Non. En fait, je l'ai rencontré sur Internet.

— *Quoi ?* s'exclame Paris en lâchant sa fourchette.

— Tu as demandé, non ?

— C'est une *blague* ?

— Jack, tu veux savoir où je l'ai rencontré. Je l'ai rencontré sur un forum de discussion pour chrétiens célibataires, ça te va ? C'est assez sûr ?

— Sûr ? répète Paris en levant les bras au ciel. Tu es dingue ou quoi ?

— Mais de quoi tu parles ?

— David Koresh, Waco, ça te dit quelque chose ?

— Jack...

— Tu veux savoir combien de ceux que j'ai foutus

derrière les barreaux allaient à l'église tous les dimanches ?

— Combien ? demande Beth avec un sourire, celui qu'elle prend toujours pour faire retomber la tension quand la discussion va sûrement se terminer en dispute.

Une dispute qu'ils n'ont plus le droit d'avoir. Ça fonctionne.

— Un paquet, répond Paris. C'est juste que…

— C'est juste que tu aimes énormément ta fille et que tu veux tout ce qu'il y a de mieux pour elle.

Paris ajouterait volontiers Beth à la liste, mais s'abstient.

— Oui, bien sûr, il y a *ça*. Mais je…

— Et c'est pour ça que Melissa adore son père, ajoute Beth. Elle le sait.

Le coup de grâce. Paris n'essaie même pas de sortir du registre affectif.

— C'est bon. D'accord. Mais sois prudente, d'accord ?

Beth lui fait un salut militaire, puis l'embrasse brièvement.

— Au fait, Missy adore ton cadeau. Elle l'a trouvé cool.

Il a rapporté le parfum et lui a pris un chèque-cadeau chez Gap. Il est content de savoir que Gap est encore à la mode pour les gamines de l'âge de sa fille.

Beth quitte la pièce un instant, puis revient avec une boîte de chemise emballée. Le cadeau de Missy. Il prend la boîte et l'ouvre. Elle contient une chemise blanche habillée Calvin Klein, col italien. Avec une très jolie cravate, clairement le maillon faible de sa garde-robe quand il veut s'habiller.

Et puis il y a aussi dans le carton une toute petite boîte, comme un boîtier de bijouterie. Paris lève les yeux vers Beth, comprenant qu'elle a enfreint les règles. La chemise est peut-être un cadeau de Missy, mais ce qui se trouve dans ce boîtier en similicuir vient de Beth.

— Ce n'est pas juste, proteste Paris. Je croyais qu'on avait un accord.

— Ouvre-le, Jack. Tu vas comprendre.

— Mais on s'était mis *d'accord*, insiste Paris, qui se sent stupide de ne pas avoir pensé à prendre un cadeau pour Beth, pour le cas où ce genre de chose se produirait.

— Je sais, dit Beth. Mais si tu l'ouvrais, tu comprendrais.

Paris s'exécute et découvre au fond du coffret une ravissante paire de boutons de manchettes en argent.

— C'est une chemise à poignets mousquetaires. Inutilisable sans boutons de manchettes, non ?

Après un déjeuner de bonne heure chez sa mère – un repas festif qui, comme toujours, l'oblige à desserrer sa ceinture, comprenant un *primi piatti* de gnocchis maison, du chapon rôti en plat principal et des *biscotti* aux noisettes encore chauds pour le dessert –, Paris passe le reste de la journée chez lui, à trébucher sur Internet.

Il a d'abord parcouru *Internet pour les nuls*, l'abordant de la même façon qu'il a toujours abordé les manuels techniques, à savoir avec un regard totalement vide. À 23 heures, il s'endort sur le canapé du salon avec son ouvrage grand ouvert sur les yeux.

D'habitude, chaque fois qu'il rend visite à son ex-femme, il a toujours le même rêve avec Beth : il rêve qu'elle passe une journée agréable avec lui, qu'ils rient, qu'ils se touchent et s'embrassent, mais ils finissent toujours par se quitter à la fin et il se réveille le matin, le cœur à nouveau brisé. Mais, cette fois, ce n'est pas de son ex-femme et de leur amour depuis longtemps éteint qu'il rêve.

Cette nuit il rêve d'une belle jeune femme à la chevelure de bronze poli.

35

Les actes de violence connaissent souvent un bref répit le lendemain de Noël. Si les gens sont prêts à s'entretuer pendant les fêtes et donnent tout ce qu'ils peuvent le soir du réveillon ou le jour de Noël, le 26 décembre, à midi, les couloirs du centre judiciaire sont souvent tranquilles.

Paris et Carla Davis se retrouvent avec Greg Ebersole dans le bureau de ce dernier. Greg a l'air épuisé. D'après ce que Paris a appris, la soirée de charité en faveur de Max Ebersole a été fructueuse, mais pas tout à fait autant que Greg l'avait espéré. Ce sont les fêtes, ont-ils tous commenté en posant une main rassurante sur l'épaule de Greg. Plein de gens sont partis. Plein de gens sont tout bêtement à sec. Paris n'est pas loin de penser que Greg n'a pas dû dormir plus d'une heure ou deux d'affilée depuis la soirée pour son fils.

— On doit m'apporter un portrait-robot cet après-midi. Une femme avec laquelle Willis Walker a été vu au bar du Vernelle's le soir où il a été tué. Une Blanche.

Paris et Carla échangent un regard.

— Une Blanche ? On l'avait déjà vue là-bas ? demande Carla.

— Non, répond Greg. Et ils ont tous dit qu'ils s'en seraient souvenus. Les hommes en tout cas. D'après eux, c'était une bombe carrément canon, si vous voyez ce que je veux dire.

— Vous vous en sortez bien pour un ancien combattant, commente Carla en riant.

— J'ai pris option racaille à la fac de Cleveland.

— Donne-nous des exemplaires dès que tu les as, demande Paris.

— C'est comme si c'était fait.

Greg se lève et met son manteau.

— Où allez-vous ? s'enquiert Carla.

— Je vais réinterroger le réceptionniste de nuit du Dream-A-Dream Motel. Il était complètement parti la première fois que je lui ai parlé. Il est de service de jour, maintenant. Avec un peu de chance, il n'a pas encore commencé à boire et je pourrai lui tirer des réponses claires. Si vous me voyez revenir dans une heure en traînant un gros plouc vociférant par les cheveux, c'est que ça ne se sera pas bien passé.

— Comment va Max ? demande Carla.

— Max va bien, Carla. Max est solide.

— Si je ne vous vois pas plus tard, dites-lui bonjour de ma part.

— Je n'y manquerai pas. À tout à l'heure.

— Soyez prudent, dit Carla.

— Toujours, réplique Greg avant de se retirer.

Paris et Carla échangent un nouveau regard, chargé d'inquiétude cette fois, pour leur collègue qui pourrait bien être au bord de l'extrémité du bord d'un précipice.

— Qu'est-ce que vous avez eu, ce matin ? questionne Paris.

— Je suis allée voir le fournisseur de service Internet

de Fayette Martin. OhioNet Service est basé à Buckeye. J'ai pu apprendre sur quels sites elle s'était connectée le jour où elle a été tuée.

— Où s'est-elle connectée ?

— Elle s'est connectée trois fois, et elle est allée sur trois sites différents, répond Carla. Mais je crois qu'il n'y en a qu'un qui nous intéresse.

— Lequel ?

— C'est un site appelé CyberGents. Je suis remontée jusqu'au propriétaire grâce à une adresse à University Heights. Le site Web est dirigé par une société qui a pour nom Netrix, Inc.

— Qu'est-ce que CyberGents exactement ?

— Comme je le disais, s'il y avait un site payant de vidéoconférence destiné aux femmes hétéros, je le trouverais. Eh bien, c'en est un. Et c'est local. Dès que l'adresse géographique est apparue, j'ai su que je ne m'étais pas trompée sur ces gens.

— Que voulez-vous dire ? Quelles gens ?

— Ça fait six mois que je surveille ce charmant petit groupe. Je me doutais qu'il y avait davantage que du simple échangisme. Je crois que je pourrais nous avoir une invitation.

— Une invitation ?

— C'est un groupe de fêtards de l'East Side.

— Donc vous dites que Fayette Martin a pu se connecter à ces CyberGents d'University Heights ?

— Je *sais* qu'elle l'a fait.

— Et ils ont des types là-bas qui font des trucs en ligne ?

— Ouaip.

— À University Heights ?

— En fait, les types ne se trouvent peut-être pas exactement à l'adresse d'University Heights. Mais il faut bien quelqu'un pour encaisser les transactions par cartes bancaires et pour organiser les séances avec les mecs, soit par téléphone ou par e-mail. À moins qu'ils ne transfèrent les appels ailleurs, je parie qu'ils opèrent de là-bas.

— Et alors, comment on intervient ?

— Eh bien, je sais avec certitude qu'ils se retrouvent trois fois par mois à des soirées. Ils en organisent une ce soir.

— Quel genre de soirées ?

— Difficile de savoir exactement ce qui s'y passe, réplique Carla. Mais je crois que je peux nous avoir des invitations.

— Comment allez-vous vous y prendre ? demande Paris.

Carla baisse la tête et lève les yeux.

— Vous parlez sérieusement ?

À 14 h 30, Paris se rend à la bibliothèque municipale de Cleveland au coin de Superior Avenue et de la Quatrième Rue Est. Il a fait mettre de côté un nouvel ouvrage sur la santería aux États-Unis et un autre sur les meurtres rituels en centre-ville.

Au moment où il tourne à l'angle du BP Building, il s'immobilise. Rebecca d'Angelo se tient juste devant lui et contemple une vitrine de Noël. Elle lui tourne le dos, mais correspond exactement à l'image qu'il a gardée d'elle. Manteau de lainage bleu marine, bottes lui arrivant aux genoux. Paris s'apprête à lui taper sur l'épaule, mais elle semble avoir repéré son reflet sur la vitre. Elle fait volte-face.

Ce n'est pas Rebecca.

— Pardon, bredouille Paris. Je vous avais prise pour une amie.

La femme le foudroie du regard, puis s'éloigne d'un

pas rapide dans Superior Avenue, en direction de Public Square, et se retourne deux fois pour le regarder.

Paris secoue la tête. Il traverse n'importe où pour gagner l'entrée de la bibliothèque.

Pourquoi ne puis-je pas cesser de penser à elle ?

Il traverse le parking souterrain du centre judiciaire quand il entend une voix masculine appeler son nom. C'est Hank Szabo, l'homme qui travaille à l'accueil de la maison de retraite publique pour anciens combattants de la Vingt-troisième Rue Est.

— Monsieur Szabo, répond Paris. Qu'est-ce qui vous amène au centre judiciaire ?

— Je n'en sais trop rien, à vrai dire.

Hank s'avance sous la lumière des néons. Il porte un vieux caban élimé et un bonnet de quart.

— Je voulais juste vous voir.

— À quel sujet ?

— Je ne suis pas certain que ça ait un sens, fait Hank en baissant la voix. Mais Demetrius a fait un truc.

— Il a fait un truc ?

— Oui. Enfin quelque chose qui, pour lui, sort de l'ordinaire.

— Et de quoi s'agit-il, monsieur Szabo ?

— Il a fait ça juste après votre départ. Et appelez-moi Hank, d'accord ?

Hank montre à Paris un exemplaire du magazine *Time* daté de deux ans.

— Et qu'est-ce que je suis censé voir, exactement ?

— Un journal, bien sûr. Mais je vous parle de ce que Demetrius a fait *à l'intérieur*. Et il l'a fait tout seul.

Hank ouvre le journal à la page 15 et désigne le bas.

— Vous voyez, là ? Vous voyez que c'est entouré ?

Le numéro 15, dans le coin inférieur droit, est entouré d'un cercle rouge et trembloté.

— Oui, convient Paris. *D'accord*.

— Et regardez là.

Hank passe à la page 28. Même chose. Puis il va à la page 35, où le numéro est, là encore, soigneusement entouré d'un trait rouge. Un rapide examen lui montre que ces pages sont les seules à avoir été ainsi marquées.

— Et vous dites que c'est M. Salters qui a fait ça ?

— Absolument. Je l'ai vu faire.

— Et c'était juste après mon départ ?

— Enfin, c'était juste après qu'on lui a donné un sédatif, précise Hank. Je ne sais pas comment vous vous y êtes pris, mais vous l'avez littéralement fait chier dans son froc.

— Désolé.

— C'est rien. On en a souvent un ou deux qui pètent un câble avant midi.

— Et d'après vous, qu'est-ce que ça veut dire ?

— Aucune idée. J'ai regardé les pages et lu les articles, mais, pour autant que je puisse en juger, il n'y avait pas un sujet en particulier. Comme vous le voyez, il y a deux pleines pages de pub pour un revêtement en aluminium. Et l'autre est un article sur Edie Falco, la femme qui...

— *Les Soprano*, oui, je connais, Hank. Mais je ne comprends pas ce qui vous fait dire que ça a un rapport avec moi...

— Je ne peux pas le jurer, avoue Hank, mais Demetrius ne fait jamais rien. Vraiment jamais. Alors, pour lui, le seul fait de prendre un stylo est déjà très étrange. Ça lui a pris presque une heure, vous savez.

— A-t-il dit quelque chose ?

— Oui. Enfin, on peut dire ça. Avant que les drogues l'assomment complètement, il n'a pas arrêté de marmonner quelque chose dans sa barbe. Je me suis rapproché, mais pas trop près quand même, si vous voyez ce que je veux dire, raconte Hank en se tapotant l'aile du nez. Mais je l'entendais répéter le même truc. Presque comme une prière.

— Qu'est-ce que c'était ?

— Eh bien, je ne suis pas sûr à 100 %. Mais on aurait dit… vous allez trouver ça barjo, non ?

Paris sourit presque.

— Vous pouvez me croire sur parole, Hank. Les trucs barjos, c'est de ça que je vis ! Qu'a dit M. Salters ?

— Encore une fois, je ne le jurerais pas, insiste Hank en regardant autour de lui dans le parking souterrain, comme si le seul fait d'être dans le garage du centre judiciaire le mettait automatiquement sous serment. On aurait dit qu'il disait « *jardin secret* ».

36

Randi Burstein n'a jamais vu l'homme au comptoir auparavant, mais son nom lui rappelle vaguement quelque chose. *Trente-cinq ans tout au plus*, se dit-elle. *Trop bien fringué pour être un flic. Trop beau pour être un fonctionnaire.*

Un avocat.

À tous les coups.

Qui d'autre pourrait venir ici ?

— Je vais vous chercher le dossier tout de suite, assure-t-elle. Je vais juste avoir besoin d'une pièce d'identité. Ou au moins de votre numéro de Sécurité sociale.

— Bien sûr, dit-il en lui tendant une carte de Sécurité sociale. Je peux vous demander quelque chose...

— Randi.

— Randi, répète-t-il. Je peux vous demander quelque chose, Randi ?

— Bien sûr, dit-elle, ses espoirs se réveillant soudain.

Depuis quinze ans qu'elle travaille aux archives de l'administration des anciens combattants, elle n'a jamais vu un homme plus de deux fois en dehors du travail. Maintenant qu'elle a plus de 40 ans, et quelques kilos en trop, ses chances diminuent de jour en jour. Cependant, l'espoir est toujours là, plus vif que jamais.

— Qu'est-ce que vous voulez savoir ?

— Quelqu'un d'autre a-t-il demandé ces dossiers récemment ?

— Attendez voir, réplique-t-elle, un brin déçue mais encore heureuse de pouvoir badiner un peu avec quelqu'un d'aussi séduisant, quelqu'un de beaucoup plus jeune que les fossiles à qui elle a affaire habituellement. Vous *savez* que je n'ai pas le droit de vous le dire.

— Je suis sûr que ce règlement existe parce que personne ne le demande jamais aussi poliment que moi.

— Peut-être bien, rétorque-t-elle en traversant la salle pour ouvrir le tiroir à fichier étiqueté *Saar-Salz*.

Elle trouve le dossier puis referme le tiroir d'un coup légèrement exagéré de sa hanche généreuse. Elle photocopie rapidement le dossier demandé.

— Mais je n'ai *quand même* pas le droit de vous le dire, dit-elle avant de poser le formulaire sur le comptoir et de tracer un X dessus au stylo. Signez ici, s'il vous plaît.

L'homme griffonne une signature avec son propre stylo.

— Vous faites quelque chose pour le jour de l'an ? questionne-t-elle dans l'espoir de faire durer la conversation tout en récupérant une enveloppe sous le comptoir.

— *Oh ! oui*, répond l'homme. Je donne une soirée.

— Oh ! ça a l'air tentant, dit Randi en glissant la photocopie dans une petite enveloppe brune qu'elle ferme aussitôt. Grande ou petite ?

— Énorme, dit-il. En fait, j'envisage d'inviter le monde entier.

— Alors, ça m'inclut de fait, réplique-t-elle, stupéfaite par sa propre audace.

Ce doit être à cause des fêtes. Ou peut-être des deux verres de lait de poule qu'elle a bus au déjeuner. Elle pose ostensiblement sa main gauche sur le comptoir. La main qui n'arbore ni alliance ni bague de fiançailles.

— Qu'est-ce que je dois mettre ?

L'homme s'immobilise un instant, feignant avec exagération de réfléchir à la question.

— Un blouson de cuir noir, répond-il avec un sourire. Je crois que vous seriez très sexy en blouson de cuir noir et petite jupe blanche.

Deux minutes plus tard, après que l'homme aux yeux sombres est parti sans rien ajouter, Randi Burstein se trouve toujours plantée derrière son comptoir, légèrement rouge, très intriguée, en train de fouiller mentalement ses placards.

37

L'inspecteur Jack Salvatore Paris – dont le cerveau semble déjà un horripilant ruban de Mœbius formé des numéros 152835 tournant autour des mots *jardin secret* – retrouve le sergent Carla Davis sur le parking du Macy's d'University Heights.

Greg Ebersole et une équipe de six agents de la police d'University Heights sont postés en deux endroits, à moins d'une rue de l'adresse de Westwood Road.

La soirée échangiste n'est probablement pas la bonne piste, et tout le détachement spécial est d'accord là-dessus, mais, pour l'instant, c'est tout ce qu'ils ont. Les deux scènes de crime et leurs environs ont été passés et repassés au peigne fin. Mais, jusqu'à présent, la police scientifique n'a rien trouvé.

Carla prend le volant jusqu'à l'adresse de Westwood Road, et elle trouve à se garer à une dizaine de numéros de leur destination. Le nombre de voitures en stationnement dans la rue indique qu'il s'agit d'une assez grande soirée.

Alors qu'ils approchent de la maison au sommet de la colline – une grande demeure grise du XVIIIe siècle –, seule une lumière diffuse filtre entre les rideaux de la grande fenêtre panoramique et l'on entend à peine une faible musique. Aucun éclairage n'encadre la porte où l'on a demandé à Carla de sonner.

De là où il est, au bas de l'allée, Paris s'arrête pour dresser un rapide inventaire de la propriété et des environs. Des maisons tranquilles au bout d'allées tracées au cordeau, pour la plupart en briques, bucoliques et bourgeoises, et parfois ornées de somptueuses décorations de Noël. Un lieu où les chiens n'aboient pas après 22 heures et où personne n'a jamais besoin de changer le silencieux de son pot d'échappement.

Et pourtant, en remontant l'allée, Paris songe que c'est aussi un lieu qui peut avoir un lien direct avec deux crimes particulièrement innommables.

Carla sonne à la porte et s'avance devant l'entrée.

Elle a expliqué en chemin qu'ils n'avaient encore qu'une chance sur deux de pouvoir entrer, même s'ils avaient été invités à la soirée à titre d'essai. Mais Carla Davis connaît ses atouts et se dit, avec raison, que si elle est la première chose que voit celui ou celle qui ouvrira la porte, ils entreront. Elle porte un gros manteau de laine ; ses longs cheveux retombent, épars, sur ses épaules, et son parfum rend Paris complètement dingue. Paris, lui, est vêtu d'un blazer noir, tee-shirt noir, pantalon noir, sans pardessus. On dirait un Johnny Cash gay.

Un instant plus tard, la porte s'ouvre sur un homme plutôt petit et corpulent, blanc, la cinquantaine. Ses cheveux, d'un noir de jais et peu fournis, sont pathétiquement ramenés sur le haut de son crâne, l'ensemble des mèches dessinant comme un code-barres sur la tonsure blême. Il porte un cardigan d'alpaga vert à manches évasées, comme cela se faisait quand Paris était au collège.

— *Bonsoir !* s'exclame-t-il avec enthousiasme. Vous

devez être Cléopâtre, ajoute-t-il en ouvrant la double porte.

— Oui.

Carla tend la main. L'homme s'en saisit et lui baise les doigts.

— Charmé, absolument, dit-il.

Ils ne sont même pas encore entrés et Paris a déjà envie de dégueuler.

— Je m'appelle Herb, précise-t-il en lâchant enfin la main de Carla, mais vous pouvez m'appeler Dante, ma chère. Je vous en prie, entrez.

Il s'écarte pour laisser Carla pénétrer dans un petit vestibule, s'arrangeant pour qu'elle soit obligée de se frotter contre lui en passant.

— Et, laissez-moi deviner, reprend-il en regardant Paris. Marc Antoine, je suppose ?

Herb éclate de rire comme s'il venait de faire la remarque la plus incroyablement spirituelle qui soit.

— Mais appelez-moi John, réplique Paris.

Paris tend la main, mais Herb se détourne à la dernière seconde, feignant de ne pas l'avoir remarquée, dépréciant de toute évidence l'arrivée d'un nouveau mâle par rapport à l'arrivée de la nouvelle femelle.

— Allons, *entrez*, intime-t-il enfin à Paris sur un ton peu amène. Vous laissez partir toute la chaleur.

— Comme vous voudrez, *Dante*, répond Paris, tenté de lui faire tâter du revers de sa main avant de s'enquérir de sa facture de chauffage en enfer, mais se retenant finalement.

Pour le moment.

Une cuisine tout à fait ordinaire, très bien tenue. Grille-pain blanc, ouvre-boîte blanc, un appareil qui ressemble à une machine à pain, une petite table au plateau de verre givré. Les plafonniers sont éteints, mais une dizaine de bougies brûlent un peu partout. Paris perçoit, très assourdie, de la musique disco des années 1970.

Carla et Paris attendent Herb l'un à côté de l'autre dans la petite cuisine. L'homme ferme la porte, rentre dans le vestibule et gravit les trois marches qui mènent à la cuisine en se frottant les mains.

— Donc, rappelez-moi qui a recommandé votre candidature, déjà ?

— Teddy et Sue, répond Carla.

— Oh ! c'est vrai, dit-il. Teddy et Sue. Vous avez déjà pratiqué l'échangisme avec eux, Cléopâtre ?

— Non, dit Carla. Juste des jeux sur Internet. Ils aiment bien se montrer, vous savez.

— Ils adorent ça ! commente Herb. Et Sue est une si belle soumise.

— Vraiment ? À chaque fois que je me suis retrouvée en ligne avec eux, c'était Teddy le soumis. Pas Sue. Sue était toujours la dominatrice.

Tous ces termes et l'atmosphère incisive qui règne dans cette cuisine font tourner la tête de Paris. Il craint un instant qu'ils n'aient été percés à jour.

— Ah oui, vraiment ? insiste Herb en contemplant attentivement Carla, le cou tordu en ce qui semble une posture douloureuse.

Puis il s'adoucit.

— Désolé. C'était juste un test. Nous devons nous montrer prudents, vous savez.

— Je comprends.

— Sue est effectivement la grande maîtresse dominatrice ici. Nous avons une bonne demi-douzaine de types qui sont complètement terrorisés par elle.

— Ça ne m'étonne pas, assure Carla.

— Mais c'est ce qu'ils aiment, ajoute Herb. Pardon, laissez-moi prendre votre manteau.

Il se glisse derrière Carla, passant délibérément

devant Paris, qui détecte l'odeur du scotch et du spray buccal. Herb empeste aussi la naphtaline et la vieille eau de Cologne Jade East.

Lorsque Herb fait glisser le manteau de Carla de ses épaules, il en a le souffle coupé, réflexe de mâle hétéro-sexuel que Paris doit lui-même réprimer. Carla porte une robe blanche très courte et très près du corps, décolletée dans le dos jusqu'à la taille. Les muscles fermes de son dos et sa taille mince accentuent encore la courbe de ses hanches et ses longues jambes nerveuses ; sa peau d'un noir profond semble douce et radieuse à la lumière des bougies.

Elle se retourne vers les deux hommes et prend son manteau des mains de Herb.

— Je vais le garder, merci, dit-elle.

Si Herb a une objection, celle-ci s'évapore dès qu'il voit Carla Davis de face. Il fait juste assez froid dans la cuisine pour que se dessine clairement le contour des seins de Carla, le bout pointant à travers l'étoffe de la robe. Pendue à une chaîne délicate, une éblouissante croix en argent orne son cou. Le désir plonge Herb dans un état proche de la catatonie. Paris n'en est pas loin non plus. Il n'a jamais vu Carla qu'en tailleur ou en jean.

— Bon *Dieu* ! souffle Herb. Vous êtes… vous êtes…

— Je suis quoi, très cher ? demande Carla avec un sourire, tout en lui effleurant la joue.

— Vous êtes… vous allez être *très* populaire.

— Vous êtes un chou, assure Carla. Et maintenant, pourriez-vous m'indiquer le coin des filles pour que je puisse me refaire une beauté ?

— Bien sûr, dit Herb. C'est par là.

Paris reste seul dans la cuisine une minute. Il se retient de ne pas ouvrir tous les placards, tiroirs et buffets tant il est taraudé par le besoin de savoir quelle sauce aux airelles préfèrent les gens qui font des trucs pareils.

Herb revient, empourpré par sa proximité avec cette superbe et somptueuse amazone mystérieuse et, ô Seigneur, noire. Il fait signe à Paris de s'installer à la table de la salle à manger en noyer, de style mobilier provincial français, et probablement jamais utilisée. Paris s'assoit, sachant que Carla a besoin de quelques minutes pour activer la caméra et l'enregistreur de poche dissimulés dans sa pochette.

— Alors, John, depuis combien de temps êtes-vous adepte ?

Paris hésite un moment avant de répondre.

— Un an, peut-être.

— Première partie fine ?

— Non, répond Paris, qui n'en dit pas plus dans l'espoir que Herb comprenne qu'il est du genre costaud et taciturne.

Herb ne saisit pas.

— Cléopâtre est d'une beauté renversante.

— Oui, convient Paris.

— Vous êtes mariés ?

— Oui.

Herb observe un instant de silence.

— Depuis combien de temps ?

— Vous écrivez un *livre*, Herb ?

— Non… je… commence Herb, à qui le rouge monte aux joues. Mais nous aimons bien en savoir un peu plus sur les gens que nous laissons entrer chez nous, c'est tout. C'est quelque chose que vous devriez comprendre, par les temps qui courent.

Paris comprend parfaitement. D'ailleurs, il est absolument certain qu'il ne ferait jamais entrer Herb chez *lui*.

— Cinq ans.

Herb hoche la tête pour assimiler l'idée de passer cinq ans avec une femme comme Cléopâtre.

— Vous avez beaucoup de chance, John. *Beaucoup* de chance.

Paris se penche en avant et adresse à Herb un sourire d'homme à homme, de chat en rut prêt à sauter sur son adversaire. Puis, tout doucement, il rétorque :

— Ça n'a rien à voir avec la chance, Herbie. *Rien* du tout.

Profondément diminué dans sa virilité, Herb choisit d'en rire, mais c'est un rire sec et sans joie, un rire né d'une intense jalousie et d'une rivalité purement machiste.

— Alors, les garçons, l'un de vous serait-il prêt à escorter une dame à une fête ? intervient Carla, quelques centimètres seulement derrière Herb.

Il manque de renverser sa chaise en se levant.

— Je sais que ce garçon-là est prêt…

Paris se lève et boutonne son blazer. Il regarde le sac à main de Carla. Il a beau savoir que la lentille minuscule de la caméra se dissimule là, il ne la voit pas.

Parfait.

— Mais permettez-moi, dit Herb, qui ignore à nouveau Paris pour offrir son bras à Carla.

Carla se laisse accompagner tout en regardant Paris avec une expression que tout policier connaît bien.

L'expression qui vient avant de franchir une porte.

Sauf que, cette fois, la porte paraît trompeusement anodine. Paris l'a prise pour une porte de placard ou de garde-manger. Le genre de porte derrière laquelle on trouve généralement une planche à repasser ou un placard à balais, ou l'un des multiples accessoires de cuisine que doit forcément posséder cette population lisse et fleurant bon le pin.

Mais lorsque Herb ouvre la porte, Paris découvre

qu'elle dissimule un petit escalier qui conduit en bas. Murs lambrissés, lumière tamisée, étroite main courante en bois. Paris perçoit des bruits de conversation polie et des accords de rock étouffés.

— On y va ? propose Herb.

Carla regarde Herb et incline légèrement la tête pour le gratifier d'un demi-sourire enjôleur. Paris a déjà vu ce regard-là, peut-être sur la chaîne Découverte ou dans un vieux documentaire de « La Vie sauvage » : c'est l'expression du jeune jaguar dans l'instant suffocant qui précède la détente de ses pattes.

Herb dégage son bras de celui de Carla, frappe dans ses mains, sourit à ses deux nouvelles recrues et leur fait signe de descendre dans son *carnevale* – bateleur qui les introduit en souriant de toutes ses fausses dents dans une tout autre sorte de faune urbaine.

38

Quarante-huit mille trois cent quinze dollars n'est pas une somme facile à dissimuler. D'autant moins quand elle est en petites coupures. Et son plus gros billet ne dépasse pas vingt dollars. Ajoutez à cela qu'elle a au moins douze mille dollars en billets de *un* dollar. À chaque fois qu'on croit avoir trouvé la cachette parfaite chez soi – un endroit auquel on est certain qu'aucun cambrioleur au monde ne pensera –, on se rend compte que c'est en fait le premier endroit où n'importe quel voleur doté d'un minimum de neurones regardera.

Alors on déplace tout.

Encore. Et encore. Et encore.

Elle sort l'argent du sac-poubelle, le range dans un fourre-tout au logo de la chaîne de télé WVIZ et couvre le tout d'une serviette de toilette. Elle a décidé d'arrêter ça et de louer un coffre quelque part avec l'une de ses multiples pièces d'identité. Cette nuit, elle dormira avec la poignée du sac entortillée autour de son poignet, un couteau de boucher posé sur la table de chevet.

Elle sait qu'elle doit mettre fin à tout ça. Et que la meilleure défense, c'est l'attaque. Et qu'il faut qu'elle fasse deux choses si elle veut avoir une chance de survivre.

Primo, il faut qu'elle obtienne les photos et les négatifs qui la montrent en train de sortir du Dream-A-Dream Motel.

Secundo, elle doit trouver un moyen de récupérer Isabella avant que la police n'enfonce sa porte.

Deux tâches apparemment impossibles qu'elle sait ne pas pouvoir accomplir seule. Deux objectifs dangereux qui exigeront probablement l'esprit d'un maître cambrioleur et les mains d'un magicien. Elle ne connaît qu'une seule personne dotée d'une telle réputation.

Elle coince le fourre-tout dans un carton à chapeau et range pour le moment celui-ci dans son placard. Puis elle prend le téléphone et compose le numéro du bipeur de Jesse Ray Carpenter.

Le moment est venu de le rencontrer en personne.

39

Paris embrasse la pièce du regard. Une vingtaine de personnes, blanches pour la plupart, hommes et femmes mêlés, entre 40 et 60 ans. Ils descendent l'escalier et pénètrent dans la grande salle. Herb les conduit vers le centre et les présente aux autres invités. Peg et Chazz. Lisette et Wolfie. Barb et Tug, un couple lesbien.

Tu es un très beau jeune homme, avait dit Fayette Martin à son assassin. Jusqu'à présent, personne ici ne semble correspondre à cette description. Personne non plus ne ressemble au portrait-robot de la femme du Vernelle's.

Sauf Rebecca d'Angelo, divague Paris, qui chasse instantanément cette idée de son esprit.

Ils atteignent l'autre bout de la salle, près d'un grand canapé modulable en cuir vert. Trois couples y sont installés, la quarantaine, bavardant tranquillement, un verre à la main. Ils lèvent les yeux à l'approche de Carla et de Paris.

— Écoutez tous, annonce Herb. Je voudrais vous présenter Cléopâtre et John.

Paris étudie les hommes. Il n'y en a pas un de prometteur.

266

— Ici, c'est Maggie et Mort, déclare Herb en désignant le couple de gauche.

C'est un assez beau couple – elle, blond platine, belle poitrine ; lui, grand, bronzé aux UV.

— Voici Jake et Alicia.

Jake est plus âgé que Paris ne l'avait estimé de prime abord. À cette distance, il paraît plus proche de 60 ans en fait, avec une perruque de très belle qualité et un costume sur mesure. Alicia, elle, est une vraie bombe. Menue et visiblement eurasienne, la quarantaine, elle porte une robe de soirée fuchsia très étroite et les plus hauts talons aiguilles que Paris ait jamais vus.

— Et enfin, mais non des moindres, Ed et Gilda.

Et il y avait effectivement une raison de garder Ed et Gilda pour la fin. Tirés directement de la fin des années 1970, Ed porte un ensemble sport bleu marine ; Gilda, un minishort et un dos nu pailleté de rouge. Paris ne sait pas trop s'ils sont costumés ou simplement figés dans cette époque.

— Que puis-je vous offrir à boire ? demande Herb à Carla en se frottant les mains tel un alchimiste du temps des Borgia.

— Je prendrai un Perrier, dit-elle.

Herb prend un air déconfit, comme s'il réalisait soudain – et à juste titre – que s'il a une chance d'aller quelque part avec Cléopâtre, il faudrait pour cela qu'elle soit suffisamment ivre pour ne plus savoir à quoi il ressemble.

— Est-ce que de l'eau gazeuse Poland Spring fera l'affaire ? Nous, euh, nous sommes à court de Perrier.

— C'est parfait, Dante, assure-t-elle.

L'entendre prononcer son *nom de boudoir*[1] le regonfle à bloc, et il file vers le bar.

1. En français dans le texte.

Les vingt minutes de conversation qui s'ensuivent sont un curieux mélange de politique, de doléances étriquées et d'insinuations à connotation sexuelle à peine voilée. Paris saisit toutes les occasions d'étudier discrètement les bagues, boucles d'oreilles, pendentifs et bracelets – tout ce qui est susceptible de porter un signe ayant le moindre rapport avec le symbole d'Ochosi. Ou même qui pourrait présenter un motif vaguement mexicain.

Mais il ne trouve rien.

L'heure et demie suivante est encore moins productive. Tout le monde semble se comporter comme dans une soirée ordinaire. Pas plus d'allusions sexuelles que la normale.

À 22 heures, ayant rassemblé ce que Paris considère comme une absence totale de preuves, ils se retrouvent à nouveau dans la cuisine en compagnie de Herb.

— Nous aimerions que vous reveniez pour le réveillon du jour de l'an, dit-il.

— Tous les deux, n'est-ce pas ? s'enquiert Carla, qui enfile son manteau en creusant les reins de telle façon qu'elle a la poitrine à quelques centimètres du visage de Herb.

Celui-ci flotte un peu, puis dit de toute évidence le contraire de ce qu'il pense :

— *Bien sûr.* J'ai posé la question. Vous avez tous les deux fait forte impression ce soir.

— Vous avez remarqué la porte, vous aussi ? demande Carla.

Ils sont à un feu rouge, Silsby Road, et viennent d'avoir la police d'University Heights pour annuler l'opération.

— Oui. Je me suis appuyé dessus un moment, pendant que Gilda me parlait de sa passion pour les cerises

268

au marasquin et le whisky au Vernors Ginger Ale. Elle était fermée à clé.

— Mais vous avez entendu de la musique, non ?

— Oh ! oui. C'était très assourdi, mais ça venait indubitablement d'une autre pièce.

Quand ils arrivent au parking du Macy's, le bipeur de Paris se met à sonner. Il le lève à la lumière d'un lampadaire.

— C'est Reuben, annonce-t-il. Et il dit que c'est urgent.

Paris et Carla se regardent.

Il n'a pas à poser la question.

Carla s'engage dans le carrefour, regarde à droite et à gauche, colle un gyrophare sur le toit de la voiture et prend Cedar Road vers l'ouest, fonçant à vive allure en direction de la morgue d'Adelbert Road.

Le vieillard est allongé sur la table, nu, ses parties génitales recouvertes d'une serviette bleu ciel, son crâne chauve et desséché tellement parsemé de taches brunes que Paris croit d'abord contempler des restes momifiés.

— Hey, Jacquito, lance Reuben.

Le médecin légiste porte un tablier sanglant sans masque.

— Bonsoir, sergent Davis. Comment ça va ? Vous êtes *superbe*.

Reuben Ocasio a la cinquantaine, un peu d'embonpoint et, quels que soient les critères ethniques, une tête de bulldog qui aurait les oreillons. Pourtant, il n'hésite pas à s'aventurer sur un terrain où des hommes plus jeunes, plus frais et plus beaux hésiteraient à s'engager : à la morgue, le nez sur un cadavre, il essaie de draguer Carla Davis.

— Ça va, docteur Ocasio, répond Carla, très

269

professionnelle, choisissant sagement de garder son manteau sur elle.

La robe blanche risquerait fort d'empêcher Reuben de travailler.

— Qu'est-ce qu'on a ?

— Je vous en prie, appelez-moi Reuben.

— Reuben, répète Carla.

Reuben lui sourit comme s'il venait de marquer un point, puis se concentre sur les feuilles fixées sur sa planchette à pince.

— Nous avons Isaac Levertov, 79 ans. Ma première constatation est que M. Levertov a succombé à une strangulation, dit Reuben en désignant la profonde marque violacée à la base du cou du vieillard. Sa femme a signalé sa disparition il y a plusieurs jours. Elle l'a retrouvé sur le toit de son immeuble. Elle a dit qu'il tenait un chariot à hot dogs casher dans le quartier. Jusqu'au jour où il a été porté disparu.

— Pourquoi sommes-nous ici, Reuben ? demande Paris. Qui est chargé de l'enquête ?

— C'est Ivan Kral qui s'occupe de ça. Mais j'ai trouvé quelque chose qui t'intéressera sûrement.

Reuben prend alors une enveloppe de vingt-trois centimètres sur trente et soulève le rabat.

Paris a compris.

— Tu as trouvé un autre bout de carton violet.

— Ouaip.

— Merde ! s'écrie Paris, qui traverse la pièce puis revient à son point de départ, mains sur les hanches, pour se calmer. Gros comment ?

— Pas gros.

Reuben dispose devant Paris et Carla cinq ou six photos en noir et blanc au format 21 × 28 cm. La photo du haut est celle de la première bande de carton qu'ils ont découverte dans la chaussure de Fayette Martin. La deuxième photo montre une bande quasi identique, qui contient d'autres parties des lettres.

— C'était où ? demande Paris.

— Sous la partie supérieure de son dentier. Pas assez de surface pour avoir des empreintes. La salive appartient à la victime. L'unité spéciale d'investigation passe toutes les affaires de Willis Walker au crible. Si notre type place une pièce du puzzle par cadavre, il devrait y avoir quelque chose sur lui aussi.

Paris examine les dernières photos : des tentatives d'assemblage des deux cartons de plusieurs manières possibles.

— Je ne vois toujours pas, avoue Paris.

— Le mot du milieu est *Is*, c'est sûr, décrète Carla, et on dirait que ça finit par un *g*.

— Oui, dit Reuben. J'étais arrivé à peu près à ça.

— Tu l'as expédié ? demande Paris.

— Oui. Je suis même allé le porter il y a une demi-heure. D'après Clay Patterson, ça suffira peut-être pour extrapoler le reste des lettres. J'attends son fax.

— Qui est le type sur la table ? questionne Carla. Où habite-t-il ?

Reuben examine à nouveau ses notes.

— Voyons… il vivait au 3204-A, Fulton Road.

L'adresse réveille quelque chose chez Paris. Il sort son calepin de sa poche et revient quelques pages en arrière.

— Répète-moi ton adresse ?

Reuben lit à nouveau.

— Putain de merde, souffle Paris.

— Quoi ?

— La Botanica Macumba se trouve au 3204, Fulton, dit-il. Ce type habitait au-dessus. Qu'est-ce qui se passe, Reuben ?

— Je n'en sais rien, *amigo*. Moi, je fouille dans le sang et les tripes.

— Tu n'as rien trouvé sur lui qui pourrait ressembler au symbole d'Ochosi ?

— Rien de ce genre, non. Mais je n'ai pas encore regardé partout. Je suis tout seul, ici, ce soir. Dès que j'aurai le fax, je…

Reuben n'a pas le temps de finir sa phrase que le fax de son bureau, de l'autre côté de la salle d'autopsie, se met en marche. Ils se précipitent tous les trois autour de l'appareil.

Apparaît d'abord une page à en-tête avec une note griffonnée à la main au-dessus du logo de Digi-Data.

Reuben. Ces bandes ont été découpées dans la partie supérieure d'un boîtier en carton de cassette vidéo. Le code ASIN est 6304326289. Manque de pot, c'est un produit commercial disponible à peu près n'importe où – Best Buy, Wal-Mart, amazon.com. C'est sûrement pour ça qu'il m'a fallu dix minutes pour le repérer. L'image suit.

Le fax se fige pendant une vingtaine de secondes insupportables, ses voyants rouges clignotant comme des feux de chemin de fer. Puis il se décide enfin à débiter la seconde page. C'est un agrandissement à 500 % de la tranche d'un boîtier de cassette vidéo, les lettres cryptiques formant à présent trois mots complets.

C'est un titre de film, un documentaire sorti en 1990, qui dure soixante-dix-huit minutes et répond à la question posée par un vieux film français. Un titre de film composé de trois mots sur un fond sombre.

Trois mots qui traversent la pièce comme un orage électrique.

Paris Is Burning
Paris brûle.

40

Elle ne savait pas à quoi s'attendre quand Jean-Luc lui a ouvert la porte de son appartement. Elle est entrée dans tant de maisons, grands appartements et autres luxueux duplex avec terrasse au cours de ces deux dernières années, qu'elle est devenue une véritable experte pour prévoir des détails comme la déco, le papier peint, le mobilier. L'une de ses cibles était un Italo-Américain dans la soixantaine, un organisateur de concerts qui arborait au petit doigt un diamant à deux carats serti d'or et qu'elle avait ferré au bar du Morton's. Pas besoin d'être un génie pour savoir qu'il disposerait d'une salle de jeu lambrissée équipée d'un bar recouvert de simili-cuir noir clouté.

Cependant, toutes ces fois-là, faute de contrôler l'homme, elle contrôlait parfaitement la situation. Cette fois, c'est différent. Cette fois, la cible, c'est *elle*.

Le vrai choc et ce qui la perturbe plus que tout ce qui s'est passé jusque-là, c'est que Jean-Luc vit dans l'immeuble voisin du sien. Dans les Cain Towers. Ça explique comment il peut savoir autant de choses sur elle, mais, du coup, elle se sent terriblement idiote. Plus stupide que la plus stupide de ses cibles.

Plus tôt dans la soirée, elle a appelé Celeste à quatre reprises, et, pour la première fois depuis qu'elle a commencé à travailler avec elle, Celeste ne l'a pas rappelée dans la demi-heure qui suit.

Il se passe quelque chose.

Jean-Luc lui a dit de venir à 22 h 30 et qu'il lui expliquerait tout ce qu'elle devrait faire. Il a annoncé que ce serait leur avant-dernière rencontre, et qu'elle en aurait bientôt fini avec lui.

Il l'accueille à la porte de son appartement, vêtu d'un pull de cachemire noir, d'un pantalon de flanelle grise et de mocassins. Il a les cheveux peignés en arrière, à la Michael Corleone.

Elle le suit dans la cuisine, une cuisine parfaitement équipée dans des tons blanc cassé. Mais elle perçoit quelque chose sous l'odeur entêtante des bougies parfumées et de la bombe désodorisante. Quelque chose d'avarié. Quelque chose de mort. Elle jette un coup d'œil dans le couloir où doivent se trouver les chambres et la salle de bains. Quatre portes, toutes fermées. Une seule applique tout au fond. À gauche un petit séjour encore dépourvu de meubles. À droite, la petite cuisine bien tenue sans être non plus immaculée.

Où peut-il bien garder les clichés et les négatifs ?

Jean-Luc prend son manteau sans un mot et le suspend dans le placard de l'entrée. Il referme la porte, s'y adosse et l'examine. Après un silence atroce, un silence durant lequel elle entend son sang battre dans ses oreilles, il lui dit :

— Je ne veux pas que vous me détestiez.

— Je ne vous déteste pas.

— Je suis content.

— Pour vous détester, il faudrait que je vous *connaisse*, et je ne vous connais pas du tout.

— Nous pouvons changer ça.

— Non, c'est impossible.

— Pourquoi ?

— Nous avons passé un marché, monsieur Christiane, lâche-t-elle, réalisant que c'est la première fois qu'elle lui donne un nom, sans même parler d'une tournure aussi guindée que M. Christiane. Ce n'est vraiment pas joli et c'est quelque chose que je n'ai pas demandé. Mais il se trouve que ça m'est tombé dessus et que je ne peux pas me défiler. C'est bien ça, non ? Est-ce que je peux simplement sortir d'ici et m'en aller ?

— Non.

— Vous voyez ? Alors maintenant, contentons-nous de nous tolérer pendant encore un jour ou deux et puis partons chacun de notre côté.

— Si vous connaissiez ma souffrance, ne serait-ce que pendant une seconde, vous comprendriez pourquoi je fais ce que je fais.

— Croyez-le ou pas, je me fiche complètement de savoir pourquoi vous faites ça. Ce qui m'importe, c'est de savoir pourquoi, *moi*, je le fais.

Le visage de Jean-Luc reste indéchiffrable. A-t-elle poussé le bouchon un peu trop loin ?

Il croise les bras, l'étudie encore pendant un long, très long moment. Puis, comme si une clé se tournait brusquement, quelque part en lui, son visage s'adoucit et il propose :

— Je peux vous servir quelque chose ? Un café ? Un soda ?

— Rien, merci.

— Certaine ?

— Absolument, assure-t-elle, soulagée de n'avoir franchi aucune limite.

Il faut qu'elle garde à l'esprit que c'est un homme qui a battu son père à mort avec une batte de base-ball, qui a versé du bouillon de viande sur son corps et qui a donné à manger ce qui restait à quatre énormes molosses.

Jean-Luc lui tend la main, comme un vieil amant sur une plage.

Sans raison définie, elle la prend.

— Permettez-moi de vous montrer une chambre très particulière, dit-il.

41

Paris presse pour la cinquième fois la sonnette du
3204-A, Fulton Road. Il recule sur le trottoir et lève
les yeux. Il n'y a pas de lumière dans l'appartement. Il
regarde dans la Botanica Macumba. Tout est sombre, à
l'exception d'un petit spot placé au-dessus de la caisse
enregistreuse, dont le tiroir vide est ouvert.

Paris essaie la porte de l'escalier qui conduit au
3204-A. Fermée à clé. Il a fait deux fois le tour du
bâtiment à son arrivée, et ni l'arrière ni les côtés de
l'immeuble à un étage ne présentaient de fenêtre allumée,
de porte ouverte ou d'escalier d'incendie. Il sort son portable et compose le numéro de Levertov. Il n'y a pas de
réponse. Pas de répondeur non plus.

Cinq voitures sont garées le long du trottoir, à proximité de l'entrée de l'habitation. Paris note les numéros
de plaque et les transmet au poste. Il en profite pour
demander une adresse.

Un quart d'heure plus tard, Edward Moriceau est en
garde à vue.

Moriceau est placé en salle d'interrogatoire numéro 1 du centre judiciaire. Il est près de 11 heures et c'est la troisième fois que Paris revient à la charge.

— Et vous n'avez jamais vu personne se disputer avec lui ou le menacer ? interroge Paris.

— Non. Jamais.

— Vous n'avez jamais eu affaire avec M. Levertov, ni sur un plan privé ni sur un plan professionnel ?

— Non.

Moriceau ment. Il est temps de passer à la vitesse supérieure. Paris laisse tomber une photo devant lui, un léger agrandissement de la langue de Willis Walker. Le symbole d'Ochosi apparaît très clairement. Moriceau porte la main à sa bouche.

— Ça vous évoque quelque chose ?

— Oui, répond Moriceau d'une voix moins assurée. Comme je l'ai dit…

— Oh ! oui… c'est vrai, dit Paris en sachant qu'il est temps de lâcher la première bombe et de cesser toute cordialité. Vous avez parlé d'un coq éventré, n'est-ce pas ? Est-ce que ça ressemble à un coq ?

Et Paris lui présente un cliché de tout le corps de Willis Walker sur la table de la morgue. Une épaisse couche de sang violacé est étalée sur la faïence blanche, ce qui donne au cadavre une forme de mite boursouflée. Une masse de viscères rosâtres apparaît à l'endroit où auraient dû se trouver ses parties génitales.

Moriceau a un haut-le-cœur et se détourne. Puis il vomit sur ses pieds.

Paris fait la grimace, se tourne vers le miroir sans tain et entend presque les flics qui sont derrière se refiler le bébé les uns aux autres : celui qui est au plus bas de l'échelle doit finalement aller chercher le seau et la serpillière.

Paris passe du côté de la table où Moriceau est assis,

en contournant soigneusement la flaque sur le sol. Greg Ebersole arrive, muni d'un balai à franges. Il tend à Moriceau une pile de serviettes en papier, passe le balai sur le vomi et quitte prestement la pièce.

— Monsieur Moriceau, reprend Paris. Quelqu'un fait des choses abominables aux citoyens de cette ville. Pour l'instant, personne ne pense que ce soit nécessairement vous. Vous comprenez ?

Moriceau hoche faiblement la tête et s'essuie le menton.

— Bien. Le problème, c'est que plus le temps passe et plus il y a de liens avec la santería ou l'adresse de Fulton Road, et plus notre attitude risque de changer. Vous comprenez ça aussi ?

Cette fois encore, Moriceau acquiesce d'un signe de tête.

— Je veux que vous réfléchissiez un instant. On a tué le vieil homme qui habitait au-dessus de votre boutique. Il y a une bonne chance pour que le tueur soit un adepte de la santería, du macumba ou du candomblé, à moins que ce ne soit un taré qui prend son pied en jouant les sorciers de mes deux. Quoi qu'il en soit, le lien avec votre magasin et avec les produits que vous vendez est absolument irréfutable.

Moriceau lève la tête, et Paris est presque effrayé par ce qu'il voit. La terreur qui habite les yeux de cet homme n'a pas de fond.

— Ils sauront…

— Ils ? questionne Paris. De quoi parlez-vous ? Qui sont ces « ils » ?

Moriceau baisse à nouveau la tête. Paris est presque convaincu qu'il va encore vomir, mais Moriceau se contente de prononcer, d'une voix de plus en plus altérée :

— Les sept pouvoirs.

Paris est déjà tombé sur l'expression « sept pouvoirs » dans ses lectures sur la santería, mais tout se mélange dans son esprit. Il imagine que c'est un peu comme si quelqu'un se piquait d'apprendre tout sur le catholicisme ou le judaïsme en soixante-douze heures.

— Pardon ?

— Eleggua, Orula, Ogun...

Paris l'entend à peine.

— De quoi parlez-vous ?

— Obatala, Yemaya, Oshun, Shango...

— Monsieur Moriceau ?

Moriceau lève ses yeux rouges et semble fouiller l'espace autour de lui. Ses mains tremblent à présent comme s'il venait de plonger dans des eaux tumultueuses et glacées.

— Je... je...

Paris attend sans rien dire la réponse que cet homme ne va certainement pas lui donner. Il ne se trompe pas.

— Vous, *quoi*, monsieur Moriceau ?

— Je veux... un avocat.

Paris examine la silhouette frissonnante devant lui. Il n'a rien d'un tueur froid. Quelles que soient les horreurs que lui réserve la justice, quelles que soient les visions de la prison qui peuvent tournoyer dans sa tête, tout cela n'est rien comparé aux flammes de son enfer personnel.

C'est à cet instant que la puanteur arrive aux narines de Paris – aigre, pénétrante, écœurante. Il regarde vers le miroir, son image et les flics qui sont derrière. Ils savent tous qu'ils ne pourront pas garder Edward Moriceau, de même qu'ils savent tous que la surveillance de la Botanica Macumba commencera dans moins d'une heure.

L'immeuble a retrouvé son silence et replongé dans son mystère. Paris est seul. Il oriente le faisceau de sa torche le long du mur tapissé de toiles d'araignées, des étagères penchées, couvertes de poussière. Certains des menus peints à la main pour présenter les spécialités du Weeza's sont encore visibles sous les couches du temps.

Paris Is Burning.

Il ne sait pas vraiment pourquoi il est revenu. L'ennui et la solitude n'y sont certainement pas pour rien. L'immeuble n'a probablement pas retenu ce qu'il a pu savoir des derniers instants de Fayette Martin, il a sans doute déjà livré toutes ses vérités cachées.

Mais ce que le Reginald Building ne lui a pas dit, c'est pourquoi une femme comme Fayette Martin est venue ici. Pourquoi elle a accepté de rencontrer quelqu'un qui, selon toute vraisemblance, était un parfait étranger rencontré sur le Net. Pourquoi n'a-t-elle pas fait immédiatement demi-tour en voyant cet endroit et n'est-elle par rentrée aussitôt pour s'enfermer chez elle à double tour en se demandant ce qui lui avait pris ?

La solitude avait-elle fini par lui peser à ce point ?

Il se tient devant la porte de ce qui a été la cuisine du Weeza's et écoute les bruits de la nuit, le mugissement constant du vent. Il se demande si Fayette *savait*. A-t-elle crié quand elle a vu le grand couteau ? Ne s'y attendait-elle vraiment pas ? A-t-elle eu une seconde pour réfléchir ou bien sa vie s'est-elle achevée sans qu'elle voie rien venir, comme un conducteur ivre qui prend un feu rouge à 130 à l'heure ? Ne se doutait-elle pas que cela *pourrait* arriver ?

Ou bien est-ce que c'était justement ça, le moteur ?

Paris décide de rentrer, de se reposer et de remettre toute l'histoire à plat pour la reprendre autrement, d'un bout à l'autre. Il promène le faisceau de sa lampe sur le sol et se dirige vers la porte quand le vent se remet à souffler en une rafale plaintive qui ébranle les quelques vitres restantes, branlantes dans leurs meneaux telles des rangées de dents abîmées.

42

Ils ont pris la deuxième porte sur la gauche.

La chambre est d'un blanc aveuglant. La seule tache de couleur est la bergère à oreilles au milieu de la pièce, d'un beau violet foncé. Juste en face, contre le mur du fond, un ordinateur et son écran sont installés sur une table blanche. Contre le mur de droite, il y a un bureau blanc ultramoderne, très fin. Pas de siège.

C'est tout. Pas d'autre mobilier, ni tableaux ni affiches aux murs, ni livres ni journaux, ni cendriers ni lampes. Juste… du *blanc*. Et tout un tas de rampes de spots fixées au plafond. Il doit y en avoir une vingtaine. Et elles sont toutes allumées.

— Avez-vous quelque chose de prévu demain, en début de soirée ? demande-t-il.

Elle s'assoit sur le siège de velours. L'odeur qu'elle a déjà sentie dans la cuisine est plus puissante ici. Un parfum de bœuf avarié. Pourtant, cette pièce semble presque stérile, et elle a du mal à imaginer que Jean-Luc puisse avoir laissé dans une autre pièce des restes de nourriture en train de pourrir. Cela provient peut-être de l'appartement d'à côté.

— Non, répond-elle.

Elle travaille à mi-temps comme secrétaire dans une petite société qui se charge de rédiger des demandes de subventions pour des associations et des fondations. Les bureaux sont fermés pour la semaine. En outre, si elle avait prétendu être occupée, elle a la très nette impression que cela n'aurait pas changé grand-chose.

— Bien, fait Jean-Luc.

Il traverse la pièce et ouvre la porte du placard. La penderie ne contient qu'un seul vêtement, un blouson de cuir noir. Il le prend sur le cintre et s'avance jusqu'à la bergère. Elle se lève sans un mot et le laisse le lui enfiler. Le blouson est chaud. Elle ne conteste pas ce qu'il fait. Ce n'est plus le moment.

Il y a d'autres façons de s'en sortir.

Jean-Luc fouille dans sa poche et en tire une petite carte. Elle est à l'enseigne d'un magasin de spécialités italiennes dans la Soixante-sixième Rue Est.

— Il y sera demain à 18 h 30. Il y va chaque semaine, c'est réglé comme une horloge.

— Qu'est-ce que vous voulez que je fasse ? demande-t-elle en se rapprochant, cherchant à sonder son regard.

Elle ouvre de moitié la fermeture Éclair du blouson.

— Je veux que vous l'emmeniez faire un petit voyage.

Il s'éloigne vers le bureau et prend un chiffon à meuble dans un tiroir. Elle regarde à l'intérieur. Pas de photos. Jean-Luc revient vers elle et essuie toutes les parties du blouson qu'il a touchées.

— Une petite *croisière*, si vous voulez.

— Une croisière ? demande-t-elle. Quel genre de croisière ?

Jean-Luc sourit.

— Une croisière qu'il ne manquera pas d'apprécier. Une croisière sur la *mare di amore*.

43

À sa quatrième tasse de café, la glace qu'il s'est appliquée sur la nuque a complètement fondu, mais pas sa gueule de bois. Il est resté debout pratiquement jusqu'à l'aube et a terminé les fonds de bouteille de quatre sortes d'alcool qu'il a trouvés au fond de son placard. Scotch, bourbon, schnaps, Cuervo. Il a également trouvé deux Lynchburg Lemonade qui traînaient dans le bas de son frigo.

À quoi a-t-il bien pu *penser*?

Il a pensé qu'il ne voulait plus penser, voilà à quoi il a pensé.

Il n'a pas arrêté de penser à ce *Paris Is Burning*, ce Paris brûle.

Il a regardé de vieux films, il a fumé de vieilles cigarettes, il s'est servi à boire minutieusement, en ajoutant de la glace pour s'assurer de n'en laisser aucune goutte, en cherchant méthodiquement la cuite.

Il y est parvenu.

Il lui reste la majeure partie de sa journée et une bonne dizaine de courses à faire avant de commencer sa tournée. Il se sert encore un café en se promettant de bouger bientôt, puis parcourt les pages du *Plain Dealer*, soulagé de ne pas tomber sur un énorme titre comprenant les mots *tueur* et *vaudou*.

Paris insère la cassette vidéo. C'est une vidéo de lui prise en contre-plongée devant le centre judiciaire. Il est plus jeune que maintenant et porte un costume sombre avec une cravate bordeaux. Il paraît plus enrobé qu'il ne pensait l'avoir été, ce qui est l'une des raisons pour lesquelles il n'a pas visionné cette cassette depuis plus d'un an. Pourquoi cet enregistrement, au départ ? Pure vanité. Ce jour-là, il a mis son plus beau costume dans l'espoir qu'il serait interviewé, dans l'espoir que Beth le verrait et en serait complètement baba. Seule la première partie avait fonctionné. Il était passé dans le journal de 23 heures ce soir-là.

« Il s'agit du meurtre de sang-froid d'un policier dans l'exercice de ses fonctions… Je pense que les preuves pourront démontrer que l'accusée, Sarah Weiss, a pressé la détente. »

Cette déclaration est suivie par un feu nourri de questions émanant des journalistes qui lui font face. Bien qu'il ne se souvienne pas l'avoir entendue, l'une des questions devait porter sur l'enquête dont Mike Ryan faisait lui-même l'objet, à savoir une investigation des affaires internes visant à déterminer si Mike avait ou non monnayé la protection d'une chaîne de librairies X.

« *Mike Ryan était un bon flic… Mike Ryan était un bon père de famille… un homme qui se levait chaque jour et choisissait – choisissait – de s'armer et d'aller au combat… Mike Ryan est mort dans l'exercice de ses fonctions afin de protéger les citoyens de cette ville…* »

Puis le passage que Paris déteste arrive. Il n'aurait jamais dû dire une chose pareille, et il s'est fait sacrément allumer par ses supérieurs pour avoir ouvert sa gueule. Il était allé dîner, avait bu quelques verres et n'aurait même pas dû revenir au centre judiciaire. Mais c'est là qu'il est venu, et que les caméras l'ont entouré. Même s'il a bien failli se prendre un blâme, il ne regrette pas un mot.

« *Alors, la prochaine fois que vous irez faire les poubelles, que vous vous planquerez dans les buissons comme des pervers, ou que vous vous précipiterez dans la rue avec une caméra de vingt kilos pour violer l'intimité d'une petite fille en fauteuil roulant qui a le cœur brisé, je veux que vous fassiez une pause, que vous preniez une grande respiration et que vous vous demandiez en quoi consiste votre boulot... Mike Ryan a pris une balle pour les gens de cette ville... Mike Ryan était un héros...* »

Une autre question des journalistes.

Puis sa réponse. La partie qu'il regrette vraiment d'avoir prononcée.

« *Il arrive que le monstre soit bien réel*, dit sa voix enregistrée. *Il arrive que le monstre ait un joli visage et un nom tout à fait ordinaire. Cette fois, le monstre s'appelle Sarah Weiss.* »

Là-dessus, le Jack plus jeune et plus lourd de la vidéo lève la main pour écarter d'autres questions, s'efforçant de sortir de la séance avec sa petite virilité de flic intacte. L'enregistrement revient alors sur Stefani Smith, la présentatrice blonde du journal de Channel 3, puis, au bout de quelques secondes, l'image se fond sur le film qui se trouvait à l'origine sur la bande.

Il s'agit, remarque Paris avec un sourire tendu, de *Network*, le long métrage de Lumet sur la télé.

Quatorze heures. Paris avale quatre ou cinq comprimés de Tylenol avec du café froid. Puis il prend son manteau et ses clés, verrouille sa porte, descend l'escalier et se fige.

Il y a quelqu'un sur le palier, en bas des marches.

C'est Mercedes Cruz. Il a oublié de l'appeler. Ils étaient censés se voir la veille dans l'après-midi, et il a oublié de l'appeler.

Merde.

— Salut, lance Paris, d'un ton faussement détaché. J'allais justement vous appeler.

L'humeur perpétuellement ensoleillée de Mercedes est voilée de nuages. Même sa barrette est grise.

— Le *Plain Dealer* prépare un article sur un tueur à Cleveland, annonce-t-elle. Un meurtrier rituel qui grave un symbole de la santería sur ses victimes.

Putains de fuites, se dit Paris. La police n'a pas encore communiqué officiellement d'informations sur le fait que Willis Walker et Fayette Martin ont été mutilés. Ni sur le lien avec la santería.

— Oui. Il y a eu des coups de fil du journal.

— Alors, soyons clairs. Je travaille avec l'inspecteur chargé de l'enquête et il faut que j'apprenne tous les détails au Deadlines ?

— Je suis désolé, dit Paris.

Et il ne ment pas. Mercedes Cruz a vraiment assuré.

— Les choses sont allées plutôt vite dans cette affaire.

— J'ai une voiture. Deux bonnes jambes. Moi aussi, je peux aller vite.

— Je sais. Mais ce n'est pas ça.

— Qu'est-ce que c'est, alors ?

— C'est juste que je n'ai jamais fait ça auparavant. D'avoir quelqu'un qui me regarde penser, vous comprenez? Au cas où vous ne l'auriez pas remarqué, nous, les flics, on a toujours la trouille de laisser échapper une info qui puisse permettre à un suspect de nous filer entre les pattes.

— Écoutez, je ne voulais pas vous en parler avant parce que je ne voulais pas l'impliquer, mais ma grand-mère est une adepte de la santería, d'accord? Je peux vous aider, inspecteur. Laissez-moi vous aider. Laissez-moi écrire l'article de ma vie.

Paris réfléchit.

— Venez, accompagnez-moi.

Ils descendent l'escalier.

Mercedes F. Cruz continue de plaider sa cause.

— Vous croyez que j'ai envie de bosser pour une feuille de chou latino jusqu'à la fin de mes jours? Vous croyez que c'est le boulot de mes rêves? Je suis aussi bonne que n'importe quel journaliste de cette ville. Je *peux* le faire, inspecteur.

Paris capitule.

— Bon, d'accord. Voilà ce que je vous propose : notre détachement spécial doit se réunir. Je vais vous laisser assister à la réunion. Mais il va falloir me jurer que rien de ce que vous aurez entendu là-bas ne sera imprimé avant que cette histoire ne soit terminée. Je ne veux pas me retrouver à lire quelque part « d'après des sources proches de l'enquête » et me demander si ça peut venir de vous. D'accord?

— D'accord.

Curieusement, Paris n'arrive jamais à déceler la moindre tromperie dans le regard de Mercedes Cruz.

— Je ne plaisante pas. Pas un mot imprimé.

Ils se tiennent à présent dans le parking situé derrière l'immeuble de Paris. Mercedes sourit et lève la main à la façon des scouts.

— Promis, juré.

— Bon sang ! fait Paris. Ne me dites pas que vous étiez scout aussi ?

— Vous plaisantez ? J'ai trois valises de petits gâteaux dans mon coffre.

— Pas des Caramel DeLites, dit Paris en regardant la Saturn bleue. Je vous en prie, ne me dites pas que vous avez des Caramel DeLites confectionnés par des petites mains scoutes dans le coffre de votre voiture, là, tout de suite.

— À seulement trois dollars la boîte. Je donne un coup de main à mes nièces.

— J'ai un vrai problème avec les Caramel DeLites, vous savez. J'ai même dû commencer un programme pour décrocher.

Mercedes Cruz sort ses clés de sa poche et les agite devant Paris.

— Bienvenue dans mon cauchemar.

À 15 heures, Paris commence à émerger, même si sa gueule de bois lui fait encore l'effet d'une noix en fonte concentrée sur sa nuque. Il passe en revue les Post-it jaunes de moins en moins nombreux qui ornent son frigo. L'un d'eux lui saute aux yeux. Il a promis à Beth de récupérer la bague de sa mère dans le coffre, à la banque.

Il n'y a plus aucune raison de tergiverser.

Il prend son manteau et ses clés, et se décide à attaquer la dernière pièce de son mariage.

Maintenant qu'il a vidé le coffre qu'il avait à la Republic Bank et fermé son compte, Paris contemple son contenu empilé sur la table de la salle à manger, autant d'objets que plus rien ne justifie de garder dans un coffre.

Il repère parmi eux un vieux rapport de police jauni et la honte lui remonte au visage. Il l'avait complètement oublié. Le compte-rendu d'incident, qui se trouvait dans son coffre depuis plus de dix-sept ans, le ramène à cette nuit où Vince Stella et lui sont tombés sur ce type d'une cinquantaine d'années qui pelotait une petite fugueuse de 16 ans dans une ruelle située derrière le Hanna Theatre, dans la Quatorzième Rue Est. C'est l'aîné des deux policiers qui a pris les choses en main cette nuit-là, et il a tout de suite reconnu le vice-procureur du comté. Dieu seul sait combien de fois Vince Stella s'est servi de ce qu'il avait vu cette nuit-là pendant ses années de service.

Paris décide de s'en débarrasser. L'homme est à présent juge municipal, et l'incident, aussi sordide soit-il, appartient au passé.

En se rendant au Shaker Square où il doit retrouver Beth à 17 heures pour lui rendre la bague de sa mère, Paris réussit à avoir tous les feux verts du Belvoir Boulevard et tous ceux de South Woodland. Il arrive sur la place avec dix minutes d'avance. Il traverse le parking d'un pas rapide et s'apprête à s'engager sur la place quand il repère Beth près du distributeur de billets de la National City Bank. Paris commence à lever la main pour attirer son attention quand il s'aperçoit qu'elle n'est pas seule. Elle parle à un homme grand, en pardessus bien coupé. Bien qu'il lui tourne le dos, Paris voit qu'il a les cheveux foncés et ondulés. La petite quarantaine, certainement. Des épaules larges, les mains gantées.

Paris reste figé un instant en regardant sans être vu son ex-femme parler avec cet homme. Doit-il rester là ? Les rejoindre ? Observer ? S'en aller ? S'avancer et se ridiculiser ? Il est assez voyeur pour avoir envie de trouver un meilleur poste d'observation. Mais il est aussi assez poule mouillée pour ne pas vouloir voir Beth donner à ce type un gros baiser baveux.

C'est la poule mouillée qui l'emporte.

Paris file directement au Yours Truly, prend une table et commande un café. Beth arrive cinq minutes plus tard, le rouge à lèvres intact.

Jack Paris décide que c'est bon signe.

44

Il s'appelle Axel Westropp. Joli complet, cravate bon marché. Mocassins éraflés.

— J'espère que vous comprenez que ce n'est pas contre vous, dit Axel.

— Bien sûr. Les affaires sont les affaires. Il n'y a pas de mal.

Axel se penche vers moi, comme pour partager un secret bien que nous soyons seuls dans la salle de conférences fraîchement éclairée de Cable99, la chaîne câblée dont les bureaux sont situés sur Shaker Square.

— C'est à cause de ces putains de politiques qui ont tout foutu en l'air. Mais quoi de neuf sous le soleil, pas vrai ?

Axel fait très certainement référence au fait que les politiciens ont la fâcheuse manie de réserver du temps d'antenne, de l'utiliser, de perdre les élections et de refuser ensuite de payer. Je lui assure que rien de tel ne se produira ici. Surtout à ce prix. Je demande :

— En liquide, ça vous va ?

— En liquide, ce sera parfait, répond Axel.

— Et vous dites que le relais par le modem ne présentera pas de problème ?

— Aucun, répond-il. Évidemment, vous êtes conscient que la qualité de l'image ne sera pas parfaite. Nous avons fait un duplex avec le groupe Pere Ubu, récemment, et c'était retransmis par Internet dans le monde entier. Notre seul problème, c'était un très léger décalage entre le son et la vidéo. Sinon, tout a été impeccable.

— Et je pourrai diffuser de deux endroits à la fois ?

— Absolument. Tant que vous avez le programme avec vous, tout ce qui transitera par vous passera à l'antenne.

— C'est remarquable, dis-je en me levant. Où réglons-nous cette sale histoire d'argent ?

— L'argent n'est jamais sale, par ici, corrige Axel avec un sourire immense.

Dix minutes plus tard, je règle trente minutes d'antenne sur Cable99, la tranche 23 h 30-minuit pour le 31 décembre, et je paye le tarif maximum du fait de l'absence de délai. L'audience ne sera pas très élevée, bien entendu, mais les critères et exigences de la chaîne ne le sont pas non plus. Je suis à peu près certain que ce que j'ai en tête ne pourrait jamais être retransmis sur l'une des grandes chaînes du réseau.

Enfin, pas avant que cela ne passe aux infos.

45

Il commence par se dire que ce doit être une hallucination, le produit d'une myopie qui dégénère avec l'âge, amplifié par une intense frustration sexuelle. Il a tellement pensé à elle au cours de ces derniers jours qu'il a entrepris de se tancer à chaque fois que l'image de la jeune femme surgit de sa mémoire, à savoir à peu près toutes les quarante-cinq secondes. Il lui est même arrivé plusieurs fois de prononcer son nom à haute voix.

Pourquoi n'arrive-t-il pas à se retirer cette fille de la tête ?

Il n'en sait rien. Mais de tous les endroits où il s'attend à la croiser, l'épicerie italienne Pallucci arrive à la fin de sa liste. Ou peut-être juste avant les spectacles de *monster truck*s, ces espèces de 4 × 4 montés sur roues de camion.

Lui a-t-il parlé du fait que, depuis près de vingt ans, il passe chez Pallucci, Soixante-sixième Rue Est, chaque semaine à la même heure pour prendre de la mozzarella fraîche et du basilic ? Il n'arrive pas à se souvenir. Leur conversation au Starbucks est complètement brouillée. Peut-être…

Quoi qu'il en soit, cette fois, ce n'est pas une hallucination. Elle est au bout de l'allée, figée, la jambe droite en avant, ses cheveux foncés ramenés en arrière, ses lèvres d'un rouge ardent et humide. Elle marche lentement vers lui, ses yeux rivés sur les siens. Elle porte une petite jupe noire et un blouson de cuir noir, le genre avec plein de fermetures Éclair, et un tee-shirt crème en dessous. Elle a l'air coriace. Effrontée. Et terriblement sexy.

Alors qu'elle se rapproche, un léger sourire rehausse ses lèvres, et Paris s'aperçoit soudain qu'elle ne va pas lui parler. Il remarque également que ce n'est pas un tee-shirt couleur crème qu'il entrevoit sous le blouson, mais sa peau laiteuse. La fermeture à glissière n'est qu'à moitié remontée, et elle ne porte rien en dessous.

Elle le dépasse, avance jusqu'au bout de l'allée puis se retourne et le regarde.

Mélodie pour un meurtre, pense Paris. *La scène de l'épicerie dans* Mélodie pour un meurtre.

C'est impossible.

Puis, aussi cynique que le serait n'importe qui après vingt ans passés dans la police, il se demande ce qui ne va pas dans le tableau.

Pourtant, lorsqu'il descend l'allée à son tour, contourne le rayon et voit Rebecca d'Angelo qui se tient près des fruits et légumes, quand il voit la lumière des néons se refléter sur sa peau d'albâtre, ce n'est plus la logique qui l'anime. Il se glisse jusqu'à elle, enivré par son parfum. Elle abaisse encore d'un cran la fermeture à glissière de son blouson et se penche devant lui pour prendre une poignée de fenouil et la respirer. Son autre main monte lentement le long de sa cuisse, puis esquisse le mouvement inverse. Paris distingue clairement l'intérieur de son blouson, ses seins blancs contre le cuir noir. Elle garde la pose un instant, puis replace le fenouil et se dirige d'un pas décidé vers le comptoir à viennoiserie – le claquement de ses talons sur le carrelage accompagne la *Mala Femmena* de Jimmy Roselli qui se déverse des haut-parleurs du magasin, pour former un fond sonore parfaitement surréaliste.

Lentement, Paris la suit. Rebecca atteint le comptoir, fait volte-face et s'adosse à la paroi de verre. Dès que Paris arrive à sa hauteur, elle l'attrape par les revers de son manteau et l'attire entre ses jambes.

C'est un baiser long, lent et profond. Paris glisse ses mains entre la jupe courte et le verre tiède de la vitrine à viennoiserie. Rebecca l'embrasse à nouveau, et, cette fois, Paris l'enlace et sent le cuir chaud et sensuel sous ses mains, la tête remplie de l'arôme des *scallette* tout juste sortis du four. Rebecca promène doucement sa langue sur le contour de son oreille et murmure :

— Bonne année, Jack.

Paris en reste sans voix.

Ils s'embrassent une dernière fois – un baiser qui est comme une promesse explicite, quoique délicate, qu'ils feront l'amour la prochaine fois qu'ils se retrouveront.

Puis Rebecca se dégage de son étreinte, se détourne et marche jusqu'à la caisse. Elle se penche, dépose un baiser sur la joue hérissée de barbe grise de Carmine Pallucci, puis ouvre la porte et s'en va. Quelques secondes avant, elle était enfouie dans les bras de Paris, et l'instant suivant il n'a plus à étreindre qu'un courant d'air glacé et les bruits mouillés de la circulation qui descend la Soixante-sixième Rue Est enneigée.

Paris, complètement hébété, se tourne vers Carmine.

Le vieil homme, qui a tout vu depuis sa caisse – et qui en a vu d'autres en soixante et onze ans perché sur ce tabouret –, contemple Paris, la forme de la bouche de Rebecca d'Angelo lui faisant comme une enseigne lumineuse sur la joue droite. Alors, avec un grand sourire et réjoui à l'idée de raconter cette histoire à ses petits-fils le lendemain matin, Carmine se baisse derrière le comptoir et en sort deux petits verres et une bouteille de *grappa di Vino Santo* réservée aux grandes occasions.

Trois heures plus tard, Paris est installé sur le siège arrière de sa voiture, en face de la Botanica Macumbà, les jambes étendues devant lui, et il s'efforce de dompter les pensées qui tournent autour de sa rencontre érotique à l'épicerie italienne. Il respire encore le parfum de Rebecca sur ses mains, sur son col.

Qu'est-ce qu'elle faisait ?

Qu'est-ce qu'*il* faisait ?

C'était très futé, très sexy, très adulte *pour quelqu'un de son âge. Bon, elle a peut-être dans les 30 ans*, raisonne-t-il. Ce qui lui donnerait un peu d'espoir. Ce qui est probablement ce qui lui fait aussi peur. Il sait qu'il y a une grosse pancarte marquée *Souffrir* au bout de tout ça. C'est forcé. Et c'est peut-être pour ça qu'il commence à se sentir comme Emil Jannings dans *L'Ange bleu*, ce professeur d'un certain âge qui se ridiculise complètement et se comporte comme un connard à cause de Marlene Dietrich.

Paris lève les yeux sur le bow-window au-dessus de la Botanica Macumbà, qui donne dans l'appartement des Levertov. Les stores sont toujours baissés. Pas de lumière.

Ivan Kral, l'inspecteur chargé d'enquêter sur le meurtre d'Isaac Levertov, lui a expliqué qu'il n'avait pas pu interroger la femme de Levertov en personne depuis qu'on avait retrouvé le corps du vieillard. Il a dit qu'il lui avait parlé longuement au téléphone et qu'elle était venue à la morgue pour identifier le corps, mais qu'il n'avait pas pu la joindre depuis. Il faudrait un mandat pour pénétrer dans les lieux, et l'on n'avait pas le commencement d'une preuve pour étayer une présomption de quoi que ce soit.

Pour l'instant.

Alors, ils attendent.

Paris change de position et ramène ses genoux contre son menton. Il a appris l'attente durant l'été de la mort de son père. Cet été-là, chaque matin, le Jack Paris de 16 ans prenait place sur la chaise longue en vinyle bleu au pied du lit de son père, enveloppé dans l'atmosphère lourde et renfermée de l'infirmité, des tas de livres de magie sur les genoux : le *Blackstone's Modern Card Tricks* ou la bible des tours de cartes, l'*Encyclopédie des tours de cigarettes* de Keith Clark ou le *Traité de prestidigitation des pièces de monnaie*.

Son père mesurait un mètre quatre-vingt-trois à une époque où le champion du monde des poids lourds ne dépassait pas un mètre quatre-vingts ; pendant toute sa vie active, Frank Paris avait été un mécanicien dans l'âme ; il fabriquait des choses dans son atelier au sous-sol et en réparait d'autres dans son garage. C'était un homme indépendant, qui vérifiait chaque soir que tout était bien fermé, qui changeait les filtres de la chaudière tous les ans à l'automne et dégageait lui-même la neige de l'allée avec son énorme pelle à charbon tous les hivers.

Mais, pendant cet été sinistre entre tous, la leucémie avait considérablement diminué Frank Paris.

Les jours trop rares où son père arrivait à s'asseoir, à manger quelque chose et à lui sourire, Jack Paris lui faisait des tours de magie sur une table de télévision en alu rangée au pied du lit. Balles et gobelets. La carte volante. Le coup du verre et du foulard. Pas mal faits parfois, mais le plus souvent pas très réussis. Son père applaudissait cependant à chaque fois, ses mains maigres et osseuses se rejoignant en un petit frottement à peine audible.

Jack Paris est resté assis dans cette chaise longue bleue pendant trois mois, à surveiller la santé de son père telle une pauvre sentinelle abattue et impuissante. À la fin du mois d'août, l'ambulance est venue pendant la nuit, alors que Jack dormait profondément. Le coup de fil de l'hôpital est arrivé trois jours plus tard, à 6 heures du matin.

Il est mort, n'est-ce pas ? a demandé sa mère, dans la cuisine, par ce matin brumeux de fin d'été, sa tenue rose de serveuse se muant soudain en un manteau de veuve. Jack attendait qu'elle descende doucement l'escalier. Attendait les nouvelles.

Durant tout ce printemps et cet été-là, depuis ce jour d'avril où son père était rentré la mine sombre du cabinet du Dr Jacob, jusqu'à l'enterrement pluvieux au cimetière de Knollwood, le premier lundi de septembre, jour de la fête du Travail, Jack Paris a fait rouler un dollar d'argent entre ses doigts – empalmage, disparition, substitution, apparition.

La mort lente de son père lui a peut-être appris la patience, mais c'est la prestidigitation – et il ne cessera de le réaffirmer chaque jour de chance de sa carrière de flic – qui lui a appris à toujours regarder l'autre main, à voir à travers les ombres. C'est la magie qui lui a enseigné l'illusion.

Paris se frotte les paupières. Puis il lève les yeux vers la fenêtre sur rue de l'appartement des Levertov en se demandant depuis combien de temps il a décroché. *Blanches colombes et vilains messieurs* auraient bien pu passer en entier devant cette fenêtre sans qu'il s'en aperçoive.

Au boulot, Fingers.

Paris tend ses jambes et jette un rapide coup d'œil sur les environs avec ses jumelles. Tout est désert à l'exception d'un vendeur de hot dogs solitaire au coin de Fulton et de Newark. Paris sort de sa voiture, s'étire et exécute quelques flexions dans l'air glacé pour se réveiller. Il sent son estomac gargouiller à la vue du marchand; il a réussi à ne pas avoir le temps de dîner ce soir encore. Mais avant qu'il puisse s'éloigner, la radio s'allume :

— Jack ?

— Oui ?

— J'arrive, annonce Carla Davis, qui semble énervée. Je suis à cinq rues.

— Vous êtes très en avance. Qu'est-ce qui se passe ?

— Je me suis engueulée avec Charlie Davis, voilà ce qui se passe.

— Ah oui ?

— Et il se passe que je vais finir par lui exploser sa face de négro rachitique.

Paris sait qu'il vaut mieux ne pas en rajouter. Surtout sur un canal radio non sécurisé.

— Compris.

— Vous êtes garé où ?

Paris lui indique l'endroit.

— Je vais me mettre plus près de Trent, pour qu'on ne soit pas au même endroit, annonce-t-elle.

— D'accord, dit Paris, qui regarde le vendeur et son petit chariot, deux rues plus loin, et se sent affamé maintenant qu'il l'a remarqué. Écoutez, il y a un petit stand au carrefour Newark et Fulton. Vous pouvez me prendre quelque chose ?

— Pas de problème. Qu'est-ce que vous voulez ?

— Je ne sais pas… Un hot dog complet. Et un Coca.

— C'est comme si c'était fait.

— Ah ! et puis, je sais que c'est l'enquête d'Ivan, mais pourquoi ne pas poser à ce type deux ou trois questions sur Isaac Levertov qui poussait aussi son chariot dans le coin ? Il a peut-être vu quelque chose.

— C'est comme si c'était fait.

Carla range sa voiture tout près. Elle tend à Paris le hot dog – enveloppé dans du papier paraffiné à motifs de Noël – et la cannette de Coca glacée.

— Il connaissait le vieux ? s'enquiert Paris.

— Non, dit Carla en levant son calepin pour avoir la lumière du lampadaire. M. William Graham, vivant sur Memphis Avenue à Old Brooklyn, travaille ici depuis exactement deux semaines. Il dit qu'il a entendu parler du meurtre du vieux monsieur, mais c'est tout.

Elle referme son calepin.

— Combien je vous dois ?

— Rien, répond Carla, qui bâille déjà. Apportez-moi juste du café demain matin. Et tous les McMuffin que vous pourrez trouver. Et maintenant, filez. Allez vivre votre vie.

La pluie tombe ; assourdie, incessante, méthodique. La circulation clairsemée s'écoule au milieu de Lorain Avenue, se concentrant sagement sur deux voies au lieu de quatre.

Tout ça ne rime à rien.

Willis Walker, Fayette Martin, Isaac Levertov.

Quel peut bien être le lien entre ces trois personnes ?

Paris ouvre son Coca, boit un peu puis le coince entre ses cuisses. Il saisit le hot dog, défait l'emballage à une extrémité et le porte à ses lèvres, l'esprit occupé pour un tiers par Rebecca, pour un tiers par la route et pour un tiers par cet océan stagnant d'indices dépourvus de sens.

C'est l'odeur qui le ramène ici et maintenant.

L'odeur de la mort.

Paris écrase la pédale de frein, et la voiture se met à partir en travers de Lorain Avenue. Heureusement, il n'y a personne qui arrive en face. Après quelques instants absolument terrifiants, il parvient à redresser le véhicule et à l'immobiliser sur la ligne jaune centrale. Puis il ouvre sa portière et plonge pratiquement sur la chaussée verglacée.

— Putain de bordel... de *merde* !

Jack Paris se met à faire les cent pas au milieu de Lorain Avenue, luttant contre la nausée, brandissant sa plaque à l'intention de la voiture qui le suit pour lui faire signe de contourner son véhicule. Enfin, il s'arrête, pose les mains sur ses genoux et crache par terre, une fois, deux fois.

De gros flocons s'accrochent aux cils de Jack Paris. Il les essuie d'un geste puis se force à retourner dans sa voiture. Il récupère son gyrophare et le place sur le toit tout en jetant un coup d'œil au papier paraffiné joyeusement décoré et au petit pain blême sur le siège passager.

— Je t'aurai, enfoiré, dit Paris, qui prend son portable et compose le numéro du commissariat du Deuxième District.

Sa fureur lui semble une créature vivante qui grandit en lui. Il crache à nouveau par terre.

— Et ce n'est pas dans un tribunal que ça va se régler, je le jure devant Dieu.

Paris écoute la sonnerie du téléphone, absolument certain que le vendeur de hot dogs sera introuvable quand les voitures de flics arriveront à l'angle de Newark Avenue et de Fulton Road ; absolument furieux qu'on ait pu se foutre de sa gueule avec ce nom, Will Graham, qui est celui de l'agent du FBI tourmenté dans *Dragon rouge* de Thomas Harris ; absolument écœuré à l'idée qu'il a été à un cheveu de mordre dans le pénis de Willis Walker.

46

J'entends au loin les sirènes de police et je sais qu'ils viennent pour moi ; aria sombre et précipitée qui monte et descend sans cesse.

La vieille dame est assise sur la chaise de sa salle à manger recouverte d'une housse plastifiée et ses yeux ne sont qu'un concentré de défi. Je sais qu'elle a enduré pire que tout ce que je peux lui proposer maintenant. Bien pire. Elle a survécu aux horreurs de Buchenwald, a été témoin d'une encyclopédie de comportements inhumains.

Elle a commencé par refuser de me dire où trouver les clés du garage. J'en avais besoin pour accéder au chariot à hot dogs de son mari. Son entêtement lui a valu la dernière phalange de l'auriculaire de la main droite, mais elle refusait toujours de parler. Lorsque le fer à vapeur n'a plus été qu'à deux centimètres de son visage, elle a désigné le tiroir d'un vieux bureau et ses frêles épaules se sont affaissées sous le poids de la honte.

Elle est très coriace, issue d'une autre époque, d'un autre temps. Rien à voir avec la complaisance et la faiblesse qui caractérisent tant certains de ma génération. Elle ne fait pas partie de mes plans, et mon instinct me conseille de quitter son appartement, de prendre le risque. C'est ce que me dit mon instinct. Mais je sais que je ne peux pas faire ça. Je n'éprouve aucune haine à son encontre, mais j'ai besoin de tenir au moins jusqu'à la Saint-Sylvestre, et elle a vu mon vrai visage.

Le visage de mon *père*.

Je vois par la fenêtre les deux voitures de police converger vers l'angle de Fulton Road et de Trent Avenue, leur gyrophare bleu projetant un prisme éblouissant sur la façade givrée de l'église St. Rocco.

La vieille dame lutte contre les cordes. Il semble qu'elle tient encore à la vie, malgré toutes ses horreurs, sa barbarie et sa cruauté. Elle essaie de me supplier, mais l'adhésif collé sur la bouche capture sa peur et l'étouffe.

Lorsque nous avons fait connaissance, je leur ai dit, à elle et à son mari, Isaac, que je m'appelais Judah Cohen. Je m'agenouille devant elle et je lui dis dans un hébreu très contrit, appris pour l'occasion :

— *Ani ve ata neshane et haolam.*

Vous et moi allons changer le monde.

Edith Levertov écarquille les yeux, et les écarquille encore.

Elle hurle.

Elle a déjà rencontré le diable.

47

Paris monte l'escalier qui mène à l'appartement des Levertov, arme au poing. Il est suivi par Carla Davis et deux agents en uniforme du Deuxième District. Il y a plus de huit mois que Paris n'a pas dégainé son arme pendant son service, et même s'il a fait assez récemment un bilan de compétence au tir, son arme lui paraît étrangère dans sa main, curieusement lourde.

Il se dit que trois scénarios s'offrent à eux en haut de cet escalier. Un, il n'y a personne. La veuve d'Isaac Levertov est partie dans sa famille, trop effondrée pour rentrer chez elle. Deux, Mme Levertov va leur ouvrir la porte dans un état comateux, tellement assommée par les médicaments qu'elle n'a entendu ni la sonnette de la porte ni le téléphone.

Trois ?

Eh bien, trois présente trop de variables, même pour quelqu'un de l'expérience de Jack Paris.

L'arrivée en haut des marches suscite un soupir collectif de la part des quatre policiers. Paris tourne la poignée, et la vieille porte s'ouvre de quelques centimètres, avec un grincement de protestation. Paris cherche le regard de Carla, qui se tient juste derrière lui. Il va ouvrir la porte en grand et entrera debout. Carla entrera en se baissant.

Après un silencieux décompte à partir de trois, Paris pousse la porte à fond. Le grincement des gonds retentit plus fort encore, pareil à un cri de désapprobation rouillée dans le silence du couloir.

Pas un mouvement. Aucune voix à l'intérieur. Ni télé ni radio.

Paris attend quelques battements de cœur et regarde derrière le chambranle. Une petite cuisine devant, murs carrelés de faïence jaune, petite table en fer forgé, plantes en plastique. Il identifie une odeur de vieille friture, de désinfectant Lysol, de litière pour chat. Bien que tout ait été éteint quand Paris surveillait l'appartement, peu de temps auparavant, on dirait à présent que toutes les lumières ont été allumées.

Paris se glisse à l'intérieur, plaqué contre le mur. Carla suit. Le sol de la cuisine est impeccable, à l'exception de deux empreintes de pas taille 45 en neige fondue légèrement sale. Paris les signale en silence à Carla, qui les contourne.

À gauche, une arche donne dans le salon-salle à manger. Paris se glisse contre le réfrigérateur et garde la position, Carla avance, pliée en deux, jusqu'à l'autre côté de l'entrée en jetant un coup d'œil dans la pièce au passage. Elle se poste à l'autre bout de l'arche et adresse un signe de tête à Paris. Celui-ci pénètre dans la salle à manger, son 9 mm formant un angle à quarante-cinq degrés par rapport à son corps.

C'est d'abord l'ombre qui apparaît, puis un contour, puis la forme.

Quelqu'un se tient assis à la table de la salle à manger.

Paris lève son arme et, le cœur emballé, vise la forme devant lui. *Tire, ne tire pas*. Rien ne change jamais.

Tire.

Ne tire pas.

Il abaisse légèrement son pistolet et sent la sueur perler sur sa nuque et couler dans son dos en un fin réseau de fils glacés.

La personne attablée ne les menace en rien.

Carla franchit à son tour l'arche, le dos collé au mur, arme levée, puis voit ce que Paris voit, hésite – la scène macabre détournant un instant son attention – et reprend son avancée silencieuse.

Devant eux, un petit salon encombré, une vieille télé de soixante centimètres avec placage en bois d'érable, une vitrine remplie de sujets en verre, des sièges trop rembourrés. Vide, silencieux, menaçant. Carla indique d'un signe de tête le couloir qui conduit certainement aux chambres et à la salle de bains. Paris s'avance vers l'ouverture. Carla s'engouffre vivement dans le couloir. Les deux agents en uniforme prennent position dans le salon. Paris fait signe à l'un d'eux, qui le contourne et s'engage dans le couloir. Paris répète l'exercice avec le second policier et suit le mouvement. Ils fouillent le reste de l'appartement.

Salle de bains. Vide.

Chambre 1 et placard. Vides.

Chambre 2 et placard. Vides.

Paris retourne dans la salle à manger et contemple la silhouette attablée. Il range son arme dans son étui d'épaule.

— RAS ! crie Carla Davis depuis la chambre.

Elle émerge du couloir, pistolet le long du corps. Les deux autres policiers – visiblement des bleus que la fouille a dopés et chargés d'adrénaline – la suivent de près. C'est habituellement le moment de décompresser, un moment très spécial pour les policiers, qui se donnent des claques dans le dos et prennent une profonde respiration vibrante qui signifie : *on y est allés et on a assuré.*

307

Mais cette fois, la camaraderie n'est pas de mise.

Non, pas cette fois.

— Mon Dieu, Jack ! prononce Carla à mi-voix.

Les deux autres policiers présents dans la salle à manger rengainent leur arme et détournent les yeux. Ils sont tous les deux assez jeunes pour avoir une grand-mère encore en vie et sont effarés par la vision qui s'offre à eux. L'un d'eux quitte la pièce, censément pour surveiller l'entrée de l'appartement. L'autre regarde ses chaussures.

La vieille dame, Edith Levertov, est assise à la table de sa salle à manger, comme elle l'a fait sans doute pendant de longues années – pour partager son kreplach, jouer au mah-jong, changer les couches d'une tripotée d'enfants et petits-enfants Levertov, dispensant ses années de sagesse.

Sauf que, cette fois, il y a une différence.

Cette fois, sa tête est complètement retournée et fait face au papier peint à motifs de roses choux et de feuillage couleur vert olive. Cette fois, ses yeux sans vie sont grands ouverts et semblent contempler le symbole grossièrement gravé dans le plâtre du mur. Un emblème très ancien constitué de six traits, dont deux sont légèrement incurvés.

Paris, qui commence à s'y connaître en symboles de la santería, ne prend même pas la peine de le regarder.

48

Le Caprice Lounge est presque désert, et Carla Davis est plus éméchée qu'il ne l'a jamais vue. Le fait d'avoir eu leur homme juste en face d'elle la met terriblement en colère, et aussi, à en juger par l'amer constat qu'elle en soit à son troisième Cutty Sark, lui fait carrément peur.

Peu de temps avant la fermeture du bar, et après un long silence, Carla demande :

— Je voulais vous poser une question.

— Allez-y.

— Ça n'a rien à voir avec l'affaire.

— Tant mieux.

— Il vous arrive de penser à vous remarier ?

— Jamais, ment Paris.

— Vraiment ? Comment ça se fait ?

— Pour un million de raisons dont aucune n'est individuellement vraiment valable mais qui, *collectivement*…

— Je comprends…

— Pour vous expliquer, dit Paris, à ce stade de ma vie, j'aime les femmes comme je peux aimer ma première tasse de café de la journée.

Carla saisit la balle au bond.

— Vous voulez dire « noire, sucrée et brûlante » ?

— Non, réplique Paris. Je veux dire « finie à 7 heures et demie ».

— D'accord, j'ai compris, fait Carla en riant.

— Et maintenant, moi aussi j'ai une question. Et c'est complètement lié à l'affaire.

Paris sort de la poche intérieure de son complet une vieille photo de Jeremiah Cross découpée dans un journal.

— Vous connaissez ce type ?

Carla scrute la photo dans la pénombre du bar.

— Je ne sais pas trop. Qui c'est ?

— Un avocat. Il a défendu la femme qui a tué Mike Ryan.

Carla sort ses lunettes de la poche de son manteau, les met et lève la photo pour avoir plus de lumière.

— Non, dit-elle. Mais d'un autre côté, pour moi, tous ces jolis petits avocats se ressemblent, vous voyez ce que je veux dire ? « Jeremiah Cross », lit-elle sur la légende. Non, ça ne me dit rien. Pourquoi ?

— Ça va avoir l'air dingue.

— Il est près de deux heures et demie, Jack, dit-elle en vidant son verre avant de réclamer l'addition. Croyez-moi, je peux tout entendre.

— Y aurait-il une possibilité pour que ce soit notre homme ?

Carla dévisage Paris d'un regard scrutateur et hypnotique de flic. Il a soudain toute son attention.

— *Ce* type ? Notre inconnu ?

Elle lui reprend la photo.

— Merde, je n'en sais rien. Peut-être que oui, peut-être que non. Mon type avait une grosse barbe, des lunettes fumées, une casquette de base-ball. Sans doute une perruque. Je crois que j'ai vu son nez et ses lèvres. Point. Ce Jeremiah Cross, il mesure dans les combien ?

— Un bon mètre quatre-vingts.

— Ça pourrait coller, dit Carla.

— Et son accent ? Est-ce qu'il avait un accent du sud ?

— Non, pour moi, il aurait pu venir de Rocky River.

Carla étudie encore la photo.

— Mais qu'est-ce qui vous fait penser que ce type pourrait être celui que nous cherchons ?

Paris lui fait un bref compte-rendu.

— Ce n'est pas grand-chose, commente-t-elle.

— Je sais.

— Ce n'est pas parce que vous aimeriez lui faire une tête au carré que ça fait de lui notre tueur en série vaudou.

— Vous avez raison, dit Paris. Oubliez ce que je vous ai dit.

Ils laissent l'argent sur le bar et rentrent pour ce qui ne sera, ils le savent, qu'un repos de quelques heures. Paris raccompagne Carla à sa voiture. Ils estiment mutuellement leur capacité à conduire et se donnent l'autorisation.

Une demi-heure plus tard, Paris s'écroule sur son lit, glacé jusqu'aux os, tout habillé, complètement désorienté dans cet abattoir violent qu'il appelle son métier, et il sombre aussitôt dans un sommeil profond et agité.

Le mal engendre le mal, Fingers.

Une heure plus tard, Paris n'entend pas la voiture se garer dans le parking en face de chez lui, ne voit pas non plus le bout incandescent du cigare qui se consume à l'intérieur, phosphorescent dans l'obscurité, palpitant dans la nuit comme un rosaire de feu.

TROISIÈME PARTIE

BRUJO

49

Le garçon est un homme. Trente ans aujourd'hui. Il a déjà enfreint toutes les lois de Dieu et pratiquement toutes les lois des hommes. Il a pris la vie de onze personnes, y compris un *cholo* qui l'a abordé un jour, dans un café de Sinaloa. Un sale type avec des yeux de pédophile, des dents jaunâtres et une haleine fétide. Il a été tellement écœuré par ses avances répétées qu'il l'a fait boire jusqu'à une heure avancée de la nuit, est sorti avec lui puis l'a attiré dans un coin sombre et l'a ouvert comme un *pescado*. Il avait 15 ans. Il a donné les entrailles du type à manger à des chiens errants.

Sa vie avait basculé à l'époque où sa mère faisait le trottoir à Cleveland, près de la Cinquante-cinquième Rue. Un soir, elle avait ramené à la maison un type qui avait l'apparence et l'odeur d'un clodo, le genre à monter dans les trains de marchandises. Au matin, le gosse avait vu l'homme en train de fouiller dans la cuisine pour chercher du fric. Le type avait trouvé la boîte à biscuits qui contenait soixante et un dollars. Le gosse

315

s'était habillé et l'avait suivi dans un bâtiment désaffecté de Prospect Avenue. Il l'avait regardé faire tout un cirque pour cacher l'argent dans une boîte à café. Puis il l'avait regardé se recroqueviller sur un matelas puant.

Lorsque le gosse avait été certain que le type dormait profondément, il s'était approché et, d'un seul coup puissant, il avait enfoncé un ciseau à bois rouillé dans son oreille gauche, lui perforant le cerveau et le tuant instantanément. Le gosse avait 12 ans à l'époque. Sa sœur et lui avaient alors creusé un trou dans le terrain vague juste derrière le bâtiment, et ils avaient enterré l'homme. Deux semaines plus tard, ils se tenaient tous les deux sur le trottoir d'en face pour regarder les bulldozers abattre l'immeuble et niveler le terrain. Un mois plus tard, tout était bétonné.

Les soixante et un dollars avaient été remis dans la boîte à biscuits avant même que leur mère ne se rende compte qu'ils avaient disparu, avec quatre dollars et dix cents en plus, que le garçon avait trouvés dans les poches du mort.

L'horloge avance vers un nouveau jour, une nouvelle année, et l'homme sait que son avenir est incertain, aussi imprévisible que la mort elle-même. Pourtant, tandis qu'il se douche, se rase et se prépare à cette nouvelle journée, il sait une chose avec certitude.

Il sait que l'inspecteur Jack Salvatore Paris va mourir, par sa main, avant la fin du jour.

50

Mercedes Cruz a pris la pâleur cireuse de ceux qui viennent de mourir. Tous les détails horribles des meurtres de Fayette Martin, Willis Walker, Isaac Levertov et Edith Levertov sont étalés devant elle en couleurs vives. Quarante-huit photos en tout.

Paris compatit. Il la connaît assez pour savoir qu'elle a bon cœur et n'a sûrement pas anticipé tout ça.

La réunion du détachement spécial commence sans tarder, à 8 heures tapantes, et tous les inspecteurs disponibles de la brigade criminelle sont présents. Quatre des huit chefs de division sont là également, ainsi que le médecin légiste et son assistant.

En plus des photographies des victimes prises sur les lieux des crimes, il y a deux clichés des bandes de carton retrouvées sur Isaac Levertov et Fayette Martin, et deux autres des empreintes de pas dans l'appartement des Levertov. Il y a encore deux portraits-robots composés par ordinateur fixés au tableau. L'un d'eux représente une jeune femme blonde, la dernière à avoir été vue avec Willis Walker. L'autre se compose en fait de deux portraits-robots : à gauche, le jeune homme barbu à lunettes du chariot à hot dogs ; à droite, une version du même suspect sans lunettes et rasé de frais.

Au cours des dernières vingt-quatre heures, le réseau s'est étendu à tous les services judiciaires au niveau du comté et de l'État. Des images du marchand de hot dogs ont été distribuées dans tous les commissariats et bureaux de shérif du Nord-Est de l'Ohio, ainsi qu'en Pennsylvanie, dans l'Indiana, le Kentucky et la Virginie-Occidentale. Le portrait a également été publié sur une dizaine de sites Web de la police.

Le détachement spécial a aussi visionné l'enregistrement de la soirée que Carla a pris avec sa caméra cachée. Mauvaise qualité, éclairage épouvantable, absolument inutilisable.

Depuis quelques jours, la rumeur qui circule dans le service à propos du carton reconstitué de *Paris Is Burning* a pris un ton beaucoup plus grave encore que les bruits qui couraient déjà sur cet officier de police pris pour cible par un tueur en série. Il y a mille huit cents hommes et femmes en service, et, ces derniers jours, on a sorti des placards un peu plus de gilets pare-balles que d'habitude.

L'enquête a également confirmé ce qu'on savait déjà, à savoir que les sociétés de location de cassettes vidéo, y compris les grosses comme Blockbuster, ne donnent jamais le boîtier d'origine avec le film. Depuis quarante-huit heures, les emballages des trente et une cassettes de location de *Paris Is Burning* disponibles dans Cleveland et sa région ont été examinés et écartés. La tranche ne manquait sur aucun d'entre eux.

C'est Greg Ebersole qui commence.

— Il n'y avait aucune empreinte utilisable dans la chambre du motel. La plupart des surfaces ont été soigneusement essuyées, et pourtant on a retrouvé des traces du sang de Willis Walker sur la table de chevet et sur la poignée de porte intérieure, ce qui indique que le tueur a d'abord essuyé l'objet contondant qui lui a servi d'arme, probablement le couvercle des toilettes, *puis* a entrepris d'essuyer toute la pièce avec le même bout de tissu. Une serviette portant des traces de ce qui ressemble à du sang a été retrouvée hier soir dans un caniveau de la I-90. Elle est au labo.

« La police scientifique a relevé pas moins de cinquante empreintes complètes et partielles sur le lieu du crime de Fayette Martin. Sur la vingtaine déjà répertoriée, onze individus étaient incarcérés au moment du meurtre, trois ne vivent plus dans la région et ont fourni des alibis professionnels. Deux ont plus de 70 ans et sont des retraités qui visitent régulièrement le bâtiment pour récupérer les cannettes en aluminium. Ce qui nous amène à Jaybert Louis Williams, 34 ans, dont la fiche se résume à deux condamnations pour vol à l'étalage à North Randall, et une gamine de 13 ans du nom d'Antoinette Viera.

— *Treize* ans ? s'étonne Paris. Comment peut-elle déjà avoir un casier ?

Greg parcourt ses notes.

— Elle a volé des fournitures dans son collège.

— Et elle a été fichée pour ça ?

— C'étaient des fournitures électroniques, Jack. Quatre ordinateurs portables tout neufs.

Toutes les personnes présentes digèrent l'information, puis l'écartent. Il n'y a rien pour eux de ce côté.

— Des raisons de s'intéresser au voleur à la tire ?

Greg brandit la photo Polaroid de l'homme en question. Jaybert L. Williams est noir et doit peser dans les cent cinquante kilos. Rien à voir avec le vendeur de hot dogs. Mais ça ne l'élimine pas complètement en tant que complice actif ou passif.

— Quelle est son excuse pour avoir pénétré dans une propriété privée ? questionne Carla.

— En fait, il a avoué tout de suite. Il a dit qu'il se faisait tailler une pipe. Et il a ajouté que c'était si bon qu'il a dû s'accrocher au comptoir.

Un soupir collectif parcourt la salle, soutenu par quelques rires tonitruants.

— A-t-il dit *quand* on lui a prodigué la pipe de sa vie ? s'enquiert Paris.

— L'été dernier, répond Greg. Le labo a confirmé.

L'empreinte n'est pas récente. Une impasse. Elliott se tourne vers Carla.

Celle-ci commence :

— Les empreintes de pas trouvées dans la cuisine des Levertov proviennent de chaussures de randonnée masculines, taille 45. Malheureusement, il s'agit d'un modèle extrêmement répandu et disponible partout : chez Dillard's, Kaufmann's, Saks. La substance trouvée par terre était principalement de l'eau additionnée de particules de boue, de suie et de sel de déneigement. Une autre empreinte similaire a été trouvée sur une petite congère près de la cage d'escalier. Tout ce qu'il y avait par contre sur les marches était trop brouillé.

Comme la première fois qu'il l'a vu, Paris examine une fois de plus le portrait de la jeune femme blonde telle qu'elle a été décrite par les habitués du Vernelle's Party Center, et y voit Rebecca.

Pourquoi ?

Certes, les pommettes et les yeux sont familiers, comme le soupçon de fossettes. Mais c'est à peu près tout. À part ces détails, elle ne lui ressemble pas du tout.

Ou si ?

Serait-ce juste parce qu'il est ensorcelé ?

Au boulot, Jack.

Tout le monde s'accorde à penser que leur suspect

devait avoir intercepté la conversation radio entre Carla et Paris, et savait donc que Carla allait passer prendre un hot dog pour Paris, ce qui explique d'ailleurs pourquoi ce dernier a prévenu le Deuxième District au téléphone au lieu d'appeler Carla par la radio. Il n'avait pas le temps de demander une fréquence brouillée. Ils avaient, bien entendu, retrouvé le chariot à hot dogs abandonné. Celui-ci se trouvait à présent au labo.

Tout cela n'explique toujours pas le lien avec *Paris Is Burning*, mais il ne subsiste plus aucun doute sur le fait que Paris soit dans le collimateur de ce psychopathe. Celui-ci n'est pas juste en train de s'en prendre à la police, au système, à la ville.

Il s'agit de quelque chose de personnel.

Paris brandit le portrait-robot du vendeur de hot dogs sans lunettes ni barbe et déclare :

— Personne au cocktail ne ressemblait de près ou de loin à notre vendeur. Pour autant que nous le sachions, il ne se trouvait peut-être même pas sur les lieux. Maintenant, s'il fait vraiment le cyber-gigolo pour Netrix, Inc., il ne sait peut-être pas encore que nous sommes allés dans cette maison d'University Heights ni que nous avons établi un contact. Ce n'est pas parce qu'il a un truc contre moi qu'il sait quoi que ce soit sur la soirée de la dernière fois.

— Comment pouvez-vous être sûr que personne ne lui a parlé de vous et de Carla ? demande Elliott.

— Personne ne m'a regardé, vous pouvez me croire. Si nous avons pu franchir la porte, c'est entièrement à Carla que nous le devons. Ils nous connaissent sous les pseudonymes de John et Cléopâtre. Je ne pense pas qu'il se doute que nous pouvons arriver à lui par ce biais. Je vote pour que nous allions à la soirée de ce soir.

Elliott se tourne vers Carla Davis.

— Vous êtes d'accord ?

— Tout à fait, répond Carla. Si nous coinçons Herb, ou celui qui habite effectivement cette maison, maintenant, on est sûrs d'attirer l'attention de notre homme. On perd la possibilité qu'il vienne à la soirée et il risque de disparaître dans la nature. Je propose une descente de police à minuit.

— À quelle heure commence la petite sauterie ? demande Elliott.

— Vingt-deux heures, dit Carla. Herb m'a envoyé un e-mail ce matin.

51

L'escalier du sous-sol est étroit, mal éclairé, tapissé de trois sortes d'agglomérés différentes qui débordent les unes sur les autres de plusieurs centimètres et sont maintenues en place par des clous de charpentier tordus. Au bas des marches, il y a un râtelier d'outils de jardinage – râteaux, pioches, pelles, binettes, bêches – fixé à un tableau perforé. Paris et Mercedes arrivent en bas et prennent à droite : plafond bas, sillonné de fils électriques, de tuyaux de chauffage, de conduites en cuivre. L'ampoule nue qui y est accrochée projette des ombres contrastées.

Ils virent au bout du couloir, contournent la chaudière et tombent sur une septuagénaire basanée dont les cheveux blancs sont ramenés en un chignon enserré dans une résille parsemée de coquillages et de perles aux couleurs vives. Elle porte un caftan multicolore et des sandales Scholl aux pieds. Derrière ses lunettes en forme d'« yeux de chat » démesurées, Paris s'aperçoit qu'elle a l'œil gauche un peu paresseux.

— Je vous présente ma 'buela, annonce Mercedes après avoir embrassé la vieille dame. Ma grand-mère, Evangelina Cruz.

— Madame Cruz, salue Paris, enchanté de faire votre connaissance.

Evangelina Cruz tend sa petite main calleuse. Paris la serre en remarquant combien Mercedes a raison quand elle dit qu'elles se ressemblent. Pendant un bref instant, alors qu'Evangelina Cruz lui sourit, il voit la jeune femme qu'elle était affleurer à la surface de son visage.

— *Bienvenido*, dit-elle.

— Merci, répond Paris.

Evangelina Cruz guette un signe de sa petite-fille, puis se tourne, écarte le rideau en perles de verre grenat qui marque l'entrée derrière elle, et s'avance. Paris et Mercedes la suivent.

C'est une petite pièce carrée d'environ trois mètres sur trois, au sol de ciment humide et aux murs de pierres peintes. Un autel a été dressé contre le mur du fond, une structure d'un mètre vingt de haut sur un mètre de large et qui semble constituée de cinq marches recouvertes d'une étoffe d'un blanc éclatant. Un certain nombre d'objets sont disposés sur chacune des marches – des bougies, des coupes, des coquillages épars et des colliers de coquillages plus petits, des statuettes, des cartes, de petites poteries. Mais surtout des bougies. Il y a des bougies partout et elles sont toutes parfumées. Le mélange des arômes suaves et âpres et l'odeur de la terre sont oppressants.

La pièce sent aussi l'animal.

Une odeur de cages.

Evangelina Cruz se dirige vers la droite de l'autel, soulève un pan d'étoffe blanche et appuie sur un bouton. De la musique retentit aussitôt, un rythme impérieux de tambours africains. Elle lève les yeux vers le ciel puis fouille la poche de son caftan et en sort un cigare. Elle l'allume lentement, méthodiquement. Lorsqu'il brûle convenablement, elle aspire la fumée puis l'exhale sur l'autel. Elle souffle ensuite de la fumée sur Paris et pose le cigare sur une coupelle à encens en cuivre.

— *Dónde está tu fotografía ?* demande Evangelina.

— Elle a besoin des photos, chuchote Mercedes.

Paris prend dans sa poche la photocopie des photos des quatre victimes. Fayette Martin, Willis Walker, Edith Levertov et Isaac Levertov. Il tend la feuille à Evangelina Cruz. Sans même regarder les portraits, elle les laisse tomber dans une grande coupe en terre cuite placée sur la première marche de l'autel. Elle se penche alors pour prendre un pichet de terre et verse ce qui semble être de l'eau dans la coupe, la remplissant à moitié. Elle repose ensuite le pichet sur l'autel, trempe ses doigts dans le liquide et les secoue au-dessus de l'autel.

Avant que Paris ne puisse esquisser un geste, elle l'asperge avec les dernières gouttelettes.

— *Maferefún ashelú*, prononce-t-elle.

Puis elle quitte la pièce sans un mot, les perles de verre du rideau cliquetant derrière elle. Paris entend une porte s'ouvrir et se refermer. Puis une autre, plus assourdie. Evangelina finit par revenir avec un poulet. Un poulet *vivant*. Elle monte le son de la musique.

Paris se tourne vers Mercedes et laisse son sourcil droit poser la question.

Mercedes se rapproche de lui.

— Ne vous en faites pas. Après, elle les mange.

Le second sourcil s'arque à son tour.

— Elle va *le tuer* ?

— Je suppose que vous envoyez une lettre de condoléances au Kentucky Fried Chicken à chaque fois que vous prenez un bucket ? fait Mercedes avec un sourire narquois.

Paris convient que c'est assez juste. Il ne s'était tout simplement pas préparé à ce genre de massacre de basse-cour dans le sous-sol d'une maison de Babbitt Road. Il concentre son attention sur l'autel.

Evangelina Cruz coince le corps du poulet sous son bras gauche tout en fourrant la main droite dans la poche de son caftan. Elle en sort cette fois un canif à manche de nacre qu'elle ouvre avant de trancher la gorge du poulet d'un coup précis, le décapitant presque complètement. La bête se débat furieusement sous son bras, mais Evangelina Cruz ne frémit pas. Elle maintient la gorge ouverte du poulet au-dessus du saladier contenant les quatre photos, et Paris regarde les jets écarlates colorer l'eau de la coupe, faisant disparaître complètement les photos.

La musique tribale passe toujours en fond sonore.

— *Maferefún ashelú!* psalmodie Evangelina.

Le sang du poulet gicle dans la grande coupe.

— *Maferefún ashelú!*

Paris se tourne vers Mercedes.

— Vous savez ce que ça veut dire ? chuchote-t-il.

— Oui, dit-elle. Elle glorifie la police.

Paris n'en revient pas.

— Il y a une formule pour ça ?

Mercedes sourit tandis que la cérémonie se poursuit.

Trois minutes plus tard, Evangelina a plumé le volatile, et l'autel est jonché de plumes blanches.

Mercedes sort de la maison, s'avance jusqu'à sa voiture et s'assoit derrière le volant. Paris prend place sur le siège passager, un peu secoué par ce qu'il vient de voir.

Dès que la cérémonie a été terminée, Paris a remercié Evangelina Cruz et s'est empressé de regagner la sortie, les sinus gorgés de fumée âcre mêlée à l'odeur du sang de poulet. L'air froid a fait des miracles. Il avait accepté de voir la vieille dame à la demande de Mercedes, en espérant approfondir ses connaissances sur la santería.

Et même s'il peut dire en toute honnêteté qu'il en sait plus maintenant que la veille, il n'est pas absolument certain que sa nouvelle science va beaucoup lui servir.

— Alors, demande Paris, qu'est-ce qu'elle a dit ?

Mercedes boucle sa ceinture et met le contact.

— Elle a dit que vous avez l'air d'un jeune homme très bien.

— Jeune ? dit Paris. Je crois que votre '*buela* a besoin d'une nouvelle ordonnance pour ses lunettes.

— Elle a aussi dit que l'homme que vous recherchez n'est pas un vrai *brujo*. C'est un imposteur.

— Comment ça ? Qu'est-ce que ça peut bien vouloir dire ?

— Ça veut dire qu'il n'a pas été ordonné prêtre de la *brujería*, ni du palo mayombe ni même de la santería. Il se sert seulement de ces choses pour effrayer les gens. C'est comme un… Elle a dit qu'il était comme un *maquereau*. Un dur de pacotille.

— Ces personnes sont bien mortes, Mercedes.

— Je sais. C'est ce que je lui ai dit. Elle a répondu que l'homme que vous recherchez s'écroulera dès que vous aurez mis la main sur lui. Comme du papier. C'est un peu dur à traduire, vous voyez ?

— Je vois.

— Mais… elle a dit que si vous voulez savoir qui il est, si vous voulez l'arrêter, vous devez d'abord savoir ce qui lui brise le cœur.

Paris passe rapidement en revue ce qu'il sait déjà, essayant de relier tout cela à quelque chose de tangible.

— Elle croit vraiment que toutes ces références à la santería sont là pour la galerie ?

— Oui.

— Comment peut-elle en être certaine ?

Mercedes regarde un instant par la vitre latérale puis se retourne vers Paris.

— Ça va vous paraître terrible…

— Allez-y, crachez le morceau.

Mercedes tripote les commandes du chauffage de la voiture. Le moteur cale.

— Elle a dit que si c'était un vrai, il aurait déjà sacrifié un enfant à l'heure qu'il est.

Paris sent un frisson glacé le parcourir au souvenir de Melissa entre les mains du psychopathe.

— Non, je vous en prie. Ne me dites pas que…

— Non, dit Mercedes en regardant à droite et à gauche puis dans son rétro intérieur. Ça l'étonnerait beaucoup qu'il fasse une chose pareille. Elle pense que ce type est un comédien, un arnaqueur, et qu'il n'est pas plus un *brujo* que vous. Elle dit qu'il a un point de vue à défendre, qu'il a une raison bien réelle de faire tout ça. Rien de plus mystique que ça.

Paris reste silencieux quelques instants.

— Et qu'est-ce qu'elle a dit au sujet du sort qu'elle a jeté ?

Mercedes a un large sourire et embraye avant de lancer la Saturn vers les quais.

— Elle a dit que vous allez coffrer votre tueur dans moins de vingt-quatre heures.

52

La petite fille essaie de soulever la grosse boule de neige bien tassée ; ses petits bras n'arrivent à envelopper que la moitié de sa circonférence. C'est la tête du bonhomme de neige qu'elle voudrait hisser, troisième et dernière partie d'un gros personnage difforme qui est d'ores et déjà plus grand qu'elle.

Elle resserre son étreinte. Plus haut, plus haut, plus haut… *non*. Pas cette fois.

La tête du bonhomme de neige retombe par terre et roule sur une dizaine de centimètres.

La petite fille fait le tour de la boule de neige, le visage crispé par la concentration. Et c'est un si joli visage. De grands yeux, des cheveux d'un noir de jais, des bouclettes qui s'échappent du béret – des anglaises sombres qui encadrent un visage d'une intensité, d'une pureté et d'une innocence angéliques.

Elle va réessayer, mais pas avant d'avoir consulté son amie presque aussi grande qu'elle, l'énorme poupée emmitouflée qui est installée sur un tas de neige tout proche et la contemple d'un regard vide. La petite fille glisse quelques mots à l'oreille de sa poupée pour lui faire part de sa stratégie enfantine, de son plan d'attaque lilliputien. Puis elle retourne près de la tête du bon-homme de neige, se baisse et serre la boule du mieux qu'elle peut entre ses bras.

Un, deux, trois.

Poum !

Elle tombe face contre neige.

Je compte les secondes pour voir surgir la première larme, mais, contre toute attente, aucune ne vient. La petite se relève et brosse la neige de son manteau de laine bleu marine. Elle tape de son pied droit pour marquer son mécontentement et s'éloigne quelques instants.

Mais elle ne verse pas une larme.

J'adorerais me précipiter pour l'aider, mais cela provoquerait forcément la panique.

Une vieille dame est assise sur le perron, une tasse de café ou de thé fumant entre les mains. Une rue tranquille, des gens de couleur âgés. Rien ne pourrait mal tourner sous un si beau soleil.

Je suis fasciné par l'impression de sécurité complètement factice que les gens éprouvent quand ils sont chez eux, avec tous leurs verrous, programmateurs de lumière, rottweiler et fausses pancartes de société de surveillance.

Je suis plus fasciné encore par le sentiment que j'éprouve quand je regarde cette petite fille jouer dans la neige – quand elle essaie de dominer tout ce qui se situe à son horizon d'enfant – et constate à quel point elle ressemble à sa mère.

« Global Security Systems » affiche le panneau sur le flanc de la camionnette en lettres discrètes et soignées. Les deux hommes qui travaillent sur les serrures de la porte d'entrée de Cain Manor n'ont pas vraiment l'air de spécialistes des systèmes électroniques de sécurité, mais je dois tout de même les en croire capables.

De nouvelles serrures. C'est un problème. Ma clé de Cain Manor est en fait une copie faite à partir d'un moule en cire que j'ai obtenu il y a environ un an en pressant la clé d'une vieille dame que j'ai aidée à porter ses courses.

Mais pourquoi changer les serrures aujourd'hui ?

Cela aurait-il quelque chose à voir avec le corps découvert dans Cain Park ?

Quoi qu'il en soit, je n'ai pas le temps de faire faire une nouvelle clé. Je prends l'annuaire sous la banquette arrière. Une quincaillerie dans Chester Avenue. Problème résolu.

J'y passerai aujourd'hui en allant chez Jack Paris.

Tôt ce matin, avant que Jack Paris ne retrouve la journaliste pour aller à Babbitt Road et alors que je me trouvais non loin de sa voiture et à portée de mon émetteur à cristaux, il a téléphoné à son supérieur et a eu la gentillesse de me donner tout son programme de la journée.

On dirait que nous avons tous les deux un programme chargé.

Je fais tourner ma voiture dans Euclid Heights Boulevard et me dirige vers le centre-ville. Plus tard, quand j'aurai acheté ce qu'il me faut à la quincaillerie, je crois que je passerai brièvement au Ronnie's Famous Louisiana Cakes Fry de Hough Avenue. J'ai entendu dire qu'ils avaient de très bons beignets.

53

Durant toute sa carrière sur le terrain, Arthur Galt était connu pour être un homme intrépide. Un flic qui n'hésitait pas à écarter les collègues de son chemin pour arriver premier à la porte, une légende du Premier District qui ne s'était jamais laissé arroser et, malgré une dizaine d'incidents au cours des vingt années passées dans la police de Cleveland, n'avait jamais tiré pour rien.

Mais à présent, du moins au téléphone, il donne l'impression d'un homme qui s'est confortablement installé dans sa position seigneuriale de policier de campagne. Arthur Galt est le chef de la police très apprécié et très en vue de Russell Township.

Les deux hommes laissent de côté les civilités pour parler affaires.

— C'est une affaire en cours, Jack, dit Galt en affectant un ton de prudence très préfectoral.

— Je comprends, dit Paris.

— On a deux témoins qui assurent avoir vu Sarah Weiss à la Gamekeeper's Taverne un peu plus tôt ce soir-là.

— Seule ?

— Non. Deux types qui bossent à la station d'épuration de Chagrin Falls disent tous les deux qu'ils n'ont fait que leur devoir en draguant Sarah Weiss tôt dans la soirée, mais qu'ils se sont pris un vent. Ils assurent que, plus tard, elle a passé un moment avec un genre de yuppie en costume sombre, qui est parti au bout d'une demi-heure. Mais encore *après* dans la soirée, ils disent qu'elle est restée au moins deux heures à parler avec une femme. Un vrai canon, selon eux. Rousse, mais, d'après ces types, ça ressemblait à une perruque. Ils prétendent que les deux femmes sont parties ensemble.

— Et qui a signalé une voiture jaune sur la colline ?

— Une certaine Marilyn Prescott. Elle habite à une trentaine de mètres d'une clairière qui donne juste sur cette colline. Elle dit que la lune était pleine cette nuit-là et qu'elle a vu clairement deux voitures garées là-bas vers 23 h 30. Elle dit qu'elle s'est couchée et qu'elle a été réveillée une heure plus tard par l'explosion du réservoir d'essence. J'ai déjà vérifié pour voir si la lune était effectivement pleine cette nuit-là.

— Et ?

— Elle l'était.

Paris enregistre l'information.

— Vous avez un portrait-robot de la rousse ou de l'homme d'affaires ?

— Rien encore. On continue d'interroger le voisinage, Jack. Pour l'instant, c'est encore officiellement un suicide.

— Elles ont quitté le bar ensemble…

— Oui, convient Galt. Et les deux types en ont conclu qu'elles étaient gay, évidemment. Ces deux types bossent dans une putain d'usine de traitement des eaux usées, mais si ces filles les ont jetés, ça ne peut être que pour ça.

St. John the Evangelist, l'imposante cathédrale de la Neuvième Rue Est et Superior Avenue, est presque déserte à cette heure, à l'exception de quelques fidèles très éloignés les uns des autres dans la pénombre de l'après-midi. Paris traverse le vestibule et pénètre dans la nef. L'écho de ses pas dans l'église gigantesque lui rappelle une autre époque de sa vie, un temps où le fait d'être catholique était important pour lui, un temps où la religion le transportait, l'effrayait et l'enchantait tout à la fois, un temps où il puisait ses forces dans sa foi.

Mais tout cela a changé lors de sa troisième nuit en tant que policier, tout cela a changé la nuit où il a vu trois petits enfants – 4, 5 et 6 ans – massacrés par un fusil de chasse dans un appartement étouffant au deuxième étage d'un immeuble de Sonora Avenue. À part la chair déchiquetée et la mare de sang, le souvenir que Paris en garde – le souvenir qui l'a conduit à nier l'existence d'un Dieu bienveillant – est un télécran que serrait encore dans ses mains la petite fille de 4 ans : le télécran luisant de sang sur lequel on pouvait lire un *Bon anniversaire, papa!* à demi dessiné.

C'était le père de la petite, rendu fou par soixante-douze heures de méthamphétamines et d'alcool, qui avait posé le canon contre sa tête et pressé la détente.

Non. Jack Salvatore Paris a pensé à l'époque que le Dieu en lequel il croyait ne permettrait jamais qu'une telle abomination se produise, et c'est cette conviction qui a protégé son cœur, son esprit et sa mémoire de toutes les horreurs dont il a été témoin depuis.

Jusqu'à aujourd'hui. Sans qu'il sache pourquoi, le besoin est revenu.

Il choisit un banc vide.

Mercedes Cruz, qui doit bientôt rendre son article, est rentrée chez elle pour en rédiger un premier jet après avoir discuté avec Paris pendant près d'une heure sur la possibilité d'assister au raid prévu plus tard dans la soirée par le détachement spécial. C'est évidemment tout à fait hors de question. Mais elle a tellement insisté que Paris a fini par lui assurer qu'il l'appellerait, quelle que soit l'heure, pour tout lui raconter en exclusivité. Ce n'est pas ce qu'elle espérait, mais c'est tout ce qu'il avait à lui offrir.

Et il y avait l'image d'Evangelina Cruz, couverte de sang et de plumes.

Paris repense à la cérémonie qui s'est déroulée dans la cave de la vieille dame, et comme elle lui a paru décalée, violente et païenne. Il concède cependant en regardant autour de lui que le catholicisme a lui aussi ses rites, des cultes étranges que d'autres religions peuvent trouver dérangeants.

Willis Walker. Fayette Martin. Isaac et Edith Levertov. Mike Ryan.

Sarah Weiss.

Qu'est-ce que je fais à St. John, après tout ce temps ?

Il se penche et s'agenouille. Ses mains se joignent machinalement par le bout des doigts, vieux mouvement instinctif de son éducation catholique.

Suis-je en train de prier ?

Oui, estime-t-il. *C'est ce que je fais. Après toutes ces années, je me remets à prier. Je prie pour toutes les Fayette Martin qui sont dehors. Je prie pour Melissa. Je prie pour toutes les petites filles qui grandiront un jour, s'habilleront comme une femme et diront oui à un homme au sourire ensorceleur.*

Le message du répondeur de Dolores Ryan indique que Carrie et elle seront absentes pendant les vacances de Noël, et prie de les appeler à Tampa en donnant un numéro en Floride. Paris se dit que ce n'est pas très malin, vu le monde dans lequel on vit, mais il est de notoriété publique que, depuis quelques années, les patrouilles se sont intensifiées sur cette portion de Denison Avenue. Les veuves de flics tués en service ont peu de risque de se faire cambrioler.

Ce n'est tout de même pas la peine de crier son absence sur les toits. Après avoir signalé sa position, Paris revient sur ses pas, dans la neige jusqu'aux mollets, et remarque le mot punaisé au chambranle de la porte. Dolores a laissé un mot à l'adresse du livreur de journaux pour lui dire de mettre les journaux dans la boîte en bois abritée, près de la porte de service : une véritable invitation pour tout cambrioleur qui passerait par là. Paris arrache le mot et le fourre dans sa poche en se disant qu'il faudra qu'il appelle le service des abonnements du *Plain Dealer* pour que ce soit *eux* qui briefent leur coursier.

Puis, sans une once de culpabilité, Paris joue lui-même les voleurs.

Il jette un coup d'œil circulaire.

Et casse un carreau.

Le garde-meuble est une véritable glacière. Il a attendu que le vitrier vienne réparer le carreau et l'a payé en liquide. Puis il a récupéré la clé sur le tableau en liège, dans la cuisine de Dolores. Il se tient à nouveau devant le bureau de Michael Ryan, dans le box 202, sans savoir vraiment pourquoi, sans comprendre vraiment le sentiment de désespoir qui l'envahit ces derniers temps.

Il trouve un chiffon et nettoie le cadran couvert de poussière du petit coffre-fort.

Puis, à la faible lueur de l'ampoule au plafond, il regarde le griffonnage de Demetrius Salters, même si ces numéros de page hantent sa conscience depuis si long-temps maintenant qu'il les connaît par cœur.

15, 28, 35.

Une idée lui est venue au milieu d'une rêverie. Le voyeur pervers dont parlait Carla. Celui qui gravait le numéro de son casier sur le front de ses victimes.

Les combinaisons de coffre sont à six chiffres.

Avant de changer d'idée, il s'accroupit et fait tourner le cadran.

Quinze à droite.

Retour. Vingt-huit à gauche.

Trente-cinq à droite.

Paris prend une profonde respiration et saisit la poignée métallique glacée du coffre, absolument certain que la porte ne s'ouvrira pas, convaincu qu'une suite de chiffres entourés sur un vieux journal par un flic à la retraite atteint d'Alzheimer ne peut en aucun cas être la combinaison d'un coffre auquel on n'a pas touché depuis…

La porte s'ouvre brusquement.

Paris a l'impression de prendre un coup dans le plexus solaire quand il regarde à l'intérieur et découvre deux chemises brunes écornées. Il les prend. La première contient le vieux portrait-robot au fusain d'un adolescent. Pommettes hautes, cheveux longs, noirs, lunettes de soleil enveloppantes. Paris le retourne. Au dos, on a collé un entrefilet du *San Diego Union-Tribune*. HILLSDALE. UNE FILLETTE DE 4 ANS VICTIME D'UN CHAUFFARD. L'article parle de l'accident de Carrie Ryan.

Paris examine à nouveau le portrait au fusain.

Le chauffard présumé ?

Il ouvre l'autre chemise. Celle-ci contient un vieux rapport de police. Il y a sur le dessus une plainte pour coups et blessures d'une femme nommée Lydia del Blanco à l'encontre de son ancien époux, Anthony C. del Blanco. Paris remarque qu'il s'agit d'une photocopie et non de l'original.

Mais ce n'est pas ce qui déclenche son vertige. Il doit son étourdissement au fait qu'Anthony del Blanco habitait au 4008 Central Avenue. Anthony del Blanco vivait dans une chambre du Reginald Building, à moins de cinq mètres de l'endroit où l'on a retrouvé Fayette Martin. Le policier qui l'a arrêté ce jour-là était Michael P. Ryan, tout jeune agent de police. Et Paris repère tout de suite l'erreur. Le mandat de perquisition est libellé à la mauvaise adresse. Michael a tapé « 4006, Central Avenue ». La chambre voisine de celle d'Anthony del Blanco. Et c'est dans la 4008 que les enquêteurs ont trouvé les vêtements d'Anthony couverts du sang de son ex-femme, la preuve indispensable pour sa condamnation.

Le coffre contient aussi une coupure de journal, un petit article du *Cleveland Press* signalant qu'Anthony del Blanco a été libéré de prison après avoir purgé dix mois seulement sur les dix ans auxquels il avait été condamné, parce qu'il a bénéficié d'un vice de forme.

Le cadavre du parking, pense Paris. *Le corps mutilé, avec sa couronne de barbelé*. Paris regarde de nouveau au bas du procès-verbal.

Il n'est pas surpris de voir que le coéquipier de Mike Ryan ce jour-là était Demetrius Salters.

Il tourne la page et poursuit sa lecture. Lydia del Blanco avait deux enfants : un garçon et une fille. Il y a deux photos. L'une, prise à l'endroit où Lydia del Blanco a été battue, est très éloquente. La femme n'est pas sur la photo, il n'y a qu'un énorme test de Rorschach tracé avec son sang. Il y a aussi un livre qui gît sur le sol de la cuisine, près du frigo.

Le Jardin secret. Le mantra du vieux flic.

L'autre photo témoigne d'une époque plus heureuse. C'est un cliché aux couleurs passées qui montre la femme et ses deux enfants à Euclid Beach. Une jolie femme, avec des lunettes de soleil cerclées de blanc, une robe blanche. Sa fille, assise sur ses genoux, doit avoir dans les 6 ans ; le petit garçon marche tout juste.

Cette petite fille est-elle Sarah Weiss ? s'interroge Paris.

Et le petit garçon ?

Le mal engendre le mal, Fingers.

Paris n'a rien d'un linguiste, mais il connaît assez d'allemand et d'espagnol pour savoir que *Weiss* veut dire « Blanc ». Et que « Blanc » est égal à *Blanco*.

La main tremblante, secoué par ce qu'il vient de découvrir, Paris se dit que le meurtre de Mike Ryan n'avait rien à voir avec un deal qui a mal tourné. Rien du tout.

Mike Ryan a été exécuté.

54

Elle est dans le hall du Wyndham Hotel, la boîte coincée sous son bras gauche. Elle porte une perruque courte blond platine, des verres teintés, un ensemble Givenchy. Elle consulte sa montre pour la centième fois en dix minutes et dégage un instant son pied droit de sa chaussure, histoire de soulager ses orteils. Ses hauts talons gris sont trop petits d'une demi-taille.

À 15 h 10, le jeune homme en veste de coursier « Ace Courier » entre dans le hall et regarde à droite et à gauche. Il la voit – et son regard revient rapidement sur elle quand il réalise que les cheveux argentés appartiennent en fait à une jeune femme bien roulée – et s'approche en souriant, bloc-notes à la main.

— Bonjour, lance-t-il.

— Bonjour, rétorque-t-elle.

— Seriez-vous Mlle O'Malley ?

— Oui, c'est moi, dit-elle. J'aimerais faire livrer un colis.

55

Dix-sept heures. Paris vérifie les pages blanches de l'annuaire de Cleveland. Zéro. Il fait une recherche informatique sur *del Blanco*. Rien. Il étend la poursuite Internet à tout l'Ohio et fait chou blanc. Pas un seul del Blanco en Ohio.

Merde.

À 17 h 10, Paris apprend que deux agents de l'antenne de Cleveland du FBI rencontrent actuellement les chefs de toutes les unités. Paris s'y attendait, même si cela implique qu'il ne va pas tarder à être mis sur la touche dans cette enquête. Tout converge vers une affaire de tueur en série, et le labo du centre judiciaire n'est pas vraiment équipé pour traiter certaines parties des preuves médico-légales.

Et que faire de ce qu'il a trouvé dans le coffre de Mike Ryan ? Mike Ryan a-t-il été tué parce qu'il s'était planté en rédigeant un mandat de perquisition ? Les preuves sont-elles suffisantes pour faire rouvrir l'enquête sur le meurtre de Mike ? Ou ne risque-t-il pas de salir plus encore le nom de Mike Ryan en présentant un rapport de police volé qui se trouvait en sa possession ?

D'un autre côté, comment le fait qu'Anthony del Blanco ait vécu dans le Reginald Building pourrait-il n'être qu'une coïncidence ?

Dix-sept heures trente. Les photos des victimes ainsi que de tous les autres protagonistes avérés et potentiels de l'affaire forment un carré grossier sur le sol, dans le bureau de Paris. Tous les portraits-robots aussi. Il a poussé les meubles contre les murs. Paris tourne autour des images et traque la preuve qui se cache au milieu.

C'est un sinistre spectacle à contempler.

Des visages de morts.

Sarah Weiss. *Carbonisée dans sa voiture.*

Michael Ryan. *Une balle dans la tête.*

Willis Walker. *Assommé et émasculé.*

Isaac Levertov. *Étranglé.*

Edith Levertov. *La nuque brisée.*

Fayette Martin. Paris s'interrompt, comme à chaque fois qu'il regarde sa photo et voit ses yeux innocents. Quelqu'un a plongé son regard dans ces yeux, a vu la vie qui les animait, et l'a massacrée.

Et puis il y a Jeremiah Cross.

Si la petite fille de la photo est Sarah Weiss, elle occupe donc une place centrale dans cette affaire. Et si Sarah Weiss a jamais eu un avocat, littéralement et spiri-tuellement parlant, c'est bien Jeremiah Cross.

Paris se pose une question : *que savons-nous de Jeremiah Cross ?*

Nous savons que Jeremiah Cross a débarqué comme par magie sur la scène du barreau de Cleveland à l'époque où Mike Ryan a été tué. Nous savons que Jeremiah Cross met le suicide de sa cliente sur le dos de la police. Nous savons que Jeremiah Cross a plus qu'une dent contre lui à chaque fois qu'ils se croisent. Nous

savons que Jeremiah Cross pourrait très bien correspondre à la description du vendeur de hot dogs. Nous
savons que Jeremiah Cross a la même deuxième initiale
que le « M. Church » qui a appelé juste avant Noël pour
lui parler de l'*ofún*.

Church. Église.

Cross. Croix.

Des termes religieux.

Mais, si Sarah Weiss avait changé son nom de Blanco
en Weiss, pourquoi Cross ? Pourquoi avoir choisi ce
nom ? Comment dit-on « croix » en allemand ?

Aucune idée.

Et en espagnol ? Comment dit-on « croix » en espagnol ?

Cruz.

Non, se dit Paris. *Ne l'envisage même pas.*

Il regarde une fois encore la photo de Lydia del
Blanco et de ses deux enfants. Sachant que c'est tiré par
les cheveux, il décide pour l'instant de garder ça pour lui
et décroche le téléphone avant de composer le numéro
de Tonya Grimes. Tonya est l'un des deux enquêteurs
de service.

— Grimes.

— Tonya ? Jack Paris.

— Salut, beau mec. Qu'est-ce que je peux faire pour
toi ?

— Deux choses. J'ai besoin d'une recherche complète
sur un certain Jeremiah Cross, avocat à la cour, précise-
t-il avant de lui épeler le nom. Tout ce que j'ai, c'est une
boîte postale à Clevéland Heights.

— Qui est ?

— Pardon.

Paris lui donne le numéro.

— Te bile pas. Pas besoin d'en avoir plus quand c'est Tonya qui bosse.

— C'est pour ça qu'on appelle…

— Et, tu en as besoin pour… quand ?

— Avant l'année prochaine, répond Paris sur un ton dégagé.

Tonya éclate de rire.

— Dis donc, mon grand, tu as de la chance que la police soit mon seul et unique amour.

— Mais on t'aime pour six, Tonya. Tu sais ça.

— Ça promet un réveillon tout ce qu'il y a de plus excitant ! Quoi d'autre ?

— J'ai besoin d'avoir tous les détails sur un meurtre à partir du nom de la victime.

— Qui est ?

— Anthony C. del Blanco.

— Bien reçu.

— Merci, Tonya. Appelle-moi.

— Je m'y mets, inspecteur.

Paris raccroche et baisse à nouveau les yeux sur le fouillis à ses pieds.

D'accord. Où est la ligne directe qui va de Mike Ryan à Fayette Martin en passant par Willis Walker et les Levertov ?

Avant que la ligne n'ait le temps de se former dans son esprit, Paris entend les talons de Greg Ebersole résonner dans le couloir. Précipités. Greg saisit le chambranle et passe la tête dans le bureau de Paris.

— On a du matos, annonce-t-il, hors d'haleine.

— Donne toujours.

— Ça vient d'arriver par la grande porte.

— Qu'est-ce que tu racontes ?

— Un colis, par coursier. Il contenait un blouson de cuir. Le coursier a dit qu'il était envoyé par une femme qui l'attendait dans le hall du Wyndham. Il est en train d'établir le portrait-robot.

— Tu crois que c'est le blouson de Fayette Martin, celui que le tueur lui demandait de porter ?

— Je suis prêt à parier.

— Pourquoi ? demande Paris.

Greg reprend sa respiration et répond :

— Parce qu'il est couvert de sang.

Paris examine le blouson posé sur la table et essaie de trouver un *seul* détail qui diffère de celui que portait Rebecca quand il l'a vue chez Pallucci, celui qu'il a trouvé si sexy au toucher. C'est un blouson de motard, clouté et zippé de partout. Comme celui de Rebecca.

Mais il y en a des millions comme ça, non ?

Quand Greg a dit « couvert de sang », il fallait comprendre, en langage de flic, qu'il y avait des traces microscopiques de sang partout, mais pas que le vêtement en était maculé. On ne voit pratiquement rien à l'œil nu, mais, quand Paris regarde les techniciens du labo travailler, il se rend compte qu'ils prélèvent des échantillons sur l'ensemble du vêtement, intérieur comme extérieur.

Le 31 décembre, à 19 h 40, il y a enfin une éclaircie. Buddy Quadrino, le patron de l'imagerie scientifique, se tient dans l'encadrement de la porte du bureau d'Elliott. Paris et Carla Davis occupent les chaises.

— Donnez-nous du positif, BQ, je vous en prie, fait Carla d'une voix lasse.

Buddy brandit une liasse de papiers, un grand sourire aux lèvres.

— On a des empreintes, annonce-t-il. S'il se trouve où que ce soit dans une base de données, il ne nous faudra pas plus de quatre ou cinq heures pour lui mettre la main dessus.

Paris et Carla se tapent dans la main, puis foncent vers la porte.

Le capitaine Randall Elliott décroche son téléphone, écrase une touche et aboie un ordre qu'il attend de donner depuis six longs jours :

— Passez-moi le bureau du procureur.

56

La bibliothèque de South Euclid, dans l'Est de Cleveland, splendide bâtiment de pierre sur plusieurs niveaux qui fut autrefois la propriété de William E. Telling, détient toute une collection archivée d'anciens numéros du *Plain Dealer* et du regretté *Cleveland Press*.

Mary s'installe devant un lecteur de microfilm et charge l'enregistrement, les battements de son cœur s'accélérant avec le bourdonnement des bobines. Les jours, les semaines, les mois défilent dans un halo de lumière grise. Tant d'articles. Elle se concentre sur la date. Il ne lui faut pas longtemps pour la trouver. Qu'a dit Jean-Luc ce soir-là ?

Ça s'est passé il y a quelques années. J'étais à peine un adolescent. Si je me souviens bien, les Indians avaient battu les Minnesota Twins, ce jour-là…

Après avoir creusé un peu, et fait un petit calcul basé sur l'âge approximatif de Jean-Luc, elle ne trouve que trois dates possibles. Les deux premières ne donnent rien. Elle avance au lendemain de la troisième date et sent un frisson la parcourir quand elle découvre un entrefilet dans la rubrique faits-divers.

CLEVELAND. UN HOMME BATTU À MORT ET MUTILÉ.

Le mort s'appelait Anthony C. del Blanco.

Elle vérifie ensuite les numéros des cinq semaines suivantes, cherchant sur chaque page s'il n'y a pas d'article complémentaire. Rien. L'enquête semble s'être purement et simplement dissoute. Ni arrestation, ni suspect, ni justice rendue au mort. Même si le mort était un salaud.

Jean-Luc et sa sœur s'en sont tout simplement tirés en ayant commis un meurtre.

En page B-8 du *Plain Dealer* d'aujourd'hui, elle trouve un autre article qui l'intéresse, un papier qui lui serre le cœur. Il est illustré par une photo de Jack Paris qui se tient à côté d'un grand type très pâle. Elle lit la légende. Il s'agit d'une soirée de bienfaisance au profit de Max Ebersole, 6 ans. Une action organisée par le Fraternal Order of Police, qui a récolté plus de deux mille neuf cents dollars.

Elle regarde les yeux de Paris, son sourire, la façon dont sa présence s'intègre si parfaitement à l'occasion : une soirée de bienfaisance au profit de quelqu'un d'autre. Elle regarde ses grandes mains, se les remémore sur son corps et se rappelle la sensation de sécurité et de bien-être qu'elle a éprouvée alors.

Et elle sait, avec certitude, que c'est terminé.

57

Le chaudron est plein. Je peux revoir l'enregistrement. J'enfile mon manteau, traverse le salon, allume le lecteur de cassettes vidéo et appuie sur « Play ».

« *Il s'agit du meurtre de sang-froid d'un policier dans l'exercice de ses fonctions*, dit l'homme sur la vieille cassette... *Je pense que les preuves pourront démontrer que l'accusée, Sarah Weiss, a pressé la détente... Mike Ryan était un bon flic... Mike Ryan était un bon père de famille... un homme qui se levait chaque jour et choisissait – choisissait – de s'armer et d'aller au combat... Mike Ryan est mort dans l'exercice de ses fonctions afin de protéger les citoyens de cette ville... Alors, la prochaine fois que vous irez faire les poubelles, que vous vous planquerez dans les buissons comme des pervers, ou que vous vous précipiterez dans la rue avec une caméra de vingt kilos pour violer l'intimité d'une petite fille en fauteuil roulant qui a le cœur brisé, je veux que vous fassiez une pause, que vous preniez une grande respiration et que vous vous demandiez en quoi consiste votre boulot... Mike Ryan a pris une balle pour les gens de cette ville... Mike Ryan était un héros... »*

C'est là que la journaliste pose une question que je n'arrive pas à entendre.

Mais j'entends très bien la réponse du flic. Haute et claire, chargée d'arrogance. Je me la suis repassée toutes les dix minutes, comme un minuteur infernal, pendant très longtemps. Alors que je l'écoute, mon silence cède fugitivement la place à des bruits de bête qui bouge dans son sommeil.

« Il arrive que le monstre soit bien réel, dit sa voix enregistrée. *Il arrive que le monstre ait un joli visage et un nom tout à fait ordinaire. Cette fois, le monstre s'appelle Sarah Weiss. »*

58

Ronnie's Famous est désert mais toutes les lumières sont allumées. Paris a appelé Ronnie plus tôt dans la soirée pour lui demander de lui préparer deux douzaines de beignets et du café pour l'équipe de surveillance. Et voilà donc deux gros sachets blancs bien rebondis sur le comptoir, près de la caisse, avec un plateau contenant de grands gobelets jetables et un des thermos de Paris. Même un 31 décembre. Paris a dit qu'il serait là à 21 h 30, et il est pile à l'heure.

Paris exécute un demi-tour complet, se gare devant la boutique, prend son thermos vide et entre, l'esprit encombré par les faits de plus en plus bizarres qui s'accumulent autour d'une affaire qui semble bien avoir commencé vingt-six ans plus tôt, quand une certaine Lydia del Blanco s'est presque fait tabasser à mort par son ex-mari, un homme qui vivait au coin de la Quarantième et de Central.

Est-ce que c'est pour ça que Fayette Martin a été attirée au Reginald Building ?

Est-ce que c'est pour ça que Michael Ryan a été assassiné ?

Si Dieu veut bien lui accorder un peu de chance pour la nouvelle année, il commencera à avoir des réponses dans les heures qui suivent. D'une façon ou d'une autre.

Paris regarde autour de lui. Aucun client au comptoir, personne derrière la vitrine. Paris entend un vrombissement d'aspirateur dans le fond, et le son d'une télé allumée.

— Ronnie ? appelle-t-il.

Pas de réponse.

— *Ronnie ?*

Juste la plainte d'un moteur et la bande-son d'une sitcom. Paris prend tout ce qu'il y a à prendre sur le comptoir, laisse un billet de vingt et se dépêche de partir avant que Ronnie Boudreaux puisse revenir de l'arrière-boutique pour protester.

— Bonne année, Ronnie ! hurle Paris, mais il est certain que le moteur de l'aspirateur l'a complètement couvert.

Lorsque Paris arrive devant son immeuble, il repère deux hommes qui attendent près de la porte d'entrée. Deux silhouettes familières. Bobby Dietricht et Greg Ebersole. *Devant chez lui.*

Une première.

Il a dû se passer quelque chose. Pourquoi ne pas avoir appelé ?

Paris se gare dans la Cinquante-huitième Rue Est et prend son thermos.

— Salut, lance-t-il en montant les marches. Quoi de neuf ? On a un nom ?

— Salut, fait Bobby Dietricht, qui note la surprise de Paris et ignore sa question.

Un vent glacial tourne autour de l'immeuble, et les trois hommes pénètrent dans le hall.

— Qu'est-ce qui se passe ? répète Paris en consultant

sa montre – on l'attend pour l'opération de Westwood Road dans trente-cinq minutes. On monte un groupe de rap ou quoi ?

Greg rit un peu trop fort. Bien qu'il fasse partie du détachement spécial, il ne participe pas au raid. Il a eu beau protester violemment, le capitaine Elliott l'a bien regardé et l'a renvoyé chez lui.

Bobby Dietricht sort une enveloppe brune de son pardessus.

— On a le rapport définitif du labo.

— Quoi ? s'écrie Paris. Pourquoi personne ne m'a prévenu ?

— Eh bien, voilà, dit Bobby. On te prévient. Le rapport est arrivé il y a dix minutes.

— Qu'en pense Elliott ? questionne Paris.

— Il ne l'a pas encore vu.

Mauvaise réponse, se dit Paris. *Mauvaise, très mauvaise réponse*. Pourquoi ne l'a-t-il pas vu ?

— Parle-moi, Bobby.

— On a des identifications. Une putain de carte routière. Du sang. Des empreintes.

— Sans blague.

— Le sang est surtout celui de Fayette Martin. Mais il y a aussi quelques traces du sang de Willis Walker.

— Et les empreintes ?

Greg et Bobby échangent un regard.

— Oui. On a des empreintes qui collent. Et qui coïncident une bonne demi-douzaine de fois.

— On est content, alors ? S'il vous plaît, dites-moi qu'on est content.

— Oui et non, réplique Bobby. Surtout non.

— Mais qu'est-ce que tu racontes ? On a trouvé à qui étaient ces empreintes ou non ?

Bobby acquiesce.

— Super, dit Paris, qui sent comme une multitude de petites épingles tournoyer dans son ventre puis descendre dans l'aine, véritable siège de la peur.

Et il sait pourquoi.

— On sait qui c'est, alors ?

— Pas vraiment super, commente Greg, le visage empreint d'un profond chagrin.

— Les empreintes, dit Bobby en prenant un regard de flic froid et déstabilisant que Paris n'a jamais vu de ce côté de la barrière.

— Quoi, les empreintes ? demande Paris.

— Ce sont les tiennes, répond Bobby.

59

La cinquième fois qu'elle appelle le numéro de bipeur de Jesse Ray, elle s'interrompt après quelques sonneries puis raccroche doucement le combiné, vaincue, cessant de lutter contre ses larmes. Personne ne la sauvera. Personne ne brandira de baguette magique pour lui épargner la prison. Les choses se sont passées si mal et si vite que tout ce qu'elle échafaude depuis deux ans semble lui filer entre les doigts. Si elle avait simplement pu placer l'argent au nom de sa fille pour prouver à son père que l'avenir de la petite était assuré, elle aurait pu enfin avoir une vie.

Jean-Luc lui avait recommandé de n'appeler personne, de rester dans son appartement jusqu'à ce qu'il vienne la chercher.

Mais elle sait que si elle arrive à prendre sa voiture, elle trouvera le courage de se rendre au centre judiciaire, de pénétrer dans le bâtiment et de tout déballer sans pouvoir s'arrêter.

Elle met sa parka en lainage bleu marine et glisse son cran d'arrêt dans sa poche droite. Dans la gauche, elle garde sa bombe paralysante.

Toutes lumières éteintes, elle traverse l'appartement, franchit le vestibule sur la pointe des pieds et se glisse contre la porte. Elle vérifie que le verrou est bien mis et la chaîne de sûreté engagée. Elle regarde dans le judas optique et a l'impression de voir le couloir depuis un aquarium, exactement comme à chaque fois que sa paranoïa la pousse à regarder par là. Tranquille, désert, monastique. Elle colle son oreille contre la porte et écoute. Rien. Pas même le bourdonnement de l'ascenseur. Elle regarde à nouveau à travers le judas puis recule d'un pas, fait coulisser le verrou vers la gauche et tourne silencieusement la poignée pour ouvrir la porte d'un centimètre.

Elle est seule.

Elle franchit la porte, la verrouille derrière elle et se coule jusqu'à la cage d'escalier, sursautant au grincement des gonds. Un instant plus tard, elle émerge dans le petit hall désert de Cain Manor. Tout à l'heure, quand elle est rentrée, elle a trouvé deux hommes qui travaillaient sur la porte d'en bas. Ils lui ont dit que, à cause du meurtre qui venait d'avoir lieu dans Cain Park, ils installaient de nouvelles serrures haute sécurité. Cette idée l'a un peu rassurée, mais un tout petit peu seulement.

Maintenant, cela n'a plus d'importance.

Elle embrasse le hall vide du regard, puis s'enfonce silencieusement dans le couloir et sort dans le parking de derrière.

La première chose qu'elle remarque, c'est le clair de lune bleu lavande sur la neige. Lorsqu'elle approche de sa place de stationnement, la lumière reprend une teinte verdâtre sur sa voiture, et elle s'immobilise, désorientée par cette couleur et se disant que ce n'est peut-être pas *sa* voiture. Petit coup d'œil sur la plaque d'immatriculation. C'est bien sa Honda jaune. Là où elle est censée se trouver. Alors pourquoi… ?

Elle s'interrompt à mi-pensée, son esprit butant sur une image que son cœur ne semble pas vouloir analyser. Elle n'arrive pas à comprendre pourquoi il y a quelqu'un sur le siège passager de sa voiture. Elle n'arrive pas à comprendre pourquoi cette personne lui semble si familière.

Elle n'arrive pas à comprendre pourquoi *Isabella est assise sur le siège passager de sa voiture.*

C'est le béret d'Isabella, son visage rond, ses boucles noires. Mais si la majeure partie du visage de sa fille demeure dans l'ombre, une chose apparaît clairement à Mary :

Sa fille ne bouge pas.

— *Bella !*

Mary court à la voiture, glisse sur le verglas et se débat avec ses clés malgré le pieu de terreur qui lui transperce le cœur. Il lui faut presque une minute pour introduire la clé dans la serrure gelée, la vitre givrée obscurcie par son propre souffle lui dissimulant à présent la minuscule silhouette de sa fille.

Elle ouvre la portière à la volée et saisit l'enfant sur le siège avant. Trop dur, trop léger, pas un enfant pas un enfant pas Isabella *pas Isabella…*

Les mots s'arrêtent. Le soulagement la submerge telle une gigantesque vague brûlante et lui coupe les jambes. Elle tombe à genoux.

Ce n'est pas sa fille.

C'est Astrid, la grande poupée de sa fille, celle qu'elle lui a fait porter par coursier pour son dernier anniversaire. *Astrid porte de vieux vêtements d'Isabella.*

D'abord, la délivrance.

Puis la confusion.

Puis un regain de peur.

Parce que là, dans le rayon de lune violet, épinglé au manteau de la poupée, il y a un ordre que Mary n'a absolument aucun mal à comprendre, un petit carré de papier blanc sur lequel figure un message très simple.

Demi-tour.

60

La Saturn bleue tourne au coin de la rue pour la troisième fois. Elle a l'air d'une voiture bien entretenue et brille du lustre impérieux de ces véhicules achetés neufs dans une salle d'exposition. Et même si le sel de déneigement, les cendres, la boue et autres dérivés carboniques plus ou moins visqueux abondent par ce genre de nuit d'hiver, je vois au passage de la Saturn les lampadaires se refléter sur ses lignes lisses et puissantes.

La femme qui conduit regarde à droite et à gauche, à gauche puis à droite, cherchant une place où se garer à une ou deux rues au sud de Carnegie, dans la Quatre-vingt-cinquième Rue Est. Elle en trouve une, se gare adroitement puis descend de voiture, se dirige vers son coffre et l'ouvre. En m'approchant, je la vois y prendre un étui d'appareil photographique. Elle porte un long manteau à double boutonnage et une écharpe en tricot rouge.

Cette fille a du cran. Je peux lui reconnaître ça. À son attitude furtive, je sais qu'elle ne devrait pas être là. Je suis certain que Jack Paris lui a recommandé de ne pas venir chez lui.

Je n'ai rien contre elle, mais elle va très certainement me mettre des bâtons dans les roues.

À la dernière seconde, le crissement de mes pas dans la neige la prévient de ma présence. Elle se retourne, me regarde droit dans les yeux. Et se souvient.

En bonne journaliste.

— *Hola, chica!* dis-je. Je vous offre un cocktail aux fruits ?

61

Dès que Bobby a prononcé le mot *minuit*, Paris a su que cela ne lui laisserait pas assez de temps. Il savait aussi que c'était une faveur qu'on lui faisait et qu'il ne pourrait jamais rendre, une faveur qu'il n'aurait même pas osé demander. Bobby Dietricht et Greg Ebersole sont tous les deux en possession d'une preuve d'expertise médico-légale concluante dans une affaire de meurtre, et retardent délibérément la remise de ce rapport à leur supérieur. C'est pour le moins une entrave à la justice, sans parler d'une violation d'une flopée d'autres lois.

De quoi faire de la taule.

À minuit, Bobby Dietricht n'aura pas d'autre choix que de remettre le dossier sur le bureau de Randall Elliott. Et à ce moment-là, le capitaine Elliott ne pourra pas faire autrement que de lancer un mandat d'arrêt à l'encontre de Jack Salvatore Paris.

— Ça ne vous pose pas de problème? s'enquiert Paris.

— Je ne serais pas ici si c'était le cas, répond Bobby Dietricht.

Greg se contente d'acquiescer.

Paris leur a tout raconté. Rebecca. Mike Ryan. Jeremiah Cross. Demetrius Salters. Tout est sorti en un grondement flatulent et tendu. Il pouvait gérer le fait d'avoir été piégé.

Mais *minuit* ?

Le problème, c'est qu'ils ne peuvent pas obtenir de mandat de perquisition pour l'appartement de Rebecca sans raison, et la raison ne peut pas être invoquée avant que le rapport d'expertise n'ait été déposé. En outre, aucune preuve tangible ne la relie au blouson. La fouille de l'appartement de Rebecca reviendrait légalement à impliquer Paris.

Bobby Dietricht et Greg Ebersole vont donc s'attaquer à l'appartement de Rebecca d'Angelo sur leur temps libre. À savoir tout de suite.

— Et puis, je suis marié, Jack, ajoute Bobby. Je ne suis pas encore congelé. Je l'ai vue à la soirée de la Cleveland League. Tu n'as franchement rien à expliquer.

— Tu ne crois pas que…

Bobby lève sa main gantée pour l'arrêter.

— Je ne connais pas un flic dans cette putain de ville qui aurait fait autrement.

Paris regrette immédiatement tous les *a priori* négatifs qu'il a pu avoir au sujet de Bobby Dietricht.

— Je ne sais pas comment vous remercier, tous les deux.

— Tous les trois, corrige Greg.

— Trois ?

— Oui, fait Greg avec un clin d'œil. Je te garantis que Mike Ryan travaille avec nous.

Paris monte l'escalier, ouvre la porte de son appartement et découvre un pli FedEx par terre. L'étiquette collée dessus indique : « Ne pas plier : photos ». Les photos prises par le frère de Mercedes. Paris n'est pas vraiment d'humeur à se regarder. Il jette l'enveloppe sur la table, se sert un café et l'avale d'une gorgée. Il est attendu dans vingt minutes à la maison de Westwood Road. Bobby et Greg sont partis aux Heights.

Comment a-t-il pu se montrer aussi stupide ? Comment a-t-il pu croire, ne serait-ce qu'une minute, qu'une femme comme Rebecca – ou quel que soit son vrai nom – puisse s'intéresser un tant soit peu à lui ?

C'est une fille bien pourtant, se dit-il. Bon Dieu, ce qu'elle est bien !

Mais pourquoi fait-elle ça ?

A-t-il pu se tromper à ce point quand il l'a regardée dans les yeux ?

Quoi qu'il en soit, l'idée qu'on la fasse venir à la barre des témoins ne le tente guère. Il prend ses clés et son gilet en Kevlar dans l'entrée. Manfred dresse un instant l'oreille, puis sent qu'il n'est pas concerné et se retourne sur le canapé.

Paris est presque à la porte quand le téléphone sonne.

— Paris.

— Jack. Tonya Grimes.

— Où tu en es ?

— À la moitié. J'ai une victime d'homicide enregistrée au nom d'Anthony del Blanco. Mais ce qu'il y a de bizarre, c'est que c'est *tout* ce que j'ai.

— Qu'est-ce que tu veux dire ?

— Je veux dire que tout ce que j'ai, c'est une entrée. Il n'y a pas de texte derrière.

Paris sent le découragement l'envahir.

Mikey.

Non.

— Rien du tout ? insiste-t-il.

— Pas la plus petite info. Pas d'interview, pas de photos, pas de rapport d'autopsie. Que dalle. J'ai regardé à d'autres orthographes, pour le cas où on se serait gourés, mais ça n'a rien donné. Juste une entrée informatique indiquant que c'est une victime. Bizarre, non ?

— Oui, réplique Paris d'un ton absent. Merci, Tonya.

— Écoute, j'ai un fax qui arrive. C'est peut-être à propos de ce Jeremiah Cross. Je te rappelle tout de suite.

— D'accord, dit Paris en raccrochant, son esprit commençant à remplir les blancs entre Mike Ryan et Sarah Weiss.

C'est alors qu'il remarque le voyant qui clignote sur son répondeur. Il se sert une nouvelle tasse de café et consulte sa montre. Il a le temps. Il écoute le message.

« Salut… c'est Mercedes… il doit être dans les 9 heures et demie… Je me demandais… c'est quoi la peine quand on tue son petit frère, dans l'Ohio ?… Ça ne doit pas être grand-chose… Peut-être une amende ou un truc de ce genre, non ?… Bref… je sais que vous n'êtes pas là… Vous êtes parti pour la big opération à laquelle je n'ai pas le droit de participer et tout…

Je blague… Bref… je viens de parler à mon frère Julian, et, après trois tonnes de menaces, il a avoué qu'il n'était jamais allé vous prendre en photo, alors, celui que vous avez vu ne pouvait pas être mon frère… Bref, vu qu'il n'a que 15 ans et ne peut pas faire tout ce chemin ce soir en voiture, surtout après avoir reçu mon pied au cul, je vais prendre la mienne, venir moi-même et vous attendre… encore pardon… on ne peut pas faire confiance à ces Irlando-Portoricains… qu'est-ce que je peux vous dire de plus… bonne chance… d'accord… salut… bonne année… salut. »

Quinze ans, songe Paris. *Mais qu'est-ce qu'elle raconte ? Son frère Julian n'a que 15 ans ? Qui est venu au centre judiciaire alors ? Et qui se trouvait dans le parking pour la fête de la Cleveland League ?*

Putain.

Qu'a dit Mercedes, le jour où elle l'a prévenu que son frère passerait prendre des photos ?

« *Eh bien, pour le moment, il y a un superbe mâle aux origines ethniques variées assis juste à côté de moi et qui essaie de me faire boire des cocktails aux fruits...* »

Paris se précipite vers la table de la salle à manger pour prendre l'enveloppe FedEx qui contient les photos. Il l'ouvre d'un coup et en sort un agrandissement au format 20 × 25 cm de lui debout devant la vitre, dans le hall du centre judiciaire, un petit rond rouge vif dessiné au milieu du front.

Il a vu son *visage*.

Avant de pouvoir décrocher le téléphone pour donner la description du diable en personne, il remarque quelque chose, accroché à la porte de son appartement. Il essaie de s'approcher mais n'y arrive pas.

Au moment où l'*Amanita muscaria* commence à fuser dans ses veines, tout s'éclaire.

Il comprend pourquoi personne n'est venu de l'arrière-boutique, chez Ronnie. Il comprend que le moindre de ses mouvements de la semaine passée a été observé, étudié et enregistré. Il comprend que le psychopathe recherché par le service tout entier savait qu'il allait prendre son café chez Ronnie et a fait en sorte qu'il ait un mélange très spécial, le même mélange que ce qui coulait dans les veines de Mike Ryan au moment de sa mort, un mélange destiné à toute l'équipe de surveillance. Et Jack Paris sait soudain que si ce qu'il commence à éprouver maintenant est une indication de ce qui va se passer, il finira par connaître une terreur plus insondable et plus glacée que tout ce qu'il a jamais enduré.

62

Les garçons ont 10 et 11 ans. Ils sont censés regarder la télé au sous-sol de chez leur grand-mère, mais se trouvent en fait à l'angle de Fulton Road et de Newark Avenue, en face du presbytère de St. Rocco, et se passent une Winston light en plaçant leur main en coupe autour, comme ils l'ont vu faire par les plus grands.

À 22 heures et quelques, ils voient une voiture de police patrouiller dans Fulton et ils battent en retraite dans la ruelle qui passe derrière la rangée de boutiques allant de Aldonsa's Tailors à ce truc vaudou qui fiche la trouille, juste au coin.

Le plus jeune des garçons cherche autour du conteneur à ordures un bout de papier alu dans lequel envelopper le précieux mégot. Il y a du papier alu partout grâce au magasin de plats à emporter, mais tout a l'air couvert de sauce barbecue ou de Pepsi renversé.

Trop petit pour voir ce qu'il y a à l'intérieur de la poubelle, le plus jeune passe la main par-dessus le rebord, cherche à tâtons parmi les débris et sent quelque chose d'humide. Quelque chose d'épais, de visqueux et de collant.

Encore de la sauce barbecue ?

— Merde, dit le gosse en retirant sa main.

Et il s'aperçoit aussitôt que ça ne sent pas du tout la sauce barbecue. En fait, ça sent la *merde*. La *vraie* merde.

Les deux garçons se hissent sur le rebord du conteneur.

Le cadavre a été, en son temps, un homme. Ça, c'est évident puisque l'homme est nu. Mais il a aussi un trou énorme à la place de son ventre. Toute la région située entre la gorge et l'aine a été découpée en un long croissant écorché – la peau, la graisse et les muscles sont tirés de côté en un grand sourire crispé par l'étonnement –, et les entrailles luisent sous la lampe à vapeur de sodium de la rue comme les gros foies bordeaux au marché de West Side.

Le garçon a mis la main directement dans le gros intestin, dans de l'*arroz con pollo* complètement digéré. Bien que le mort porte des bagues à tous les doigts – d'énormes pierres brillantes qui rutilent tels des prismes multicolores –, les garçons ne cherchent pas à les prendre. Ils se mettent au contraire à courir aussi vite qu'ils le peuvent, le visage fouetté par le vent et l'esprit en miettes, et ne s'arrêtent pas avant d'avoir atteint la Quarante et unième Rue Ouest et les bras de Jésus dans le sous-sol fermé, béni et protégé de leur grand-mère.

Neige légère, froid de loup. Vingt-deux heures.

Le détachement spécial Ochosi, fort de huit policiers, est déployé en deux endroits, à moins d'une rue de la maison de Westwood Road. Une équipe composée de quatre membres de l'unité d'élite du SWAT est postée dans un fourgon banalisé, au coin d'Edgerton et de Fenwick Roads. L'autre équipe se trouve à moins de huit cents mètres, dans un SUV garé un peu plus loin dans

Westwood Road, en bas de la côte. Les deux équipes peuvent intervenir dans les quatre-vingt-dix secondes.

Le sergent Carla Davis, habillée en civil, attend à moins d'un kilomètre de là, dans une voiture banalisée sur le parking du Kaufmann's. Le raid est prévu pour minuit, dans moins de deux heures maintenant. Le détachement spécial a établi une fréquence de commande brouillée, de sorte que même si quelqu'un dans la maison tentait de pirater les canaux, il ne pourrait pas capter leurs conversations.

La mauvaise surprise, c'est qu'on dirait qu'il y a une réception dans toutes les maisons de Westwood Road. Des voitures n'arrêtent pas de passer devant le fourgon technique, freinant pour chercher une place – place de plus en plus rare à trouver. Il y a du mouvement devant toutes les maisons du coin.

À huit cents mètres de là, au nord, Carla Davis essaie de joindre Jack Paris.

Le portable de Greg Ebersole sonne à 22 h 21. Il est sur Cedar Road et se dirige vers Cain Manor. Bobby Dietricht le suit dans sa voiture.

— Greg Ebersole.

— Inspecteur. C'est Tonya Grimes.

— Oui, qu'est-ce qui se passe, Tonya ?

— Je n'arrive pas à joindre Jack Paris. Je lui ai parlé il y a dix minutes mais il ne répond plus. Il est avec vous ?

— Non. Mais je viens de le laisser. De quoi s'agit-il ?

— J'ai un Jeremiah David Cross, avocat à la cour.

— J'écoute.

— M. Cross est un homme de race blanche, 29 ans, un peu plus de 1,80 m, quatre-vingt-cinq kilos, cheveux bruns. Il a décroché son diplôme de droit à l'université américaine de Mexico. Pas de femme, pas d'enfants. Pas de…

— L'adresse, Tonya. *L'adresse.*

— M. Cross habite au 3050 Powell.

— C'est où, exactement ?

— Cleveland Heights. Tout à côté des Cain Towers.

Cinq minutes plus tard, Greg Ebersole, Carla Davis et Robert Dietricht se retrouvent à l'entrée de Cain Park, sur Lee Road.

Les trois policiers ont quelque chose à faire avant minuit.

63

La première sensation est une sensation de quasi-apesanteur, comme s'il flottait à quelques centimètres au-dessus du sol. Tête légère, bras légers, jambes légères. Il a l'impression que son corps est soudain constitué de fumée, comme s'il ne laissait plus d'empreinte et qu'il suffirait d'une brise légère pour le promener dans tout l'appartement, pour le faire caracoler le long du plafond sans qu'il subsiste aucune trace de sa présence, aucun résidu de son passage. Léger, éthéré, vaporeux et…

Invisible.

Ça, c'est la sensation. Le rêve de tout adolescent et post-adolescent. Avoir la possibilité de devenir invisible pour aller là où les lois, les règles, les adultes et les pancartes l'interdisent.

Pendant qu'il contemple le paysage mystérieux de son appartement, il a soudain l'impression d'avoir pris des amphétamines. Il lui est arrivé de prendre une ou deux gélules de speed durant sa première année en service de nuit, quelques comprimés de Benzédrine pour repousser les démons du sommeil, mais il n'a jamais touché au LSD, à la mescaline, à la psilocybine ni à aucun autre hallucinogène qui aurait pu croiser son chemin dans les années 1970. En tant que flic, il a vu bien trop de dégâts collatéraux engendrés par les drogues dures comme la cocaïne et l'héroïne pour les considérer comme autre chose qu'un véritable fléau.

Mais ça…

Il peut l'utiliser. Il comprend soudain tout sur tout. Il sait soudain exactement ce qu'il a besoin de savoir sur tout ce qu'il a besoin de savoir. C'est du *carburant spécial flic*.

Une porte claque derrière lui. Il se tourne, lentement, et découvre un mot punaisé sur la porte de son appartement.

Un mot qui *lui* est destiné.

À l'intérieur ?

Il flotte vers la porte. Non, ce n'est pas un mot. C'est un carnet, un carnet à spirale couvert de cœurs bleus et rouges. Il est fixé au panneau par un énorme pieu.

Bientôt, les cœurs bleus se mettent à cabrioler et à tourbillonner, et, avant que Paris n'arrive à situer l'image, il entend un bruit, des pas sur la moquette, derrière lui. Il se tourne et voit une femme mince approcher – cheveux noirs, teint pâle, yeux en forme d'amande. Elle porte une jupe blanche très courte et un blouson de cuir noir. On dirait qu'elle glisse vers lui.

Dans *son living-room*.

Paris est incapable de réagir à sa présence. Qui est-elle, de toute façon ? Où l'a-t-il déjà vue ? Elle vient sûrement d'un coin obscur de son propre passé, un endroit en temps normal inaccessible à ses souvenirs.

Elle avance toujours vers lui. Avec grâce et assurance, comme un mannequin de défilé. Elle a des lèvres charnues. Et les yeux les plus noirs qui soient.

Elle s'arrête devant lui.

C'est à ce moment-là que Paris sent qu'on lui tape sur l'épaule. Il se retourne avec une lenteur onirique et découvre le visage familier de l'homme derrière lui, entend le sifflement d'une arme perçant le silence et sent sa tête exploser soudain en une fantasmagorie rutilante de couleurs, une implosion indolore de rouge, d'orange et de jaune. Il s'effondre contre le mur en trouvant hilarante la montée du champignon magique, et en titubant sous le poids du souvenir.

Et, juste avant de sombrer dans l'inconscience, il sait.

La femme n'est autre que Sarah Weiss.

64

C'est le coup de fil le plus pénible qu'elle ait jamais passé. Elle n'avait pas parlé à son père depuis plus de dix mois et était terrifiée à l'idée qu'il puisse décrocher. Mais elle n'avait pas le choix. Heureusement, sa cousine Anita est venue lui rendre visite pour les vacances et c'est elle qui a répondu. Elle lui a dit, d'une voix légèrement étouffée, qu'Isabella va bien et fait de son mieux pour rester éveillée jusqu'à minuit.

Elle a dit aussi qu'on avait volé Astrid, la grande poupée d'Isabella, sur la terrasse, derrière la maison. Anita a ajouté que, malgré *La Petite Sirène* suivie du *Roi Lion* plus un petit sachet de bonbons, Bella n'était pas encore tout à fait consolée.

Mary a raccroché et constaté qu'elle avait un peu moins de mal à respirer.

Un peu.

Elle sait que la police sera dans l'incapacité de l'aider cette nuit, alors que Jean-Luc peut si facilement l'atteindre. Comment pourrait-elle prendre un tel risque ?

Si seulement elle pouvait parler à Celeste. À Jesse Ray. Si seulement elle avait quelqu'un à qui *parler*.

Elle a bipé Jesse Ray une bonne dizaine de fois durant les vingt dernières minutes.

À 22 h 30, le téléphone sonne. Elle arrache le combiné de son support.

— Celeste ?

Beaucoup de parasites. Elle parvient cependant à entendre :

— Non, c'est Jesse Ray.

C'est la première fois qu'elle lui parle. Il a, semble-t-il, une voix profonde, une voix de baryton. Mais la ligne crache beaucoup trop pour qu'elle en déduise autre chose. Appel d'un portable en limite de zone.

Elle commence à parler. Elle lui débite tout, et les mots se bousculent pour sortir – qu'elle a aidé à piéger Paris, que, ce soir, Jean-Luc l'a menacée, qu'il a menacé Isabella. Quand elle a terminé son récit, Jesse reste un long moment silencieux. S'il n'y avait pas les parasites, elle penserait qu'il a raccroché.

Puis, aussi naturellement que quelqu'un qui accepterait de vous aider à déplacer des meubles, Jesse Ray lui sauve la vie.

— Je vais m'occuper de ça, dit-il. On arrive dans cinq minutes.

Elle sent son cœur s'envoler.

Il y a donc peut-être un moyen de se sortir de tout ça.

Elle porte un jean noir, des chaussures de randonnée et un sweat-shirt épais. Sa parka est posée sur le canapé, avec son sac. Pour la centième fois en dix minutes, à savoir depuis qu'elle a raccroché, elle se colle à la fenêtre et surveille la rue.

Puis, soudain, il est là, dans la lumière bleue de l'enseigne au néon du Dairy Barn. La berline sombre de Jesse Ray se gare le long du trottoir d'en face, son pot d'échappement crachant un gros nuage de gaz gris et rassurant, son bras gauche sorti par la fenêtre affichant, comme toujours, la montre en or rutilante et l'éternelle cigarette.

Puis la portière du côté passager s'ouvre et Celeste sort, coiffée d'un chapeau à large bord et emmitouflée dans un gigantesque manteau de fourrure. Elle traverse la rue et avance vers l'entrée de l'immeuble.

Le téléphone sonne.

— Allô ?

Des parasites. Des interférences dues au néon, juste en face.

— Celeste est dans le hall. Ouvrez-lui.

Elle traverse la pièce en courant et appuie sur le bouton en espérant que la nouvelle serrure obéira au vieil interphone.

— Ça va ?

— Oui, elle est entrée, répond Jesse Ray. Écoutez, elle est armée. Faites-la entrer, verrouillez la porte derrière elle et attendez-moi.

Elle retourne à la fenêtre.

— D'accord.

— Et baissez cette fichue lumière. Je peux vous voir d'en bas.

— D'accord, j'éteins.

— Vous savez vous servir d'un automatique ? demande Jesse Ray.

— Non.

— Vous avez déjà tiré ?

— Non.

Silence.

— Eh bien, Celeste, oui.

Avant qu'elle puisse répondre, on frappe à la porte. Mary pose le téléphone et traverse le living-room en courant, ayant peine à croire que Celeste sera derrière la porte, ayant peine à croire que son amie, sa seule amie,

vient à son secours, ayant peine à croire que son cauchemar touche enfin à sa fin.

Elle ouvre la porte.

Ce n'est pas Celeste.

C'est Jean-Luc. Il tient dans sa main droite le chapeau
de Celeste ainsi qu'une boucle d'oreille sanglante en
forme de stalactite.

Dans sa main gauche, un pistolet.

Jean-Luc pointe l'arme sur le front de Mary. Il arme
le chien et dit :

— Vous n'auriez pas dû les appeler.

65

Carla Davis traverse en courant le parking gelé du centre administratif de Cleveland Heights. Bobby Dietricht fonce à l'adresse de Jeremiah Cross sur Powell Road. Greg se rend à Cain Manor. Carla, elle, doit voir la police de Cleveland Heights avant qu'ils commencent à cogner aux portes. Même si le temps est incroyablement serré, elle ne peut pas faire autrement.

Dans le hall du centre administratif, elle repère deux hommes plutôt sinistres qui discutent près des ascenseurs ; l'un est sec comme un coup de trique, avec un visage de fouine, l'autre est corpulent, la peau grêlée. Carla reconnaît le plus vieux et le plus trapu des deux comme étant Denny Sanchez, un inspecteur de Cleveland Heights.

Elle sort son insigne, et les trois flics affichent aussitôt la camaraderie de rigueur, tempérée par la rivalité de rigueur.

— Qu'est-ce qu'on peut faire pour Cleveland ? demande Sanchez.

Carla explique, en donnant le minimum de détails, ce qu'ils attendent de Cleveland Heights.

Sanchez n'est qu'à demi convaincu :

— Je crois que le patron va en vouloir un peu plus…

Carla regarde sa montre. *Un peu plus* signifierait impliquer Paris.

— C'est classé secret pour le moment.

— Pareil pour Cain Manor, rétorque Sanchez. Donnez-moi juste un nom. Je vous le rendrai.

Carla hésite une fraction de seconde avant de lâcher :

— Cross.

Fil de fer se met à rire.

— Qu'est-ce que ça a de drôle ? demande Carla en se penchant vers lui, le dominant de toute sa taille.

— Rien, madame, assure-t-il. Rien du tout.

— On peut vous joindre quelque part ? questionne Sanchez.

Carla soutient le regard du maigrichon jusqu'à ce qu'il baisse les yeux, avant de répondre :

— Je peux attendre ici, si vous devez en référer à quelqu'un, Denny.

— En fait, je dois demander le feu vert de tout en haut, vous comprenez. Bon sang, c'est le réveillon ! Laissez-moi parler au chef de police Blake. Je vous rappelle tout de suite.

— Genre, cette nuit ?

— Genre, dans dix minutes, assure Sanchez.

Carla lui donne sa carte et brandit son téléphone.

— Dix minutes.

66

Une pièce inconnue. *Au-delà* de l'obscurité.

Murs, plafond, sol, tout est noir. Un gros récipient rond devant lui, une espèce de chaudron ou un vieux barbecue à gaz. Il est entouré de bougies, mais la lumière est instantanément aspirée par l'obscurité, assimilée par l'air épais et mortifère. Une musique sourde se fait entendre.

Il s'est déplacé, c'est sûr. Il est monté en voiture. Il contemple l'objet posé sur ses genoux.

C'est une arme. *Son* arme.

L'odeur provient du gigantesque saladier devant lui. Il se penche en avant et distingue, dans la faible lumière, la chair putréfiée, les organes noircis, le chatoiement de centaines d'asticots engraissés à la moelle. Il fonce vers un coin de la pièce et, se soumettant à l'inéluctable nausée, vomit par terre, près de l'angle. Les bords de sa vision vibrent de couleurs.

Il s'essuie la bouche et essaie de recouvrer son équilibre alors qu'une intense paranoïa le parcourt jusqu'aux tréfonds. Les hallucinations se déchaînent en un tourbillon de pensées, de sons et d'émotions. Il trouve le siège, le tire contre le mur et s'assoit pesamment.

Une minute d'un ténébreux silence s'écoule, puis :

— Fils ?

Paris redresse la tête. Il voit un siège de l'autre côté de la grande cuve. Une silhouette est assise dessus. Assise ? Non. Plutôt en suspens juste au-dessus, tel un être sans poids ni substance.

C'est Frank Paris.

— Papa ?

La silhouette sur la chaise miroite un peu, disparaît puis revient, tel un mirage éthylique tour à tour flou et précis. Son père est à nouveau robuste et en pleine santé. Il a des mains immenses, abîmées et pleines de cambouis. Curieusement, la vision de son père, mort depuis si longtemps, ne l'effraie pas. Ce qui l'effraie, c'est son regard *insistant*. Après tout ce temps, son père peut à présent le juger comme un adulte, en un clin d'œil, comme il le ferait avec un médecin trop jeune accroché à son bloc-notes pour lui annoncer le programme de la fin de sa vie.

Paris se demande : *Suis-je assez grand ? Suis-je assez intelligent ? Suis-je vraiment un homme ?*

Suis-je vraiment un père *?*

Là, Frank Paris répondrait non. *Non, fils, tu n'es pas vraiment un père. Tu n'as pas réussi à faire fonctionner ton mariage et tu ne seras jamais un père assez bon pour ma petite-fille.*

Une vibration lumineuse.

Son père est soudain plus mince, vieux-jeune à nouveau, et son visage s'étire vers le bas comme si sa peau s'affaissait. Il tient à la main un vieux télécran.

Bon anniversaire, papa !

— Jackie, fais-moi un tour de magie, lui demande son père.

— Lequel, papa ?

Silence.

Tu dois savoir ce qui lui brise le cœur.

— Papa ?

Toujours le silence. L'espace est vide.

Son père est parti.

Puis, soudain, toutes les lumières de l'enfer explosent dans les yeux de Jack Paris.

67

Les six cent dix-sept personnes qui regardent Cable99 en cette nuit de la Saint-Sylvestre ont tout d'abord l'impression qu'il s'agit d'une version réduite de « L'Académie des neuf ». Ou de *The Brady Bunch*, car l'écran est divisé en quatre parties égales.

Pour ceux qui s'y connaissent, un examen plus approfondi permettrait de comprendre que ces quatre fenêtres sont chacune alimentée par une webcam séparée enregistrant des vidéos aux images heurtées qui troublent le spectateur.

Mais tout peut arriver sur Cable99. Dans le cadre supérieur gauche, on voit un homme assez débraillé, la petite quarantaine. Il est assis et regarde la caméra d'un air vide. Il ne bouge pas. La pièce dans laquelle il est semble avoir des murs très sombres, et les spots projettent sur son visage des ombres accusées.

Dans le cadre supérieur droit, il y a la photo d'une jeune femme au physique exotique, façon portrait de mannequin – une vraie beauté aux yeux sombres. Les deux cadres inférieurs sont vides.

Dans la cabine de contrôle de Cable99, Furnell Braxton, le sous-fifre sur qui est tombé la malchance de devoir assurer la technique le soir du 31 décembre, jette un œil morne sur son moniteur tout en mangeant son menu Tony Roma's.

À 23 h 31, une vidéo démarre dans la case inférieure droite. On dirait l'image d'un type debout devant le centre judiciaire, soit un endroit que Furnell Braxton essaie à tout prix d'éviter. L'image est assez heurtée, comme toujours, mais Furnell n'est pas très fan des images vidéo de toute façon et il espère sincèrement que toutes les personnes concernées comprendront.

La bande-son, elle, passe assez bien.

« Il s'agit du meurtre de sang-froid d'un policier dans l'exercice de ses fonctions, dit l'image brouillée du type devant le centre judiciaire. *Je pense que les preuves pourront démontrer que l'accusée, Sarah Weiss, a pressé la détente. »*

Ah! ces performers, se dit Furnell, *quelle bande de branleurs.*

« Mike Ryan était un bon flic... Mike Ryan était un bon père de famille... un homme qui se levait chaque jour et choisissait – choisissait – de s'armer et d'aller au combat... Mike Ryan est mort dans l'exercice de ses fonctions afin de protéger les citoyens de cette ville... »

Furnell ouvre sa cannette de Dr Pepper light, corrige les obliques et vérifie les contrastes.

« Alors, la prochaine fois que vous irez faire les poubelles, que vous vous planquerez dans les buissons comme des pervers, ou que vous vous précipiterez dans la rue avec une caméra de vingt kilos pour violer l'intimité d'une petite fille en fauteuil roulant qui a le cœur brisé, je veux que vous fassiez une pause, que vous preniez une grande respiration et que vous vous demandiez en quoi consiste votre boulot... »

— Bien envoyé, commente Furnell en déballant son dessert.

« *Il arrive que le monstre soit bien réel*, dit la voix enregistrée. *Il arrive que le monstre ait un joli visage et un nom tout à fait ordinaire. Cette fois, le monstre s'appelle Sarah Weiss.* »

Il y a un blanc, puis une nouvelle image vidéo apparaît.

Un jeune homme, qui porte des Ray-Ban, est installé sur une bergère à oreilles, dans une pièce très lumineuse.

Furnell manque s'étrangler avec son soda quand le type aux lunettes de soleil fait son speech.

Trente secondes plus tard, il parle à son cousin Wallace. Wallace Braxton travaille de nuit à WKYC, la chaîne de Cleveland qui dépend de NBC.

— T'es sûr ? demande Wallace pour la deuxième fois en composant le numéro d'appel d'urgence de son boss.

— Absolument, répond Furnell. Absolument certain, répète-t-il. Ici et maintenant, en direct, un inspecteur de police va se suicider.

68

La maison est sombre.

Bobby Dietricht a sonné à la porte d'entrée, frappé à la porte de service, écouté s'il y avait un chien, guetté un bruit de pas et regardé par les fenêtres. Il a même lancé quelques cailloux sur les carreaux du premier étage avant de se dissimuler derrière le gigantesque érable qui orne la pelouse en façade.

Rien.

Puis il a tout recommencé, pour être sûr.

Il en a conclu que la maison était inoccupée.

À moins que quelqu'un ne dorme d'un sommeil de mort à l'intérieur.

Carla arrive tous feux éteints devant chez Jeremiah Cross. Elle retrouve Bobby derrière la maison et le met au courant de sa rencontre avec Denny Sanchez. Ils montent ensemble le petit perron qui donne sur le jardin et se placent de part et d'autre de l'entrée. Bobby tire la contre-porte et frappe une dernière fois. Il presse le bouton de sonnette et, dans le silence de la nuit, ils entendent le carillon sonner haut et clair.

Pas de réponse, pas de lumière s'allumant à l'étage, absolument aucune réaction.

Ils dégainent leur arme.

Bobby maintient la contre-porte ouverte, essaie la poignée de la porte intérieure et la pousse. Elle n'est pas verrouillée. Il fait signe à Carla.

L'arme tendue devant eux, les deux policiers pénètrent dans la maison en sachant qu'il sera très difficile d'établir une raison valable d'entrer dans les lieux s'il s'avère que Jeremiah Cross a quoi que ce soit à voir avec ces meurtres.

Mais Jack Paris est dans le pétrin, et il n'y a donc pas à hésiter.

Sans mot dire, ils acceptent de risquer le tribunal.

Cinq minutes plus tard, à 23 h 40 exactement, ils ont fait le tour de la maison, sans avoir opéré de véritable fouille. Le rez-de-chaussée et le sous-sol ne contiennent rien qui sorte de l'ordinaire, rien qu'un jeune avocat brillant ne devrait pas avoir chez lui. Ils n'ont trouvé ni cadavre, ni sang, ni autel sacrificiel, ni fragment humain dans le congélateur. Si Jeremiah Cross est un tueur en série, c'est le plus ordonné qui soit.

Au moment où Bobby Dietricht et Carla Davis commencent à monter l'escalier pour fouiller le premier étage un peu plus attentivement – les tiroirs, tables de chevet, quelques boîtes qu'ils ont repérées dans les placards –, le portable de Carla se met à sonner.

— Attendez, dit-elle, mais Bobby continue de monter.

Carla revient dans la cuisine. La descente de police doit avoir lieu dans vingt minutes et c'est sûrement pour ça qu'on l'appelle. Heureusement, elle n'est pas à plus de cinq minutes de l'adresse de Westwood Road. Elle sort le portable de sa poche et répond :

— Davis.

— Sergent Davis, c'est Denny Sanchez.

— Oui, Denny, merci de me rappeler aussi vite.

— Vous avez une minute ?

— Oui, allez-y.

— *Je crois qu'on a quelque chose*, crie Bobby à l'étage. *Il y a une porte au fond du placard de la chambre…*

— Attendez-moi, Bobby, réplique Carla, qui presse son index contre son autre oreille. Pardon, je vous écoute.

— J'ai parlé au chef de police Blake, et il m'a demandé de vous appeler. Tout à l'heure, vous avez demandé des renseignements sur un certain Cross, c'est ça ?

— Tout à fait.

Bobby lance encore :

— *On dirait… on dirait une sorte d'autel. Je crois qu'on tient ce salopard !*

— Le *Jeremiah* Cross de Powell Road, Cleveland Heights ? poursuit Sanchez.

— Oui, répond Carla en essayant de se concentrer sur deux conversations à la fois. Pourquoi ?

— Je peux vous demander pourquoi vous vous intéressez à M. Cross ?

— Nous le croyons impliqué dans un meurtre, avance Carla. Je ne peux vraiment pas vous en dire plus pour le moment.

— *Putain de merde !* s'exclame Bobby à l'étage.

Sanchez prend une profonde inspiration puis exhale lentement.

— Alors j'ai bien peur d'avoir de mauvaises nouvelles. On vient d'avoir le dossier dentaire du labo. Jeremiah Cross a été tué par balle dans Cain Park la semaine dernière. Et en plus, on lui a tranché les mains.

Bon Dieu ! pense Carla. *Cross n'est pas notre tueur. Cross était notre cadavre de Cain Park !*

Ce qui veut dire…

Sanchez ajoute :

— J'ai une équipe qui se rend chez lui maintenant.

… coup monté.

Bobby.

D'en haut :

— *Il y a une sorte de… putain… qu'est-ce que c'est que ce truc ?*

— Bobby, *non* !

Dans la seconde qui précède l'explosion, au moment où Carla tourne en bas de l'escalier et monte la première marche, elle a l'impression qu'on lui vide l'air des poumons avant même de sentir la chaleur brûlante de l'explosion.

À la troisième marche, quelque chose transperce la cloison juste au-dessus de sa tête et l'asperge de fragments de plâtre noirci. Puis une traînée de feu se précipite à sa gauche dans l'escalier, suivie par une forme noire.

Carla Davis tombe à genoux, les poumons remplis de fumée, et prend conscience que la forme en flammes n'est autre que Bobby Dietricht.

69

L'arme se trouve dans la poche du manteau de Jean-Luc Christiane. Pour l'instant. Il est entré chez elle et a éteint la plupart des lumières. Elle contemple le pendant d'oreille ensanglanté sur la table basse. La boucle de Celeste. Elle risque un autre coup d'œil par la fenêtre. Jesse Ray est toujours dans la voiture.

La seule pensée qui lui vient est : *Puis-je l'atteindre à une telle distance ?*

— Je… je n'en ai plus rien à foutre, dit-elle en essayant de gagner du temps.

Sur la cheminée, il y a un buste en bronze de Beethoven, gros comme le poing. Si elle pouvait seulement ouvrir la fenêtre ou casser un carreau, elle aurait une chance de pouvoir lancer le bronze de toutes ses forces et, avec un peu de veine, de toucher la voiture de Jesse Ray.

— C'est fini. Je ne veux plus faire de mal à qui que ce soit. Ma fille est entre de bonnes mains. Faites ce que vous voulez.

— Vous savez ce que je pourrais vous faire subir, le temps que votre ami arrive ici ? *Beaucoup* de choses. Toutes affreuses.

— Faites votre choix.

— Je veux que vous décrochiez le téléphone et que vous l'appeliez pour lui dire que tout va bien.

— Non.

Jean-Luc s'approche de la fenêtre. Mary recule d'un pas pour s'écarter de lui. Ils regardent ensemble le parking, où la limousine sombre attend près du téléphone public. Ils regardent la fumée de cigarette s'élever dans le ciel nocturne.

— C'est ça, votre sauveur ? dit Jean-Luc en ricanant.

Mary est sur le point de saisir le petit bronze quand un fourgon blanc pile brusquement devant le Dairy Barn d'en face. Il porte sur son flanc le logo en forme de paon de la NBC. Il y a une antenne satellite sur le toit.

Qu'est-ce que c'est que ce cirque ? se demande-t-elle. *Pourquoi une équipe de télé attendrait-elle juste en face de chez moi ?*

Lorsque Jean-Luc retire son manteau et commence à rouler ses manches, elle comprend. Mais c'est quelque chose qu'elle préférerait ne pas savoir, une réminiscence aiguë qui lui indique que l'horreur de cette nuit est programmée depuis très longtemps.

Parce que là, sur l'avant-bras de Jean-Luc, il y a un tatouage de serpent à sonnette orange vif.

C'est l'homme qui se battait avec Celeste dans le hall d'hôtel, il y a deux ans, se dit-elle. *Ma vie a été orchestrée pour arriver à cet instant depuis deux années.*

Ses genoux lui font douloureusement défaut, la tête lui tourne et son estomac se révolte. Elle se retient au chambranle de la fenêtre et regarde en bas pour voir le conducteur du fourgon de NBC diriger son véhicule vers la limousine de Jesse Ray.

L'homme se gare, descend et s'approche de la voiture de Jesse Ray. Il se retourne pour jeter un coup d'œil interrogateur à son collègue puis tend la main et prend le bras de Jesse Ray. C'est un bras de mannequin, revêtu d'une manche de pardessus noir et d'une manchette d'un blanc éclatant, une cigarette quasi consumée coincée entre les doigts.

L'homme de la NBC se gratte la tête et sourit.

La cigarette tombe par terre.

Trois étages plus haut, Christian del Blanco – qui a connu au fil des années une centaine d'incarnations différentes, dont un *bon vivant* du nom de Jean-Luc Christiane et un mystérieux escroc appelé Jesse Ray Carpenter – rit en fermant les volets et en tirant les stores afin de protéger pour l'instant la nuit de cette vision, afin d'interdire à ces fous d'entendre le chant des hurlements de Mary.

70

Paris examine la porte tandis que la puanteur qui s'exhale du chaudron forme un brouillard épais et fétide qui imprègne chaque centimètre cube de la pièce. La porte est équipée d'une serrure intérieure ordinaire, inversée. Le panneau lui-même a l'air solide. La serrure cédera plus facilement. Il palpe les murs d'un noir d'encre et finit par trouver le contreplaqué épais qui recouvre la fenêtre, les grosses vis peintes en noir. Du solide, là encore.

Il parcourt du regard la petite pièce rendue plus petite encore par l'obscurité. Le chaudron, pile au centre. Une bergère trapue. Et, en face de la chaise, une petite table avec un ordinateur et un clavier.

Ce n'est pas son père.

L'ordinateur est allumé, mais l'écran est d'un bleu profond, vide. Paris prend place sur le siège et tente de s'éclaircir les idées. Il vérifie le chargeur de son arme.

Une balle. Le salaud lui a laissé une balle. Il replace le chargeur, fait glisser la balle dans la chambre et met le cran de sûreté.

Il regarde le contenu de ses poches. Poche droite. Vingt ou trente dollars retenus par un trombone. Un sachet de ketchup du Subway. Poche gauche. Vide.

Une balle, un peu de sauce et des hallucinations pour accompagner le tout, se dit Paris.

Super.

L'homme est grand et maigre, avec des cheveux roux. Il porte un pardessus bon marché et de grosses chaussures noires à lacets. Dans la lumière livide projetée par l'ampoule du couloir souterrain qui relie Cain Manor et Cain Towers, il a l'air fatigué, blême et rongé par les soucis. Un type qui ne tient qu'à renfort de café, de sucre, de graisses animales et d'alcool.

Un flic.

— Bonsoir, dis-je, le canon du .22 collé contre le dos de Mary.

Nous nous immobilisons. Nous sommes à environ trois mètres de lui.

— Bonsoir, répond le rouquin.

Je sens Mary se figer, prête à me fausser compagnie.

— Quel temps fait-il dehors ?

— Ça se gâte pas mal, répond l'homme, qui se détourne légèrement de moi, en un mouvement que ferait un gaucher pour ouvrir son étui à revolver sur sa hanche gauche, dissimulé sous son manteau.

Sa voix résonne légèrement dans le couloir de béton. Une conduite d'eau émet un son métallique au-dessus de nous.

— On dirait bien qu'on est coincés pour la soirée, dis-je. Ma femme se sent un peu patraque. On a dû quitter la fête d'à côté. Heureusement qu'il y a ce passage, hein ?

— Oh ! oui, réplique le flic en avançant d'un pas. Est-ce que ça va, madame ?

— Comme je vous le disais, elle se sent un peu nauséeuse. C'est peut-être les crevettes, vous savez ? On ne peut pas trop se fier à ces traiteurs bon marché.

— J'aimerais bien que ce soit elle qui me le dise, si ça ne vous dérange pas. Alors, madame, est-ce que vous...

Soudain, le crépitement d'un talkie-walkie retentit sous le manteau du rouquin.

Nos regards se croisent à nouveau.

Et nous sommes à tout jamais liés.

Avant qu'il puisse faire un mouvement, je me rapproche de Mary par-derrière, passe mon bras sous sa gorge et lui colle le canon de mon arme contre la tempe. Le flic aux cheveux roux se fige.

J'ordonne :

— Mettez vos mains derrière la tête et croisez les doigts.

Lentement, à contrecœur, il s'exécute. Mais il garde ses yeux rivés sur les miens. Il a les yeux d'un vert profond, indéchiffrable, d'une tranquillité stoïque. Je sais que cet homme pourrait me faire beaucoup de mal. Je lui demande :

— Vous avez vos menottes sur vous ?

Le flic se contente de me fixer du regard.

— Attachez-vous à la conduite d'eau, lui dis-je.

— Non.

Je lève mon arme. Mary se raidit sous ma main.

— Je vous demande pardon ?

— Je ne le ferai pas.

— Et pourquoi ça ?

Le flic me regarde avec une lassitude que je n'ai jamais vue chez un homme de cet âge. Une démission de *l'âme*.

— Parce que je suis un flic à la ramasse, mec. Tu m'entends ? Un poulet complètement vidé. Et te laisser me passer les menottes est un cauchemar bien pire que tout ce que tu pourrais me faire avec ton flingue. Tu peux me croire.

— Tu crois que je ne la tuerai pas ?

— Tu me comprends mal, fait le flic. Je crois que tu *vas* la tuer. Je crois que tu vas me tuer aussi. Mais c'est juste que tu ne me descendras pas pendant que je serai menotté à une descente d'eau. Ce n'est pas ce que je veux laisser à mon fils. Désolé.

Je n'ai pas envie d'en entendre davantage.

Je lui tire trois fois dessus.

Il titube en arrière et s'écroule lourdement sur le dos.

Mary hurle. Je la bâillonne avec ma main. Je lui mets le pistolet contre la tête jusqu'à ce que la réalité de sa propre mort devienne presque tangible. Je la conduis jusqu'à l'ascenseur de service et presse le bouton d'appel avec mon coude. La cabine ne tarde pas.

J'entends une voiture de pompiers dans le lointain.

Alors que nous pénétrons dans l'ascenseur, j'entends le message sur sa radio de flic. Les portes de l'ascenseur se referment au moment où une voix de femme lance :

— *Greg... Greg... Sortez de là... ça commence à être la panique ici... Bobby est tombé... je répète... Bobby est tombé.*

72

Il a l'air tellement ordinaire, se dit Paris. Il l'avait trouvé joli garçon quand il s'était fait passer pour Julian Cruz et était venu le photographier. Il l'avait trouvé charmant et décontracté.

Il a serré la main d'un monstre sans le savoir.

Mais maintenant, en le voyant assis sur ce fauteuil, dans la fenêtre supérieure droite de l'écran d'ordinateur divisé en quatre, il semble ordinaire. Dans le cadre supérieur gauche, Paris se voit, assis sur le siège, grâce à la petite caméra digitale fixée au moniteur et à la rampe de spots au plafond. La fenêtre inférieure droite de l'écran montre la vieille vidéo de lui sur les marches du centre judiciaire.

— Monsieur del Blanco, commence Paris.

— Christian, je vous en prie, inspecteur, réplique l'homme.

— Laissez tomber.

— Vous avez apprécié votre hot dog ? Il était savoureux ?

— Laissez tomber.

— C'est trop tard.

— Permettez-moi de vous poser une question,

dit Paris qui s'efforce de paraître bien plus maître de lui qu'il ne l'est en réalité.

Le champignon magique fait encore décoller son esprit dans mille et une directions.

— Je comprends pourquoi vous en avez après moi. J'arrive même à comprendre pourquoi vous en vouliez à Mike Ryan. Mais pourquoi les Levertov ?

Christian tend la main hors champ. Il en rapporte trois photos qui le montrent entrant et sortant de la Botanica Macumba.

— Vous vous rendez compte ? Des photos clandestines de *moi* ?

Il rit et approche les clichés de la caméra.

— En fait, le vieux Ike ne se contentait pas de vendre des hot dogs casher au coin de la rue, inspecteur. Il faisait partie de ces connards des comités de surveillance de quartier. Je l'avais déjà vu plusieurs fois dans le coin, j'avais passé un moment avec lui et j'avais même rencontré sa femme. Mais, la cinquième fois que je suis venu à la Botanica, il a visiblement commencé à se méfier et il a pris des photos. Il me trouvait certainement mauvais genre. Vous pouvez me croire, à la minute où la presse aurait parlé d'un meurtre vaudou en montrant un portrait-robot du suspect, il aurait pris son téléphone. J'avais besoin de temps. Le vieux Ike s'est juste mêlé des affaires de celui qu'il ne fallait pas. Edith a commis l'erreur de l'aimer.

Christian pose les photos de côté et se penche en avant pour ajouter :

— La question importante c'est : qu'est-ce que *vous* avez ressenti ?

— Que voulez-vous dire ?

— Le fait d'être un suspect. Même pendant une minute. Qu'avez-vous ressenti quand des gens, des gens que vous connaissez depuis des années, vous ont regardé dans les yeux et vous ont pris pour un monstre ? La honte que vous avez éprouvée vous a-t-elle donné envie de vous tuer ? Vous a-t-elle donné envie de vous imbiber d'alcool et de vous immoler par le feu ? Hein ? De montrer au monde que Paris brûle effectivement ?

Paris revoit le visage de Bobby et le 1 % de doute qu'il a lu dans ses yeux.

— Je sais qui sont mes amis. Ils savent la vérité.

— La vérité, fait Christian sur un ton rêveur.

Il tend la main et prend hors champ une flasque en argent dont il boit une gorgée.

— *Amanita muscaria*. C'est très puissant. Vous avez déjà essayé ?

Paris garde le silence.

— Où vous a-t-elle emmené ?

Papa, pense Paris.

— Vous ne pourriez pas comprendre.

— Oh ! je parie que si. Les Indiens hinchi prétendent qu'elle fait ressurgir des souvenirs enfouis. Quels sont *vos* souvenirs enfouis, inspecteur ?

Christian se penche un peu et frappe sur quelques touches. Aussitôt, dans la fenêtre inférieure droite, une image apparaît. C'est une photo de Frank Paris. La photo qui figurait dans le journal *The Sun* à côté de la nécrologie de son père. La colère monte dans la poitrine de Paris. Sa formation de flic lui permet de la combattre. Tout juste. Il sait à présent ce qui a déclenché son hallucination.

— La première chose que vous devez savoir, reprend Christian, c'est que je suis dans la pièce d'à côté.

Paris voit Christian sortir du champ. Puis il perçoit, étouffé :

— Vous entendez ?

Suivi de coups sourds qui proviennent de derrière lui.

— Oui.

Christian revient dans le champ.

— Je suis certain que vous savez déjà que vous n'avez qu'une seule balle. Actuellement, pour vous, cette balle est une monnaie d'échange. Comment allez-vous la dépenser ? La serrure de la porte ? Vous pourriez la faire sauter, mais ensuite votre arme serait vide, et je vous tuerais.

Avant que Paris puisse s'en empêcher, il s'est retourné vers le portrait de son père et pense à cette photo entre les mains de ce boucher.

— Allez vous faire foutre, lâche-t-il.

Christian a le regard fixé sur la caméra. Il est silencieux. Immobile. *Blessé*. Comme si l'on avait mis un enregistrement vidéo sur « Pause ». Puis l'image se brouille et il bondit hors cadre. Pendant une vingtaine de secondes, l'écran n'est plus qu'un flou grisâtre. Puis la mise au point se fait sur un plan plus large, et Paris s'aperçoit à présent que dans la pièce voisine, d'un blanc lumineux, il y a un autel qui n'est pas sans rappeler celui qu'il a vu dans la cave d'Evangelina Cruz. Mais celui-ci est plus grand et recouvert d'un voile blanc éclatant. Il semble y avoir des bougies partout. Sur les degrés de l'autel, Paris identifie des griffes d'animaux séchées qui se découpent contre le drap blanc. Il distingue des récipients de terre cuite portant des symboles anciens. Il repère une demi-douzaine de plateaux de cuivre couverts de cônes d'encens et de piles de pièces en cuivre.

Mais c'est ce que Paris découvre derrière l'autel qui le terrifie.

Là, contre le mur blanc, derrière les bougies chatoyantes, les mystérieuses poteries et urnes enfumées, se dresse un gigantesque crucifix blanc. Et une silhouette y est attachée.

Une silhouette familière.

La silhouette de Rebecca d'Angelo.

Je retire chemise, pantalon, sous-vêtements, chaussures et chaussettes. Je fais glisser le long caftan blanc par-dessus ma tête, et ma peau devient électrique sous le frottement de la rayonne. Je ne me suis jamais senti autant incarner le *brujo*, fort de tant de pouvoir.

Je déshabille ma *madrina* sur le crucifix. Sa peau apparaît, blanche, douce, sépulcrale. Je saisis mon grand marteau arrache-clou.

— Vous avez déjà assisté à un véritable sacrifice, inspecteur ?

— Écoutez-moi bien, dit Paris. Si jamais elle est morte, il n'y aura jamais une pierre assez grande pour vous cacher dessous, vous m'entendez ?

— Elle n'est pas morte.

— Tuez-vous. *Maintenant !*

— Elle est attachée là, dis-je. Mais si vous ne faites pas exactement ce que je vous demande, ce sera pire.

Je lève les clous d'argent, aiguisés comme des rasoirs.

— Bien pire.

74

Il faut qu'il continue à le faire parler.

— Comment arrêter tout ça, Christian ? Laissez tomber et venez discuter.

— Je veux que vous dégainiez votre arme.

Paris obéit.

— Et maintenant ?

— Mettez la balle dans la chambre.

— C'est déjà fait.

— Bien sûr, commente Christian. Et la sécurité est enlevée ?

— La sécurité est enlevée.

Sur l'écran, dans l'une des fenêtres, surgissent à présent des images du journal télévisé local. Paris repère deux voitures de la police de Cleveland Heights dans le parking d'un Dairy Barn, et se dit :

Nous sommes dans les Cain Towers.

— Vous allez maintenant coller le canon de votre arme contre votre front et appuyer sur la détente.

— *Quoi ?*

— Si vous le faites dans... disons... quatre minutes... je la laisse partir. Sinon, je vais lui planter ces clous dans les mains et les pieds, et puis je lui couperai la tête. D'après vous, que préféreront nos téléspectateurs ?

Téléspectateurs ? pense Paris. *Tout ça est donc* retransmis *?*

— De quoi parlez-vous ?

— Vous êtes, au moment où nous parlons, la principale attraction de Cable99. Et je dirais même, bientôt, des chaînes du monde entier.

— Vous êtes complètement fou.

— Peut-être. Mais vu l'enquêteur que vous êtes, je doute sérieusement que vous soyez qualifié pour faire ce genre de diagnostic. *Sans vouloir vous vexer.*

La fenêtre inférieure droite fait maintenant défiler des photos. Christian devant une vieille moto Bonneville rouillée. Christian et sa sœur à Cedar Point.

Vous devez savoir ce qui lui brise le cœur.

— Elle ne s'est pas tuée, dit Paris, qui sait que la vraie Sarah Weiss est morte.

La femme de son appartement était une usurpatrice.

— Ce n'était pas un suicide.

Christian se fige, le visage tordu par la fureur.

— Taisez-vous !

— C'est la vérité. Ils rouvrent l'enquête. Ils considèrent que c'est un meurtre.

— Taisez-vous !

— Je sais que vous me reprochez de l'avoir accusée, mais je faisais mon boulot. Les preuves étaient là. Mais maintenant il y a des preuves comme quoi elle n'a *pas* été poussée au suicide. C'est bien pire.

— Je ne veux rien entendre.

— Vous n'avez pas envie de faire payer celui qui a fait ça à votre sœur ? Ce n'est donc pas de ça qu'il s'agit ?

Christian s'écarte du crucifix.

Oui, se dit Paris.

Gagner du temps.

— Vous croyez que je peux me sortir de tout ça ? demande Christian. Qu'il me suffira de mettre les voiles avec vous et qu'on se lance à la poursuite des méchants, c'est ça, shérif ? Je vous en prie…

— Évidemment que non. Mais vous… vous pouvez vous faire *aider*. Et je peux veiller à ce que justice soit faite pour vous.

— Taisez-vous, répète Christian. Plus un mot.

Il brandit deux gros clous. Et dans l'autre main, il tient une couronne de barbelé coupant.

— Si vous dites…

— Non !

— Qu'est-ce que je viens de vous dire ? hurle Christian. Tu l'as tuée, enfoiré.

— *Attendez !*

Christian n'attend pas. Il traverse la pièce et s'approche directement de la caméra. Aussitôt, l'écran d'ordinateur de Paris redevient tout bleu.

Mais Paris peut encore entendre. Christian a laissé le micro ouvert. Christian hurle :

— Presse la détente, inspecteur ! Presse la détente, *tout de suite* ! Tu peux encore sauver cette femme ! Tu as quatre-vingt-dix secondes ! *Le monde entier te regarde !*

Paris entend Christian courir. Il entend le volume de la musique, qui n'avait été jusque-là qu'un bruit de fond éraillé, monter brusquement.

— Christian !

— Sauve-la ! réplique Christian. Tire, *maintenant* !

— *Arrêtez !*

Mais il n'arrête pas. Paris entend le bruit horrible et écœurant. Le claquement sonore et glacé du marteau contre l'acier.

Puis viennent les cris.

Furnell Braxton baigne dans sa sueur. Pendant une fraction de seconde, il se voit sur la scène d'une immense salle de bal au Marriott en train de recevoir un Emmy Local. Il vérifie ses balances : le niveau audio est pile au milieu ; la vidéo, même si elle passe avec un léger décalage, est nickel. Il y a maintenant quatre sources distinctes. Le dingue avec la fille dans la chambre blanche. L'enregistrement en boucle de toutes les vieilles photos. Le flic avec le flingue dans la chambre noire. Et la caméra du journal télévisé de NBC.

Furnell s'est branché sur le réseau de NBC et l'a inséré dans la projection comme un David Copperfield faisant coller les deux moitiés d'un même jeu de cartes. Il ne sait absolument pas s'il a le droit de s'approprier ces images, mais, pour l'instant, il s'en fiche complètement.

Il y a de l'Emmy dans l'air.

Sur l'écran, dans la fenêtre supérieure droite, le dingue est prêt à enfoncer le clou qu'il a placé dans la main gauche de la femme nue. Celle-ci est attachée à une grande croix. Le dingue regarde son moniteur, une main plaquée sur la bouche de la femme.

Dans la fenêtre inférieure gauche, une caméra filme les Cain Towers depuis l'autre côté de la rue. Il y a des voitures de police partout. On entend un hélicoptère.

Le cadre inférieur droit montre la photo enregistrée d'une vieille scène de crime, le sol d'une cuisine absolument couvert de sang.

Mais c'est la fenêtre supérieure gauche qui capte le regard de Furnell et de tous les téléspectateurs, hypnotisés. Ce cadre montre le policier sur le point de se suicider. Il tient dans ses mains un 9 mm retourné contre lui, le canon collé contre le milieu de son front, le pouce sur la détente. Il a le visage crispé par la peur. À minuit exactement, il dit :

— Je sais que tu verras ces images un jour, Missy. Je voudrais que tu ne les voies pas, mais je sais que tu les verras.

Sa voix se brise.

— Je vous aime, toi et ta mère, de tout mon cœur.

Il presse la détente.

Le bruit évoque davantage un claquement étouffé qu'une détonation. Mais le corps a un sursaut puis oscille, et Furnell distingue le trou sur le front du policier. L'homme s'écroule sur son siège, immobile et silencieux.

Dans la fenêtre supérieure droite, l'homme en caftan blanc s'écarte de la femme sur la croix. Il s'approche de la caméra, le regard fixe. Il regarde l'écran avec stupéfaction. Puis il se met à rire longuement, d'un rire haut perché et sonore, et à tourner en rond en criant des mots incompréhensibles.

La mort, se dit Furnell Braxton qui se retourne et rend son dîner de chez Tony Roma's sur son tableau de commande, son petit discours de remerciement en attente pour le moment.

Il a retransmis la mort.

En direct.

L'*Amanita muscaria* s'épanouit dans mon cerveau, mes muscles et mon sang avec une vigueur adolescente. Je me sens d'une forme physique et d'une habileté primaires.

Jack Paris est mort.

Le monde peut penser qu'il s'est sacrifié pour sauver la femme, mais nous connaissons la vraie raison de son geste :

La culpabilité.

Mon tout premier sort.

Ma *madrina* hurle, mais je l'entends à peine par-dessus les grondements déchaînés, le chœur toujours plus envahissant de la musique. Je choisis la machette, rassuré par son poids, son équilibre.

Je vais la décapiter d'un seul coup d'acier.

Je plonge mon regard dans l'objectif de la caméra tandis que le sol commence à trembler et à vibrer sous mes pieds, à secouer les fondations mêmes de l'immeuble.

À ce monde, je dis :

— Ceci est pour Sarafina. *Mi hermana.*

— Et ça pour Fayette Martin.

La voix provient de juste derrière moi. À quelques *centimètres* à peine. Je fais volte-face.

C'est Paris. Il a de grandes mains, comme mon père. Pour la première fois de ma vie, tout devient calme.

Je bondis.

Papa tire.

77

LE TUEUR VAUDOU PLAIDE COUPABLE
par Associated Press
posté à 12 h 31

Cleveland (AP) – L'homme qui a tué ses victimes puis les a mutilées en gravant sur elles des symboles de la santería a plaidé coupable aujourd'hui à sept chefs d'accusation pour meurtres aggravés, reconnaissant qu'il a tué une victime en lui tranchant le haut du crâne, et une autre en la castrant.

Ce plaider coupable vaudra à Christian del Blanco, 30 ans, une peine incompressible d'emprisonnement à vie. Un procès pour un seul de ces assassinats aurait pu lui valoir une condamnation à la peine de mort.

Après son arrestation, le 1er janvier à la première heure, M. del Blanco a reconnu les meurtres de Fayette Martin, 30 ans, en décembre dernier, après l'avoir attirée dans un immeuble abandonné du centre-ville, et de Willis James Walker, 48 ans. On ne sait pas exactement quels étaient les liens entre M. del Blanco et M. Walker, ni pourquoi les deux hommes se sont retrouvés au

Dream-A-Dream Motel, un établissement de l'Est de Cleveland.

Les deux autres victimes, Isaac C. Levertov, 79 ans, et sa femme, Edith R., 81 ans, ont fait apparemment l'objet de meurtres sacrificiels.

Une autre victime, Edward Moriceau, 60 ans, était le propriétaire d'une herboristerie spécialisée dans les articles de la santería.

Lorsqu'il a admis sa culpabilité, M. del Blanco a pris de court et le procureur et l'avocat commis d'office à sa défense en avouant le meurtre de deux autres victimes. Il s'agit d'une complice nommée Celeste L. Conroy, 26 ans. La police a retrouvé le corps de Mlle Conroy dans la cave d'un immeuble situé à l'angle de la Quatre-vingt-cinquième Rue Est et de Carnegie Avenue, où elle aurait été étranglée. L'autre victime a été tuée par balle dans Cain Park, à Cleveland Heights, et vient d'être identifiée comme étant Jeremiah D. Cross, 29 ans, avocat à Cleveland Heights qui avait défendu la sœur de l'accusé alors qu'elle était elle-même accusée de meurtre.

Du fait des blessures qu'il a reçues lors de son arrestation, M. del Blanco s'est présenté au tribunal en fauteuil roulant. Avant d'être reconduit dans sa cellule, il s'est excusé en espagnol auprès des familles des victimes.

Le jugement sera prononcé le 15 janvier.

Une affaire aussi lourde et importante que celle des meurtres du dossier Ochosi a toujours des retombées considérables. Il y a deux livres en cours d'écriture. Une série de quatre articles est actuellement publiée dans le *Plain Dealer*.

Bobby Dietricht a subi des brûlures au premier degré au bras droit et à la jambe droite ainsi qu'une fracture du cubitus gauche. Greg a pris trois balles de calibre .22 dans la partie gauche de son gilet en Kevlar, et s'est retrouvé avec deux côtes cassées. Tous deux doivent revenir travailler rapidement.

Après avoir assassiné Jeremiah Cross, Christian savait qu'on finirait par faire le lien avec Sarah Weiss. C'est à ce moment-là qu'il a apporté des grigris chez l'avocat pour y bricoler un autel au premier étage de sa maison. Il avait ensuite raccordé un interrupteur à mercure à un petit pain de plastic.

Au cas où.

Les registres de l'administration des anciens combattants montrent qu'un certain Jeremiah Cross a demandé le dossier de Demetrius Salters la semaine suivant l'assassinat de l'avocat. Cela confirme que Christian del Blanco essayait de mettre la main sur le vieux policier.

Ronnie Boudreaux a appelé Paris le 1er janvier. Après le coup sur le crâne que lui avait assené Christian del Blanco la veille, Ronnie a décrété que même s'il remerciait le Seigneur que Christian del Blanco ne l'ait pas tué, il s'estimait enfin quitte avec Paris – la dette était officiellement remboursée.

D'après ce que Paris a pu reconstituer grâce au gros paquet de lettres retrouvé dans l'appartement de Christian, Christian et Sarafina del Blanco – qui signait toutes ses lettres « Fina » – s'étaient séparés après le meurtre de leur père. Le garçon s'était alors rendu à San Diego, puis au Mexique, où il était resté une dizaine d'années. Sarafina avait travaillé comme hôtesse et mannequin, principalement dans des salons professionnels, et sillonné le pays sous pas mal d'identités différentes. Delia White, Bianca del Gato, Sarah Weiss. Son passé n'avait guère été évoqué lors de son passage en jugement. Les lettres de Sarafina à son frère parlaient également de Michael Ryan, l'homme à qui ils reprochaient d'avoir permis à leur père de s'en tirer après ce qu'ils considéraient comme le meurtre de leur mère.
Lorsque Michael Ryan était parti s'installer à San Diego, l'occasion avait été trop belle pour Christian de revenir de Tijuana pour le tuer. Mais Michael Ryan n'était pas une cible facile à San Diego, où il faisait des patrouilles dans une grosse voiture blindée.
Il n'en allait pas de même pour Carrie Ryan. On a vu une vieille Bonneville toute cabossée prendre un virage à fond de train, laissant derrière elle le petit corps mutilé de la fillette. On a fait circuler une description de l'adolescent qui conduisait, mais il n'a jamais été arrêté.

À l'époque où Michael est revenu s'installer dans l'Ohio, Sarafina et Christian se sont retrouvés à Cleveland alors même que Christian était toujours recherché pour être entendu au sujet du meurtre de son père.

Ils savaient que Michael avait besoin d'argent pour les soins de sa fille. Et ils savaient que Michael avait quelque chose qu'ils voulaient.

Sarafina a rencontré Michael, a gagné sa confiance et lui a proposé un marché. Elle lui proposait dix mille dollars pour dérober le dossier sur le meurtre d'Anthony del Blanco, dont la disparition éliminerait tout risque que Christian se fasse arrêter.

Ce fameux soir, au Renaissance Hotel, ils ont obtenu tout ce qu'ils voulaient.

Y compris la vie de Michael Ryan.

Puis Sarafina s'est suicidée, et Christian a perdu les pédales. Il s'était prostitué au Mexique et avait acquis une réputation d'amant émérite, surtout parmi la faune SM et les voyeurs/exhibitionnistes d'Acapulco. Il a signé avec Netrix, sachant qu'il rencontrerait par cet intermédiaire la femme qu'il lui fallait pour son « sort ». C'est ainsi que le destin de Fayette Martin a été scellé.

On ne sait toujours pas comment Christian a rencontré Mary. Dans sa déposition, celle-ci a déclaré qu'ils s'étaient croisés devant son immeuble, puis qu'il avait commencé à la faire chanter en menaçant de s'en prendre à sa fille, ce que le procureur a paru tout prêt à croire.

Christian ne dit rien.

Michael Ryan a été lavé de façon posthume par les affaires internes de tous les soupçons qui pesaient sur lui. Mais, de toute façon, quiconque étudierait les preuves avec un peu d'attention verrait l'évidence.

Mike Ryan est mort avec des chaussures à vingt-cinq dollars aux pieds.

L'argent n'a jamais été pour lui.

À la fin de la première semaine de janvier, alors que Paris commence à mettre les dossiers Ochosi en boîte dans son bureau, il constate à nouveau combien cette affaire l'a touché de près et comme elle a failli concerner Beth et Melissa. L'homme qu'il a vu avec Beth sur Shaker Square – le type large d'épaules – était effectivement celui qu'elle avait rencontré en ligne sur le site de celibatairescretiens. Les penchants religieux de ce type n'ont pourtant pas encore calmé la jalousie de Paris.

Mais Christian del Blanco avait bien des vues sur Beth, Paris n'a aucun doute là-dessus. Christian avait trouvé son adresse e-mail et lui avait envoyé la connexion à la vidéo de la bergère à oreilles. Peut-être voulait-il la mettre dedans avant que tout ne soit terminé. Il avait simplement manqué de temps.

Pendant que Paris porte la boîte de dossiers dans l'ascenseur, c'est cette image qui le glace plus encore que la tempête hivernale qui fait rage dehors.

Elle a toujours la main coincée dans une attelle. Les médecins assurent qu'avec le temps elle récupérera pratiquement tout l'usage de cette main, mais que la bosse formée par le tissu cicatriciel, là où le clou est entré, restera.

Elle doit quitter l'hôpital dans une heure.

Paris se tient au pied du lit. Mary est assise, les mains sur les genoux, une petite valise à ses pieds. On n'entend que le cliquetis du chauffage et les gouttes de pluie glacée qui martèlent la vitre. Paris contemple les petites taches que forment les voitures verglacées dans le parking de l'hôpital universitaire. Il attend que s'écoule le silence nécessaire avant de demander :

— Vous savez pourquoi je suis ici ?

Mary prend une profonde inspiration.

— Eh bien, je crois qu'il n'y a qu'une alternative, dit-elle d'une voix tremblante, hésitante. Soit je pars d'ici en taxi, soit en voiture de police. J'ai passé la nuit à réfléchir à ces deux solutions.

— Je suis venu vous dire qu'il n'y aura aucune charge retenue contre vous, dit Paris d'une voix froide et atone.

Il attend. Derrière lui, Mary se met à pleurer doucement. Il ne regarde pas. Ses larmes ne l'intéressent pas.

Au bout d'un moment, elle dit :

— Merci.

— Je n'y suis pour rien, croyez-moi.

— Je regrette tellement.

Paris se retourne et est surpris de la trouver beaucoup moins jeune.

— Qu'est-ce que vous regrettez, exactement ?

— Tout. De vous avoir attiré là-dedans. De vous avoir mis en danger.

— Je suis en danger tous les jours dès ma deuxième tasse de café, déclare-t-il. Vous m'avez fait passer pour un imbécile.

— Ce n'était pas mon intention.

— Écoutez, si jamais le bureau du procureur ne vous avait pas considérée comme une victime, ils auraient pu penser que vous avez essayé de me pousser à commettre un crime capital. Peut-être qu'ils ont simplement besoin qu'on leur ouvre un peu les yeux. Qu'on leur dresse un petit portrait du personnage.

Il laisse tomber deux photos en noir et blanc sur le lit. Des photos un peu floues montrant une femme qui sort en courant du Dream-A-Dream Motel.

— Peut-être que ça aiderait.

— Je ne comprends pas.

— Moi, je comprends très bien. Je comprends qu'il y a un dossier en cours pour une affaire de vols étiqueté « Voleuse au baiser ». Romantique, non ? Je comprends que vos empreintes m'ont conduit tout droit à l'une des empreintes contenues dans ce dossier – une série de vols pour lesquels aucun enquêteur n'arrive jamais à convaincre les victimes de témoigner. Il s'agit d'une femme qui dilue deux roofies dans de la tequila et dépouille des hommes d'affaires libidineux sur le retour.

Mary se tait un moment, le cœur emballé.

— Tout ce que j'ai fait, je l'ai fait pour ma fille. Vous avez une petite fille. Dites-moi donc où il faut s'arrêter. Qu'est-ce que *vous* refuseriez de faire pour elle ?

Paris n'a pas de réponse toute prête.

Mais il sait que c'est l'une des nombreuses questions qui ne trouveront jamais de réponse, surtout concernant les meurtres du dossier Ochosi. Et il sait pourquoi. Le fait qu'un monstre aussi médiatique que Christian del Blanco soit maintenant derrière les barreaux et qu'il n'y aura pas d'ouverture de procès pour réveiller les cauchemars signifie que beaucoup de problèmes non résolus le resteront définitivement.

Paris boutonne son manteau et enfile ses gants.

— Est-ce que c'est le moment où vous me priez de quitter la ville ? demande-t-elle, les yeux rivés sur les photos laissées sur le lit.

Paris se dirige vers la porte. Il regarde la photo de la ravissante petite fille aux cheveux bruns posée sur la table de chevet.

— Si vous étiez n'importe qui d'autre, je devrais sûrement le faire.

— Je comprends.

Paris soutient son regard et se remémore la dernière fois qu'il a plongé aussi profondément ses yeux dans les siens. Il se dit qu'il ne devrait pas, mais il le fait quand même :

— Je peux vous demander quelque chose ?

— Ce que vous voudrez.

— Rien de tout cela n'était vrai, si ?

Son visage se détend. Elle redevient très jeune.

— *Tout* était vrai. On aurait juste dû se rencontrer ailleurs.

Paris ne prend pas la peine de répondre.

Mary se lève, tente un pas dans sa direction et s'arrête.

— Comment puis-je vous le prouver ?

Paris s'attarde un instant, pour graver sa silhouette dans sa mémoire, puis il se détourne et sort dans le couloir.

Il règne dans le tribunal bondé un silence épais. C'est la juge Eileen J. Corrigan qui préside. Elle finit de rendre son jugement.

— En application du cumul des peines, vous êtes condamné à rester en prison, sans possibilité de libération conditionnelle.

Dans la lumière crue d'une salle où l'on rend la justice, Christian del Blanco paraît brisé, petit. Bien que Paris ait visé la poitrine, bien décidé à l'envoyer en enfer, Christian a bondi, et la balle n'a atteint que sa hanche droite. Malheureusement, on annonce qu'il remarchera un jour.

— Y a-t-il quelque chose que vous voudriez ajouter maintenant, devant ce tribunal ? demande la juge Corrigan.

— Non, Votre Honneur, répond Christian, tête baissée, l'image même de la contrition.

— Que Dieu ait pitié de votre âme, conclut la juge Corrigan en abattant son marteau.

Elle se fige brièvement puis quitte la salle dans un froufrou de coton noir lustré, une expression de dégoût contenu sur le visage.

Jack Paris et Carla Davis se frayent un chemin vers le banc de la défense à travers la mêlée des journalistes qui quittent le tribunal. Paris baisse les yeux sur Christian del Blanco, assis dans son fauteuil roulant. Il examine son aspect soigné et se dit : *il va s'amuser comme un fou en prison.*

Soudain, Christian lève la tête, montrant ainsi qu'il a enregistré la présence de Paris. La noirceur parfaite de son regard glace soudain le policier. Il a déjà vu ces yeux-là.

Sauf que, la fois précédente, c'étaient ceux de Sarah Weiss.

— Il faut que je sache, lâche Christian.

— Que vous sachiez ? dit Paris. Que vous sachiez quoi ?

— *Comment ?*

Paris sait de quoi parle Christian, et il a conscience qu'une question comme celle-ci pourrait ronger une personnalité comme la sienne. Christian, le roi de l'illusion, l'homme qui a recruté Celeste Conroy pour faire le sale boulot à sa place ; Celeste, qui ressemblait tellement à Sarah Weiss que Paris l'avait sans problème prise pour elle, cette fameuse nuit, chez lui, même si le champignon magique avait un peu aidé, bien sûr.

— Vous voulez parler de mon petit trafic avec la webcam ? demande-t-il.

— Oui.

— En fait, j'ai tout piqué dans un livre. Un super bon

418

bouquin d'ailleurs. Je crois qu'il pourrait vous être utile, même à vous.

Paris fouille dans sa serviette. Il en sort un mince livre broché qu'il laisse tomber sur la table, devant Christian. *Internet pour les nuls.* Puis il laisse tomber dessus un trombone et un sachet de ketchup.

Paris se penche alors contre l'oreille de Christian et ajoute :

— Sans vouloir vous *vexer*.

79

Une semaine après le jugement de Christian del Blanco, une vague de chaleur s'est abattue sur Cleveland en plein mois de janvier. Il fait dix degrés et on annonce un printemps précoce, mensonge que les habitants de Cleveland sont toujours aussi prompts à gober. Cela fait trois jours que Bobby Dietricht a repris du service ; Greg Ebersole est rentré aujourd'hui.

À midi, alors qu'il contemple par la fenêtre de son bureau les hommes en manches de chemise et les femmes sans manteau, Paris entend Greg cogner contre le chambranle de la porte.

— Salut, Greg.

— Regarde ça. Je n'arrive pas à y croire, lance Greg en entrant. Je triais tout le courrier qui s'est accumulé, et j'ai trouvé *ça*.

Il tend à Paris une lettre à l'en-tête du Mount Sinai Hospital.

— Ça doit être une blague, non ? dit Greg. Ça ne peut être qu'une blague ou une erreur, non ?

Paris lit :

420

Cher M. Ebersole. Veuillez trouver ci-joint le reçu correspondant au règlement complet de tous les frais médicaux concernant Maxim A. Ebersole, pour un montant de quarante-quatre mille huit cent soixante dollars, par les soins de la Fondation Becky's Angel, association à but non lucratif.

— Ouah ! commente Paris en relisant la lettre avant de la lui rendre. Et tu ne le savais même pas ?

— Non, rien du tout, répond Greg.

— C'est dingue.

— Tu crois que j'ai le droit d'accepter ? Je veux dire, par rapport à mon boulot ?

— Je ne sais pas trop, réplique Paris. Mais si c'est une fondation, je suis pratiquement certain que tu peux.

Greg relit la lettre.

— Tu as déjà entendu parler de la Fondation Becky's Angel ?

Paris s'accorde un sourire.

Rebecca d'Angelo.

— Il me semble avoir déjà vu ce nom, dit-il, songeant soudain au vieux rapport de police qui se trouve toujours sur sa table de salle à manger, celui qu'il a conservé si longtemps comme un secret honteux et qui relate comment un type alors vice-procureur du comté a été surpris avec une gamine dans la ruelle derrière le Hanna Theatre.

Le vice-procureur en question est à présent juge des enfants. Paris se dit qu'il a peut-être trouvé quoi faire de ce rapport, en fin de compte.

Greg secoue la tête en souriant.

— Drôle de monde, hein ?

— Ouaip, fait Paris en donnant une claque sur l'épaule de son ami. De plus en plus dingue.

— C'est une belle bête, commente Paris. Beau chien, Declan.

Le Jack Russell réagit au compliment en bondissant souplement sur ses pattes postérieures musclées aussi haut que la poitrine de Paris.

— Il est bon chasseur ?

— Ça, oui ! s'exclame Mercedes. Il a terrorisé tous les écureuils du quartier. Ils ont dû mettre un contrat sur sa tête à l'heure qu'il est.

Ils se sont réfugiés sous le kiosque en cèdre rouge et attendent que cesse le crachin qui a légèrement retardé le concours de terriers de Middlefield, communauté rurale proche de Cleveland. Ce concours se tient tous les ans et permet de tester toutes sortes de terriers dans tout un éventail d'exercices. L'activité la plus populaire est l'épreuve de travail au terrier, avec un tunnel enterré et un rat enfermé dans une cage à son extrémité. On chronomètre le temps que mettent les chiens pour trouver, aboyer et travailler leur proie. Les teckels, les cairns, les westies, les Dandy Dinmont et les rois incontestés de tous les ratiers, les Jack Russell, s'affrontent.

Manfred a déjà été deux fois champion.

L'article de Mercedes Cruz pour *Mondo latino* s'est transformé en article de fond pour *Vanity Fair* et est prévu pour une sortie en août. Elle a passé environ vingt-quatre heures dans le coffre de sa voiture, garée dans la Quatre-vingt-cinquième Rue Est, survivant grâce à des biscuits secs et une bouteille d'Évian gelée retrouvée au fond de son sac de gym. Mis à part le fait qu'il a fallu pas moins de trois huissiers pour la retenir le jour où Christian del Blanco est passé devant la juge, elle semble être passée à autre chose.

La bonne nouvelle, c'est qu'elle a promis à Paris de l'emmener manger une côte de bœuf chez Morton's dès qu'elle aura reçu le chèque de *Vanity Fair*. Les os sont déjà promis à Manfred et Declan.

— Papa, tu *viens* ! crie Melissa. Ça *commence* !

Melissa se tient près de la barrière en bois qui délimite le terrain du concours. Sa grand-mère est à côté d'elle. Elles portent toutes les deux un jean et une parka à capuche. Elles sont toutes les deux en bottes de caoutchouc crottées de boue glacée.

— Oui, il faut y aller ! renchérit Gabriella pour soutenir sa petite-fille. Viens, Jackie. Amène ton amie.

— Jackie ? s'étonne Mercedes.

Elle a perdu un peu de poids depuis son épreuve, et avoue s'être mise au karaté. L'appareil dentaire a disparu ; elle a attaché ses cheveux en queue-de-cheval pour l'occasion. Elle est à la fois fine, sportive et fichtrement sexy.

Avant de gagner le terrain du concours, Paris reporte son attention sur les deux chiens.

Manfred et Declan sont assis à ses pieds et s'examinent prudemment, museau contre museau, frères de cœur mais pour le moment adversaires. Manfred lève les yeux vers Paris. Il sait qu'il est temps d'y aller et se demande sûrement s'il n'a pas enfin trouvé en Declan Cruz l'alter ego parfait.

Paris glisse un regard en direction de Mercedes et voit qu'elle lui sourit.

Il commence à se demander la même chose.

80

La petite fille aux cheveux noirs assise à la place 18A du car Greyhound qui se dirige vers l'ouest mange lentement son biscuit aux pépites de chocolat Famous Amos. Sa mère, à la place 18B, tient un numéro de *Vogue* entre ses mains, mais elle ne lit pas. Elle regarde défiler par la fenêtre le paysage plat de l'Indiana.

À l'arrêt d'Indianapolis, la femme et la petite fille descendent du car. Elles vont se rafraîchir dans les toilettes pour dames puis achètent encore de quoi grignoter et des mouchoirs en papier.

Lorsqu'elles remontent dans le car et reprennent leur place, la mère de la petite fille pense à leur avenir. Elles disposent d'à peine plus de deux mille dollars. Elles n'ont nulle part où aller. Aucune perspective de travail. Et pourtant, elle se dit, en regardant par la fenêtre et en voyant le soleil surgir soudain d'entre les nuages, que depuis que la lettre officielle, tellement inattendue, est arrivée, elles ont tout.

Elles se sont retrouvées.

Alors que le car quitte la gare d'Indianapolis, elle lève les yeux de son magazine et voit un homme d'environ 35 ans s'avancer vers le fond du car, un petit paquet sur l'épaule et un mignon petit garçon de 6 ans sur les talons. Les seuls sièges disponibles sont les 18C et 18D.

L'homme sourit et coince son sac sur le porte-bagages en hauteur. Avant de s'asseoir, il ébouriffe les cheveux du petit garçon puis regarde la femme.

— Bonjour, dit-il.

Il a des yeux bleu-gris, très doux, et des cheveux blonds tirant sur le roux. Son fils lui ressemble.

— Bonjour, répond la femme.

— Lui, c'est Andrew, dit l'homme. Moi, c'est Paul. Et vous ?

La femme du 18B regarde l'homme, puis l'enfant, et laisse passer ce qui lui semble le laps de temps raisonnable. Pour une mère célibataire. Elle prend alors la petite main collante de sa fille dans la sienne.

— Mary, répond-elle. Je m'appelle Mary.

81

La femme qui attend au comptoir USAir de l'aéroport Hopkins International paraît avoir rajeuni de cinq ans par rapport à la dernière fois qu'il l'a vue.

Le flic qui s'avance dans son dos paraît aussi frais qu'un chili préparé la veille.

— Hello, lance le flic.

La femme se retourne, comme si elle attendait quelque chose… *quoi ?* De terrible ? Pour le moment, son expression est indéchiffrable, puis se mue en un sourire, vif et sincère.

— *Jack*, dit-elle. Comme c'est gentil d'être venu. Comment as-tu…

— Je suis détective, dit Paris. C'est un don.

Dolores Ryan termine l'enregistrement au comptoir, puis se retourne vers Jack Paris.

— Est-ce que ce sont les adieux officiels de la ville de Cleveland ? demande-t-elle.

— Oui, quelque chose comme ça, répond Paris avec un sourire.

Tous deux s'écartent du comptoir. Dolores parcourt du regard la foule des voyageurs dans l'immense aérogare. Ses yeux s'arrêtent sur un endroit familier ; son cœur, sur un souvenir à part.

— Je me souviens d'une fois où je suis venue attendre Michael ici, alors qu'il rentrait d'un séminaire de flics sur la médecine légale ou l'artillerie, ou un truc de ce genre…

— À Indianapolis.

— C'est ça. Il y allait deux fois par an. Tu y allais aussi ?

— *Oh !* oui.

— Et tu n'y as jamais appris quelque chose en particulier ?…

— Eh bien, je peux te dire qu'il y a précisément vingt pas du bar de l'aéroport de Ramada aux toilettes pour hommes.

— C'est bien ce que je pensais.

Paris lève les yeux au ciel.

— Pardon, Mikey…

— Ce soir-là, le vol de Michael était vraiment en retard. Il était peut-être deux heures du matin, et tout ce que j'avais sur le dos, c'était un imperméable en plastique noir et des talons aiguilles.

Les sourcils de Paris s'arquent en chœur.

— Rien d'autre ?

— Pas un poil.

— Je vois.

— On descend récupérer ses bagages et, alors qu'il n'y a personne, j'ouvre vite fait mon imper, d'accord ? Michael passe par cinq nuances de rouge irlandais. Il ne sait plus où se mettre, raconte Dolores en posant la main sur sa bouche pour étouffer le rire qui vient. Tu te rappelles le sourire de travers qu'il avait quand il était gêné ?

— Je le revois très bien, dit Paris. Même si, d'après

427

mes souvenirs, il en fallait beaucoup pour embarrasser Mike Ryan.

— Ne m'en parle pas.

— Revenons donc à ce petit imper en plastique noir, dit Paris.

Dolores sourit et attend un instant, comme le mérite un tel souvenir.

— Nous avons fait l'amour dans le parking, Jack. C'était lent et doux, une vraie complicité entre époux. Pas le genre de truc torride et excité que ferait une nana qui se sent vieillir pour ranimer la flamme, non. Je ne crois pas que Michael m'ait quittée une seule fois des yeux entre le tapis à bagages et le parking. Il était à la fois comme un gamin dans un magasin de jouets et l'homme le plus subtil qui soit. Et c'était aussi le meilleur père que j'aie jamais connu.

Dolores jette un coup d'œil au steward qui attend près de la rampe d'accès. Carrie Ryan, assise devant lui, regarde Paris, sourit et le salue d'un bras grêle. Le sourire de la petite fille serre le cœur du policier et, s'il avait eu le moindre doute auparavant – et il en a eu beaucoup –, il sait maintenant qu'il fait le bon choix.

Paris se retourne vers Dolores. Il prend sa main dans la sienne et cherche les mots adéquats. Cela fait un jour et demi qu'il les répète, mais on dirait soudain qu'il a tout oublié. Il finit par se lancer :

— Écoute... Dusty, je... je voudrais juste que tu saches que c'est fini. Tout est terminé. C'est ce qui importe. Tu vas pouvoir commencer une toute nouvelle vie en Floride. Toute cette histoire est derrière toi, maintenant. Absolument tout. Tu sais ce que je veux dire ?

— Oui.

— Tu le sais vraiment ?

Dolores plonge son regard dans les yeux de Paris et reste un instant ainsi, en suspens, donnant à Paris l'espoir qu'il va entendre les mots qui pourront l'apaiser. Elle lui offre à la place un petit sourire aguicheur, rien de plus. Paris revoit alors la Dolores Alessio de 24 ans qu'il a rencontrée il y a si longtemps, la bombe gouailleuse qui a fait main basse sur le cœur de Michael Ryan.

« *Embarquement immédiat pour le vol sans escale USAir 188 à destination de Tampa, Floride...* »

Ils regardent tous deux la rampe d'accès. Le steward pousse le fauteuil de Carrie vers l'avion.

Dolores passe les mains autour de la taille de Paris et glisse les pouces dans les passants de sa ceinture. Puis elle l'examine lentement, de la tête aux pieds, et dit :

— Tu sais, il y a quelque chose que j'ai toujours voulu te dire, inspecteur Jack Paris.

— Oh, oh ! fait Paris. Une confession d'aéroport. Je ne suis pas sûr d'être prêt à entendre ça.

— C'est quelque chose de bon.

— Tu en es sûre ?

— Oui, certifie Dolores. J'en suis sûre.

— D'accord. Vas-y.

— J'ai toujours trouvé que tu étais le plus beau des amis flics de Michael.

Paris rougit un peu.

— Je suis choqué.

— Choqué ? s'étonne Dolores. Mais qu'est-ce que tu peux bien trouver de choquant là-dedans ?

— Le fait que Michael ait pu avoir d'autres amis.

Dolores rit et prend Paris dans ses bras. Ils s'étreignent pendant une longue minute solennelle, se serrant l'un l'autre avec une passion née du secret, un lien de silence qui ne pourra, ils le savent maintenant au fond d'eux-mêmes, jamais être brisé.

Dix minutes plus tard, en regardant le 727 effectuer un dernier demi-tour sur la piste et se préparer au décollage, Paris sort de la poche de son manteau la vieille photo légale montrant le corps mutilé d'Anthony del Blanco dans le parking. Il prend aussi le bout de papier froissé et le déplie avant de le lisser contre sa poitrine. Il le lit pour la cinquantième fois.

SVP, mettre les journaux dans la boîte en bois jusqu'à dimanche. Merci !

Paris ne sait pas trop quand le soupçon a commencé à germer en lui. Peut-être est-ce à l'instant où il a vu la perruque rousse dans le carton à chapeau, quand il a fouillé le box 202, la première fois qu'il s'est rendu au garde-meuble My-Self Storage. Ou peut-être que c'est quand il s'est garé sur Denison Avenue, il y a deux jours, jumelles en main, et qu'il a vu Dolores Ryan vendre sa Mazda jaune à un couple âgé.

Il regarde au dos de la vieille photo les mots écrits de la même écriture capitale, avec la même encre rouge que celle utilisée par Dolores pour son mot au livreur de journaux.

Le mal engendre le mal, Fingers.

Les réacteurs de l'avion vrombissent.

Paris ferme les yeux et imagine ce qu'ont dû être les dernières heures de la vie de Sarafina del Blanco. Tout au fond de lui, là où niche sa propre culpabilité, il sait qu'il est tout à fait possible que la fille à la perruque rousse qui buvait avec Sarafina à la Gamekeeper's Taverne ce soir-là ait été Dolores Ryan. Il sait qu'il est très possible que ce soit Dolores Ryan qui a pris place avec Sarafina dans cette voiture, sur cette colline de Russell Township, et a vidé avec elle une bouteille de whisky. Il sait qu'il est très possible que ce soit Dolores Ryan – une femme dont le père et le mari ont été froidement abattus – qui a répandu de l'essence dans toute la voiture puis, aveuglée par la rage, la haine et la vengeance, y a jeté une allumette.

Alors que les gaz du 727 se dissipent au-dessus de la piste de l'aéroport Hopkins International, et que l'inspecteur Jack Salvatore Paris tourne les talons pour regagner le parking, deux pensées le poursuivent, deux pensées qui, espère-t-il, mettront fin à la démence qui a commencé vingt-six ans plus tôt, par une chaude journée de juillet, deux pensées qui l'accompagneront encore cette nuit-là, sur les rochers de la jetée au bout de la Soixante-douzième Rue, lorsqu'il fera un petit tas de photos, de négatifs, de rapports de police jaunis et de notes manuscrites, et en fera à son tour un petit feu purificateur :

Tu t'arrangeras avec ton Dieu, Dusty.
Je m'arrangerai avec le mien.

ÉPILOGUE

Un mètre quatre-vingt-dix-huit, dans les cent vingt kilos. Un Goliath, même ici.

Nous sommes dans la blanchisserie, à l'angle nord-est, le coin le plus éloigné du poste de garde, à l'extrémité sud du bloc C. Nous sommes tous les deux condamnés à perpétuité au pénitencier d'État de l'Ohio, à Youngstown.

— Je m'appelle Antoine Walker, dit le géant en me bloquant le passage. Ça te dit quelque chose ?

Je recule d'un demi-pas. La balle avec laquelle Jack Paris m'a piégé m'a fracassé la quasi-totalité de la hanche droite. Ce petit faux pas n'échappe pas au prédateur qui me fait face. Je lui réponds :

— Le monde est plein de Walker.

— Plus vraiment, justement, réplique Antoine en se rapprochant. Il y en a un de moins, maintenant.

— C'est vrai ?

Ça bouge derrière moi.

— Mon vieux, il s'appelait *Willis* Walker. Mon papa. On lui a carrément coupé sa putain de bordel de *bite*.

— Je crois bien que j'en ai entendu parler.

— Moi aussi, reprend Antoine. On en a *tous* entendu

433

parler. On a entendu parler de toute cette connerie vau-
doue aussi. On dit que tu es une sorte de sorcier, c'est
vrai ?

— Non.

Antoine se rapproche et me domine de toute sa taille.
À la fois rapace et rongeur.

— Ça va faire mal, dit Antoine. Tu le sais, non ?

Je ne dis rien. Je sens une présence derrière moi. Un
souffle chaud sur ma nuque.

— Y t'a posé une question, dit la présence. Y t'a posé
une *question*.

— Oui, dis-je sans me retourner. Je sais que ça va
faire mal.

— Mais tu sais pas quand, hein ?

— Non, je ne sais pas quand.

— Moi, je tire perpète, dit Antoine. Et toi ?

Cette fois, mon silence suffit.

— Tu vois ? On a *plein* de temps, dit Antoine,
qui déboutonne la braguette de sa combinaison de
prisonnier.

Il ne me quitte pas des yeux.

— Vraiment *plein* de temps.

Je sens des hommes se resserrer derrière moi. Une
assemblée compacte et humide d'une dizaine de corps.
Lorsqu'Antoine Walker pose ses mains sur mes épaules,
je tombe lentement à genoux, mon esprit, mon corps et
mon âme revenant à une autre époque, à une chambre
étouffante au-dessus d'une *bodega* de Tijuana, et je me
répète :

Je suis *nkisi*. Je suis *brujo*.

Je survivrai.

REMERCIEMENTS

Tous mes remerciements vont à Jennifer Sawyer Fisher et à l'ensemble de HarperCollins ; merci aussi à ma sœur – extraordinaire maître-chien et gardienne des Certifs ; merci enfin à BQ and Bones pour avoir incité la cafétéria à voter.

Achevé d'imprimer en avril 2012
par LIBERDUPLEX
en Espagne

POCKET – 12, avenue d'Italie
75627 Paris – Cedex 13

Dépôt légal : février 2012
S21629/02